ITLIMOOS

Silvia Götschi, geboren 1958 in Stans, lebte und arbeitete erst in Davos und dann im Kanton Schwyz. Von Jugend an widmet sie sich dem literarischen Schaffen und der Psychologie. Sie hat drei Söhne und zwei Töchter und wohnt heute mit ihrem Mann in der Nähe von Luzern. www.silvia-goetschi.ch

Dieses Buch ist ein Roman. Handlungen und Personen sind frei erfunden. Ähnlichkeiten mit lebenden oder toten Personen sind nicht gewollt und rein zufällig.
Auf Seite 349 befindet sich ein Glossar.

SILVIA GÖTSCHI

ITLIMOOS

Kriminalroman

emons:

Bibliografische Information der Deutschen Nationalbibliothek
Die Deutsche Nationalbibliothek verzeichnet diese Publikation in der Deutschen Nationalbibliografie; detaillierte bibliografische Daten sind im Internet über http://dnb.d-nb.de abrufbar.

MIX
Papier aus verantwortungsvollen Quellen
FSC® C083411

Umschlagmotiv: istockphoto.com/imantsu
Umschlaggestaltung: Nina Schäfer, nach einem Konzept von Leonardo Magrelli und Nina Schäfer
Umsetzung: Tobias Doetsch
Gestaltung Innenteil: César Satz & Grafik GmbH, Köln
Lektorat: Irène Kost, Biel/Bienne (CH)
Druck und Bindung: CPI – Clausen & Bosse, Leck
Printed in Germany 2019
ISBN 978-3-7408-0509-8
Originalausgabe

Der Inbegriff des Könnens ist,
den Feind ohne Gefecht zu unterwerfen.
Sunzi, chinesischer General und Militärstratege, um 500 v. Chr.

Sei du selbst die Veränderung,
die du dir wünschst für diese Welt.
Mahatma Gandhi

Unter Freunden nannte er es Schneesturm und die beiden Linien, die er durch eine zusammengerollte halbierte Tausendernote zog, Skispur. Das gelegentliche Nasenbluten nahm er in Kauf. Rote Tropfen auf weissem Brokat und die schwarzen Haare von Madeleine – Schneewittchen, an sie musste er denken.

Gedanken wie in Zeitlupe.

Doch heute räkelte sich nicht Madeleine, sondern ein achtzehnjähriges Mädchen auf seinem Bett im Schlafzimmer, und unten im Salon war Party wie jedes Wochenende.

Er musste etwas ändern.

«Darf ich auch?», fragte die Junge. Das indirekte Licht zeichnete ihr Gesicht weich.

Er wusste nicht einmal, wie sie hiess. Sein Geschäftspartner hatte sie ihm zugehalten. Er hielt ihm immer Frauen zu. Unprofilierte und naive Mädchen, die mit sich alles machen liessen. Fast alles.

«Tobias Bauer, ledig, suchte nicht.» Bei diesem Ansinnen musste er leise lachen. Das Zitat eines Kunden; Bauer hatte es damals nicht als lustig empfunden.

Zweiundvierzig, eins fünfundachtzig gross, sportlich, vermögend – er fand, dass er zufrieden sein sollte. Doch das Gegenteil war der Fall. Er hatte die Balance in seinem Leben schon längst verloren.

Das Kokain begann seine Wirkung zu entfalten.

Bauer funktionierte. Sehr gut, sagten diejenigen, die ihn nicht kannten. Gewöhnungsbedürftig, seine engsten Freunde. Von denen gab es nur drei. Roger Bulliard, Phil Williams und Mussolini, den Kater. Den Kater mochte Bauer lieber, denn dieser redete ihm nicht drein und war auch sonst pflegeleicht. Bulliard steckte oft in der eigenen Scheisse, ging damit nur besser um als Bauer; und Williams … der war kein Mensch, sondern eine Maschine.

Bauers Puls beschleunigte sich. Das Kribbeln in der Nase hatte sich in seinem Kopf ausgebreitet. War er vom Alkohol etwas benommen gewesen, fühlte er sich jetzt hellwach. Den Druck auf der Brust ignorierte er. Dieser gehörte dazu. Bauer wuchs über sich selbst hinaus, sah alles ganz klar. Auch das Mädchen auf dem Bett. Es erregte ihn, obwohl er es nüchtern niemals angefasst hätte.

«Loredana», sagte es. «Ich bin Loredana.»

Ihm doch egal. Er hatte ihr das Kleid bereits vom Leib gerissen, sie würde ein neues mitnehmen. Er hatte noch jeder ein teures Outfit geschenkt. Deshalb waren sie hier bei ihm. Sie gierten nach seinem Geld, nach dem Luxus – für ein bisschen die Beine breitmachen. Wenn er sie zu verachten begann, waren sie stets weg.

Das Gefühl seiner Genialität war zurückgekehrt. In solchen Momenten liebte er sich selbst am meisten. Es dauerte nicht lange, bis er sich von Loredana rollte. Sie hatte gestöhnt und gepiepst. Das taten ihresgleichen immer, obwohl sie – dumm war er ja nicht – ihm genauso etwas vorspielten wie er sich. In ihrem Kopf funkelten wahrscheinlich bereits die Klunkerchen, die er ihnen nach dem Erdulden seiner Brutalität bereithielt. Verlust war teuer.

Bauer ging unter die Dusche, während Loredana sich ins Nebenzimmer zurückzog. Sie würde durch einen Hintereingang seine Villa verlassen. Kinder, fand Bauer, hatten an seiner Party nichts verloren.

Frisch zurechtgemacht betrat er wenig später die Bühne. Eine Galerie, von der aus er hinunter in den Salon blickte. Alles seins. Die Musik war laut, die Gläser klirrten, und Gelächter drang nach oben. Raffaella, die Frau seines Geschäftspartners, nahm ihn in Beschlag. Es schien, als hätte sie auf dem obersten Treppenabsatz auf ihn gewartet. Er zog die Frauen an wie das Licht die Motten. «Wo hast du auch so lange gesteckt?» Sie griff an ihre Sonnenbrille, die sie auch am Abend trug.

Bauer stiess sie sanft von sich. Es durfte nicht sein, dass Roger ihn mit ihr zusammen sah. Nicht jetzt, obwohl er sie am liebsten an sich gerissen und ihr zwischen die Beine gegriffen hätte.

Verflucht! Er war Superman.

«Kleines Luder», sagte er nur und lachte weiter in die Gesichter derer, die ihn entdeckt hatten.

Im Sommer wären sie draussen gewesen, im Garten, verteilt um seinen nierenförmigen Pool. An lauschigen Plätzen oder im Schatten der Palmen, die Bauer einst vom Tessin hatte hertransportieren lassen. Sie hätten getanzt, sich im Wasser vergnügt oder am grosszügigen Buffet verköstigt. Und sich bis zur Besinnungslosigkeit betrunken.

Im Winter waren sie verdammt dazu, sich in den Räumen im Parterre zu verteilen, bei den offenen Feuerstellen, in den Gängen, wo Bilder eines modernen Künstlers hingen. Bauer war stolz auf alles, was er hatte. Seine Gäste vergötterten und hassten ihn dafür.

Er ging über die Treppe und zelebrierte jeden Schritt.

«Darling?» Sie stand auf einmal neben ihm. Kathrin, schön wie immer. Langweilig auch. Eine Augenweide für seine Freunde, für Bauer nur Routine. Seit sechs Jahren an seiner Seite. Die längste Beziehung bis heute. Es war an der Zeit, sie aus dem Haus zu werfen. Bauer ahnte, dass sie damit rechnete, denn sie bemühte sich täglich neu, um ihm zu gefallen. Nach der Party würde er sein Vorhaben in die Tat umsetzen und sie mit einer Summe entschädigen, dass er in Zukunft Ruhe vor ihr haben würde.

Madeleine war der Grund. Sie war heute nicht da. Zu riskant, hatte er gemeint. Seine Freunde sollten sich allmählich an sie gewöhnen, seine Feinde auch. Er würde sie ihnen ein andermal vorstellen. Madeleine, für die es sich zu leben lohnte.

Das Kitzeln in der Nase reizte den Reflex zu niesen. Anstatt dessen spuckte er Blut.

Bauer fuhr mit dem Handrücken über den Mund, schnappte sich ein Glas Louis Roederer Blanc de Blancs Grand cru cuvée und schritt bedächtig durch die grosszügig angelegten Räume im Erdgeschoss. Wohlwollend schaute er auf den Luxus, den er sich geleistet hatte. Kathrin schob ihm ihren Arm unter. Sie mochte den grossen Auftritt. «Du hast mich nicht eingeladen», säuselte sie.

«Das muss ein Versehen gewesen sein», sagte er und dachte, dass er sie absichtlich nicht eingeladen hatte. Er gelangte zu einem der Cheminées in der Salonmitte. Rund war es und hatte einen ebenso runden Abzug, der an einen Schiffskamin erinnerte. Die Sitze darum herum boten rund zwanzig Leuten Platz. Kathrin hatte erst noch passende Kissen gekauft.

«Rotschi hat mich hereingelassen.»

Bauer lächelte seinen Gästen zu. Vielleicht merkte Kathrin selbst, dass ihre gemeinsame Geschichte zu Ende war.

«Was soll das bedeuten?», fragte sie. «Täuscht mich mein Gefühl?»

«Dass du eine Abfindung erhalten wirst und dass ich dich in Zukunft nicht mehr sehen möchte.» Er löste ihren Arm von seinem. «Ich werde dir etwas auf dein Konto überweisen. Keine Angst, du kriegst genug.» Es interessierte ihn nicht, welche Reaktion er dabei auslöste. Bauer entdeckte Raffaella. Er gab ihr ein Zeichen und ahnte, wie viele Menschen hier es registrierten. Auch Kathrin. Aber das ging ihm am Arsch vorbei.

«Gehen wir in dein Schlafzimmer?» Während Raffaella es sagte, lächelte sie ihn lasziv an.

«Von dort komme ich gerade.» Bauer hob sein Champagnerglas, prostete seinen Gästen zu, von denen er nicht einmal die Hälfte kannte.

«Hat Rotschi wieder eine Schlampe für dich mitgebracht?» Auf Raffaellas Gesicht haftete ein Dauerlächeln, während sie mit giftigen Worten gegen Bauer schoss. «Und du kriegst einfach nie genug von ihnen.»

«Du solltest deinen Mann mittlerweile kennen. Es war *seine* Idee.»

EINS

Hinter den Tennisplätzen der Sportanlage Erlenmoos wurde die Strasse enger und steiler. Die Scheinwerfer des Audi TT bohrten sich wie Leuchtnadeln in die Dunkelheit. Links und rechts des Weges tauchten Skelette von blätterlosen Bäumen auf. Frischer Schnee lag darauf. Er verströmte einen eigenartigen Zauber, als hätte jemand alles mit weissem Tüll umhüllt. Seit zwei Tagen hatte es immer wieder geschneit. Ein paar Zentimeter nur. Sie reichten aus, um die Strasse in ein Rutschfeld zu verwandeln. Valérie Lehmann lenkte ihren Wagen rasant nach oben. Sie hätte die Strasse nicht passiert, wenn sie nicht gewusst hätte, dass der Kriminaltechnische Dienst bereits vor Ort war und wahrscheinlich auf sie wartete. Dominik Fischbacher hatte ein Gewaltverbrechen nicht ausgeschlossen, worauf Valérie den Staatsanwalt Emilio Zanetti aus einem Privatanlass hatte herausholen lassen. Es war Sonntagabend und eine Schweinekälte.

«Verschiedene Statistiken belegen, dass die meisten Verbrechen an Wochenenden geschehen», sagte Zanetti, der neben Valérie sass und sich theatralisch am Türgriff festhielt.

«Du weisst, wie wenig ich von solchen Statistiken halte.» Valérie schaltete einen Gang höher, um das Durchdrehen der Räder zu vermeiden. «Zudem gibt es eine Dunkelziffer. Viele Gewaltakte werden nie entdeckt.» Sie fuhr aus dem kurzen Abschnitt des Wäldchens auf eine freie Fläche und folgte weiter der Bachtobelstrasse. In der Ferne schimmerte es, was nach Fenstern eines Gehöfts aussah. Ein beruhigendes Gefühl. Selbst am Ende dieser Welt schien Leben zu existieren. «Kennst du dich hier aus?», fragte sie.

«Wahrscheinlich weniger als du.» Zanetti näherte sich mit seinem Kopf der Windschutzscheibe. «Der Spur nach zu urteilen, müssen deine Leute auch über diesen Weg gekommen sein. Liegt hier oben etwas, das von Bedeutung ist?»

«Der Itlimoosweiher, ein Naherholungsgebiet. Das ist alles, was ich weiss.» Valérie drehte ihr Gesicht Zanetti zu, sah nur die Umrisse seines Profils und musste auf den Stockzähnen lächeln.

Sie hatte es getan. Sie war mit ihm zusammengezogen. Hätte ihr das jemand vor einem Jahr gesagt, hätte Valérie ihn für nicht ganz dicht gehalten.

Seit vier Monaten bewohnten sie ein schickes Einfamilienhaus oberhalb der Grepperstrasse in Küssnacht. Nach mehreren Besichtigungen von Häusern hatten sie dieses Juwel gefunden. Mit einem geräumigen Wohnzimmer, drei Schlafzimmern und einer Aussicht direkt auf den Pilatus. Es hatte nur einen Haken: Sie wohnten zur Miete dort. Das war jedoch Valéries Wunsch gewesen. Ein eigenes Haus hätte sie zu stark an Zanetti gebunden. In solchen Momenten glaubte sie, von der Vergangenheit mit Willy Lehmann eingeholt zu werden, obwohl sie schon längst von ihm geschieden war. Zudem wollte sie sich ein Stück Freiheit bewahren.

Valérie fühlte sich glücklich. Die letzten Monate waren ruhig gewesen, was die schweren Fälle betraf. Sie hatte sich viel Zeit für den Umzug und ihren Sohn Colin genommen und vermehrt Überstunden kompensiert, obwohl ihre Abteilung schlecht besetzt war. Von November bis Mitte Januar war sie mit Zanetti mehrmals Ski gefahren, im Schnee gewandert, oder sie hatten sich im ONE-Fitnesscenter ausgepowert. Jetzt war Ende Januar, der Frühling und ein vielversprechender Sommer im neuen Zuhause standen bevor.

In ihrer Abteilung auf dem Sicherheitsstützpunkt in Biberbrugg hatte es Umstrukturierungen gegeben. Dominik Fischbacher besetzte noch immer die Stelle als Chef der Kriminalpolizei, wenn auch beschränkt. Aus gesundheitlichen Gründen hatte er seine Arbeit auf fünfzig Prozent reduziert. Der Polizeipsychologe Henry Vischer hatte unbezahlten Urlaub bezogen und reiste seit November mit seiner Freundin durch Japan. Er hatte Valérie versprochen, sie aus der Ferne zu unterstützen, sollte sie Hilfe von ihm benötigen. Es stand definitiv fest, dass er nach seiner Rückkehr der Polizei erhalten blieb. Fabia Ulrich arbeitete seit einem Monat im Innendienst, weil Valérie fand, in ihrem Zustand müsse sie sich schonen. Die Hiobsbotschaft hatte Fabia bereits im letzten Herbst verkündet, als sie es nicht mehr zu verbergen vermochte. «Ich bin schwanger», hatte sie erzählt und war gleich von allen mit Samthandschuhen angefasst worden. Allen voran von Louis Camenzind.

«Hast du die Neue schon gesehen?», fragte Valérie und dachte, dass der Frühling in weiter Ferne war. Heute Nacht war tiefster Winter.

Sie erreichten den östlichen Teil des Itlimoosweihers. Valérie zweigte auf den Weidliweg ab. Und plötzlich war alles hell beleuchtet. Halogenleuchten verwandelten die Gegend in ein gleissendes Lichtermeer.

«Dominik hat kurz etwas über sie erzählt. Gesehen habe ich sie noch nicht, zumindest nicht bewusst.» Zanetti hielt geblendet die Hand vor sein Gesicht. «Sie komme aus der Sachfahndung.»

«Genau das ist es, was mich nervös macht. Ich brauche jemanden, dem ich Fabias Aufgabenbereich übertragen kann. War sie überhaupt schon einmal auf der Jagd? Und was weiss man über sie?» Valérie drosselte das Tempo und widerstand der Versuchung, eine Schnellbremsung zu vollführen. Sie parkte neben dem Camion des Kriminaltechnischen Dienstes. Beide stiegen gleichzeitig aus. Die Fragen blieben unbeantwortet.

Ein Tatort, unumstritten – das gewohnte Aufgebot. Die Männer des KTD bewegten sich lautlos auf dem weissen Grund. Ihre hellen Anzüge verschmolzen mit der Farbe des Schnees, liessen synchrone Schatten zurück. Einzig Dominik Fischbacher sah aus wie eine Galionsfigur am Ende der abgesperrten Zone. Dunkel hob er sich von der Landschaft ab. Valérie ging auf ihn zu. «Ist Louis nicht da?» Sie hatte vergebens nach ihm Ausschau gehalten.

«Hauptsache, du bist es.» Fischbacher wandte sich zu ihr um. «Auch einen guten Abend. Ich habe ihn aufgeboten. Er müsste bald hier sein. Zudem habe ich Res Stieffel damit beauftragt, mit seiner Arbeit zu beginnen, nachdem Schuler die ersten Spuren gesichert hatte. Es kann nun mal nicht schnell genug gehen, da ich neuen Schneefall wittere.»

«Und die Neue?» Valérie schlug die Hände vor ihrem Gesicht zusammen und hauchte hinein.

«Sie ist krank.»

«Das fängt ja gut an. Gibt es wenigstens Kollegen von der Streife, die man für die Zeugenbefragung einsetzen kann?»

«Wenn es denn Zeugen gibt.» Fischbacher reagierte in letzter Zeit oft gereizt. «Du wirst die Ermittlung leiten.»

«Davon ging ich aus.» Valérie sah sich um. «Und wo liegt sie?» Fischbacher hatte ihr nach dem Mitteilen der Koordinaten eine knappe Beschreibung der Leiche gegeben: «männlich, Alter unbekannt», und sie gebeten, Zanetti zu informieren. «Ich bekunde ungebremst Mühe, dass Emilio und du unter dem gleichen Dach lebt», hatte er in einer Art gesagt, die sich nach Vorwurf anhörte.

Zanetti hatte sofort das Ermittlungsverfahren eingeleitet. «Ein Toter», war sein Kommentar gewesen. «Er dürfte bereits konserviert sein. Die Temperaturen liegen bei unter null Grad.»

Der Übergang vom Festland zum gefrorenen Wasser war von hier aus nicht zu erkennen. Der in Kälte erstarrte Schilfgürtel und die von Eiskristallen im Griff gehaltenen laubleeren Gewächse bildeten zusammen mit dem schneebedeckten Feld eine bizarre Landschaft. Himmel und Erde gingen konturenlos ineinander über. Res Stieffel, der Gerichtsmediziner, sowie ein Mann, den Valérie nicht kannte, kauerten auf dem Boden und steckten die Köpfe zusammen. Eine gefühlte Ewigkeit verharrten sie in der gleichen Position, als müssten sie sich überlegen, wie sie am besten mit der Legalinspektion begannen. Spuren, falls je einmal welche vorhanden gewesen waren, verschwanden unter dem Schneeflaum. Auch die Leiche war von den kristallinen Partikeln überzuckert.

«Hi, Res.» Valérie blieb in einem respektvollen Abstand stehen. «Darf ich?»

Stieffel wandte sich zu ihr um. «Ja, komm nur. Schuler ist fertig, und wir werden es auch bald sein. Übrigens, das ist Dr. Marcus, er hat den Tod festgestellt.» Dr. Marcus sah kurz auf. «Und das ist Valérie Lehmann.»

Der Blick auf die Leiche liess Valérie weniger erschaudern als erwartet. Das Gesicht des Toten erinnerte sie an eine Wachsmaske. Doch dort, wo die Aussparungen für die Augen hätten sein sollen, kräuselten sich lange, von Eis besprenkelte Wimpern um geschlossene Lider. Die Nase verlief gerade zu einem markant gezeichneten Mund, in dessen Fortsetzung sich das Kinn nicht weniger eindrucksvoll hervorschob. Kopf und Körper lagen flach, der rechte Arm war seitlich daran angeschmiegt, der linke lag abgewinkelt. Der Tote trug Jeans und Hemd. Gurt und Schuhe passten farblich zusammen. Ein teures Paar, sinnierte Valérie und sah zu, wie Stieffel den letzten Rest Schnee von seinem Arbeitsfeld wegwischte. «Bist du schon lange hier?»

«Eine ganze Weile. Ich wohne gleich um die Ecke.» Er schenkte ihr ein Lächeln. «Bei dir war's sicher eine halbe Weltreise.»

Valérie erwiderte nichts darauf. «Was ist dein erster Eindruck?»

«Wir mussten seinen Arm zuerst aus dem Eis fräsen.» Stieffel deutete auf die linke Seite. «Er war bis zur Hälfte des Ellenbogens im Wasser respektive im Eis. Trotz aller Vorsicht ist es uns nicht ganz gelungen, ihn unversehrt zu halten. Die äussere Leichenschau ist unter diesen Bedingungen nicht möglich. Er ist gefroren. Jede Bewegung könnte etwas zum Zerbrechen bringen. Der muss in die Rechtsmedizin.»

«Keine Totenflecke? Keine Leichenstarre?»

Stieffel schüttelte den Kopf. «Schwer zu sagen. Die Leichenstarre ist bei diesen Temperaturen nicht zu eruieren, und die Livores sind nicht ausgeprägt.» Er deutete auf die Jeans, die er auf der Seite aufgeschnitten hatte. «Es ist das Einzige, was ich auf die Schnelle untersucht habe.»

«Müssen wir von einem Verbrechen ausgehen?», fragte Valérie.

«Auf den ersten Blick lässt sich nichts finden, was darauf hinweist. Ausser vielleicht den Umstand, dass er keinen Wintermantel trägt ...»

«Und?»

«Er müsste seine linke Hand bis zum Ellenbogen vorerst in Wasser eingetaucht haben, bevor er sich hinlegte. Er fror buchstäblich am See fest.»

Valérie nahm es zur Kenntnis. Bislang konnte sie sich keinen Reim darauf machen, wie der Tote hierhergekommen war. Bis zur nächsten bewohnten Siedlung war es mehr als einen Kilometer. «Steht der Todeszeitpunkt fest?»

«Du hast Nerven.» Stieffel musterte sie ungläubig. «Schuler sagte mir, dass ausser Pferdehufen keine Spuren vorhanden waren, als sie hier ankamen. Vielleicht verwischte Sohlenprofile, das ist alles. Heute Nachmittag hatte es geschneit, auch in der letzten Nacht mit Unterbrüchen. Darauf fielen die Temperaturen in den Keller. Plus/minus über den Finger, vor mehr als vierundzwanzig Stunden. Ohne Gewähr. Wir haben ein paar Messungen vorgenommen, von der Eisdicke, in der die Hand lag, von der Höhe des Schnees auf dem Körper im Vergleich zur Schneehöhe in der Umgebung. Wir werden diese Daten, zusammen mit meinem besten Forensiker, zuerst auswerten müssen, bevor ich dir Genaueres sagen kann.»

«Pferdehufe?» Die Techniker und die Gerichtsmediziner hatten den Schnee zertreten. Da war nichts mehr zu erkennen.

«Frag Schuler.» Stieffel wandte sich ab und widmete sich seinem Handy. «Der Leichenwagen ist unterwegs hierher. Ich muss denen mal erklären, wo's hier langgeht.»

Valérie stakste zurück zu Fischbacher, der sich mit Zanetti unterhielt. Tatsächlich hatte sich ein erster Gaffer eingefunden.

Ihn hielt auch die Kälte nicht davon ab, Aufnahmen mit seinem Mobiltelefon zu machen. Es würde nicht lange dauern, bis erste Bilder im Netz auftauchten. Valérie reagierte angewidert. «Kann uns den jemand vom Hals halten? Und wo steckt Franz?»

«Zum letzten Mal sah ich ihn im KTD-Wagen sitzen», sagte Fischbacher, der den Katastrophentouristen auszublenden schien. Er wickelte seinen Wollschal enger um den Hals. «Auf der Fahrerseite.»

«Aber von dort komme ich.» Valérie ging in Richtung ihres Audis, wo auch Schulers Camion stand. Hinter beschlagenen Fensterscheiben bewegte sich ein Kopf im Profil. Valérie klopfte an, worauf Schuler die Scheibe hinunterliess. «'n Abend.»

«Franz, ich habe dich vorhin nicht gesehen. Bist du schon lange hier?» Valérie sah ins Wageninnere auf die Beifahrerseite, wo eine junge Frau sass. «Und Sie sind?»

«Mirjam Hess», stellte Schuler sie vor. «Sie hat sich nur zum Aufwärmen hierhingesetzt. Frau Hess hat vor gut zwei Stunden die Leiche entdeckt und die Notrufzentrale angerufen. Es war ein bisschen zu kalt, um draussen auf dich zu warten.»

Valérie vermutete, dass Schuler aus demselben Grund in den Wagen geflüchtet war. Er wollte sich aufwärmen. So, wie sie ihn kannte, trug er unter dem weissen sterilen Anzug nichts weiter als seine Kleidung, Hemd und Krawatte. «Tauschen wir den Platz?» Sie schenkte ihm ein Lächeln.

Er öffnete die Tür, streckte seine Beine und sprang hinaus. «Wir sind fertig. Ich rufe meine Männer zusammen. Das hier bringt nichts mehr. Der vermaledeite Schnee. Wir haben genügend Bildmaterial für eine Einschätzung.»

«Moment», sagte Valérie. «Habt ihr etwas entdeckt, das für mich wichtig wäre?»

«Einen Raubmord können wir ausschliessen», sagte Schuler. «Das Opfer trug eine Goldkette sowie eine Rolex am rechten Handgelenk. Wir haben ihm beides abgenommen. Portemonnaie und Ausweise jedoch fehlen.»

«Da wollte uns offensichtlich jemand erschweren, dass wir

die Identität schnell herausfinden. Die Dinge müssen sofort in die Sachfahndung.» Sie schaute auf. «Ein Linkshänder?»

«Wegen der Uhr?» Schuler sah sie skeptisch an. «Du trägst die Uhr auch am rechten Handgelenk. Soviel ich weiss, bist du Rechtshänderin.»

«Wenn es sein muss, schreibe ich beidseitig.» Valérie bedankte sich und sah in ein verdattertes Gesicht. «Wir sehen uns. Spätestens morgen um acht bei der Besprechung. Glaubst du, bis dahin für eine erste Lagebeurteilung bereit zu sein?»

Schuler hob nur die Schultern. Das hier würde schwierig sein, das sah Valérie ein. Sie setzte sich in den Wagen. Drinnen war es eine Spur wärmer. Die Luft fühlte sich feucht und verbraucht an. Valérie wandte sich an die fremde Frau. Sie war jung, eingepackt in Wollmütze und Schal und sass da, mit diesem starren Blick, den Valérie allzu gut kannte. Möglicherweise stand sie unter Schock. «Hallo, ich bin Valérie Lehmann, Oberleutnant der Kriminalpolizei Schwyz.» Sie streckte ihre rechte Hand zum Gruss aus, was nicht erwidert wurde. Valérie räusperte sich. «Sie haben die Leiche gefunden?»

Mirjam Hess nickte bloss, ohne ihre Augen von der Frontscheibe abzuwenden.

«Wann war das?» Valérie griff in ihre Manteltasche und beförderte Block und Schreibstift hervor.

«Um zehn nach sechs.»

Valérie schrieb es auf. «Was haben Sie bei diesem Wetter am Weiher gesucht?»

«Ich bin ausgeritten.» Erst jetzt wandte sie sich zu ihr um. Sie hatte ein hübsches Gesicht und grosse, ausdrucksvolle Augen, die durch die tief in die Stirn gezogene Mütze betont wurden. Ihrer Physiognomie zufolge war sie noch keine zwanzig.

«Sie haben ein Pferd?»

«Ja.»

«Reiten Sie immer in der Nacht?»

«Als ich von zu Hause wegritt, war es noch hell. In der Regel bin ich innerhalb von einer Stunde zurück.»

«Und diesmal galt diese Regel nicht?» Valérie blickte nach draussen, wo die Halogenleuchten ein monochromes Licht verbreiteten. Es hatte wieder zu schneien begonnen. Im Schein der Leuchten tanzten die Flocken wie Plankton im Meer. «Wo befindet sich Ihr Pferd jetzt?»

«Ich habe es nach Hause gebracht. Unser Hof liegt keine sechshundert Meter Luftlinie von hier entfernt.»

«Und sind dann wieder hierhergekommen?»

«Ja, ich habe beim Waldrand gewartet, bis die Polizei auftauchte, zusammen mit meinem Vater. Der ist dann wieder zurückgegangen.»

«Den Toten haben Sie allein gefunden?»

«Ja.»

«Wie haben Sie ihn bemerkt?»

«Ich kenne mich hier sehr gut aus. Mein Ritt führt mich jedes Wochenende zum Weiher, wenn ich nicht gerade in Zürich bin. Im Sommer gibt es hier zahlreiche Vögel. Im Winter begegnet man, wenn man Glück hat, höchstens einer Ente. Nach einer solchen hielt ich Ausschau. Ich nahm mir vor, sie zu füttern, sollte ich sie finden. Dann entdeckte ich den Mann.»

«Haben Sie sich vergewissert, dass er tot war?»

«Selbstverständlich. Er hatte keinen Puls und atmete nicht mehr. Ich bin Medizinstudentin. Ich habe schon ganz andere Leichen gesehen.» Mirjam Hess blieb gelassen, eine Spur zu unterkühlt, wie Valérie fand. «Zudem waren da keine Fussspuren. Er muss also den ganzen Tag schon so gelegen haben. Ich meine, das überlebt keiner. In der letzten Nacht hat es geschneit, am Nachmittag zwar auch. Aber der Schneemenge nach zu urteilen, liegt er schon länger hier.»

Gut beobachtet. Valérie notierte weiter. «Ist es möglich, dass Ihr Pferd mit dem Toten in Kontakt kam?»

«Wie meinen Sie das?»

«Hat es den Toten berührt, mit den Nüstern zum Beispiel?»

«Nein.»

«Sie haben keine Ahnung, wer er sein könnte?»

«Hören Sie, ich habe alles gesagt, was ich weiss. Ich würde nun gern nach Hause gehen.»

Valérie war nicht fertig. «Kommt es öfter vor, dass sich Leute im Winter zum Weiher verirren?»

«Hier oben ist es auch im Winter schön, wenn Äste und Schilf gefrieren. Und wenn der Nebel niederschlägt, sieht es hier märchenhaft aus. Ja, es kommen Leute hierher, wenn auch nicht so viele wie im Sommer.»

Aber keine Zeugen. Valérie vermochte nicht, es ganz nachzuvollziehen. «Gibt es noch einen anderen Zufahrtsweg zum Weiher?»

«Über die Allenwindenstrasse. Beim Neufeld muss man allerdings die Bahnlinie passieren, was nicht ganz ungefährlich ist.»

Valérie überlegte. Hatten sie es hier mit einem Lebensmüden zu tun? Wer, ausser einem solchen, würde sich neben dem Itlimoosweiher in den Schnee legen? War er betrunken eingeschlafen? Das wäre zumindest für den Betroffenen ein schöner Tod gewesen. Aber womit war er hierhergekommen? Sie hatten kein fremdes Auto sichergestellt. «Sie können gehen. Aber halten Sie sich bitte zu unserer Verfügung.» Valérie überreichte ihr eine Visitenkarte.

Mirjam Hess nahm sie entgegen und zögernd den Türgriff zur Hand.

«Oder sollen wir Sie nach Hause fahren?»

«Nein, geht schon. Ein Spaziergang wird mir guttun.» Sie stieg aus. «Glauben Sie, dass es Mord war?»

«Das wird sich herausstellen.» Valérie wartete, bis Mirjam Hess den Wagenschlag geschlossen hatte und griff erst danach nach ihrem iPhone. Sie wählte Louis' Nummer, liess es zigmal läuten. Weder er noch die Combox meldeten sich. Valérie verstand nicht, weshalb er sich vor der Arbeit drückte.

Valérie stieg aus, balancierte durch den Schnee und ärgerte sich, dass sie nicht ihre wetterfesten Schuhe angezogen hatte. Sie kehrte zu Stieffel zurück. Er bereitete, zusammen mit seinem Assistenten, die Leiche für den Transport in die Rechtsmedizin vor.

«Wann kann ich mit den ersten Resultaten rechnen?»

«Ungeduldig wie immer.» Stieffel lachte. «Falls du nichts anderes vorhast in dieser Nacht, kannst du der Legalinspektion beiwohnen. Und solltest du von der nicht genug haben, lade ich dich zur inneren Leichenschau ein.»

Valérie sah sich um. Ausser den Spuren von Schulers Leuten war nichts zu erkennen. Der Uferboden gab nicht viel her. Valérie näherte sich dem Wasser, das unter einer Eisdecke lag. Zaghaft betrat sie das Eis in der Hoffnung, dort, wo die Leiche gelegen hatte, etwas zu entdecken. Ausser dem Loch, das Stieffel herausgefräst hatte, war nichts zu erkennen.

«Sind Sie lebensmüde?»

Valérie stoppte abrupt. Sie wandte sich um und wurde von einem gleissenden Lichtstrahl getroffen.

Eine unbekannte Person, der Stimme nach eine Frau, richtete mit der linken Hand eine Taschenlampe auf sie.

«Wie kommen Sie hierher?» Valérie versuchte, ein Gesicht auszumachen.

Die Fremde senkte die Lampe. «Carla Benizio. Ich bin von der Zeitung.» Sie reichte ihr eine Visitenkarte mit derselben Hand, in der sie die Lampe hielt.

Valérie griff danach, drehte sich gegen das Licht ab und las. «Vom Boulevardblatt. Hätte ich mir denken können. Ihr scheint Augen wie Sperber zu haben. Wer hat Sie hierherbeordert?»

«Mein sechster Sinn?» Carla Benizio liess ein Kichern vernehmen.

Erst jetzt sah Valérie ihr Gesicht, das sie neidlos als sympathisch empfand. Sie trug eine Mütze mit einem Riesenbommel und um den Hals einen Schal, der weit über die Jacke reichte. Ihre Nase war dunkel vor Kälte. Es hielt sie jedoch nichts davon ab, mit der linken Hand ein iPhone auf Brusthöhe zu halten.

«Können Sie mir schon etwas über den Toten berichten? Es ist ein Mann, oder?»

«Jetzt mal halblang.» Valérie liess ihren Blick auf die Tasche der Journalistin schweifen. «Wer hat Sie überhaupt zu mir gelassen?» Obwohl sie die Frau eigenmächtig hätte vertreiben können, zögerte sie. Carla Benizio unterschied sich wesentlich von den Zeitungsfritzen, mit denen sie in der Regel zu tun hatte. Vor ihr stand eine charmante Frau, die ihr gerade in diesem Moment bewies, wie polyvalent sie war. Mit zwei Händen gleichzeitig drei Dinge zu tun, schafften die wenigsten. «Sie sind noch nicht so lange bei diesem Blatt, nicht wahr?»

«Nein, sieht man es mir an?» Carla Benizio zog ihre Mütze tiefer ins Gesicht.

Sie kam Valérie tatsächlich frisch und unbescholten vor. Wahrscheinlich hatte sie keine Ahnung, wie dreist die anderen Reporter ihrer Zeitung jeweils vorgingen. Andererseits hatte auch sie den Dreh schon raus.

«Und bevor Sie mich fragen, warum ich so schnell hier war; ich machte heute Abend ein Interview mit einer Musikgruppe in Wollerau. Nach dem Verlassen ihres Übungslokals bemerkte ich zwei Polizeiwagen mit Blaulicht und folgte ihnen.» Sie neigte ihren Kopf leicht nach links, zog ihre Mundwinkel nach oben und setzte eine Unschuldsmiene auf. «Ich habe alle Voraussetzungen für eine gute Journalistin, nicht?»

Valérie vermochte nicht, ihr böse zu sein. «Sie können aber nicht hierbleiben. Wir befinden uns mitten in der Spurensicherung und bei der Protokollaufnahme.»

«Ein, zwei Sätze vielleicht?» Carla Benizio sah sie weiterhin treuherzig an.

«Nein, tut mir leid», sagte Valérie freundlich, aber bestimmt. «Wir werden schnellstmöglich ein Statement abgeben. Bis Montagmorgen haben Sie Bescheid.»

«So lange kann ich nicht warten. Ich befinde mich in der Probezeit. Das hier ist eine einmalige Gelegenheit, meinem Chef zu beweisen, dass er mich braucht.»

«Sorry.» Valérie wehrte sie mit beiden Händen ab. «Gehen Sie bitte, bevor ich laut werde.»

«Das traue ich Ihnen nicht zu.» Carla Benizio gab sich dennoch geschlagen. «Aber Sie versprechen mir, dass Sie mich anrufen.»

«Nein, das kann ich nun wirklich nicht.» Valérie liess die junge Frau stehen und schlug den Weg zum Leichentransporter ein. «Und entfernen Sie sich aus dem Sperrgebiet», rief sie über die Schultern zurück.

Sie erreichte Fischbacher.

«Wer war das?», fragte dieser.

«Jemand von der Zeitung.» Valérie schlug den Kragen hoch. «Wir befinden uns hier auf der Zürichseeseite. Du weisst, dass hier alles etwas schneller geht als in Innerschwyz.»

Fischbacher hob die Brauen. «War das eine Anspielung auf deinen früheren Wirkungskreis?»

«Eine Tatsache, Dominik. Als ich vor drei Jahren bei euch anfing, musste ich einen Gang runterschalten. Das ist nicht despektierlich gemeint. Aber in der Zentralschweiz läuft vieles gemütlicher ab.»

«Ausser bei der Polizei.»

«Klar, ausser bei der Polizei.» Sie schenkte ihrem Chef ein Lächeln. Von Zeit zu Zeit musste auch sie ihn ein wenig bauchpinseln. Vor einem halben Jahr war es ihm nicht gut gegangen. Ein Burn-out, hatte man gemunkelt. Fischbacher hatte sich von den Tagesgeschäften fast völlig zurückgezogen, war sogar mehr als drei Monate in einer Rehaklinik gewesen. Was der tatsächliche Grund gewesen war, hatte er mit keinem Wort erwähnt. Sie fragte sich, wie lange es dauern würde, bis man ihn vom Sessel kippte. Ob es Anwärter für seinen Posten gab, war auch nicht gewiss. Valérie hatte mit dem Gedanken gespielt, sich zu bewerben, sollte er ausgeschrieben werden. Die Arbeit draussen zog sie jedoch dem Büro vor. Denn dort würde sie vermehrt sitzen, sollte sie Fischbachers Job übernehmen.

«Die Kollegen vom Bereitschaftsdienst suchen die Umgebung nach Zeugen ab», sagte Fischbacher. «Bis morgen früh werden wir mehr wissen. Ich fahre nach Hause.»

Valérie wollte dem nichts entgegensetzen. Sie verabschiedete sich von Fischbacher und hielt nach Zanetti Ausschau, der wie vom Erdboden verschluckt war. Wiederholt wollte sie Louis' Nummer wählen, als ihr auffiel, dass er *sie* gesucht hatte. Sie drückte auf Rückruf.

Nach dem ersten Klingelton nahm er ab. «Valérie!» Er war ausser Atem.

«Wir haben einen Einsatz», sagte sie.

Er schien es nicht zu hören. «Fabia ist im Spital.»

«Das heisst nicht, dass du dich deswegen um die Arbeit drücken sollst. Wie ich mich erinnere, bist du heute auf Pikett.» Valérie spürte Galle hochkommen. «Was hast du mit Fabia zu tun? Zudem rückt ihr Termin näher.»

«Zu früh. Er ist erst in zwei Wochen.»

«Louis!» Valérie schlug einen härteren Ton an. «Was geht es dich an?» Sie nahm das iPhone vom Ohr. Verflixt! Louis! Jetzt war alles klar. Warum war ihr das nicht schon früher aufgefallen? Ihr Kollege benahm sich in letzter Zeit völlig überdreht. War zwar bei der Sache, aber immer mit einem Grinsen im Gesicht. Er zog Büroarbeiten plötzlich dem Aussendienst vor.

Valérie hob das iPhone wieder an. «Louis! Sag, dass das nicht wahr ist.»

«Möglich ist es.»

Vor neun Monaten hatte er Fabia getröstet, was zu weit mehr als nur zu einem In-den-Arm-Nehmen geführt hatte. Valérie sah ein Desaster auf sich zukommen. «Louis, sie ist verheiratet. Sie wird von ihrem Mann schwanger sein –»

«Und wenn nicht? Wenn *ich* der Vater bin?»

«Selbst wenn ...» Valérie überlegte, was sie dazu sagen sollte, um Louis nicht auf die Füsse zu treten.

Louis kam ihr zuvor. «Ich würde Fabia auf der Stelle heiraten.»

«Dazu müsste sie erst geschieden sein. Das würde sie aber

nicht tun. Sie ist erzkatholisch. Ich schätze sogar Michael so ein, dass er zu diesem Kind stehen würde –»

«Zu *meinem* Kind!»

«Mach dich nicht verrückt. Noch ist es nicht sicher.» Valérie malte sich bereits den schlimmsten Fall aus. «Was sagt denn Fabia dazu?» Trotz ihres Einwandes liess es sie nicht in Ruhe.

«Sie hüllt sich in Schweigen.»

«Dann lass sie in Ruhe. Mache es ihr nicht schwerer.»

«Das hält mich aber nicht davon ab, mitzufiebern.»

Als wäre eine Geburt mit einem Marathon vergleichbar. Typisch Louis. Valérie schüttelte den Kopf. Dabei fiel ihr das iPhone in den Schnee. Als sie es aufgehoben hatte, war Louis weg. Auf ihren erneuten Anruf reagierte er nicht. Sie schrieb ihm eine SMS und forderte ihn auf, am nächsten Morgen um acht Uhr der Teamsitzung in Biberbrugg beizuwohnen.

ZWEI

Über Nacht war noch mehr Schnee gefallen. Als Valérie am Morgen aus dem Fenster sah, lag die Landschaft da, als hätte man ein Leichentuch auf ihr ausgebreitet. Die Sicht reichte nicht einmal zu Nachbars Garten. Dunkelheit und Nebel verwischten jegliche Kontur.

Zanetti hatte schon früh das Haus verlassen. Ein Einbruch in eine Villa in Freienbach hatte ihn auf den Plan gerufen. Möglicherweise seien Schüsse gefallen, hatte er informiert, als Valérie von der Dusche zurück ins Zimmer kam. Später hatte sie ihn draussen italienisch fluchen hören. Nachdem sie spät in der Nacht nach Küssnacht zurückgekehrt waren, hatte Zanetti seinen Wagen vor dem Garagentor stehen gelassen. Am Morgen hatte er folglich einige Zeit dazu gebraucht, um ihn aus dem Schnee zu buddeln.

Valérie liess einen Kaffee aus der Maschine und setzte sich mit diesem an den Tisch. Sieben Uhr war vorbei. Sie musste sich beeilen, wollte sie pünktlich in Biberbrugg sein. Bis zwei Uhr hatte sie nach Vermisstenmeldungen der letzten Tage gesucht. Kein Signalement der vermissten Personen stimmte mit dem Toten überein. Valérie stellte die leere Kaffeetasse in den Geschirrspüler. Sie zog sich Mantel und Winterstiefel an, griff nach der Tasche und machte die Eingangstür auf. Der Weg zur Garage führte aussen herum. Ein kurzer Abschnitt war es, kaum der Rede wert, der jetzt aber auch Valérie zum Fluchen brachte. Sie sehnte sich auf einmal Frau Annen, ihre unliebsame Ex-Nachbarin, herbei, die den Weg von Eis und Schnee sofort geräumt hätte. Als in der Folge das Garagentor nur zur Hälfte aufging, glaubte Valérie sich einem Nervenzusammenbruch nahe. Sie blieb stehen und atmete tief durch. Vielleicht war der Umzug von der Rubiswilstrasse in Schwyz in dieses Haus in Küssnacht zu überstürzt gewesen. Der Arbeitsweg war zudem länger geworden. Valérie betätigte das Garagentor manuell und liess es, nachdem sie den Audi TT hinausgefahren hatte, offen stehen.

Mit einer Viertelstunde Verspätung kam sie auf dem Sicherheitsstützpunkt in Biberbrugg an. Zur fast gleichen Zeit bog auch Louis auf den Parkplatz ein. Valérie wartete beim Eingang auf ihn. Er sah völlig übernächtigt aus, als er seinen Combi verliess. Wusste der Kuckuck, was er in den letzten Stunden getan hatte. Sich mit dem neuen Fall befasst, bestimmt nicht. Der schien nicht richtig bei ihm angekommen zu sein.

«Scheiss-Schnee!» Louis klopfte sich lamentierend die Hände warm. «Die Räumfahrzeuge sind so was von langsam. Bis Sattel fuhr ich hinter einem Lastwagen her. Der Unterboden meiner Kiste ist voller Salz.»

«Sicher bist du absichtlich hinter ihm hergefahren», provozierte Valérie und lachte ihren Kollegen an. «Ich kenne deine Angst vor rutschigen Strassen.»

«Ich bin kein Strassenrowdy wie du, das stimmt.» Louis hielt ihr die Tür auf. «Aber ein Angsthase bin ich auch nicht.»

«Hast du etwas von Fabia gehört?» Valérie forschte in Louis' Augen.

«Nein.» Er drehte sich von ihr weg und schritt vor ihr zum Aufzug. «Hast nicht *du* mich in die Schranken gewiesen?»

«Ich dachte …» Valérie liess es sein. Sie gab sich damit nur eine Blösse, wenn sie sich zu stark aus dem Fenster lehnte. Sie würde es früh genug erfahren, wenn Fabia zum zweiten Mal Mutter geworden war. Dann würden sie auf ihr Glück anstossen, nachdem Fischbacher eine Flasche Champagner spendiert hätte. Valérie hoffte, dass das Kind auf sich warten liess. Nach Feiern war ihr im Moment nicht zumute.

Louis drückte den Liftknopf und stellte sich stumm. Valérie hätte gern seine Gedanken gelesen. Auf seinem Gesicht haftete jetzt ein Grinsen, das sie nicht zu deuten vermochte. Böse war sie ihm jedoch nicht. Louis war Louis. Es hatte lange genug gedauert, bis sie seine Eigenart mochte und akzeptierte.

Im Aufzug stand schon Fischbacher, der aus einem unteren Stock gekommen war. In seiner rechten Hand hielt er ein umfangreiches Dossier, das kaum mit dem neuen Fall zu tun hatte. «Guten Morgen.» Er sah demonstrativ auf seine Armbanduhr. «Ihr seid spät dran. Der Schnee, ich weiss. Ich hatte es auch nicht leicht. Wir sind es uns einfach nicht mehr gewohnt, so viel Niederschlag auf einmal.» Sein Blick blieb auf Valéries Gesicht haften. «Du hast wohl wieder durchgearbeitet. Nimm dich in Acht, dass du deine Gesundheit nicht ruinierst. Ich weiss, wovon ich rede.»

«Beim momentanen Personalmangel kein Wunder.» Bis jetzt hatte Valérie den Spagat zwischen ihrer Arbeit als Ermittlerin und dem täglich anfallenden Bürokrempel geschafft. Dass sie beinahe nichts aus der Ruhe brachte, dafür war sie bekannt.

«Doris Fink ist zurückgekehrt», sagte Fischbacher.

«Fabias Ersatz.» Valérie hatte noch keine Gelegenheit gehabt, mit ihr zu sprechen.

«Eine Ulknudel», scherzte Louis.

Hätte Valérie intervenieren sollen? Louis' Ansichten, was Frauen betraf, waren in den seltensten Fällen relevant. Er sah in der Neuen bloss die Schwarzhaarige mit den Katzenaugen, reduzierte sie auf ihr Äusseres. Und das, musste Valérie sich eingestehen, war nicht einmal übel. Sie war es gewesen, die an Fabias Stelle eine Frau gewünscht hatte. Dass es Doris sein würde, damit hatte sie allerdings nicht gerechnet. Für Fabias Posten schien sie überqualifiziert. Bevor sie zur Sachfahndung in Biberbrugg gekommen war, war sie bei der Kriminalpolizei in Bern gewesen, hatte aber wie Valérie Jura studiert. Das war jedoch alles, was Valérie über sie wusste.

Der Lift hielt auf ihrer Etage an. Sie betraten alle fast gleichzeitig den Korridor, an dessen Ende der Sitzungsraum lag. Valérie ging ausholenden Schrittes zur Tür. Sie wollte ein Zeichen setzen. Dass sie hier die Chefin war, wenn auch temporär im neuen Fall, und kam sich dabei ein bisschen lächerlich vor.

Drinnen sassen ihre Leute, die sie zur ersten Lagebesprechung eingeladen hatte. Franz Schuler vom Kriminaltechnischen Dienst mit zwei Kollegen. Zudem fünf Polizisten vom Bereitschaftsdienst, die bis spät in die Nacht nach möglichen Zeugen gesucht hatten, und Fabia, die Valérie nicht erwartet hätte.

«Du bist hier?» Valérie nahm in ihrer Nähe Platz. «Ich dachte, du hättest bereits entbunden.» Sie sah auf ihren Bauch, der sich unter dem Pullover abzeichnete. «Sieht zwar nicht danach aus. Hast du die Hose ausgelassen?»

Fabia lächelte sie an. «Fehlalarm. Wilde Wehen. Ich hätte es wissen müssen. Die hatte ich bereits bei Olivia. Der Geburtstermin ist erst in zwei Wochen.» Sie strich mit beiden Händen über ihren prallen Leib. «Ich habe mir Michaels Hose geborgt.»

«Du solltest dich zu Hause schonen», fand Valérie und dachte an die bald vierjährige Olivia, die ihre Mutter dringender nötig hatte als die Kriminalpolizei. «Du bist im Mutterschaftsurlaub und hast hier nichts mehr zu suchen.»

«Der Fall interessiert mich.»

«Zudem haben wir bereits Ersatz für dich gefunden.» Valérie wusste, dass dies bei Fabia nicht gut ankommen würde. «Bei allem Respekt, aber deine Familie hat jetzt Priorität.» Sie sah sich nach Doris Fink um und entdeckte sie in Schulers Schatten. Valérie hob zum Gruss die Hand. «Willkommen in meiner Truppe», rutschte ihr buchstäblich hinaus.

Doris Fink erhob sich, als hätte sie auf die Begrüssung ihrer neuen Kollegin gewartet. Ihre lange schwarze Mähne irritierte Valérie. Die Haare reichten ihr bis zum Kreuz und bedeckten die rechte Hälfte des Gesichts über die Mitte der Augenbraue. Auch Valérie löste sich vom Stuhl. Die beiden Frauen schritten aufeinander zu. Valérie kam es wie eine Kampfansage vor.

«Hallo, ich bin Dodo.» Ihr Händedruck widerlegte den ersten Eindruck, sie könnte ein Porzellanpüppchen sein, denn dieser glich dem eines Haudegens. Sie roch nach einem starken Parfum.

«Valérie.» Es fiel ihr plötzlich schwer, auf Kumpel zu machen. Doch das war hier so üblich. Dodo strahlte eine Kraft aus, die den ganzen Raum einzunehmen schien.

«Wir haben uns schon im Fitnesscenter gesehen», sagte Dodo.

So sah sie aus. Ein verstecktes Muskelpaket, welches die engen Jeans und der Dreifachlagenlook des Pullovers nur bedingt zu verstecken vermochten. Ihr Knackarsch war zu viel des Guten. Valérie erinnerte sich jedoch nicht an sie. Möglicherweise trainierte sie in einer anderen Liga. Bei den Kraftmaschinen für Hartgesottene.

«Kann sein. Ich habe dich wohl nicht beachtet. Das liegt aber daran, dass ich, wenn ich trainiere, meine Kopfhörer überstülpe und die Welt um mich herum vergesse. Keine böse Absicht.» Sie liess Dodo nicht wissen, dass sie dann meistens klassische Musik hörte.

«So interpretiere ich es auch nicht.» Dodo schenkte ihr ein Lächeln und entblösste ein strahlend weisses und übertrieben regelmässiges Gebiss. Überkront, dachte Valérie, so perfekte Zähne gab es nicht. «Wir werden deinen Einstand ein andermal begiessen.» Sie wandte sich ab, peinlich berührt. Es kam selten vor, dass sie sich in der Gegenwart einer Frau dermassen unwohl fühlte. Zähme deine Zunge, gebot sie sich und blickte Richtung Fabia. Sie hätte die Zeit gern zurückgedreht. «Zuerst ruft die Arbeit.» Sie schritt zum Flipchart und nahm einen Stift zur Hand, froh, sich an etwas festhalten zu können. Als sie sich der Aufmerksamkeit aller gewiss war, brachte sie die ersten Notizen an. «Wer es noch nicht erfahren hat, hier in Kürze. Gestern Sonntagabend um sechs wurde am Itlimoosweiher in Wollerau die Leiche einer unbekannten männlichen Person gefunden. Leider wissen wir bis anhin sehr wenig. Gemäss Res Stieffel könnte er in der Nacht vom Samstag auf den Sonntag gestorben sein. Noch liegt der Obduktionsbericht aus der Rechtsmedizin nicht vor. Stieffel teilte mit, dass wir uns bis Mittag gedulden müssen.»

«Die Staatsanwaltschaft wurde heute nach Freienbach zitiert», vermeldete Fischbacher.

«Ich weiss», sagte Valérie. «Emilio musste schon um halb sieben weg. Aber können wir bitte bei unserem Fall bleiben?» Sie konnte es nicht nachvollziehen: Fischbacher schien mit seinen Gedanken weit weg zu sein. «Ich wäre froh, wenn wir uns einer eingehenden Fallanalyse widmen könnten.» Sie wusste, dass es schwierig sein würde.

In diesem Moment läutete Fischbachers Mobiltelefon auf dem Tisch vor ihm. Er griff danach, sah auf das Display. «Zanetti ... *Wann* ging er weg?» Er musterte verdattert Valérie, während er mit dem Finger über den Touchscreen strich.

Valérie beobachtete ihren Chef. Viel sagte er nicht, «Ja» und «Nein», tigerte vom Tisch zum Flipchart und wieder zurück. Sie hätte gern erfahren, worum es bei diesem Gespräch ging.

Fischbacher verabschiedete sich. Er wandte sich nachdenklich an Valérie. «Es gibt eine Schwerverletzte in Freienbach. Du musst sofort hin ... auch du, Franz, mit deinem ganzen Tross. Einbruch in eine Villa ... In Verbindung mit einem Gewaltverbrechen.»

«Kannst du nicht jemand anderen dafür einsetzen?» Valérie sah ihr erstes Briefing bachab gehen. Sie warf Dodo einen Blick zu, welchen diese mit einem Augenzwinkern auffing. Sollte sie mit dieser hübschen Kraftmaschine zusammenarbeiten, musste sie Sympathie für sie entwickeln. Es fiel Valérie schwer. Dodo hatte trotz ihrer Attraktivität etwas an sich, das ihr nicht gefiel.

«Es gibt eine Schwerverletzte», wiederholte Fischbacher.

«Angeschossen?»

«Wie kommst du darauf?»

«Emilio hat es heute Morgen erwähnt.»

«Nein, keine Schussverletzung. Der armen Frau wurde die Hauptschlagader der linken Hand durchgetrennt.»

***

Es war wie eine Rückkehr in die Vergangenheit. Die schweren Schneewolken hatten sich verzogen und einem kalten Himmel

Platz gemacht. Der Zürichsee lag dunkelblau in der verschneiten Landschaft und kontrastierte kitschig mit dem Weiss.

Fast ebenso unwirklich präsentierte sich der Betonklotz am Ende der Sackgasse. Louis, der gefahren war, parkte seinen Wagen auf einem der zahlreichen Plätze neben einer weitläufigen Parkanlage, in der eine Reihe schneebedeckter Bonsais stand. Jeder dieser wuchsbegrenzten Bäume musste einen Wert von über tausend Franken haben. Bereits im Garten wurde gezeigt, was man hatte. Die Villa gehörte zu den hypermodernen Bauten, die in den letzten Jahren nicht nur in Villenvierteln entstanden waren. Beton, Stahl und Glas dominierten. Von aussen gesehen war es kein architektonisches Meisterwerk. Dass bei dessen Planung und Bau trotzdem ein Riesenvermögen draufgegangen war, konnte Valérie gegen den Wind riechen. Bereits die Mauer rund um das Anwesen beeindruckte sie. Es schien, als wäre die Villa nicht nur blickdicht gegen die Nachbarhäuser abgeschottet, sondern sie erinnerte auch an ein Gefängnis. Das gut zwei Meter hohe Gemäuer schloss ein spiralförmiger Maschendraht ab. Ein Bunker, der sich an den Hang schmiegte. Ausser einem Doppelgaragentor, dem Hauseingang und zwei nebeneinanderliegenden farbigen Fenstern gab es nichts auf der Rückseite, welches die Aufmerksamkeit auf sich gezogen hätte.

Valérie stieg aus. Zwei Streifenwagen und Zanettis Audi versperrten den Weg zu einem seitlich gelegenen Durchgang, hinter dem sie die wahre Schönheit dieses Gebäudes vermutete. Sie begrüsste einen Kollegen vom Bereitschaftsdienst, während sie ihren Dienstausweis aus der Manteltasche kramte. «Wir werden erwartet.» Sie deutete auf Louis und auf Dodo, die ihr dicht gefolgt waren.

Auf dem Weg hierher hatten sie kaum miteinander gesprochen. Valérie hatte die Zeit dafür genutzt, den Rapport des Vorabends in ihren Laptop zu tippen. Sie hatte auf dem Rücksitz gesessen. Ab und zu hatte sie Louis' und Dodos Unterhaltung gelauscht. Dodo war Oberleutnant wie Valérie, hatte offensichtlich auch mehr Ambitionen als ihr Kollege Louis, was sie kichernd kundtat. Das ungute Gefühl hatte die ganze Fahrt über gedauert.

Sie betrat den Eingangsbereich. Bis anhin hatte sie weder Überwachungskameras noch eine Alarmanlage bemerkt. Das Einzige, was ihr auffiel, war die Vorrichtung unterhalb des runden Türgriffs. Ein Schloss gab es nicht, dafür eine etwa fünf auf sieben Zentimeter grosse Fläche, die dem Display eines iPhones glich. Sie wandte sich zu Louis um. «Hiess es nicht, dass eingebrochen wurde?»

«Vielleicht auf der Vorderseite.» Louis reichte ihr und Dodo ein paar Füsslinge.

Valérie streifte sie sich über, während sie die seltsame Apparatur an der Tür nicht aus den Augen liess. «Möglicherweise kommt man nur mittels Scan in dieses Haus.»

«Das nehme ich an», sagte Louis. «Ein paar technische Finessen wird es hier wohl geben. Du ziehst eine Karte darüber und schwupp, schwingt die Tür auf.»

Valérie sah, wie er nach Dodos rechtem Arm griff und sie sanft ins Entrée zog. War abzusehen gewesen, dass Louis auf Tuchfühlung ging. Es hätte Valérie gewundert, wenn es nicht so gewesen wäre. Louis liess nichts anbrennen. Kurz verschwendete sie einen Gedanken an Fabia und ihr Ungeborenes und hoffte, dass hier nichts aus dem Ruder zu laufen drohte.

Ein in einen Grauton getauchter Korridor führte an je zwei links- und rechtsseitig angelegten Türen vorbei direkt zu einem Platz, von dem aus eine breite Wendeltreppe sowohl nach unten als auch nach oben führte. Auf dem Weg dorthin bemerkte Valérie verschiedene Gemälde, bei denen sie nicht sicher war, ob der Künstler sie während einer geistigen Umnachtung gemalt hatte. Schwarz, Grau und Weiss dominierten. Einzig das dargestellte Blut behielt die Originalfarbe. Wenn Valérie die Einrichtung im Korridor betrachtete, konnte sie davon ausgehen, dass auch die Bilder ein Vermögen wert waren. Auf jeder Leinwand gab es einen Frauenakt, der entweder mit einem Messer, einer Lanze oder einer brennenden Fackel malträtiert wurde. Dem Künstler war es gelungen, die Todesangst der Frauen einzufangen.

«Abartig», fand auch Louis, der neben Dodo vor einem dieser Bilder stehen geblieben war.

«In der Tat eine grenzwertige Kunst», sagte Dodo. «Vielleicht lässt sich daraus der Charakter des Hauseigentümers lesen.»

«Wie heisst er?», fragte Louis.

«Tobias Bauer», vernahm Valérie Zanettis Stimme. Er kam über die Treppe herab ins Erdgeschoss. Verwundert blieb er vor Dodo stehen. «Aha, eine neue Kollegin.»

Valérie versuchte, auf Zanettis Gesicht zu lesen. Ob ihm gefiel, was er sah? Sie räusperte sich. «Darf ich vorstellen, das ist Staatsanwalt Emilio Zanetti, das ist Doris Fink. Sie hat nach ihrer Krankheit heute Morgen mit der Arbeit bei ‹Leib und Leben› begonnen.»

Dodo warf Valérie einen verbissenen Blick zu. Wenn Dodo sich wegen der Erwähnung ihrer Absenz aufregte, so hatte Valérie das Ziel erreicht. Nicht die feine Art, wie sich Valérie im Nachhinein eingestehen musste. Instinktiv griff sie an ihre Narbe. Valérie hatte keine Zeit gefunden, sich genauer über die Neue schlauzumachen. Sie spürte wiederholt die unbändige Kraft, die von dieser Frau ausging. Zanetti musste sie auch gespürt haben. Er sah Dodo eine Spur zu lange an.

«Hast du den Besitzer schon erreicht?», fragte Valérie. Sie musste sich Einhalt gebieten.

«Er ist, wie es scheint, ausser Haus. Und die Person, die man überfallen und der man die Hand aufgeschlitzt hat, ist die Reinigungsfrau respektive die fest angestellte Hauswirtschafterin. Sie wurde von der Ambulanz abgeholt und in das Unispital nach Zürich gebracht. Ich führte gerade ein Gespräch mit dem zuständigen Arzt. Die Patientin hat sehr viel Blut verloren. Man hat sie in ein künstliches Koma versetzt. Sie ist jedoch stabil.»

«Und wer hat sie gefunden?» Valérie erreichte den Aufgang zum oberen Stockwerk.

Auch hier war alles in düsterem Grau gehalten. Ein schwarz

lackiertes Sideboard stand einsam an der Wand, darüber, wie schon im Korridor, hing einer der verstörenden Frauenakte.

«Goran Zulić.» Zanetti liess Dodo vor und drängte sich zwischen sie und Louis. «Er wartet im Salon. Hätte er nicht geistesgegenwärtig gehandelt und den Arm der Frau abgebunden, hätte sie es nicht überlebt.»

«Wo genau wurde eingebrochen?» Valérie ging rückwärts zur Tür, die in den Salon führte. Um mit Zanetti in Augenkontakt zu bleiben, musste sie über Dodos schwarze Haarpracht blicken. «Die Hintertür ist unversehrt.»

«Soviel ich weiss, steht der Safe im obersten Stock offen. Schuler ist daran, die Spuren zu sichern. Möglicherweise war der Täter bereits im Haus, als er von der Reinigungsfrau überrascht wurde.»

«Warum wartet man nicht auf mich, bevor man mit der Spurensicherung beginnt? Fischbacher hat mir auch diesen Fall übertragen.»

Zanetti erwiderte nichts darauf.

Der Blick in den Salon verschlug Valérie die Sprache. Alles, was sie bis anhin gesehen hatte, verblasste mit dem Luxus, der sich ihr hier präsentierte. Mit der unverbauten Sicht auf den Zürichsee eröffnete sich ihr ein Wohnzimmer, in das man ein Basketballfeld hätte stellen können. Zwei runde von Sesseln und Kissen umgebene Cheminées beherrschten die linke sowie die rechte Seite. Dazwischen strahlte eine weisse Ledersitzlandschaft mit dem Schnee vor den riesigen Fenstern um die Wette. War im Entrée alles in Grau und Schwarz gehalten, brillierten hier die hellen Farben.

«Da hat wohl einer das nötige Kleingeld», bemerkte Louis.

«Bauer gehört die IT-Firma Double B in Freienbach», sagte Zanetti.

«Und wo finde ich Bauer?»

«Er muss das Haus schon früh verlassen haben. Wir suchen nach ihm. In der Firma ist er nicht angekommen.» Zanetti machte Anstalten zu gehen. «Wir sehen uns heute Abend.»

«Du bleibst nicht?» Valérie nahm es enttäuscht zur Kenntnis. Sie hatte sich die längste Zeit schon gefragt, weshalb Zanetti von dem Einbruch und dem Überfall zuerst erfahren hatte. Jetzt wollte er sich nicht dazu äussern und liess sie im Regen stehen.

Just in diesem Moment erreichte Schuler mit einem Teil seiner Entourage den Salon. Über Valéries Anwesenheit war er offensichtlich nicht glücklich. «Was habt ihr hier zu suchen?»

Louis kam ihr zuvor. Er zeigte auf seine Füsse. «Keine Panik.»

Valérie sah, wie Schuler den Ärger hinunterschluckte. Er hatte den Zipper am weissen Overall bis unter den Hals hochgezogen und stellte den mitgebrachten Koffer auf den Boden. «Wo können wir auf dieser Etage loslegen? Oben sind wir praktisch durch. Unten mussten wir den Abtransport der Schwerverletzten zuerst abwarten.»

«In der Küche», sagte Zanetti, der auf dem Absatz kehrtmachte. Er wandte sich an Valérie. «Herr Zulić wartet auf dich.»

Sie entdeckte ihn erst jetzt. Er sass auf dem Sofa hinter einer Säule, die den Salon von der Bibliothek abgrenzte. An seiner Seite stand ein junger Wachtmeister. Als Valérie ihn erreichte, salutierte er. «Oberleutnant Lehmann? Das ist Ihr Zeuge Goran Zulić.»

«Haben Sie ihn schon befragt?» Sie musterte ihn und fand ihn eine Spur zu dünn. Den Dreitagebart hätte er sich auch nicht wachsen lassen müssen. Er schien deshalb nicht männlicher. Ein Neuling, ging ihr durch den Kopf.

«Ich bekam die Anweisung, auf Sie zu warten.»

Valérie nahm Zulić ins Visier. Der Mann sah mitgenommen aus. Offenbar hatte ihm die Ersthilfeleistung mehr zugesetzt als angenommen. Valérie vermutete, dass er über sich selbst hinausgewachsen war, als er der Reinigungsfrau den Arm abgebunden hatte. Sie musste kurz vor dem Kollaps gestanden haben. Wie ein Koch sah er nicht aus, doch Valérie hatte da ihre eigenen Vorstellungen, und diese entsprachen selten dem allgemein Üblichen. Sein schmächtiger Körper steckte in einer Art Skianzug mit Kapuze, die er vom Kopf gezogen hatte. Seine schwarzen Haare waren verwuselt, sahen etwas ungepflegt aus. Valérie dachte an das Haar in der Suppe und musste leer schlucken. Ein dunkles Augenpaar lag in schattigen Höhlen. Seine Haut war blass, fast bläulich. «Herr Zulić», Valérie blieb vor ihm stehen, «wie geht es Ihnen?»

Er sah sie nur an.

«Fühlen Sie sich in der Lage», sie drehte den Kopf und bemerkte Dodo, «uns ein paar Fragen zu beantworten?» Dass ihre neue Kollegin dabei sein wollte, durfte sie als positives Zeichen werten. Louis war mit Schuler Richtung Küche gegangen.

Zulić sah auf. Er streckte seinen eingesackten Körper und blieb fortan in der geraden Haltung sitzen. «Selbst… selbstverständlich.» Er sprach akzentfrei Hochdeutsch.

«Wann sind Sie hier eingetroffen?»

«Wie immer um sechs.»

«Haben Sie einen Schlüssel zum Haus?» Valérie entsann sich des fehlenden Schlosses. «Oder eine Karte?»

«Nein, Agostina ist jeweils schon da, wenn ich komme. Sie öffnet mir …»

«Womit?»

«Ich gehe davon aus, mit einer Karte.»

«Und heute?»

«Die Tür stand sperrangelweit offen. Ich wunderte mich … Dachte, dass sie auch erst angekommen war und sich verspätet hatte, ich rief nach ihr. Sie antwortete nicht … dann hörte ich aus der Küche Schreie …»

«Und traten beherzt ein.» Valérie schätzte den Mut des Kochs ab. Er hinterliess ihr nicht den Eindruck, ein Draufgänger zu sein. Als sie keine Antwort bekam, fuhr sie fort. «Wie heisst Agostina mit Nachnamen?»

«Da Molinari. Agostina da Molinari. Sie ist gebürtige Italienerin, fünfundfünfzig Jahre alt und stammt ursprünglich aus Palermo.»

Valérie machte sich eine Notiz. «Berichten Sie mir über den

genauen Ablauf. Was haben Sie gesehen, als Sie in die Küche kamen?»

«Agostina lag am Boden … in … in diesem Blut. Ich sah nur Blut. Aber dann bemerkte ich, dass ihre linke Hand blutete.»

«War eine weitere Person in der Küche?»

«Ich habe niemanden bemerkt.»

Valérie überlegte, wie lange es in der Regel dauerte, bis jemand, dem die Hauptschlagader an der Hand durchtrennt wurde, verblutet war. Zudem musste Agostina da Molinari sich gewehrt haben, ausser sie wurde überrascht und aus dem Hinterhalt angegriffen. «Ist Ihnen auf dem Flur jemand begegnet?»

Zulićs Augen starrten ins Leere. «Nein, ich erinnere mich nicht.»

«Hat Frau da Molinari etwas gesagt, bevor sie ohnmächtig wurde?»

«Nein.»

«Aber sie lag schon da, als Sie sie sahen?»

Zulić nickte. «Sie war bereits weggetreten, als ich in die Küche kam.»

«Könnte es sein, dass Frau da Molinari sich selbst verletzt hat?»

«Das habe ich mir auch schon überlegt. Ein Messer lag da. Aber sie hätte keinen Grund gehabt, sich selbst umzubringen.»

Der Täter, falls es einen gegeben hatte, war möglicherweise noch in der Küche gewesen, als Zulić eintraf, oder er hatte sich in dem grossen Haus versteckt. «Mach du weiter», sagte Valérie an Dodo gewandt. «Ich muss mir die Küche näher ansehen.»

Dodo, die bis anhin nur Notizen gemacht hatte, hob ihren Kopf. «Glaubst du, da kommt noch etwas?», flüsterte sie. «Schau ihn dir an. Der steht völlig neben den Schuhen.»

Wollte sich Dodo ihr gerade widersetzen? Valérie schluckte leer. «Herr Zulić, was haben Sie als Erstes getan?», fragte sie lauter als gewollt.

«Ich … ich zog den Gurt von meiner Hose und band damit Agostinas Oberarm ab. Als Koch muss man auf alles gefasst sein. Das habe ich einmal gelernt. Ich hatte, als ich im ‹Dolder› in Zürich arbeitete, Lehrlinge unter mir. Wie schnell ist etwas passiert. Jemand schneidet sich in den Finger oder … ganz ab … Ich musste instinktiv gehandelt haben. Im Nachhinein kann man es sich nicht erklären. Als der Blutfluss gestoppt war, rief ich unverzüglich den Notfalldienst an.»

«Danach haben Sie Herrn Bauer informiert?»

«Ich wollte es; er war nicht erreichbar.»

«Um welche Zeit war das?»

Dodo räusperte sich. «Lass mich das machen.»

Valérie sah sie an. «Okay, ich gehe davon aus, du weisst, wie das geht.» Ein Seitenhieb, was ihr zu spät bewusst wurde. Sie hatte nicht vor, Dodo vor den Kopf zu stossen. Aber so einfach, wie sie es sich diese vorgestellt hatte, wollte sie es ihr nicht machen. Sie kam, sah, aber das hiess noch lange nicht, dass sie auch siegte. Wenn Valérie ihr den Tarif nicht von Anfang an durchgab, würde sie es nie mehr tun können. Sie schätzte Dodo so ein, dass sie sich jede Vernachlässigung ihrer Chefin zunutze machte. Andererseits wollte Dodo ihr Zögern von vorhin wettmachen.

Valérie ging in die Richtung, in der sie die Küche vermutete. Sie lag auf der gegenüberliegenden Seite. Um dorthin zu gelangen, musste sie an den zwei runden Cheminées vorbeigehen. Dabei fiel ihr auf, dass diese nicht gereinigt waren. Auf beiden Rosten lagen angekohlte Holzscheite und Asche. Der Blick auf die Tür war zur Hälfte durch eine Bar-Theke verbaut.

«Stopp!» Louis rempelte sie an. «Franz und seine Leute sichern noch. Zulić hat durch sein Eingreifen einige Spuren verwischt. Schuler ist nicht gut darauf zu sprechen.»

«Hätte er Agostina da Molinari verbluten lassen sollen?» Valérie erhaschte einen Blick von der Küche. Die Apparaturen und Schränke waren ganz in schwarzem Lack gehalten. In der Mitte befand sich eine Kochinsel mit einem Induktionsherd, auf dem im Minimum zehn Pfannen Platz fanden. Eine Spezialanfertigung, überlegte Valérie. Offenbar wurde hier für viele Gäste gekocht. Schuler und zwei seiner Leute bewegten sich lautlos auf den weissen Marmorfliesen. Schleifspuren von Blut, eine grössere Blutlache und viele kleinere Spritzer hatten ein bizarres Muster daraufgemalt. Valérie blieb unter dem Türrahmen stehen. «Warum werden mir eigentlich immer die abscheulichsten Fälle übergeben?»

«Sag du es mir.» Louis warf ihr einen brauenhebenden Blick zu. «Du könntest ihn an mich oder Dodo delegieren.»

«Es genügt, wenn du mir zur Seite stehst.»

«Ich fühle mich geschmeichelt.» Louis grinste. «Ich kann also davon ausgehen, dass ich bei dir ein paar Pluspunkte sammeln kann, jetzt, wo die Neue da ist.»

Valérie biss sich auf die Lippen. Hatte Louis sie gerade durchschaut? «Was hältst du von ihr?», war nicht die Frage, die sie hatte stellen wollen.

«Sie erinnert mich an dich.» Louis musterte sie eine Weile, als erwartete er von ihr einen verbalen Gewaltausbruch.

Schulers Ruf aus der Küche hielt Valérie davon ab, sich Louis' Ansicht zu widersetzen, obwohl sie dies nicht einfach im Raum stehen lassen wollte.

«Ihr könnt reinkommen. Wir sind so weit.»

Valérie vergewisserte sich zuerst, ob es einen zweiten Zugang zur Küche gab. Sie entdeckte lediglich einen Vorratsraum, in dem sich Flaschen, Dosen, Kartons und Konserven stapelten. Die Kammer diente nicht als Durchgang, sie war im Verhältnis zur Villa eher klein und eignete sich kaum als Versteck. Der Täter musste also die Küche verlassen haben, bevor Zulić hier ankam. Aber wer konnte es auf eine einfache Haushälterin abgesehen haben? Hatte diese brutale Tat ein persönliches Motiv? «Wir müssen mit dem Hausherrn sprechen.» Valérie hatte sich an Louis gewandt. «Hast du ihn schon anrufen können?»

«Nein. Mir ist seine Handynummer nicht bekannt. Er befindet sich auch nicht in seinem Schlafzimmer. Das haben unsere Leute bereits gecheckt.»

«Er wird bei der Arbeit sein.» Valérie sah Louis eindringlich an. «Die Handynummer kennt sicher Zulić. Frag ihn.»

«Möglicherweise ist er ein Workaholic», sagte Louis, ohne auf Valéries Direktive einzugehen. «Mit irgendetwas muss er seine Kohle ja verdienen, wenn ich mir die Hütte so ansehe.»

«Der Sinneslust war er jedenfalls auch zugetan», kam es von der Tür her. Schuler erschien auf der Schwelle, nachdem er sich vorhin aus der Küche verzogen hatte. Er hielt ein Plastiktütchen in der Hand. «Koks. Und oben im Schlafzimmer gibt es weitere Spuren. Wenn ihr mich fragt, war da erst kürzlich eine grosse Party im Gange.»

«Und die bemitleidenswerte Haushälterin ist nicht mehr dazu gekommen, überall aufzuräumen und sauber zu machen», sagte Louis.

«Hast du die Spuren beim Safe schon gesichert?», fragte Valérie an Schuler gewandt. «War er aufgebrochen?»

«Nein, es gab keine Bruchstellen. Zudem war er mit Ausnahme von einem Bündel Tausendernoten leer.»

Seltsam, dachte sie, wer, wenn nicht Bauer persönlich, öffnet einen Safe und lässt Tausendernoten liegen?

Valérie verliess die Küche und begab sich quer durch das Wohnzimmer zur Treppe, die ein Stockwerk höher führte. Den Stich unter ihrer Brust konnte sie nicht vermeiden, als sie dem glatt polierten Handlauf nach oben folgte. Die Bilder aus der Vergangenheit waren so präsent wie nie zuvor, die Erinnerungen an das Leben mit Willy. An den Luxus. Vielleicht war sie nicht ehrlich genug, wenn sie behauptete, dieser Wohlstand würde ihr heute nicht fehlen. Die Marmortreppe spiegelte einen Bruchteil von dem wider, was Valérie in der Villa besessen hatte. Mit Blick in die Tiefe erkannte sie erst das Ausmass des Salons, das dem Salon in ihrem anderen Leben so ähnlich sah. Verschwendung war an der Tagesordnung gewesen, darüber nachzudenken kein Thema. In den Jahren nach der Trennung und der Scheidung hatte Valérie sich massiv einschränken müssen. Zuerst ein einfaches Zimmer, dann die Dreizimmerwohnung in Schwyz. Es hatte ihr nie viel ausgemacht, da sie sich in die Arbeit geflüchtet hatte und später in die Arme von Emilio.

Belog sie sich gerade wieder?

Auf der oberen Etage hielten sich noch immer zwei Männer des KTD auf. Valérie nahm von jedem Raum einen Augenschein, fand auch den Safe. Schuler hatte die Geldscheine bereits eingepackt. Sie ging weiter, bis sie gefunden, was sie gesucht hatte – das grösste Schlafzimmer. Der Ausstattung nach zu urteilen, musste es dem Hausherrn gehören. Waren die anderen Zimmer in pastellenen Farben gehalten, bestach dieses hier durch schwarze Möbel in hypermodernem Design, was unumstritten zum Gesamtbild der Villa passte. Das Bett stand in der Mitte, war nieder und glich einem Futon, wenn auch in einer speziell grossflächigen Ausführung. In jeder Ecke befand sich einer von vier runden Glastischen, die kaum als permanente Abstellflächen dienten. Ein einziger Tisch war verschmutzt. Valérie erkannte den Rückstand von zwei Kokslinien. Daneben lag eine halbierte Tausendernote, welche die Techniker nach der Spurensicherung wieder hingelegt hatten. Valérie steckte sie in einen Asservatenbeutel.

Gegenüber dem Fenster, durch das der Blick auf den Zürichsee fiel, befand sich ein Spiegelschrank, der die ganze Wand einnahm. Auch über dem Bett war ein Spiegel angebracht. Bauer hatte wohl narzisstische Züge. Valérie erlaubte sich, den Schrank zu öffnen, und wunderte sich ein wenig über das Chaos, das zum Vorschein kam. Kein Kleidungsstück war ordentlich aufgehängt oder auf einem Tablar hingelegt worden. Möglicherweise hatte die Haushälterin keine Kompetenzen gehabt, im Innenleben des Mobiliars aufzuräumen. Valérie wusste nicht, wie sie das Vorgefundene bewerten musste. Ob es von Bauers Charakter etwas preisgab? Sie tippte auf ein cholerisches Temperament.

Ob hier jemand etwas gesucht hatte? Mit Sicherheit nicht Geld. Sie betrat das angrenzende Badezimmer, das ganz in Chromstahl und Glas gehalten war und nebst dem Lavabo, einer frei stehenden Badewanne und der WC-Schüssel vornehmlich über ein Pissoir verfügte. Das sagte ihrer Meinung nach alles über den Hausbesitzer aus.

Valérie öffnete einen Schrank und fand nebst den üblichen Toilettenartikeln diverse Medikamentenschachteln und Pillendosen. Aufputschmittel und Schlaftabletten.

Wo steckte Tobias Bauer?

Verheiratet war er nicht. Das hatte Valérie bereits abgeklärt. Ob es eine Lebenspartnerin gab, war nicht bekannt. Bis anhin hatte sie kaum Spuren von einer Frau gefunden. Auch in den anderen Schlafzimmern wies nichts darauf hin, dass sich hier eine Frau für längere Zeit eingenistet hatte. Es gab zwar ein paar exquisite Kleider, die in der Grösse jedoch unterschiedlicher nicht hätten sein können, auch Pumps mit Grössen zwischen sechsunddreissig und vierzig. Die Betten in den pastellfarbenen Schlafzimmern waren unbenutzt, im Gegensatz zu Bauers Futon, auf dem zerknittert zwei Kopfkissen und eine Decke lagen. Valérie schloss ihre Rundtour im Obergeschoss mit der Rückkehr in Bauers Zimmer ab. Sie checkte hier eine B&O-Anlage und wollte sich vergewissern, welche Musik er als letzte gehört hatte. Sie stiess auf einen Radiosender mit Jazz.

«Valérie?» Dodos Stimme. Sie kam über die Treppe, als Valérie das Zimmer verliess. «Kommst du mal? Wir sind auf dem Weg in den Keller.»

«Bist du schon durch mit Zulić?» Valérie schaute in die Tiefe.

«Ich habe ihn nach Hause geschickt. Er wird morgen nach Biberbrugg zu einer weiteren Vernehmung kommen. Im Moment bringe ich nichts mehr aus ihm heraus. Ich glaube, der Schock macht sich bei ihm erst jetzt bemerkbar.»

Valérie intervenierte nicht. «Was ist im Keller?» Dass es ein drittes Stockwerk gab, welches sich unter dem Boden befand, hatte sie bei ihrer Ankunft bemerkt. Im Erdgeschoss traf sie auf Dodo, dort, wo die seltsamen Frauenakte hingen. Als Valérie ihren Fuss auf den ersten Absatz der Kellertreppe setzen wollte, ertönte vom Eingang her eine sonore Stimme.

«Hallo. Was suchen Sie hier?»

Valérie blieb stehen. «Warte mal», sagte sie an Dodo gewandt und setzte sich Richtung Eingang in Bewegung. «Sind Sie Tobias Bauer?»

«Nein, der bin ich nicht.» Der Mann sah sie stirnrunzelnd an. «Was gibt Ihnen das Recht, sich hier breitzuschlagen? Ist Tobi nicht da?»

«Dann hätte ich Sie nicht gefragt.»

«Was ist hier los?»

Valérie präsentierte ihre Dienstmarke. «Das ist ein Tatort. Wer hat Sie hereingelassen?» Es ärgerte sie. Die Presse konnte sie jetzt nicht gebrauchen.

«Ihr Kollege war so freundlich.»

Mit diesem Kollegen wollte sie ein Wörtchen reden. Sie musterte den Mann, der in der Höhe den Türrahmen ausfüllte. Er war von schlanker Statur. Seine Haare reflektierten silbergrau im Lampenlicht. Gefärbt, vermutete Valérie. So alt war der Typ nicht. Zudem bemerkte sie den schwarzen Ansatz am Scheitel. Sie hatte es nie begriffen, warum es Leute gab, die sich ihre naturdunklen Haare grau färbten. Fast schwarze, tiefgründige Augen musterten sie. Seine Haut war getönt. Valérie tippte auf Solarium, was die hellen Spuren über den Lidern bezeugten. In Sekundenschnelle hatte sie die ganze Person gescannt.

«Sorry, dass ich mich nicht vorgestellt habe. Mein Name ist Roger Bulliard. Ich wollte nach Tobi sehen. Er ist heute nicht auf der Arbeit erschienen, sein Handy ist aus. Er hat sich nicht gemeldet, was überhaupt nicht seine Art ist.»

«Wir werden uns draussen unterhalten müssen», sagte Valérie und verwünschte den Vorschlag gleich wieder. Als sie auf den Parkplatz trat, wurde sie von der Kälte fast erschlagen. «Kommen Sie.»

«Wir setzen uns in meinen Wagen», schlug Bulliard vor. «Er ist noch warm vom Herfahren.»

Er trumpfte mit einem Maserati auf. Rot mit schwarzem Innenleben. Valérie zögerte.

«Sie mögen keine rassigen Schlitten?» In Bulliards Stimme schwang Enttäuschung mit.

Das hätte er nicht fragen müssen. Sie lächelte nur. Fehlte noch, dass sie ihre Vorlieben für schnelle Autos kundtat. Ich selbst fahre einen Audi TT, konnte sie sich gerade noch verkneifen.

Bulliard reichte ihr den Autoschlüssel. «Wenn Sie mögen, können wir eine Spritztour machen, und Sie erzählen mir, was in Bauers Haus vorgefallen ist. Sie fahren.»

Diese Nonchalance hatte sie nicht erwartet. Offenbar war ihm die Tragweite ihrer Anwesenheit und die ihrer Kollegen nicht bewusst. «Die Strassenverhältnisse lassen ein Rennen wohl nicht zu.» Sie lächelte. «Wir setzen uns einfach hinein und reden.»

Bulliard hob beide Hände. «Der ist wintertauglich, vier mal vier, Spezialanfertigung, hybrid …»

Valérie überging es. Sie öffnete den rechtsseitigen Wagenschlag und setzte sich auf den Sportsitz. Im Innern roch es nach einem herben Rasierwasser. «Ihre Frau fährt bestimmt ein ebenbürtiges Pendant», rutschte es Valérie heraus.

Bulliard zog die Tür auf der Fahrerseite zu. «Ich habe Raffi vor einem halben Jahr einen Mercedes der A-Klasse gekauft. Sie mag es gern solid.»

Somit war klar, dass Bulliard verheiratet war.

«Raffi?»

«Raffaella.»

«Was wollten Sie wirklich hier?»

«Ist das ein Verhör?» Bulliard öffnete den Mantel, gab sich betont lässig. «Absperrbänder, Polizeiwagen … begegnet man ja nicht alle Tage. Ist etwas mit Tobi?» Seine Stimme schlug eine höhere Oktave an.

Valérie drehte ihren Oberkörper zu der Fahrerseite. «Können Sie mir erklären, in welchem Verhältnis Sie zu Tobias Bauer stehen?»

«Tobi und mir gehört die Firma Double B in Freienbach. Was ist mit ihm?»

«Wir suchen nach ihm.»

«Und warum dieser Aufmarsch in seinem Haus?»

«Laufende Ermittlungen.» Valéries Blick blieb auf Bulliards Gesicht haften, das die Farbe von Käse angenommen hatte.

Bulliard schluckte schwer. «Ist etwas passiert? Grundlos ist die Polizei nicht hier. Was sagen Sie, aus welcher Fachgruppe Sie kommen?»

«Ich habe es bislang nicht erwähnt, ‹Leib und Leben›. Wann haben Sie Tobias Bauer zum letzten Mal gesehen?»

«Am Freitagabend, Freitagnacht. An die Uhrzeit mag ich mich nicht erinnern. Tobi hatte mich und meine Frau zu seiner Party eingeladen.»

«Wie viele Leute waren da?»

«Über den Daumen gepeilt etwa fünfzig.»

«Erinnern Sie sich an die Hausangestellten?»

«Sie meinen ...» Bulliard runzelte die Stirn, «den Koch und seine Entourage? ‹Zulić und Company›, so nennt er sich.» Hinter seiner Stirn schien es zu schaffen. «Agostina war da. Sie ist eine Perle.»

«War sie da, als Sie die Party verliessen?»

«Sie machen es einem nicht leicht. Darf ich endlich erfahren, worum es hier geht?»

«War sie da oder nicht?»

Der Geruch nach Minze streifte ihr Gesicht, während Bulliard Luft ausstiess.

«Sie bleibt immer bis zum Schluss und wahrscheinlich weit darüber hinaus. Da müssten Sie Tobi fragen. Er hat sie unter Vertrag.»

«Ich muss Sie bitten, heute Nachmittag ins Präsidium nach Biberbrugg zu kommen. Sie werden als Zeuge einvernommen.» Valérie reichte ihm ihre Visitenkarte. «Bis dahin erstellen Sie bitte eine Liste von den Gästen, an die Sie sich erinnern und die am Freitagabend hier waren.»

Bulliard sah konsterniert auf seine Armbanduhr. «Um drei? Und was muss ich? Eine Liste erstellen? Warum sollte ich eine

Liste erstellen! Ausgerechnet … Von wem? Ich war ja nur Gast hier und nicht der Gastgeber.» Er zögerte, als wöge er ab, was besser war, sich zu sträuben oder nachzugeben. «Ich versuche es zu richten.»

Valérie strafte ihn mit einem ernsten Blick. «Das ist eine Aufforderung.»

Sie öffnete die Autotür und stieg aus.

Auf halbem Weg zum Haus kam ihr Dodo entgegen. «Es gibt da eine Tür im Keller», sagte sie, «die lässt sich aber nicht öffnen. Hat ein Hochsicherheitsschloss dran.»

«Habt ihr nebst der Tür etwas anderes gefunden?» Valérie starrte geradeaus, wo Schuler soeben die Villa verlassen hatte. Sie fragte sich, weshalb er schon fertig war.

Er nahm ihr die Antwort ab. «Wir machen morgen weiter. Zuerst müssen wir Zutritt in den hinteren Teil des Kellers haben. Aber ich denke, da braucht es mehr als die Tatsache, dass das hier ein Tatort ist.»

«Ich werde mich um die richterliche Bescheinigung kümmern.» Valérie bedankte sich für seinen Einsatz und wandte sich wieder an Dodo. «Wir müssen eine Fahndung nach Tobias Bauer herausgeben.»

DREI

Louis Camenzind stand unschlüssig neben seinem Stuhl. Valérie hatte ihm die Direktive erteilt, er solle mit der Teamsitzung beginnen. Das war bis anhin nie vorgekommen. Weshalb sie sich verspäte, hatte sie nicht konkret durchblicken lassen.

Viel hatte Louis nicht zu bieten. Über den Fall von Sonntagabend wusste er nichts Genaues. Der Bericht aus der Rechtsmedizin war noch nicht eingetroffen, und der Zustand von da Molinari hatte sich weder gebessert noch verschlechtert. Sie befand sich noch immer im Koma. Es gab Zeugen, die heute Nachmittag befragt werden mussten.

Ausgerechnet heute hatte Louis auf das Mittagessen verzichten müssen, um sich nur einigermassen auf die Sitzung vorzubereiten. Dabei hatte er sich vor einer Stunde mit Dodo verabredet, die ihn nun mit einem koketten Augenaufschlag bezirzte. Das konnte er sich auch nur einbilden. Die beiden Klarsichtmappen mit den Kürzeln «IMW» und «AdM» lagen vor ihm auf dem Tisch. Dem Umfang nach zu urteilen, gab es weder für den einen noch für den andern Fall neue Erkenntnisse. Die Protokolle der Kollegen waren dürftig.

Mit reichlich Verspätung traf Fischbacher ein und wunderte sich gleich über Valéries Verbleib.

«Du musst heute mit mir vorliebnehmen», scherzte Louis und sah in das angespannte Gesicht des Chefs der Kriminalpolizei.

«Und wo steckt Valérie?» Fischbacher legte Dokumente ab. «Hier sind übrigens der deskriptive Teil des Obduktionsberichts von Res Stieffel sowie die Auflistung der Todesursachen und der pathologisch-anatomischen Einzeldiagnose.»

«Sie hat einen Termin», antwortete Dodo an Louis' Stelle. Sie hielt inne. «Du redest von mehreren Todesursachen?»

«Setzt euch mit Stieffel direkt in Verbindung. Mich interessiert im Moment, warum Valéries Absenz nirgends notiert ist.» Fischbacher setzte sich, derweil er Dodo mit einem fragenden Blick ansah. «Sollte etwas unklar sein, auf mich könnt ihr nicht zählen.»

«Den Termin hat es ihr reingeschneit», sagte Louis, konsterniert über Fischbachers Bemerkung. Eine Besprechung, hatte Valérie ihn wissen lassen, daran erinnerte er sich plötzlich. Worum es ging, hatte er nicht erfahren. Er hoffte insgeheim, dass sie nicht auf die Idee kam, auf eigene Faust zu recherchieren. Ihre guten Vorsätze, was das betraf, hielt sie in der Regel nicht ein. Louis griff nach dem Couvert aus der Rechtsmedizin, noch immer über Fischbachers Gebaren erstaunt, öffnete es und überflog den Text. «Das Opfer vom Itlimoosweiher ... wenigstens etwas ... Todeszeitpunkt zwischen Freitag um Mitternacht und Samstagmorgen. Leider keine präziseren Angaben, wofür Stieffel sich entschuldigt.» Louis hielt inne. «Todesursache: Vergiftung.» Das hingegen musste Louis als minutiöses Gutachten betrachten. Er sah über die Köpfe seiner Kollegen hinweg, blieb an Dodo hängen. «Meinst du, es war das Werk einer Frau?»

«Warum schaust du mich an? Ich war es nicht.» Der Versuch, zu lachen, misslang ihr.

«Das ist ein Klischee, dass nur Frauen mit Giften morden», sagte ein junger Fahnder. «Um welches Gift handelt es sich?»

«Das steht hier nicht», sagte Louis. «Das Labor muss es wohl noch eruieren.»

«Wir wissen zumindest, wer das Opfer vom Itlimoos ist», kam es von der Tür her. Valérie hatte unbemerkt den Raum betreten. Zügigen Schrittes näherte sie sich der Pinnwand. Sie heftete ein Foto neben das Bild des bis dato unbekannten Toten. «Das ist Tobias Bauer, als er noch lebte. Und das ist seine Blutgruppenkarte, die ich in seinem Büro gefunden habe.» Sie fuchtelte Louis vom Platz weg und griff nach Stieffels Unterlagen. «Vergleichen wir mal die Blutgruppe», sagte sie, als hätte sie es vorher nicht getan. Sie fuhr mit dem Finger über eine Textstelle. «AB, Rhesusfaktor positiv; sie ist identisch.»

«Willst du uns verarschen?», rutschte es Louis heraus. «Schätzungsweise fünfunddreissig Prozent der Schweizer Bevölkerung haben die Blutgruppe AB positiv.»

«Nicht korrekt. Es sind wahrscheinlich nicht einmal fünf Prozent.»

«Willst *du* weitermachen?» Louis grollte nicht. Im Gegenteil. Es beruhigte ihn, wenn Valérie das Zepter übernahm. Gleichzeitig überlegte er, dass er sich bei nächster Gelegenheit besser auf eine Sitzung vorbereiten musste, wollte er in der Leiter der Hierarchie eine Stufe höher steigen, und sich vor allem mit Behauptungen zurückhalten. Sein Wunsch würde sich auch in Zukunft nicht erfüllen, war er sich gewiss. Er hatte die Ausbildung nicht dazu und war zu wenig hartnäckig. Er sah sich Bauers Porträt näher an. Louis ging nicht in den Kopf, warum es schöne Männer gab, die gleichzeitig mit Reichtum gesegnet waren. Nun ja, er lächelte in sich hinein. Viel hatte es ihm allerdings nicht gebracht. Gut vierzig und schon tot.

«Was gibt es zu grinsen?»

Erst jetzt fiel ihm auf, dass Valérie ihn amüsiert musterte. «Hast du den Bericht schon gelesen?», fragte er.

«Ich bekam ihn per Mail.» Einen Moment lang überlegte sie. «Bauers Tod und ein Mordversuch an seiner Haushälterin können kein Zufall sein. Es sieht ganz danach aus, als hätte jemand zuerst Bauer umgebracht, um danach in sein Haus zu gelangen. Aber er muss genauso vor der verschlossenen Kellertür gestanden haben wie wir. Was aber hat er gesucht, und weshalb hat er Agostina da Molinari die linke Pulsader durchtrennt?»

«Vielleicht rechnete er damit, dass sie daran stirbt», sagte Dodo.

«Dann hätte er ihr eines über den Schädel ziehen können. Das wäre effizienter gewesen», sagte Louis.

«Ich gehe davon aus», sagte Dodo, «dass jemand, der eine IT-Firma besitzt, wohl kaum eine Blutgruppenkarte im Büro aufbewahrt. Diese Daten müssten, wenn schon, anderswo abgespeichert sein.»

Louis beobachtete die beiden Frauen. Dodos Augen glitzerten, während Valérie ihre Kollegin mit verkniffenem Mund anstarrte. Den Bruchteil einer Sekunde lang, doch Louis las aus der Mimik der beiden, dass gerade ein Konkurrenzkampf stattfand. Er überlegte, ob Valérie sich rechtfertigen würde. Sie reagierte anders als vermutet.

«Schon möglich. Aber ich bin nicht unglücklich, die Karte gefunden zu haben. Manchmal fällt einem etwas zu, das man auf dem konventionellen Weg nicht gleich finden würde.»

«Das nennt man Zufall.» Dodo kicherte vor sich hin.

Valérie übernahm kommentar- und regungslos. Dies hatte sie Louis eindeutig voraus. Er an ihrer Stelle hätte sich von Dodo provoziert gefühlt.

«In einer halben Stunde trifft Zulić hier ein», sagte endlich Valérie. «Louis, du kümmerst dich um ihn und du, Dodo, um Raffaella Bulliard, die ebenfalls meiner Einladung Folge leisten wird. Um drei Uhr findet die Befragung von Roger Bulliard statt. Ich werde diese durchführen. Für dich, Louis, habe ich eine Liste mit Namen.» Sie überreichte ihm ein Couvert. «Das sind, gemäss Bulliard, einige Gäste, die am Freitagabend in Bauers Villa waren. Er hat mir die Liste per Mail übermittelt. Zwei von den Partygästen treffen um drei, zeitgleich mit Bulliard, hier ein. Ich bitte dich, die Befragungen zu delegieren und zu koordinieren. Dir stehen im Moment genug Leute zur Verfügung, die dich in deiner Arbeit unterstützen. Bis morgen Abend möchte ich alle Zeugen, keine Angst, nicht befragt, so doch ausfindig gemacht haben. Ich will möglichst auch alle Personen aus dem Umfeld von Agostina da Molinari, zumindest auf Papier.»

«Dann haben wir es also nur mit einem Fall zu tun?», fragte Dodo.

«Zum jetzigen Zeitpunkt gehen wir von zwei Fällen aus, die parallel bearbeitet werden.»

Louis schielte zu Fischbacher hinüber. Er brütete schweigend vor sich hin, warf nur ab und zu einen Blick in Richtung

Dodo. Louis hatte ein ungutes Gefühl. Er wusste um Fischbachers Gesundheitszustand und glaubte zu wissen, weshalb man Dodo in ihre Abteilung geholt hatte. Möglicherweise stand eine Beförderung an. Dodo und Valérie wurden geprüft, wer von beiden die besseren Trümpfe hatte. Kein gutes Spiel, ging Louis durch den Kopf. Er würde Stellung beziehen müssen.

«Schleierhaft ist mir der verschlossene Keller. Wir brauchen die Baupläne der Villa Bauer. Ich muss mir ein Bild davon machen, wie gross der Grundriss ist.» Valérie wandte sich an alle. «Wer übernimmt das?»

***

Roger Bulliard wartete im Vernehmungszimmer. Er hatte sich umgezogen, trug nun einen grauen Flanellanzug mit Hemd und einen Seidenschal, den er lässig um den Hals drapiert hatte. Für Valérie war klar, er wollte ihr imponieren.

Sie setzte sich ihm gegenüber an den schmalen Tisch, auf dem ihr Laptop, ein Aufnahmegerät und ein Mikrofon standen. Ihre Dokumente legte sie neben zwei Schreibstiften ab.

Bulliard deutete auf ihre linke Wange. «Wer hat Ihnen das angetan?»

Valérie schluckte leer. Es kam selten vor, dass jemand sie direkt auf ihre Narbe ansprach. Instinktiv griff sie in ihr Gesicht. «Ich weiss nicht, wovon Sie sprechen.» Sie setzte das Aufnahmegerät in Betrieb und sprach die obligate Ansage auf Band. «Herr Bulliard, ich muss Sie leider darüber in Kenntnis setzen, dass man am Sonntagabend Ihren Geschäftspartner Tobias Bauer tot aufgefunden hat.» Sie sagte dies emotionsloser als gewollt.

«Tobi?» Bulliard schrie den Namen hinaus. «Nein, das ist unmöglich. Ich habe ihn erst noch gesprochen.»

Valérie räumte ihm Zeit ein, beobachtete ihn derweil verhalten. Sie hatte ihn wohl falsch eingeschätzt.

«Wann war das?», fragte sie nach einer Weile.

«Am Freitag.»

«Aber Sie haben ihn heute gesucht.»

«Das ist nur logisch. Wir arbeiten zusammen.»

«Auch wenn es Ihnen schwerfällt, Sie müssen mir alles über ihn sagen, was Sie wissen. Hatte er Familie? Wer waren seine Freunde. Gab es Leute, die ihm drohten. Fiel Ihnen in den letzten Tagen an ihm etwas auf, das ungewöhnlich war? Hatte er sich verändert?»

Bulliard senkte den Kopf. Eine grau gefärbte Strähne fiel nach vorn. «Sie konfrontieren mich damit, dass ich meinen lieben Freund und Geschäftspartner verloren habe, und ich soll über ihn erzählen und Fragen beantworten, die konfuser nicht sein könnten? Kriege ich vielleicht vorher ein wenig Luft zum Atmen? Hier drin ist sie ja nicht gerade frisch.»

Valérie drückte sich konkreter aus. «Sie standen sich also sehr nahe?»

«Ja, ziemlich ...»

Sie bot ihm Wasser an, das er ablehnte. Auch mit einem Kaffee konnte sie ihn nicht zufriedenstellen. «Tut mir leid, Herr Bulliard. Ich weiss, wie Ihnen zumute sein muss. Aber ich komme nicht darum herum.»

«Wo hat man ihn gefunden? In der Villa? Waren Sie deswegen dort? Sie hätten es mir auf der Stelle sagen können.»

«Er wurde am Itlimoosweiher in der Nähe von Wollerau gefunden.»

«Was hat er dort gesucht?»

«Kennen Sie sich in dieser Gegend aus?»

«Nicht direkt. Tobi und ich spielen ... spielten sporadisch Tennis im Freizeitpark Erlenmoos in der Nähe. Meine Frau ist manchmal mit unseren Söhnen am Weiher. Im Sommer wollen sie jeweils Enten füttern.» Bulliard legte die Hände auf den Tisch. «Was ist mit Tobi passiert?» Seine Stimme hatte den Ton verloren.

«Darüber kann ich im Moment nichts sagen.» Valérie schlug die erste Seite ihrer Dokumentation auf. «Sie haben die Firma Double B vor vierzehn Jahren gegründet, zusammen mit Tobias

Bauer. Die Aktienmehrheit hat Bauer. Sie sind mit fünfundzwanzig Prozent daran beteiligt, Tobias Bauer mit sechsundzwanzig, was aber für Sie weiter keinen Nachteil hat.»

«Das stimmt. Das war bloss eine von Tobis Furzideen. Er hatte die Firma als GmbH unter einem anderen Namen gegründet, bevor er mich an Bord holte und sie zu einer AG wurde. Die Mehrheitsaktien waren ein Zeichen dafür, dass er der Urheber ist ... war. Ich liess ihm diese Freude. Geändert hat es nichts.»

«Beim Todesfall eines der beiden Partner fällt das ganze Aktienpaket des Verstorbenen dem Überlebenden zu.»

«Das stimmt. Das ist testamentarisch geregelt. Was wollen Sie damit andeuten?» Bulliard lockerte seinen Seidenschal. «Was habe ich für einen Vorteil, wenn Tobi tot ist? Ohne ihn kann ich gleich einpacken.» Er zögerte. «Sie sind verdammt schnell. Kaum ist jemand tot, wühlen Sie in dessen Leben herum.»

«Das ist meine Aufgabe.» Valérie hatte die Zeit vor der Befragung dafür genutzt, um an ein paar Informationen über Tobias Bauer zu gelangen. Da die Staatsanwaltschaft uneingeschränkten Zugriff auf verschiedene Handelsregister- und Wirtschaftsinformationen sowie Betreibungs- und Bonitätsauskünfte hatte, war es ein Leichtes gewesen, über Zanetti an diese zu gelangen. Sie hatte auch Einblicke in die Liquidität der Firma erhalten. «Finanziell steht Double B gut da. In drei Jahren wuchs ihr Gewinn beachtlich. Für die heutige eher schwierige Lage von Klein- und Mittelunternehmen eher ungewohnt.»

«Sie können mich mit Ihren Spekulationen nicht einschüchtern.» Bulliards Freundlichkeit war verschwunden, hatte jedoch nicht der Trauer, sondern einem sichtbaren Ärger Platz gemacht. «Und falls es Sie interessiert, seit zwei Jahren sind wir börsenkotiert. Sie können also unmöglich Einblicke über etwelche Gewinne oder Verluste erhalten haben, ausser Sie verfügen über Insiderwissen. Aber das mute ich Ihnen nicht zu.»

Valérie fühlte sich einen Moment überrumpelt.

Bulliard fuhr sich mit beiden Händen durchs Haar. «Tobi ist ...», er schluckte, «... war ... der Kreativkopf unseres Unternehmens. Zusammen mit unserem Programmierer Phil Williams tüftelte er ständig an Innovationen herum. Die digitalisierte Welt ist bei einigen unserer Zeitgenossen noch nicht richtig angekommen. Aber die letzte Generation, die davon nichts oder nur wenig wissen will, stirbt langsam aus. Für die Kinder von heute wird die Cyberwelt von morgen selbstverständlich sein.»

Was immer auch Gefahren birgt. Valérie äusserte sich nicht dazu. «Wie haben Sie sich kennengelernt?»

«Wir sind ...» Es schien ihm schwerzufallen, den Tod seines Compagnons zu akzeptieren. «Wir waren seit unserer Schulzeit beste Freunde. Wir haben zusammen in Zürich studiert. Tobi Informatik und Design, ich Informatik und Cybersecurity. Berufsbegleitend habe ich den eidgenössischen Fachausweis im Treuhandwesen gemacht. Tobi hat sich weiter in sein Gelerntes vertieft. Er war in allem voraus.»

«Womit verdienen Sie hauptsächlich Ihr Geld?»

«Die Sicherheit im Netz macht einen grossen Anteil aus. Wir sind ständig darum bemüht, unseren Kunden die Gefahren im Internet vor Augen zu führen und ihnen entsprechende Software anzubieten. Vor allem die Schweiz hat im Bereich der Cybersecurity Nachholbedarf.» Bulliard verzog sein Gesicht zu einer Grimasse. «Tobis Welt jedoch ist ... war die Unterhaltungsbranche.»

«Wie kann ich das verstehen?»

«In erster Linie Computerspiele. Und natürlich die Animationen für die Kinowelt, 3-D-Animation. Tobi hat diese Programme weiterentwickelt. Mittlerweile sind wir bei ...» Bulliard winkte ab. «Ach, das ist wahrscheinlich eine Nummer zu gross für Sie.»

Valérie steckte es ein. Bulliards Arroganz war kaum mehr zu überbieten. «Sie sagten, dass Sie einen Programmierer angestellt haben. Ist er an der Firma beteiligt?»

«Jetzt schweifen Sie ab», sagte Bulliard konsterniert. Als Valérie nicht darauf reagierte, fuhr er fort: «Er gehört zum Inventar.» Bulliard rang sich ein Lächeln ab, welches sich gleich wieder verflüchtigte. «Er ist angestellt, wie die hundertsechzig anderen Mitarbeiter auch.»

«Und Ihre Frau?»

«Meine Frau?» Er sah Valérie entsetzt an, als hätte sie ihm soeben eine Unverschämtheit an den Kopf geworfen.

«Arbeitet sie in der Firma?»

«Indirekt. Sie bringt das Geld in Umlauf.» Bulliard senkte seinen Blick. Valérie sah ihm an, dass er dies nicht hatte sagen wollen. «Sie erzieht unsere beiden Kinder.»

«Hatte Tobias Bauer Familie?»

«Seine Eltern leben nicht mehr. Er war Einzelkind.»

«Eine Lebensgefährtin?»

«Er pflegte eine Beziehung zu Kathrin Sulzer. Am letzten Freitag ging sie in die Brüche.»

Valérie liess es sich nicht anmerken, was diese Nachricht in ihr auslöste. «Wo finde ich Kathrin Sulzer?»

«Sie wird in ihrem Appartement sein. Ich denke, dieses kann sie behalten.» Bulliard notierte unaufgefordert ihre Adresse auf Valéries Schreibblock.

«Bauer hat ihr eine Wohnung gekauft?» Valérie war baff.

«Für eine sechsjährige Gefälligkeit. Ja, so war Tobi. Immer für eine Überraschung bereit.» Bulliard wandte sich wieder ertappt ab. Zwischenzeitlich kannte Valérie seine Reaktionen, wenn er das, was er gesagt hatte, bereute.

«Ich gehe davon aus, dass Tobias Bauer ein –»

«Ein Geniesser war», fuhr Bulliard ihr ins Wort. «Ist ja nicht verboten.»

Das nicht, dachte Valérie, doch missfiel ihr der Ton, wie Bulliard dies sagte. Möglicherweise hatte sich soeben ein ganzer Indizienkatalog aufgetan.

***

Nach den Befragungen der Zeugen Bulliard, Raffaella Bulliard, Zulić und eines Mannes, der die Party vor Mitternacht verlassen hatte, trafen sich Valérie, Louis und Dodo im Sitzungszimmer wieder. Dodo hatte Nussgipfel mitgebracht, Louis Süssmost. Für Valérie die Gelegenheit, ihren Hungerast zu überbrücken. Zanetti hatte ihr ein Chateaubriand versprochen, das er heute selbst zubereiten wollte. Woher er dazu die Zeit nehmen würde, wusste Valérie nicht. Sie würde sich überraschen lassen.

«Raffaella Bulliard», begann Dodo, «die klassische Luxusfrau. Ging in jungen Jahren über den Laufsteg für Dior, Armani und Joop. Ihr Mann hat sie von dort weggeholt, wie sie sagt. 2009 bekam sie Zwillinge. Als ich ihr die Nachricht über den Tod von Bauer mitteilte, wurde sie hysterisch.» Dodo brach einen Nussgipfel entzwei und führte die eine Hälfte zum Mund. «Sie wollte nicht damit herausrücken, dass sie mit Bauer je einmal eine Liaison eingegangen war oder sie kurz vor seinem Tod pflegte. Aber mir macht man nichts vor. So, wie die reagierte ...»

«Sie ist immerhin die Frau von Bauers bestem Freund.»

«Sie waren Geschäftspartner», korrigierte Dodo. «Sobald Frauen ins Spiel kommen, vergisst man Freundschaften ...»

«Du sprichst darüber, als hättest du Bauer gekannt», frotzelte Louis.

Wahrscheinlich fiel nur Valérie auf, wie Dodo rot anlief. «Hat sie etwas über Bauer gesagt, das relevant ist?»

«Dass er ein Frauenheld gewesen sei», sagte Dodo. «Am Freitagabend habe sie ihn in flagranti erwischt. Er habe sich mit einem Mädchen vergnügt.»

«Mit einem Mädchen. Hat dieses Mädchen einen Namen?»

«Nein, der Name ist ihr nicht bekannt», sagte Dodo.

Valérie beobachtete Louis. «Hast du schon eine vollzählige Liste über die Partybesucher erstellen können?»

«Zaubern kann ich nicht.» Er legte einen Papierbogen auf den Tisch. «Hier sind schon mal ein paar, wahrscheinlich nicht mal die Hälfte.» Er schmunzelte. «Scheint ein High-Society-Haufen zu sein. Professor Doktor Sowieso ... hat's gleich zwei, eine Anwältin plus drei Anwälte von ‹Schnyder & Plüss›, anscheinend eine der angesagtesten Kanzleien im Raum Zürich, sie ist international tätig.»

Valérie besah sich die Namen. «Das ist schon mal eine ganze Menge. Wie bist du so schnell an diese gekommen?»

«Zulić hat sie mir zugeschoben, nachdem Bulliard ja kaum jemanden gekannt haben will. Bis heute Abend wird er mir den Rest liefern.»

Valérie lächelte. Diese Seite kannte sie nicht an Louis. Ob er in Dodo eine Konkurrenz witterte, dass er sich dermassen bemühte?

«Was ist mit Zulić? Konnte er eine Aussage in Bezug auf Agostina da Molinari machen?»

«Er meinte, dass sie keine Feinde hat.»

«Warum wurde ihr die Pulsader aufgeschlitzt?» Valérie griff nach Schulers Unterlagen, blätterte sie durch. «Franz hat nichts gefunden, welches uns einen kleinen Hinweis liefern würde. Auch keine Karte, mit der sie ins Haus gekommen ist. Keinen Schlüssel, nichts.»

«Aber sie muss etwas in dieser Hand gehabt haben», spekulierte Louis, «was sie nicht hergeben wollte. Sie muss es krampfhaft festgehalten haben, sodass der Täter nur einen Ausweg sah, an dieses zu gelangen.»

«Das kommt mir äusserst suspekt vor.» Valérie vermochte nicht, an dieser Theorie festzuhalten.

«Zulić behauptet», fuhr Louis fort, «dass er bei seinem Eintreffen um sechs Uhr Schreie gehört habe –»

«Das wissen wir bereits», unterbrach ihn Valérie. «Gibt es neue Erkenntnisse?»

Louis fuhr unbeirrt fort. «Die Tür stand offen, auch das äussere Tor, durch das man auf das Grundstück gelangt. Agostina da Molinari sei immer zuverlässig gewesen, ist Zulić der Ansicht. Sie hätte nie freiwillig die Tür offen stehen lassen. Also muss der Täter ihr entweder aufgelauert und sie draussen überfallen haben, oder er hatte eine andere Möglichkeit, ins Haus zu gelangen. Zulić sagte aus, dass er bei seiner Ankunft nach da Molinari gerufen, aber keine Antwort von ihr bekommen habe.»

«Ich möchte den Verdacht nicht ganz ausschliessen», sagte Valérie, «dass da Molinari sich selbst verletzt hat.»

«Und weshalb?» Louis sah sie mit zusammengekniffenen Augen an. «Würde sie dann schreien?»

Dodo nahm ihr die Antwort ab. «Das wäre möglich. Nehmen wir an, sie hat etwas mit dem Tod ihres Chefs zu tun, sind bei ihr vielleicht die Sicherungen durchgebrannt. Sie tötet Bauer, bringt ihn zum Weiher, bereut ihre Tat, sieht jedoch keinen Ausweg und will ihrem Leben ein Ende setzen. Oder sie lenkt von ihrer Tat ab.»

«Sie hat keinen Führerausweis», sagte Louis. «Das weiss ich von Zulić. Sie fürchtet sich sogar vor dem Autofahren. Und getragen hat sie ihn wohl nicht.» Er setzte ein Grinsen auf. «Gemäss Zulić ist da Molinari keine eins fünfzig gross. Aber ...» Louis sah die beiden Frauen eine nach der andern an und schien es zu geniessen. «... unser Zeuge fragt sich natürlich, weshalb da Molinari ihm nicht antwortete, nachdem er sie gerufen hatte.»

Valérie sah auf die Armbanduhr. Halb sieben war vorbei. Es war ein anstrengender und langer Tag gewesen. «Ich glaube, unsere Konzentration lässt nach. Zudem habt ihr sicher auch Hunger.» Sie schloss die Dokumente. «Für heute ist fertig. Morgen haben wir vielleicht neue Erkenntnisse. Sobald da Molinari aus dem Koma erwacht ist, werde ich sie befragen. Wenn uns jemand etwas über den Tathergang berichten kann, dann sie.»

VIER

Am Morgen hatte Valérie Mühe mit dem Aufstehen. Auch Zanetti drehte sich auf die andere Seite, nachdem er den Wecker auf stumm gestellt hatte. Der Abend war lang geworden, das Chateaubriand lecker gewesen, und der italienische Rotwein hatte beiden gemundet. Sie hatten eine ganze Flasche geleert. Dass Zanetti das Kochen beherrschte, hatte er schon oft bewiesen. Gestern hatte er sich jedoch selbst übertroffen.

Während er mit dem Kochen beschäftigt gewesen war, hatte Valérie im Büro die unvollständige Gästeliste durchgearbeitet. Zulić hatte es ihnen leicht gemacht. Zu jedem Vor- und Nachnamen hatte er die Adresse gleich mit aufgeschrieben. Er musste die Gäste persönlich kennen, oder sie waren ihm aus der Dolder-Zeit präsent. Valérie hatte tatsächlich zu jedem Namen ein Gesicht gefunden. Entweder auf LinkedIn oder Xing, sonst einer Social-Media-Plattform oder archivierten Onlinemedien, was ihr bewies, dass sie es hier mit mehr oder weniger bekannten Persönlichkeiten zu tun hatte. Sie erinnerte sich an den Handchirurgen Dr. Reto Trittler, an die Fernsehmoderatorin Ursula Bachplatten und das Künstlerpaar Hanna und Hector, die sich stets gleich kleideten, oder an den Architekten Rosario Pellegrini, den ewig Junggebliebenen, dessen Alter niemand genau kannte.

Valérie hatte sich gefragt, was alle diese Personen mit Tobias Bauer verband. Wo Geld ist, ist auch die Prominenz, war ihr letzter Gedanke gewesen, bevor sie eingeschlafen war, und war jetzt der erste nach dem Aufwachen.

Draussen war es noch dunkel. Die Kälte kroch ins Schlafzimmer. Kein Laut war zu vernehmen, als wäre alles in Watte gepackt. Valérie ahnte, dass es auch in der letzten Nacht geschneit hatte.

Sie spürte Zanettis Hand auf ihrer Brust. «Müssen wir wirklich aufstehen? Ich hätte etwas Besseres vor», sagte er übertrieben schlaftrunken.

Sie kannte seine Stimme, wenn er erregt war. Sie wandte sich zu ihm und griff unter die Decke. «Ein Senkrechtstart am Morgen?» Sie lächelte.

«Sag jetzt nicht, dass ich ein spätpubertärer Lümmel bin. Du raubst mir nach wie vor den Verstand. Komm!» Er zog sie auf sich.

Sie umschloss mit beiden Beinen seinen Körper, beugte sich über ihn und liess ihre Hände von den Schultern an abwärts kreisen. «Schau mich an», forderte sie ihn auf.

«Dazu müsste ich das Licht anknipsen.» Er drehte sich langsam von ihr weg. «Ich ging immer davon aus, dass du es im Dunkeln magst.» Er betätigte den Lichtschalter. Sofort tauchte sein Gesicht in Ocker. «Der Sparlampe sei Dank. Damit umgehst du den Schock fürs Leben. In meinem Alter muss der Wein Spuren in mein Gesicht gemeisselt haben.»

«Kannst du einmal ernst sein? Zudem mag ich, wie du aussiehst, egal, ob es Morgen oder Abend ist. Ich werde ja auch nicht jünger.» Sie senkte ihr Gesicht auf seines, küsste ihn. Dabei streiften ihre Brüste seine Brust. «Du bist aber eitel.»

Er griff behutsam nach ihnen. «Noch immer trotzen sie der Schwerkraft.»

«Harte Arbeit, dreimal die Woche im Work-out.» Sie spürte, wie ihr Schoss nass wurde und die Sehnsucht nach Vereinigung Besitz von ihr ergriff. Seit Langem hatte sich Valérie nicht mehr so erregt gefühlt wie eben.

«Sehr harte …» Er lenkte ihre Hände, führte sie dorthin, wo es ihn zu verbrennen schien.

Ihr Körper glitt über seinen, während sie ihrem Rhythmus folgten und ihre Zungen einen zärtlichen Tanz vollführten.

Später lag Valérie mit jener Gelassenheit da, welche sie jedes Mal erfasste, wenn das letzte Beben aus ihrem Körper gewichen war. Heute wollte sich keine richtige Entspannung einstellen.

«Guten Morgen», sagte Zanetti erst jetzt.

Seine Worte liessen sie die Themen des Tages vergessen. Feucht vom Schweiss, schlug Valérie die Decke ganz zurück und liess ihren Blick über Zanettis Unterkörper schweifen. «Wir sollten jetzt wirklich aufstehen.» Sie schwang sich aus dem Bett und spürte, dass die abermals eintretende Anspannung nicht physischen Ursprungs war. «Kaffee?»

Zanetti richtete sich auf und stützte sich auf dem rechten Unterarm ab. «Weisst du eigentlich, wie sehr ich dich liebe und begehre?» Valéries Frage blieb unbeantwortet. «Obwohl es nicht immer einfach ist mit dir. Deine Widersprüchlichkeiten finde ich geradezu sexy. Du beteuerst stets, keine Karriere anstreben zu wollen, und tust im Grunde genommen nichts anderes.»

Valérie griff in ihre Haare, knotete sie zu einem Minipferdeschwanz zusammen und behielt ihn eine Weile in den Händen. «Es ist bereits halb acht, wenn du das meinst.» Sie hatte Zanettis Bemerkung, was ihren Arbeitseifer betraf, schon längst erwartet. Nur kam sie ihr in diesem Moment deplatziert vor.

«Was bedeuten fünf Minuten im Rest deines Lebens.» Zanetti setzte ein Lächeln auf, doch Valérie wusste, dass er es ernst meinte. «Fünf Minuten, in denen du dich an mich schmiegst, in denen wir unsere Lust gemeinsam ausklingen lassen. Wovor läufst du weg?»

«Wir haben eine Leiche und eine Schwerverletzte», wich Valérie aus. Den Sex am Morgen hatte sie nicht gesucht. Er war einfach passiert. Sie hatte kein Verlangen, sich zu rechtfertigen, wenn sie danach aufstand, anstatt auf Schmusekatze zu machen. «Und ich dachte immer, wir Frauen seien, was das betrifft, komplizierter als die Männer», sagte sie und hoffte, dass sich Zanetti damit geschlagen gab. Diskussionen um ihre Beziehung wich sie in der Regel aus. Es hatte schon gereicht, ihren Standpunkt, was das Mieten oder Kaufen des Hauses betraf, mit glaubhaften Argumenten zu unterlegen. Sie ging ins Badezimmer und zog die Tür hinter sich ins Schloss.

Während sie sich vom warmen Schauer der Dusche berieseln liess, schob sich Zanetti in die Kabine. Er nahm ihr die Seife aus der Hand. «Soll *ich* das machen?»

Was hatte er nur? Er wusste, dass sie in Eile war.

«Ich muss heute Abend nach Stockholm fliegen.»

Valérie stellte das Wasser ab. «Und du kannst es nicht umgehen?»

«Nein.»

«Geht's um den Fall Birkenstock?» Sie hatte am Rande davon gehört. Ein Wirtschaftsdelikt. Dem Delinquenten war es gelungen, ausser Land zu kommen. Nun war er in Schweden aufgegriffen worden, nachdem auf internationaler Ebene nach ihm gefahndet worden war. Es war Zanettis Fall. «Wir brauchen dich hier.»

«Ich werde in zwei Tagen zurück sein. Schön wäre, wenn du mich begleiten würdest.»

Valérie schnappte nach Luft. «Das ist nicht dein Ernst.» Sie zwängte sich an Zanetti vorbei nach draussen, griff nach einem Frotteetuch und wickelte sich damit ein. «Ich ermittle gerade in *zwei* Fällen.»

«Du brauchst nicht jedem Verdachtsmoment hinterherzurennen.» Zanetti war ihr nachgegangen. «Du hast genug gute Leute.»

«Wen?» Sie lachte laut heraus. «Louis?»

«Zum Beispiel.»

«Fabia fällt aus.»

«Die meinte ich nicht.»

«Dodo?» Valérie versuchte, auf Zanettis Gesicht eine Reaktion auszumachen. Wollte er sie auf die Probe stellen? Es aus seinen Augen zu lesen irritierte sie. «Sie muss sich erst richtig einarbeiten.» Plötzlich schoss es ihr kalt und heiss über den Rücken. «War es etwa deine Idee, sie in unsere Abteilung zu holen?»

«Nein, ich kenne sie ja kaum, aber ich vermute bei ihr ein ähnliches Kaliber, wie du es bist.» Er grinste ihr entgegen.

Valérie fand es aber überhaupt nicht zum Lachen. Sie wickelte sich aus dem Frotteetuch, legte es auf den Badewannenrand und zog sich die Unterwäsche an. «Ehrlich, Schweden würde mich schon reizen, nachdem ich mal drei Wochen in Norwegen unterwegs gewesen bin. Aber die Pflicht ruft.»

***

Sie blickte an die Fassade des Mehrfamilienhauses, das in einem ruhigen Quartier von Wilen stand. Ein Renditehaus, ging es Valérie durch den Kopf, als sie sich vergewisserte, dass das Haus in der Art nicht das einzige in der Strasse war. Sechs solcher Blöcke gab es hier, etwas versetzt und mit Buchsbäumen eingezäunt. Sechs vanillegelbe Bauten, die im weitesten Sinne an Schuhkartons erinnerten und deren Balkone wie Loggien waren. Valérie kannte die horrenden Mietzinse, die für die hiesigen Wohnungen verlangt wurden. Ein tiefer Steuerfuss, der mit dem Bodenpreis wettgemacht wurde, lockte dennoch das Volk an den Zürichsee.

Auf den Sonnerien neben den Briefkästen waren insgesamt neun Namen angebracht. Valérie suchte nach Kathrin Sulzer und läutete. Sie hatte mit ihr einen Termin um zehn. Niemand meldete sich. Als ein älterer Herr mit Hund, im Begriff, das Haus zu verlassen, ihr die Türfalle in die Hand drückte, trat sie ins Treppenhaus.

Valérie fuhr mit dem Lift in die oberste Etage, wo es nach frischer Farbe roch. Dort betätigte sie wiederholt die Klingel. Sie gab einen schrillen Laut von sich, doch die Bewohnerin schien nicht da zu sein. Valérie drückte die Türfalle. Sie gab nach. Langsam setzte sie einen Fuss über die Schwelle. «Hallo, ist da jemand?»

Alles still.

Valérie griff nach ihrer Glock, die sie im Holster unter dem Wintermantel trug. Vielleicht überreagierte sie. Sie durchschritt einen kurzen Korridor, wobei sie zwei Türen nacheinander aufstiess, um sich zu vergewissern, ob da nicht doch jemand war. «Hallo?» Im ersten Raum befand sich ein hypermodernes, schnörkelloses Schlafzimmer, der zweite Raum war mit einer Anzahl von Kraft- und Ausdauergeräten ausstaffiert. Auf einer Matte lagen zwei Hanteln und ein zerknittertes Frotteetuch, daneben stand eine halb volle Wasserflasche. Da musste erst noch jemand ein paar Bodenübungen absolviert haben.

Ein Kratzgeräusch liess sie leicht zusammenzucken. Es kam von der Tür in entgegengesetzter Richtung, wo möglicherweise das Badezimmer lag. Valérie schritt zur Tür, legte ihr Ohr ans Türblatt und lauschte. Kein Zweifel, dort drin hielt sich jemand auf. War es Kathrin Sulzer?

Valérie wurde sich bewusst, dass sie unbefugt die Wohnung betreten hatte. Sie hatte kein Recht, hier zu sein. Kathrin Sulzer befand sich im Badezimmer und hatte die Glocke nicht gehört. Valérie klopfte. Das wiederholte Kratzen verstummte. Valérie öffnete vorsichtig die Tür. «Frau Sulzer? Ich bin's, Valérie Lehmann von der Kantonspolizei Schwyz. Bitte erschrecken Sie nicht.»

Es war Valérie, die vor Schreck fast die Pistole fallen liess, als ein dunkles Knäuel zwischen ihren Beinen hindurchrannte in Richtung Wohnzimmer. Eine Katze!

Valérie schlich mit erhobener Pistole zum Durchgang, der durch ein offenes Bogentor vom Korridor abgegrenzt war. Die Uhr, eine Pendule, bekam sie zuerst zu Gesicht, bevor ihr Blick auf zwei Sofas und einen Glastisch fiel. Sie betrat den Raum. Vor der Fensterfront schimmerten die Fassaden der Nachbarhäuser. Ausser der schwarzen Katze war niemand da. «Hallo?», rief Valérie wiederholt. Ihre Stimme klang seltsam hohl im Wohnzimmer, in dem es wenige Möbel und keine Vorhänge gab. Die Küche entpuppte sich als eine graue Theke mit Kochfeld und einer Ausbuchtung für einen Wok. Dahinter an der Wand befanden sich ein paar Schränke. Valérie schritt weiter. Ein Schatten auf dem Boden liess sie abermals zusammenfahren.

Da lag eine Frau mit seltsam verrenkten Extremitäten und sah aus wie tot.

Valérie beugte sich reflexartig über die Frau, griff mit der freien Hand nach deren Puls am Hals und spürte ein leichtes Pochen. Gott sei Dank, sie lebte, musste aber aus irgendeinem Grund ohnmächtig geworden sein. Valérie holte ihr iPhone aus der Manteltasche und wollte die Notfallnummer der Ambulanz wählen, als sich die bewusstlos Gewähnte bewegte. Valérie steckte das iPhone zurück. «Was machen Sie denn für Sachen? Haben Sie die Glocke und mein Rufen nicht gehört?»

Wider Erwarten setzte sich die Frau auf, schüttelte ihre blonde Mähne und schwang sie mit einer schnellen Kopfbewegung in den Nacken. «Und wenn es so sein sollte, das berechtigt Sie nicht, unaufgefordert mein Appartement zu betreten. Wer sind Sie überhaupt?»

Valérie wies sich aus. «Wir haben uns um zehn verabredet. Sie sind Kathrin Sulzer, nicht?»

«Sehen Sie hier noch jemand anderen?»

Valérie war leicht perplex. «Können Sie mir wenigstens den Grund sagen, weshalb Sie auf mein Läuten und mein Rufen nicht reagiert haben?»

«Ich trauere meditativ.» Kathrin Sulzer erhob sich. Sie zog den verrutschten Pullover über die Hose und strich jene glatt. Sie war von magerer Gestalt mit einer unnatürlich ausgeprägten Oberweite, was an eine Barbie-Puppe erinnerte. Hätte sie die Balance nicht gehalten, wäre sie aufgrund ihrer disharmonischen Körperproportion nach vorn gekippt.

Valérie sah ihr nach, als sie dennoch aufrecht Richtung eines Sideboards ging und dort die Tür öffnete. Kathrin Sulzer holte eine Flasche Cognac und ein Glas daraus hervor. Ohne aufzublicken, schraubte sie den Deckel ab und goss das Glas halb voll. «Prost.» Sie leerte den ganzen Inhalt hinunter. «Ich trauere um Tobi Bauer. Er war meine grosse Liebe.»

«Bitte setzen Sie sich.» Valérie wies zum Sofa. Als sie Kathrin Sulzer am vorigen Tag angerufen und ihr den Grund für den

Besuch erläutert hatte, hatte diese einen gefassten Eindruck hinterlassen.

Kathrin Sulzer goss nach, nahm das Glas und schwankte zum Sitzmöbel. Möglicherweise hatte sie schon vorher getrunken.

Valérie setzte sich ihr gegenüber auf das zweite Sofa, während sie Kathrin Sulzer nicht aus den Augen liess. Ihrer Physiognomie nach zu urteilen, war sie um die vierzig mit glatter Haut. Nur die unübersehbar aufgespritzten Lippen verrieten, dass sie dem jugendlichen Äusseren nachgeholfen hatte.

«Wann haben Sie erfahren, dass Tobias Bauer nicht mehr lebt?»

Kathrin Sulzer sah auf das Glas in ihrer Hand. «Ich hab's von Rotschi.»

«Das ist Roger Bulliard. Er hat durchblicken lassen, dass Tobias Bauer Ihnen am letzten Freitag seine Liebe kündigte.»

«Das ist eine Lüge.» Kathrin Sulzer reagierte ungehalten. «Eine Unverschämtheit. Wir wollten heiraten.» Sie setzte das Cognacglas an ihre Lippen. Nach zwei Schlucken stellte sie es zurück auf den Tisch. «Er hat mir Mussolini anvertraut. Den gibt er nicht so schnell weg. Das ist für mich ein Liebesbeweis.»

«Die Katze?»

«Ein Kater. Hätte er ihn mir gegeben, wenn er mich in die Pampa schicken wollte?» Kathrin Sulzer bemühte sich um ein Lächeln, das ihr misslang.

«Wann haben Sie das Tier zu sich genommen?»

«Am letzten Freitagabend. Mir ging es nicht so gut, deshalb verliess ich die Party früher als üblich.»

«Zusammen mit der Katze?»

«Mit dem Kater.»

«Ist es nicht eher so, dass Sie den Kater absichtlich mitgenommen haben, weil Sie wütend auf Tobias Bauer waren?»

«Warum hätte ich wütend sein sollen?»

«Weil er Sie verlassen wollte.»

Kathrin Sulzer hob den Kater vom Boden auf. «Also gut, Sie finden es ja doch heraus. Ja, Tobi wollte mich loswerden mit einer Abfindung. Stellen Sie sich das einmal vor. Ich habe es bereits kontrolliert. Er hat mir am Freitag hunderttausend Franken überwiesen. Aber so war er. Komisch, es machte mir nicht einmal viel aus.»

Kein Wunder, bei der Ausbeute, dachte Valérie, schwieg jedoch.

«Er hatte seinen eigenen Humor», fuhr Kathrin Sulzer fort. «Ich bat ihn, Mussolini behalten zu dürfen.» Sie stiess Luft aus. «Sie wollen mir etwas anhängen, nicht wahr? Ja klar, die zutiefst enttäuschte Verlobte rächt sich. Aber Sie täuschen sich. Wie war Ihr Name? Von der Polizei sind Sie, oder?»

Valérie überhörte es. «Um welche Uhrzeit haben Sie am Freitagabend das Haus verlassen?»

«Weiss ich das? Keine Ahnung.»

«Oder haben Sie in Bauers Villa übernachtet?»

«Nein!» Kathrin Sulzer wurde laut. «Ich war ja das fünfte Rad am Wagen. Tobis Bett war bereits besetzt. Aber ... so war er. Früher oder später musste ich damit rechnen.»

«Wer war bei ihm?»

«Wer ... was?»

«Wer hat bei ihm geschlafen?»

«Er war am Abend kurz im Schlafzimmer verschwunden. Als er wieder zum Vorschein kam, hängte sich Raffi an seinen Hals. Tobi glaubte vermutlich, ich hätte es nicht gesehen.»

«Sie haben mir die Frage nicht beantwortet. Wissen Sie, mit wem Tobias Bauer im Zimmer war?»

«Mit einem Flittchen. Aber so war Tobi. Man durfte es ihm nicht verargen. Im Grunde war er ein lieber Kerl.» Kathrin Sulzer bekam den Schluckauf. «Man möge es ihm verzeihen ... hicks.»

«Was bei diesem Luxus nicht verwundert. Ich gehe davon aus, davon haben auch Sie partizipiert.»

«Party was ...?»

«Er hat Ihnen dieses Appartement geschenkt.»

«Er war grosszügig, das ist wahr. Was soll's? Er wusste nicht, wohin mit seinem Geld. Er hat es wenigstens gut investiert. In mich, zum Beispiel.»

«Und plötzlich ist alles weg, weil er Ihnen die Liebe gekündigt hat.» Valérie erhob sich. «Wo waren Sie in der letzten Freitagnacht bis Samstagmorgen?»

«Hier.»

«Kann das jemand bezeugen?»

«Nein.»

«Wann verliessen Sie die Party? Denken Sie nach.»

Kathrin Sulzer stiess Luft aus. Ihre Lippen schienen zu platzen. «Ungefähr vor Mitternacht. Aber da war Tobi noch am Leben.» Sie schien zu überlegen. «Jetzt erinnere ich mich wieder. Als ich das Haus verliess, kam ein Mann des Weges und wollte unbedingt hinein. Er gehörte mit Sicherheit nicht zu Tobis Gästen. Er war um die sechzig und trug auf jeden Fall nicht das, was Tobis Dresscode entsprach.»

«Herr Bauer hat die Kleiderwahl vorgeschrieben?»

Kathrin Sulzer lächelte. «Er überliess nichts dem Zufall.»

«Haben Sie den Fremden ins Haus gelassen?»

«Ja, habe ich. Die Tür stand ja offen.»

«Hat das jemand gesehen?»

«Ich nehme an, der Türsteher.»

«Hat dieser einen Namen?»

«Keine Ahnung. Ich gebe mich nicht mit Angestellten ab.»

Valérie schluckte zweimal leer. Kathrin Sulzer troff vor Überheblichkeit. Eine Eigenart, die Valérie allzu gut kannte. Sie hatte, als sie mit Willy Lehmann zusammen gewesen war, oft mit solchen Frauen zu tun gehabt. «Beschreiben Sie mir Tobias Bauer. Wie war er?»

«Wollen Sie meine ehrliche Meinung hören?» Kathrin Sulzer starrte mit kaltem Blick in ihr Gesicht. Sie wartete eine Entgegnung nicht ab. «Er war ein Genie, ein Verrückter mit einer sanften Seite. Aber zugedröhnt, mit Koks und so, war er eine Bestie und auf Entzug aggressiv. Manchmal hatte er einen so heftigen Crash, dass er fast depressiv wurde. Er brauchte also immer so ein Zeug. Manchmal schrie er mich an ... Oops.» Kathrin Sulzer hielt sich theatralisch die Hand vor den Mund. «Ich mache mich wohl verdächtig, wenn ich so über ihn rede.»

«Erzählen Sie weiter. So kann ich mir ein Bild von ihm machen.»

«Das hat nie jemand können.» Kathrin Sulzer lächelte gequält. «Tobi war voller Geheimnisse.»

«Wissen Sie, was sich in Bauers Keller befindet?»

«Themenwechsel?»

«Wir haben uns noch keinen Zutritt verschafft.»

«Ich war nie drin. Ich fürchtete mich davor. Ich glaube, dass nur diejenigen Freunde von Tobi dort reingingen, die sich vorher Mut angetrunken haben. So viel habe ich jeweils mitbekommen. Und manchmal sah ich die Besucher des Purple Room, wie Tobi ihn nannte, nach dem Verlassen desselben wieder. Einige unter ihnen fanden es geil, anderen dagegen ging es nicht gut. Mehr kann ich Ihnen nicht dazu sagen.»

***

Roli Wildhaber setzte sich mit einer Flasche Bier und einem mit Schinken belegten Brot auf die Liege und streckte die Beine von sich. Er hatte den Fernseher eingeschaltet. Vor einer Viertelstunde war er aufgestanden. Zwischen Montagabend und heute Morgen hatte er Nachtschicht in der Schreinerei Murbacher geschoben, nachdem in der letzten Woche bei ihr eingebrochen worden war. Wildhaber verdiente sich seinen Lebensunterhalt als Fachkraft für Schutz und Sicherheit, war also im Jargon ein echter «Security». Seinen Job wechselte er ab mit einem Kollegen, der an den Wochenenden im Einsatz stand, wenn Wildhaber bei Bauer war. Als er sich vor vier Jahren als Quereinsteiger für seinen heutigen Beruf hatte ausbilden lassen, hatte er sich gerade von einer langjährigen Beziehung getrennt.

Wildhaber zappte durch die verschiedenen Fernsehkanäle, als es an der Wohnungstür läutete. Er erinnerte sich nicht, wen er zu sich eingeladen hatte. Der Pöstler konnte es nicht sein, dieser war schon am Morgen unterwegs. Wildhaber legte widerwillig das Sandwich auf den Tisch. Auf dem Gang in den Korridor warf er einen schnellen Blick in den Spiegel. Er war nicht darauf vorbereitet, jemanden zu empfangen, und die Boxershorts waren das Einzige, was er auf sich trug.

Wieder läutete es.

Er müsste die Klingel leiser stellen, ging ihm durch den Kopf, als er die Tür einen Spaltbreit öffnete. Ehe er reagieren konnte, schlug ihm jemand die Tür vor den Kopf. Benommen wich er zurück und verlor sein Gleichgewicht. Wildhaber war bekannt dafür, Fäuste zu zeigen, wenn es darauf ankam. Schon seine Physiognomie schreckte gewisse Leute ab. Er sehe grimmig aus, war Lolas Ansicht, wenn er zweimal die Woche in ihrem Massagesalon vorbeiging. Sie hatte jedoch längst seine inneren Qualitäten kennengelernt und ihre ersten Bedenken restlos abgelegt.

So perplex wie eben war er eine Ewigkeit nicht mehr gewesen. Wildhaber war an die hintere Wand geprallt. Bis er einen klaren Gedanken fassen konnte, stand der Eindringling bereits im Entrée und hielt ihm eine Knarre an den Hals.

«Du verdammter Wichser! Du hast deinen Job nicht richtig gemacht.»

Wildhaber gab sich Mühe, ruhig zu atmen. Sich wehren brachte in einer solchen Situation nichts. Er versuchte, das Gesicht des Fremden zu analysieren. Von woher kannte er es? «Sie müssen sich in der Tür geirrt haben.»

«Schnauze!»

Er spürte den Lauf der Mündung unmittelbar unterhalb seines Kehlkopfs. Falls sich ein Schuss lösen sollte, würde es ihm das Gehirn aus dem Schädel pusten. Er stellte sich die Sauerei an der Decke vor. Eine kleine Genugtuung blieb, während er sich die Visage seines Vermieters vorstellte. Der Bünzli von nebenan, der ihm mit seiner krankhaften Ordnungswut das Leben schwer machte, würde bei dessen Anblick kollabieren.

«Ich werde dafür sorgen, dass du dein Gehalt des auslaufenden Monats nicht bekommst.»

Wildhaber zuckte zusammen. Warum wusste der Kerl, wo sein wunder Punkt lag und wie sehr er auf die Kohle angewiesen war? «Das können Sie nicht tun.»

«Du wirst staunen, zu was ich fähig bin.»

Obwohl sich die Pistolenmündung noch tiefer in seinen Hals bohrte, wagte er zu fragen, was passiert sei. Er bekam fast keine Luft mehr.

«Du weisst genau, wovon ich spreche. Hast du die Nachrichten nicht gehört?»

Wildhaber brachte keinen Ton heraus. Seine Gurgel schmerzte bestialisch.

«Ich gebe dir achtundvierzig Stunden Zeit, um die Sache zu erledigen.»

Wildhaber hatte keine Ahnung, wovon der Fremde sprach.

Endlich liess er die Pistole sinken, hatte sie jedoch noch immer auf ihn gerichtet. «Achtundvierzig Stunden und nicht mehr.»

«Wer sind Sie überhaupt?» Verdammt, er hatte diesen Typen schon gesehen, den Hünen mit den gefärbten grauen Haaren. Er trug einen Skioverall mit Pelzbesatz, sah seiner Meinung nach bescheuert aus. Und diese Stiefel. Ein komischer Kerl.

«Ich wiederhole mich ungern. Ich will Wiedergutmachung. In zwei Tagen bin ich noch einmal hier. Und keine Mätzchen. Keine Polizei und kein Fluchtversuch. Ich werde dich aufspüren, wo immer du dich versteckst.» Er ging rückwärts durch die Tür.

Wildhaber schloss die Augen. Ausser Zweifel: Das war eine Drohung gewesen. Als er sicher war, dass der Fremde nicht mehr zurückkommen würde, schnellte er nach vorn, warf die Tür ins Schloss und drehte den Schlüssel um.

Mach dich nicht verrückt! Da war einer durchgeknallt. Im Grunde hatte er alles schon erlebt. Sein Beruf hatte mehr Schatten- als Sonnenseiten und verlangte ihm manchmal auch körperlichen Einsatz ab. Im Laufe seiner Tätigkeit war er öfters angegriffen worden, doch darauf vorbereitet gewesen. Er versuchte, sich zu erinnern, ob er vielleicht einmal einen Besucher vor einer Bar oder einem Tanzlokal abgewiesen hatte, der darauf wütend reagierte, kam aber zu keinem Resultat. Er rieb sich den Hals und kehrte zur Liege zurück. Weder auf das Sandwich noch auf das Bier hatte er Lust. Er brauchte etwas Stärkeres, doch das hatte er nicht auf Lager. Er setzte sich wieder hin und machte dort weiter, wo er vor dem Besuch des Fremden aufgehört hatte. Die Glotze beruhigte ihn. Er zappte durch die Fernsehprogramme und landete bei den Inlandnachrichten, die sich alle halbe Stunde wiederholten.

Er sah hin, hörte aufmerksam zu und raufte sich die Haare. Er wusste plötzlich, worum es ging.

***

Louis schwitzte Blut. Er hatte einen Fehler gemacht. Dabei hatte er sich nur überrumpeln lassen von dieser hübschen, kleinen Blondine. Sie hatte ihn vor seiner Wohnung in Rickenbach abgepasst, war ihm wahrscheinlich bis hierher gefolgt. Anders konnte er es sich nicht vorstellen. Sie hatte sich als freie Mitarbeiterin einer bekannten Zeitung vorgestellt. Den Namen des Blattes hatte sie jedoch nicht erwähnt.

Gestern Abend war es gewesen, als es um ihn geschehen war. Er hatte nie gedacht, dass es so etwas gab, im Zeitalter der Partnerbörsen, wo alles mehr oder weniger Berechnung war. Er hatte es auch schon ausprobiert, hatte fast alles von sich preisgegeben und sich theoretisch ausziehen müssen, vor Frauen, die sich in den höchsten Tönen lobten und sich von der besten Seite zeigten, mit retouchierten Bildern. Er kannte das.

«Carla Benizio.» Der Name schmolz dahin wie Schokolade auf der Zunge. Wenn er an sie dachte, schoss ein Pfeil in seine Mitte, dorthin, wo sein Magen lag. Er hatte sie in seine Wohnung hereingelassen. Ohne zu überlegen. Er war seinem Instinkt gefolgt. Wie sie vor ihm gestanden hatte, in dieser Mütze mit dem riesigen Bommel und dem roten Näschen. Allein deswegen hatte er sie nicht in der Kälte stehen lassen wollen. Seine Mutter hatte ihm schon immer eine soziale Ader attestiert.

Sie hatten eine Flasche Wein getrunken, ausser Dienst. Verdammt, er hatte einen harten Arbeitstag hinter sich gehabt und nur eines gewollt, möglichst schnell ins Bett zu gehen. Er war im Bett gelandet – mit ihr. Sie hatte es auch gewollt. Die Idee war von ihr ausgegangen, wenn er es genau nahm. Sie hatte ihn zuerst geküsst. Er musste etwas an sich haben, worauf die Frauen standen.

Er hatte ihr alles erzählt, was sie von ihm wissen wollte. Mehr, als er zu verantworten imstande gewesen war. Das war der Fehler gewesen. Möglicherweise hatte sie es nur darauf abgesehen. Eine erste Polizeinotiz war am Montagmorgen an die Presse gegangen. Für mehr Information war sie auf die Pressekonferenz am Mittwoch vertröstet worden. Carla hatte einen Sonderstatus bei ihm genossen.

Louis sah niedergeschlagen auf sein iPhone, während er sich die Nachrichten anhörte und feststellen musste, dass genau darüber informiert wurde, was er Carla anvertraut hatte. Wusste der Teufel, an welche Medien sie ihr Wissen verkauft hatte.

Ein Windstoss von der Tür her riss ihn aus seinen Gedanken.

«Du bist schon da?» Valérie betrat den Raum. Unter ihrem Arm trug sie eine umfangreiche Aktenmappe. «Bedrückt dich etwas?», fragte sie, als sie die Dokumente auf dem Tisch ablud.

Louis sah sie an. Ihr machte er nichts vor. Sie war die Einzige in der Abteilung, die ihn zu kennen schien. «Hast du die Nachrichten schon gehört?»

«Ja, vor einer halben Stunde. Soll ich mich aufregen?»

Louis hoffte nicht, dass sie ihn über den gestrigen Abend aushorchte. Wie sollte er sich nur verhalten? Er, der trotz seines einstweilen cholerischen Temperaments über eine gute Portion gesunden Menschenverstands verfügte. Die Situation war mehr als peinlich, zumal er sich hatte verführen lassen – für Informationen über das Itlimoos-Opfer.

«Unser Pressechef hat die Direktiven von Fischbacher erhalten», sagte Valérie. «Er wollte nicht mehr bis morgen warten.»

Louis fiel die Kinnlade hinunter.

«Alles gut bei dir?»

«Ja, ich stehe zurzeit etwas neben den Schuhen.» Das war nicht gelogen.

«Immer noch wegen Fabia?»

«Ja.» Das mit Carla wollte er ihr nicht erzählen.

Valérie verzog ihr Gesicht zu einer Grimasse. «Ich habe den Gerichtsbeschluss für eine komplette Hausdurchsuchung der Villa Bauer», sagte sie, «sowie grünes Licht für die Befragung der Angestellten in der Firma Double B in Freienbach.»

Louis hätte sich fast verschluckt. «Das sind über hundertfünfzig Mitarbeiter.» Erleichtert war er trotzdem. Die Nachrichten waren nicht auf seinem Mist gewachsen. Alles, was er Carla erzählt hatte, war bereits vorher an die Presse gelangt. Einmal im Leben durfte auch er eine Glückssträhne haben.

«Irgendwo müssen wir anfangen», sagte Valérie.

Er unterdrückte ein lautes Stöhnen, während er sich an die Befragungen im Zusammenhang mit dem Sankt-Nikolaus-Mord in Küssnacht erinnerte. «Glaubst du, wir haben genügend Leute?»

«Fischbacher hat es mir versichert.»

Valérie setzte sich. Dass auch sie unter Druck stand, brauchte sie ihm nicht zu sagen. Louis las es in ihrem Gesicht. Die Narbe auf ihrer linken Wange trat unverhältnismässig stark hervor.

«Geht es dir gut?» Mit einer Antwort rechnete er nicht.

«Kann nicht klagen.» Sie griff nach einem Glas und der Flasche Mineralwasser in der Tischmitte. «Willst du auch?»

«Nein, danke. Ich komme gerade vom Mittagessen.»

Sie schenkte sich ein. «Da Molinari liegt noch immer auf der Intensivstation. Ich hatte heute Morgen ein Gespräch mit dem behandelnden Arzt. Er meint, dass wir uns bis Ende Woche gedulden müssen.» Sie trank vom Wasser. «Etwas geht mir seit gestern nicht aus dem Kopf. Zulić behauptet doch, er habe da Molinari schreien hören. Aber vorher, als er nach ihr gerufen hatte, habe sie ihm nicht geantwortet. Vielleicht haben wir dem zu wenig Bedeutung beigemessen.»

«Möglicherweise wurde da Molinari bedroht. Sie schwieg, um Schlimmeres zu verhindern.»

«Mein Kopf ist zu wenig frei, um klar denken zu können.» Valérie schlug ihren Ordner auf, blätterte ihn durch. «Vielleicht wäre alles einfacher, wenn wir Bauers genauen Todeszeitpunkt kennen würden. Ist der Bericht aus dem Labor schon eingetroffen?» Valérie liess Louis nicht zu Wort kommen. «Nehmen wir einmal an, da Molinari sah, wer Bauer vergiftet hat, und hätte deswegen sterben sollen –»

«Aber sie lebt.»

«Du lässt mich nicht ausreden.» Valérie linste mit zusammengekniffenen Augen zu ihm hinüber. «Sie kann von Glück reden, dass Zulić sie rechtzeitig gefunden hat.»

«Der Täter wird es wieder versuchen.»

«Davon können wir ausgehen. Deshalb wird da Molinari auch rund um die Uhr überwacht.»

«Damit rechnet er vielleicht.»

«Möglicherweise hat sie ihn jedoch nicht gesehen.» In Valéries Kopf schien es zu arbeiten. «Gehen wir einmal von deinen Vermutungen aus, da Molinari hat etwas in ihrer Hand gehalten, das der Täter unbedingt haben wollte. Vorher aber suchte es der Täter bei Bauer, ohne Erfolg. Was kann es gewesen sein, das Bauer allenfalls seiner Haushälterin anvertraut hatte? Und warum trug sie es ausgerechnet während der Arbeitszeit auf sich?» Valérie blätterte weiter. «Ich werde das Gefühl nicht los, dass wir in eine völlig falsche Richtung ermitteln. Bauer war ein Frauenheld und Kathrin Sulzer seine langjährige Freundin. Just am letzten Freitag versetzt er sie. Seine Affären hat sie akzeptiert, wie sie sagt. Was, wenn nicht? Sie spricht von einem Fremden, der die Villa betrat, im gleichen Moment, als sie diese verliess. Gemäss ihrer Aussage war ein Türsteher vor Ort. Ob er den späten Gast überprüft hat, konnte Kathrin Sulzer nicht sagen. Hat sie ihm die Türfalle oder was auch immer in die Hand gedrückt?» Valérie sah Louis nachdenklich an. «Ich muss mir diesen Wachmann vorknöpfen. Sein Name müsste auch auf der Liste sein.»

«Was heisst das?» Louis ahnte, was kommen würde.

«Dass ich nach der Teamsitzung zu ihm fahre, zusammen mit Dodo.»

«Und ich dachte schon, ich müsste die Sitzung leiten.»

«Da ist noch etwas ...» Valérie fixierte ihn mit ihren schwarzen Augen. «Kathrin Sulzer hat etwas von einem Purple Room erzählt, der sich im Keller befindet. Hinter der verschlossenen Tür. Sind schon etwelche Pläne des Architekten eingetroffen?»

«Leider nein. Niemand scheint den Architekten zu kennen, zumindest nicht den, der Bauers Villa geplant hat.»

Valérie stiess Luft aus. «Ich muss dort rein. Unbedingt.»

FÜNF

Es war ein älterer Dorfteil, unweit der katholischen Kirche Wollerau, wo Valérie ihren Wagen abstellte. Das Haus, in dem Roli Wildhaber wohnte, sah nicht sehr vertrauenswürdig aus. Dichte, von Schnee bedeckte Thujahecken nahmen der grauen Tristesse zwar den Schrecken, aber ein schräg vom Dach hängender Balken vermochte das Gesamtbild nicht zu verbessern. Im Treppenhaus hatte sich der Mief vergangener Jahre festgesetzt. Der Geruch nach Schimmel breitete sich aus. In einer Nische neben vier Briefkästen stand ein schmuddeliger Kinderwagen vor zwei roten prall gefüllten Kehrichtsäcken.

Dodo rümpfte angewidert die Nase. «Anscheinend ist dieses Dorf nicht nur den Reichen vorbehalten.»

«Nicht jeder vermag ein Luxusleben», wie du, aber das sagte sie nicht laut.

«Was spricht dagegen, auch in einem einfachen Haus Ordnung zu halten?»

Valérie kommentierte es nicht. Sie ging über die Treppe nach oben, wo sie Wildhabers Wohnung vermutete, nachdem sie auf dem Weg dorthin jedes Namensschild gelesen hatte. Sie lag unter dem Dach, zusammen mit einer weiteren Wohnung, die mit «Hauswart» beschriftet war. Vor Wildhabers Tür war aufgeräumt. Es gab sogar einen Schuhkasten, auf dem ein unechter Bambus in einem geflochtenen Übertopf stand.

«Wir hätten uns anmelden sollen», sagte Dodo und stellte sich neben die Tür, während Valérie die Klingel betätigte. «Die hat vielleicht einen ätzenden Klang.»

«Du hast recht. Er scheint bei der Arbeit zu sein», was Valérie nicht davon abhielt, Sturm zu läuten. «Ein letzter Versuch.»

In ihrem Rücken ging die Tür auf. Dodo deutete an Valéries Kopf vorbei in die andere Richtung.

«Geht's auch leiser?»

Valérie wandte sich um und sah direkt in das griesgrämige Gesicht eines älteren Herrn mit schütterem Haarkranz und Brille. Seiner Haltung nach zu urteilen, hatte er es mit dem Kreuz. Aus seiner Wohnung wehte der Geruch nach Zwiebeln. Valérie streckte ihm ihren Ausweis entgegen. «Valérie Lehmann von der Kantonspolizei Schwyz. Und Sie sind?»

Er stammelte seinen Namen. Eingeschüchtert blieb er unter dem Türrahmen stehen.

«Wir suchen Roli Wildhaber.»

«Hat er etwas angestellt?» Seine Selbstsicherheit kehrte zurück. «Bei dem würde es mich nicht wundern. Schleicht sich jeweils am Abend aus dem Haus und kommt am Morgen früh zurück. Denkt wohl, ich merke es nicht. Ich hätte ihm schon längst kündigen sollen. Aber er bezahlt immer pünktlich, was ich von den andern Mietern nicht behaupten kann. Was wollen Sie von ihm?»

«Das möchten wir mit ihm persönlich besprechen», sagte Valérie.

«Soll ich die Wohnungstür öffnen? Ich habe einen Schlüssel.»

«Nicht nötig. Wir kommen ein andermal.»

In diesem Moment ging die Tür auf, und auf der Schwelle erschien ein sportlicher Mann um die dreissig. Er trug einen Bademantel, seine Haare waren feucht. «Wollten Sie zu mir?»

«Allerdings.» Valérie stellte sich und Dodo vor. «Haben Sie sich gestossen?» An seiner Stirn leuchtete rot eine Schramme, vermutlich neueren Datums.

«Polizei?» Wildhaber hielt die Tür weit auf. «Treten Sie ein. Mein Nachbar verrenkt sich sonst den Hals ob seiner Neugier.» Er griff sich an den Kopf. «Der Küchenschrank, tja, ich hätte aufpassen sollen.»

«Kann es sein, dass das Verhältnis mit Ihrem Vermieter schwierig ist?», fragte Valérie, als sie den Flur betreten hatte.

«Das ist nur der Vorname. Er ist ein verbitterter alter … Sack. Verzeihen Sie mir diesen Ausdruck. Aber es gibt kein Synonym dafür.» Wildhaber strich sich über den Kopf, der von dunklen, kurz geschorenen Haaren bedeckt war. Sein Gesichtsausdruck glich dem eines wütenden Zeitgenossen, was seine eng stehenden Augen unterstrichen. «Geht es um Tobias Bauer? Ein tragischer Fall. Aber kommen Sie, setzen wir uns ins Wohnzimmer, wenn Sie meine bescheidene Möblierung nicht stört.»

Als Dodo im Begriff war, etwas zu erwidern, hielt Valérie sie zurück. Sie kannte mittlerweile ihre Redseligkeit und wollte verhindern, dass sie sich auf eine Diskussion mit dem möglichen Zeugen einliess.

«Bauers Tod hat für mich Konsequenzen. Ich verliere meinen besten Job.»

«Darauf wollte ich gerade zu sprechen kommen.» Valérie schritt zum Fenster, derweil sich Dodo und Wildhaber auf Sesseln niederliessen, die aus dem Brockenhaus stammen mussten. Nebst den abgewetzten Sitzflächen waren auch die Lehnen aufgeschürft. «Sie waren Bauers persönlicher Bodyguard, oder irre ich mich?»

«Sie irren sich.» Wildhaber strich sich mit den Händen über den Kopf. «Ich hatte jeweils Einsatz an den Wochenenden, wenn Bauer eine Party gab. Und glauben Sie mir, das geschah jeden Freitagabend und dauerte in der Regel bis Samstagmorgen früh, bis die letzten Gäste die Villa verliessen. Ich war Türsteher, wie man sie vor Tanzlokalen und noblen Etablissements antrifft. Bei manchen Leuten wirkt die Tatsache, dass einer wie ich ein Haus bewacht, abschreckend, und sie benehmen sich, wie es sich gehört. Das war auch der Grund, weshalb Bauer mich unter fünf möglichen Anwärtern ausgewählt hatte. Mein Gesicht gefällt nicht jedem. Dass ich daraus einmal Profit schlagen könnte, habe ich mir in meinen kühnsten Träumen nicht ausgemalt.»

Dodo hob die Augenbrauen. «Wann verliessen Sie am letzten Samstagmorgen Ihren Arbeitsplatz?»

«Das war relativ früh, gegen drei Uhr. Bauer verabschiedete sich persönlich von mir.»

«Gab es zuvor Zwischenfälle?», fragte Valérie.

«Wie meinen Sie das?»

«Mit Leuten, die nicht eingeladen waren, zum Beispiel.» Valérie stiess den Tagvorhang am Fenster etwas zur Seite. Von hier aus blickte sie direkt an eine weitere Häuserzeile, die derjenigen neben der Kirche zum Verwechseln ähnlich sah. «Mussten Sie jemanden abweisen, der nicht dazugehörte?» Sie wandte sich wieder um und erntete einen fragenden Blick.

«Um Mitternacht musste ich einen Gast bei Bauer anmelden, der ihn dringend sprechen wollte. Ich habe Bauer über das Funktelefon herbestellt.»

«Und er kam zum Eingang?»

«Ja, nachdem ich ihm den Namen mitgeteilt und notiert hatte.»

Dodo machte eifrig Notizen.

«Erinnern Sie sich an den Namen?»

«An diesen schon.» Wildhaber tippte sich an die Stirn. «Er passte nicht zu Bauers Gästen. Florian Moretti hiess er. Er war sehr aufgeregt.»

«Und trotzdem liess Bauer ihn eintreten? Wohin ging er mit ihm?»

«Das allerdings entzieht sich meinem Wissen.»

«Haben Sie den Mann vorher schon einmal gesehen?», fragte Dodo.

«Nein, bislang nicht. Aber ich denke, er war nicht in freundschaftlicher Absicht vor Ort.»

«Woran, glauben Sie, haben Sie das erkannt?», fragte Valérie.

«Als er mit Bauer im Hausinnern verschwand, hörte ich ihn lamentieren. Die einzelnen Wörter habe ich jedoch nicht verstanden.»

«Aber hätten Sie als Bodyguard Bauer und Moretti nicht folgen sollen?»

«Noch einmal: Ich bin Türsteher und kein Bodyguard.» Wildhaber kratzte sich verlegen am Kinn. «Aber wenn ich es mir im Nachhinein überlege, hätte ich vielleicht ein Unglück verhindern können.»

Valérie verschränkte die Arme vor ihrer Brust. «Heisst es, dass Moretti die Villa vor Ihrem Weggang nicht verlassen hat?»

«Doch, doch. Er ging eine halbe Stunde später weg. Ich hakte ihn auf meiner Liste ab, nachdem ich ihn bei der Ankunft notiert hatte.»

«Sie haben eine Liste?» Dodo warf Valérie einen Blick zu.

«Ja, wie zu analogen Zeiten.» Wildhaber lachte auf. «Sie war Bauer wichtig. Es erstaunte mich immer wieder. Er hätte mir auch ein iPad in die Hand drücken können. Aber nein, er wollte es schwarz auf weiss.»

Valérie konnte nur den Kopf schütteln. Sie hätten sich eine Menge Arbeit erspart, hätte sie früher davon erfahren. «Sie haben also restlos jeden Gast auf der Liste abgehakt?»

«Restlos alle», bestätigte Wildhaber. «Als ich ging, waren alle Partygäste weg.»

«Das war um drei, sagten Sie.»

«Plus/minus drei Uhr.»

«Und der Koch und seine Entourage? Wann gingen diese Leute weg?»

«Bereits um Mitternacht.»

«Und die Haushälterin?»

«Auch die verliess das Haus, aber erst um halb drei.»

«Und da war Tobias Bauer noch am Leben?»

Valérie entging Wildhabers Zögern nicht.

«Ich schwöre bei meiner nicht existenten Schwiegermutter, er war sehr lebendig.»

Valérie wollte sich nicht damit zufriedengeben. «War Ihnen an Tobias Bauer etwas Ungewöhnliches aufgefallen, bevor Sie ihn verliessen?»

«Na ja, wenn Sie mich so fragen, er war immer sonderbar. Ein überdrehter, verkokster, alkoholisierter Zeitgenosse, jedenfalls an den Wochenenden, wenn ich in seinen Diensten stand. Wie er unter der Woche war, weiss ich nicht. Aber er hat mich immer pünktlich entlöhnt.»

«Erinnern Sie sich an Kathrin Sulzer?»

«Die Kathrin, ja klar. Die ging kurz vor zwölf. Sie trug einen Korb mit sich. Ich glaube, es war ein Katzenkorb.»

Wenigstens stimmte diese Aussage mit der von Kathrin Sulzer überein.

«Wollten Sie noch etwas loswerden?»

Er winkte ab.

«Wann haben Sie von Tobias Bauers Tod erfahren?»

«Heute erst, es kam in den Nachrichten.»

«Wie haben Sie darauf reagiert?», fragte Dodo.

«Es war ... natürlich ein Schock.»

«Wie ist es eigentlich mit Ihnen?», fragte Valérie.

«Was soll mit mir sein?»

«Hätten Sie einen Grund gehabt, Tobias Bauer zu töten?»

Wildhaber bekam einen Hustenanfall. «Was soll die Frage? Ich töte nicht die Kuh, die ich melke.»

«Was hältst du davon?», war die erste Frage, die Valérie Dodo stellte, als sie bereits wieder im Auto sassen.

«Es sieht ganz danach aus, als hätte Bauer seinen Mörder selbst reingelassen.»

«Also muss er ihn gekannt haben.»

«Gibt es eigentlich Fingerabdrücke?»

«Die werden ausgewertet. Aber da suchen wir wahrscheinlich nach der Nadel im Heuhaufen.» Valérie startete den Motor. «Nächste Adresse ...»

«Florian Moretti», sagte Dodo. «Ich habe seinen Wohnort notiert.» Sie fingerte an ihrem iPhone herum. «Er ist Metzger in Wilen, also ganz in der Nähe.»

«Was hatte ein aufgebrachter Metzger mit Bauer zu tun?»

«Ah, da fällt mir gerade alles Mögliche ein.» Dodo sah ihre Kollegin von der Seite her an. «Ausstehende Rechnungen, eine falsche oder verspätete Lieferung, wo es sich zu rechtfertigen galt, verdorbenes Fleisch, Konkurrenz ... eine persönliche Abrechnung. Metzger sind von Berufes wegen oft aggressiv, weil sie jeden Tag Blut trinken.» Dodo lachte laut heraus.

«So ein Witz. Er ist wohl kaum ein gefährlicher Mensch, sonst hätte Bauer Wildhaber sicher gebeten, ihn zu begleiten.»

«Stand Bauer nicht unter Drogen?»

«Es gibt Zeugenaussagen, die das bestätigen. Hast *du* Erfahrung damit?»

«Womit?» Dodo gab sich naiv.

«Mit Kokain.»

Dodo kicherte. «Ich würde lügen, wenn ich es abstritte. Aber das ist schon lange her. Ich hätte wohl kaum eine Anstellung bei der Polizei bekommen.»

Valérie fuhr erst jetzt an. Es lag ihr auf der Zunge, Dodo nach ihrer Rekrutierung in die Abteilung «Leib und Leben» zu fragen. Aber damit hätte sie zugegeben, wie wichtig es für sie war, es zu erfahren. Dodo hatte unbestritten ihre Qualitäten, ob sie nun undurchschaubar herüberkamen oder nicht. Als Valérie ins Team nach Schwyz gekommen war, hatte man ihr anfänglich genau diesen Makel vorgeworfen. Wenn sie ehrlich mit sich selbst war, konnte sie Dodo verstehen.

Ein Schneehaufen versperrte die direkte Zufahrt zur Metzgerei. Valérie liess den Wagen zur Hälfte auf der Strasse stehen, was eine erzürnte Passantin dazu veranlasste, ein paar unflätige Wörter auszustossen. Valérie nahm keine Notiz von ihr, wogegen Dodo sich zu rechtfertigen versuchte.

Die Frauen betraten durch eine automatische Schiebetür das Ladengeschäft, in dem es unwesentlich wärmer war als draussen. Drinnen roch es nach geräuchertem Fleisch, was Valérie in Erinnerung rief, dass sie das Mittagessen wieder einmal hatte ausfallen lassen. Jetzt war es bereits fünf Uhr. Sie hatte sich vorgenommen, ihren Sohn Colin anzurufen und ihn zu fragen, ob er in absehbarer Zeit mit ihr zum Nachtessen ausgehen würde. Colin war jetzt siebzehn und teilte sich mit zwei Leuten eine Wohngemeinschaft in Zug, wo er eine Lehre in der IT-Branche machte.

Den hinteren Teil des Tresens nahm eine Matrone ein, die schätzungsweise das Doppelte von dem Mann wog, der sich mit abgewandtem Gesicht der Abstellfläche vor der Wand widmete.

Er hatte den Fleischwolf in Betrieb gesetzt und schob rosafarbene Fleischstücke in den Trichter.

«Was darf es sein?» Die Matrone, die eine dicke Wolljacke trug, setzte ein gütiges Lächeln auf. Ihre Wangen leuchteten mit der Salami in der Auslage um die Wette.

«Wir würden gern Florian Moretti sprechen.»

Das Lächeln auf ihrem Gesicht verschwand. «Was wollen Sie von meinem Mann?»

Valérie hatte dieses Misstrauen und die Kontrollen langsam satt. Überall, wo sie hinkam, bezog eine Person Stellung für den zu Befragenden, als müsste sie sich selbst zuerst einer Leibesvisitation unterziehen, bevor sie ihr Anliegen kundtun konnte.

Der Mann beim Fleischwolf nahm ihr eine lange Erklärung ab. Er wandte sich um und scheuchte, was nur Valérie sah, seine Frau vom Tresen weg. Dass keine Kunden im Geschäft waren, erleichterte die Sache.

«Sie suchen mich?»

Valérie wies sich aus und nannte Dodos und ihren Namen. «Es geht nur um eine Auskunft.»

«Und ich dachte schon, die Schwyzer Polizei würde mal einen fetten Brocken Fleisch bei mir bestellen.» Moretti hatte Humor. «So ein Fondue Chinoise erfordert nicht grosse Kochkünste, und man kann während der Zubereitung gemütlich zusammensitzen.»

Valérie blieb ernst, derweil sie Dodos verschmitztes Grinsen registrierte. Sie liess Moretti Zeit, bis er sich ob seines eigenen Lachens erholt hatte.

«In der letzten Freitagnacht haben Sie Tobias Bauer von der Firma Double B einen Besuch in dessen Villa abgestattet. Können Sie mir sagen, aus welchem Grund?»

Es sah aus, als würde über Morettis Gesicht eine Gewitterwolke aufziehen. Sein Blick verfinsterte sich. «Kommen Sie nach hinten in mein Büro.» Er bedachte seine Frau mit einem Nicken. «Das könnte länger dauern. Kann ich dich allein lassen?»

Die Kontrolle beruhte hier offensichtlich auf Gegenseitigkeit.

Das, was Moretti Büro nannte, glich einem Kabuff von drei auf drei Meter. Durch ein geöffnetes unscheinbares Fenster strömte frische Luft. Valérie setzte sich in dessen Nähe. In kleinen Räumen hatte sie stets das Gefühl, unter Klaustrophobie zu leiden. Sie sah Dodo an, dass auch sie litt.

Moretti liess sich auf seinem Bürostuhl nieder, der der Grösse und Anatomie der Sitzfläche wegen eher zu seiner Frau passte.

«Ein heikles Thema.» Moretti kam gleich zur Sache. «Als ich von Bauers Tod erfuhr, rechnete ich damit, dass Sie früher oder später bei mir auftauchen. Erwarten Sie aber nicht, dass ich diesem Fötzel eine Träne nachweine.» Moretti griff nach einem Schreibstift und liess ihn von einer in die andere Hand gleiten. «Dass ich mich mit dieser Aussage verdächtig mache, ist mir durchwegs bewusst. Also, fragen Sie, wenn Sie Fragen haben.»

Valérie sah auf seine Hände. Sie waren von der Verarbeitung des Fleisches rötlich verfärbt. «Ich werde unser Gespräch aufnehmen.»

«Und wenn ich Nein sage?»

«Muss ich Sie aufs Präsidium vorladen», antwortete Valérie.

«Ich habe nichts zu verbergen.»

«Dann sind wir uns ja einig.»

«Was wollten Sie am letzten Freitag von Tobias Bauer?», fragte Dodo.

«Darf ich ausholen?»

«Wenn's der Sache dient.» Dodo warf Valérie einen schnellen Blick zu.

«Meine Tochter Loredana arbeitet als Kindermädchen bei der Familie Bulliard in Lachen.»

«Wie alt ist Ihre Tochter?» Valérie hatte ihr iPhone schon längst auf Aufnahme gestellt.

«Sie wurde im letzten August achtzehn. Sie wollte unbedingt ein Zwischenjahr einschieben, bevor sie ein Praktikum in einer Kindertagesstätte beginnt. Sie müssen wissen, dass Loredana ein liebenswertes Mädchen ist, vielleicht … ja, da staunen Sie, es aus dem Mund ihres Vaters zu hören, ist sie zu gutgläubig, fast naiv. Und so wie es aussieht, hat das Herr Bulliard auszunützen versucht.»

«Sie ist volljährig», sagte Dodo.

«Solange sie in unserem Haus lebt, und das tut sie nach wie vor, fühle ich mich für sie verantwortlich und dazu verpflichtet, dass sie nicht auf Abwege gerät.»

«Aha.» Valérie hatte ihre Zwischenbemerkung vermeiden wollen. Weder Dodo noch Moretti reagierten darauf.

«Da schleicht sich unsere Tochter also am späten Freitagabend in ihr Zimmer oben in der Wohnung. Sie meinte, ich würde sie nicht hören.»

Wahrscheinlich hatte er seine Lauscher weit aufgesperrt, sinnierte Valérie. Wenn er seine Tochter genauso kontrollierte wie es das Ehepaar gegenseitig tat, musste Moretti geradezu darauf gelauert haben, bis seine Tochter nach Hause kam.

«Sie schlich also in ihr Zimmer. Ich ging ihr nach, und was sehe ich da? Sie dreht sich mit so einem Fummel von Nichts vor ihrem Spiegel herum. Und am Hals glitzert eine Kette, welche sie mit Bestimmtheit nicht von uns hat. Und diese Stöckelschuhe hätten Sie sehen sollen. Meine Frau hat sie anderntags gleich auf den Abfall geworfen. Unsere Tochter soll nicht wie eine Nutte durch die Gegend stolzieren.»

«Hat sie gesagt, woher sie kommt?»

Moretti hatte indessen einen hochroten Kopf bekommen. «Ich musste es richtiggehend aus ihr herausprügeln.»

«Sie haben Ihre Tochter geschlagen?»

«Ein paar Ohrfeigen zur passenden Zeit haben noch niemandem geschadet. Wir sind genauso aufgewachsen. Wenn wir nicht parierten, bekamen wir eins auf den Hintern.»

Valérie fand keine Worte. Auch Dodo schwieg.

Dieser schmächtige Metzger schlug seine Tochter und war überzeugt, das Richtige zu tun. Ob er ein aggressiver Zeitgenosse war und fähig, einen Menschen zu töten? Valérie kannte die Art von Tätern, die die Flucht nach vorn einschlugen, sobald man sie durch ihre Entlarvung bedrohte.

«Warum gingen Sie zu Bauer und nicht gleich zu Bulliard?», fragte Dodo nach einer Weile, in der auch sie sich Gedanken gemacht zu haben schien.

«Weil Loredana bei diesem Bauer war. Er hat sie mit diesem Klunkerzeug ausstaffiert, nachdem sie mit ihm geschlafen hatte.»

«Das hat sie Ihnen erzählt?»

«Sie hatte keine andere Wahl.»

«Sie haben die Wahrheit aus ihr herausgeprügelt.» Valérie ekelte sich vor diesem Mann. «Dann haben Sie Bauer aufgesucht.»

«Ja, ich wollte ihm meine Meinung sagen.»

«Und, hat's etwas gebracht?», fragte Valérie weiter.

«Er war so besoffen, dass es wahrscheinlich nicht in seinem Hirn ankam. Ich habe ihm meine Visitenkarte zugesteckt und um eine Unterredung gebeten.»

«Die er dann am Samstagmorgen früh einlösen wollte», sagte Valérie.

Moretti zögerte. «Warum Samstagmorgen früh?»

«Er ist um diese Zeit gestorben.»

«Nein, Moment mal, das stimmt nicht. Ich habe ihn, nachdem ich gegangen war, nicht mehr gesehen.»

«Wo waren Sie zwischen drei Uhr und Samstagvormittag?»

«Zuerst im Bett. Meine Frau kann es allerdings nicht bezeugen. Sie kann ohne Schlaftabletten nicht schlafen. Als ich nach Hause kam, lag sie wie in Narkose da. Hat geschnarcht wie ein ...» Er winkte ab. «Um halb sieben stand ich auf. Ich erwartete um sieben die Lieferung eines Bauern.»

«Wir bräuchten den Namen und die Anschrift dieses Mannes.» Valérie steckte in der Zwickmühle. Sie hatte keine Handhabe, Moretti zu verhaften. Bis sie den richterlichen Beschluss haben würde, wäre der Verdächtige über alle Berge, sollte er schuldig sein. Er war bei Bauer gewesen. Das gab er unumwunden zu, und Wildhaber hatte ihn gesehen, wie er zu Bauer ging, aber auch, wie er die Villa wieder verliess. Trotzdem hatte Moretti ein Motiv. «Können wir Ihre Tochter sprechen?»

«Die arbeitet.»

Valérie war baff. «Sie haben ihr nicht davon abgeraten?»

«Nein, sie ist ja volljährig.»

«Ich muss Sie bitten, uns in den nächsten Tagen für weitere Befragungen zur Verfügung zu stehen.»

«Erklären Sie mir den Grund?»

«Tobias Bauer ist in der Nacht vom Freitag auf Samstag getötet worden. Und Sie, Herr Moretti, haben für diese Zeit kein Alibi.»

Es dunkelte bereits ein, als Valérie und Dodo die Metzgerei verliessen. Ein rauer Wind blies ihnen entgegen.

«Wir haben vergessen, uns ausführlich über Raffaella Bulliard zu unterhalten», sagte Valérie auf dem Weg zu ihrem Wagen, nachdem sie einen Schneehaufen elegant umgangen war. «Sollten wir anschliessend nach Lachen fahren und die Bulliards besuchen, müsste ich zumindest wissen, wie du sie einschätzt. Ich weiss», sie öffnete die Autotür und sah über das Dach hinweg Dodo an, «es steht alles im Protokoll. Aber ich würde es gern von dir persönlich erfahren.»

«Die ist völlig durchgeknallt.» Dodo schwang sich auf den Beifahrersitz. «Oder was würdest du über eine Frau sagen, die, ohne gefragt zu werden, zugibt, dass sie täglich Vaginalcrème ins Gesicht schmiert, um den Falten den Garaus zu machen?»

Valérie hielt sich instinktiv die Hand vors Gesicht, um nicht laut herauszulachen. Es aus Dodos Mund zu hören, hatte etwas Urkomisches an sich.

«Sorry, die ist irre. Sie lebt für ihr Aussehen. Ich glaube, ihre Zwillingssöhne sind ihr völlig gleichgültig. Ihr Mann ist es ebenso.»

«Du meinst, sie hatte etwas mit Bauer?» Valérie startete den Motor, gab Gas und folgte einem Ford, der langsam über die Hauptstrasse fuhr.

«Mit Sicherheit. Aber nicht, weil sie ihn liebte; sie braucht Bestätigung. Jemand, der ihr sagt, wie begehrenswert sie ist.»

«Dieses Gefühl habe ich auch bei Kathrin Sulzer. Bauers Tod geht ihr nicht sehr nahe. Glaubst du, Bauer konnte diesen beiden Frauen das geben, wonach es sie dürstete?»

«Dürstete?» Dodo lachte. «Was für eine Aussage. Ich denke eher, Bauer hat sich mit schönen Frauen abgegeben, weil *er selbst* Bestätigung suchte.»

«Sollten wir Moretti glauben, hat Bauer es eher auf junge Frauen abgesehen.» Valérie fuhr dem Ford gefährlich nahe auf. «Verflixt, kann der nicht Gas geben? Sobald ein bisschen Schnee auf der Strasse liegt, pinkeln sich einige in die Hose.»

Dodo lachte laut. «Du bist ja schlimmer als ich.»

Valérie warf ihrer Kollegin einen Seitenblick zu. «Entschuldige bitte, ich habe vergessen, dass ich nicht allein im Auto sitze.»

«Du musst dich nicht entschuldigen. Ich kenne das. Ich lasse meinen Frust auch beim Autofahren raus.»

«Lebst du eigentlich in einer Beziehung?» Valérie wurde einmal mehr bewusst, dass sie fast nichts von Dodo wusste. Allmählich musste sie ihre Aversion gegen Dodo ablegen. Dodo schien, wie sie selbst, ein Alphaweibchen zu sein. Und wenn sie beide damit umzugehen vermochten, würden sie von den Ressourcen der anderen profitieren können. Andererseits war da noch immer ein komisches Gefühl, das sich wie eine Barriere zwischen sie geschoben hatte. Zanettis Reaktion auf Dodo neulich war nicht spurlos an ihr vorbeigegangen.

«Ach, nichts Festes.» Dodo winkte ab. «Hie und da mal eine Affäre. Als Polizistin bist du eh nicht bindungsfähig.»

«Wem sagst du das.»

Dodo gab einen Ton von sich, der sich nach einem Glucksen anhörte. «Du und Zanetti, ist das nichts Ernstes?»

«Doch, doch», Valérie schaltete einen Gang hinunter. «Wir sprechen aber von dir und nicht von mir.»

«Ich habe keine Zeit für Beziehungen.»

«Du bist eine Einzelgängerin?»

«So ist es.» Mehr wollte Dodo offenbar nicht preisgeben. «Fahren wir jetzt?» Sie wurde ungeduldig.

«Hast du die Adresse?»

«Darf ich? Ich gebe sie gleich auf dem Navi ein.»

Bulliards Villa war im Gegensatz zu Bauers Glas-Beton-Palast ein ansehnliches Landhaus mit Sprossenfenstern und Erkern. Das terrakottafarbene Anwesen strahlte zumindest sehr viel Wärme aus. Die offene Zufahrt war vom Schnee geräumt, beim Eingang brannte eine Lampe und warf ein behagliches Licht auf den Platz davor.

«Womit verdient Bulliard seine Brötchen?» Dodo zog den Zipper an ihrer Jacke hoch.

«Hauptsächlich mit Sicherheitssystemen in der Computerbranche. So soll es zumindest gegen aussen den Eindruck machen.» Valérie war sich nicht einmal so sicher, ob es da nicht doch etwas anderes gab, das lukrativer war als Softwareentwicklungen. Bulliard hatte durchblicken lassen, dass Double B in der Unterhaltungsindustrie mitmischte. «Computeranimation, was immer das umfassen mag.» Sie erinnerte sich an Bulliards Aussage, «3-D-Animationen für Kinos und dergleichen.»

«Heute gibt es bereits 4-D», sagte Dodo und nahm den Türgriff zur Hand. «Weiss er eigentlich, dass wir kommen?»

«4-D, klar, habe ich mal im Kino erlebt. Der Sitz neigte sich nach vorn, um die Beine huschte etwas, als wären die Mäuse los. Der Wind wehte und verteilte seltsame Gerüche, Wasser sprühte, als ginge ein Regenschauer nieder …» Valérie stieg aus. «Nein, weiss er nicht. Aber er wird damit rechnen.»

Eine Klingel existierte nicht. Das Ländliche setzte sich beim angebrachten Türklopfer fort – ein Messingring in einer groben Ausführung. Dodo betätigte ihn.

Die Tür ging auf. Eine junge Frau erschien. Ihre Haare zogen Valéries Aufmerksamkeit auf sich. Eine braune Lockenpracht auf Kinnlänge. Das Gesicht hingegen sagte nicht viel aus. Blaue Augen, blasser Teint. Ausstrahlung sah anders aus.

«Loredana Moretti?», fragte Valérie, was bei der jungen Frau Entrüstung hervorrief.

«Sie kennen meinen Namen?»

«Ihr Vater hat ihn uns verraten und dass wir Sie hier finden würden.»

«Paps, war ja klar. Aber glauben Sie ihm nicht alles, was er sagt.»

«Dass Sie hier sind, ist schon mal richtig», sagte Valérie und sah neugierig in den sanft beleuchteten Flur. Beim Durchgang zum Wohnraum standen zwei Jungs, die aussahen, als wären sie geklont. Etwa zehn mussten sie sein. «Wie heisst ihr denn?», fragte sie beiläufig.

Sie blickten einander an und kicherten.

«Max und Moritz», sagte Loredana an ihrer Stelle. «Na ja, Susi und Strolch ging ja nicht.»

Valérie musste sich ein Grinsen verkneifen.

«Sind Herr und Frau Bulliard nicht da?», fragte Dodo, die Valéries Blick gefolgt war und wie sie gegen einen Lachanfall kämpfen musste.

«Nein, ich wäre sonst nicht mehr hier», sagte Loredana. «Aber bitte, kommen Sie herein.» Sie hielt die Tür weit auf. «Sie sagten, dass sie um sieben zurück sein würden. Sie können im Wohnzimmer auf sie warten.»

Valérie wandte sich an Dodo. «Könntest du dich mal um die Jungs kümmern? Ich würde mich gern mit Frau Moretti unterhalten.»

«Sie können mich ruhig Loredana nennen. Warum wollen Sie mit mir reden?»

So simpel, wie ihr Vater sie beschrieben hatte, kam sie Valérie nicht vor. «Sie haben sicher davon gehört oder in der Zeitung gelesen, dass Tobias Bauer tot ist.»

Loredana ging rückwärts in die Küche, während Dodo die Buben ins Wohnzimmer lotste. «Wer ist Tobias Bauer?»

«Verkaufen Sie mich nicht für dumm, junge Frau.» Valérie hatte einen harscheren Ton angeschlagen. «Sie wissen genau, von wem die Rede ist. Sie haben ihn am letzten Freitag in seiner Villa besucht.»

«Hat Paps das erzählt?» Loredana ging zum Kochherd, wo zwei Pfannen standen. Sie rührte in einer von ihnen. Es roch nach Tomatensauce. «Hören Sie, ich bin volljährig. Ich kann machen, was ich will. Paps meint, wenn ich ab und zu nach Hause zum Schlafen komme, müsse er mich wie ein kleines Kind behandeln.»

«Er schlägt Sie», warf Valérie ein, was möglicherweise aus der Luft gegriffen war. Ihr entging nicht, wie Loredana rot anlief. Dass Tobias Bauer tot war, schien sie weiter nicht zu schockieren.

«Das hat er nur einmal versucht, glauben Sie mir. Ich schlug zurück.»

Die Frau hat es faustdick hinter den Ohren, ging Valérie durch den Kopf. Bilder von früher tauchten vor ihrem inneren Auge auf. Sie wünschte, sie hätte sich genauso ihrem Vater widersetzen können, damals, als er sie misshandelt hatte. Sie wischte die Erinnerung daran weg.

«Waren Sie zum ersten Mal bei Tobias Bauer?»

«Ja, aber nur, weil ich in echten Geldnöten steckte. Ich wusste von Bulliard, wie gut er bezahlt.»

«Roger Bulliard hat Sie mit Bauer verkuppelt?»

«Das finde ich krass, wie Sie das sagen. Ich meine, wir jungen Frauen sind da, um den Mann zu beglücken, wenn's die Alten nicht mehr hinkriegen.»

Valérie blieben einen Moment die Worte im Hals stecken. Die Generation ihrer Mutter hatte noch für das Frauenstimmrecht gekämpft und wie sie selbst dafür, dass die Frauen in der Gesellschaft den Männern gleichgestellt würden. Im Vergleich zu andern europäischen Ländern hinkte die Schweiz dabei heute aber immer noch in vielem hinterher. Frauen in Kaderpositionen musste man suchen, und die Lohngleichheit war noch nicht überall angekommen. Ja, einiges hatte sich geändert: Valérie hatte im Gegensatz zu *Maman* die Möglichkeit gehabt, eine gute Ausbildung zu machen. Und nun kam eine wie Loredana und outete sich als Liebessklavin eines reichen Unternehmers und fand es in Ordnung, dass sie benutzt wurde.

Es regte Valérie auf, dass sie sich nicht dazu äussern durfte. Aber sie hätte dieser jungen Dame liebend gern die Leviten gelesen. Sie räusperte sich stattdessen. «Wann trafen Sie am Freitag bei Bauer ein?»

«Am späten Nachmittag, um ungefähr fünf. Der Türsteher, Roli irgendwas, liess mich rein. Er gab mir die Order, im Keller auf Bauer zu warten.»

Keller! Bei Valérie läuteten die ersten Alarmglocken.

«Wo im Keller?»

«Auf einer gepolsterten Bank.» Loredana grinste vor sich hin. «Da war eine Tür, aber die war verschlossen.»

«Erinnern Sie sich, wie Herr Wildhaber, so heisst er nämlich, die Haustür geöffnet hat?»

«Die stand offen, soviel ich weiss. Ist das wichtig?»

Valérie überging die Frage. «Wer holte Sie aus dem Keller?»

«Agostina oder wie die hiess. An sie erinnere ich mich vage. Sie war einen Kopf kleiner als ich. Sie brachte mich dann nach oben in ein Zimmer, wo ich mich umziehen konnte ... in so ein enges Korsett. Ich dachte zuerst, Bauer sei anders veranlagt, ein Fetischist oder so. Aber egal. Er war einfach nur grob. Gott sei Dank war es schnell vorbei. Er schickte mich zurück ins Zimmer, wo der Lohn für meine Gefälligkeit bereitlag. Ein Partykleid, eine Kette und dreihundert Franken in bar.»

«Das Kleid, welches Ihren Vater in Rage versetzt hat.» Valérie knetete ihre Knöchel weiss.

«Exakt.»

«Waren Sie bei der Party?»

«Nein, Bauer wollte das nicht. Mir war es recht so. Beim Hinuntergehen habe ich einen Teil der Schickimicki-Gesellschaft gesehen. Das hat mir gereicht. Zudem hat Bulliard mich gebeten, diskret zu sein, weil Bauers langjährige Freundin da war.»

«Hat Herr Bulliard sich sonst wie über diese Freundin geäussert?»

«Nein, aber ich denke, sie war der Grund, weshalb ich überhaupt bei Bauer sein musste. Die bringt's wahrscheinlich echt nicht mehr.»

«Wo waren Sie in der Nacht vom Freitag auf den Samstag?», fragte Valérie weiter.

«Zu Hause. Nach dem Disput mit meinem Vater ging ich ins Bett. Aber er hat mich nicht geschlagen.»

«War Ihr Vater die ganze Zeit zu Hause?»

«Keine Ahnung.»

«Haben Sie einen eigenen Wagen?»

«Klar, ich bin mobil. Er steht draussen auf dem Parkplatz, ein Fiat Cinquecento ist es. Sie können ihn gern auf Spuren untersuchen. Das wollten Sie mich doch fragen, oder?»

Valérie war perplex. Das eine ging nicht mit dem andern auf. Loredana übte auf sie einen gewieften Eindruck aus und kam trotzdem naiv herüber.

Die Rückkehr des Ehepaars Bulliard beendete die Befragung. Die Zwillinge rannten schreiend aus dem Wohnzimmer und begrüssten ihre Eltern ebenso lautstark. Loredana schaltete die Herdplatten auf ein Minimum herunter, als Raffaella Bulliard in die Küche trat.

«Was ist denn hier los?» Hätten ihre Blicke töten können, wäre Loredana auf der Stelle tot umgefallen. «Habe ich dir nicht gesagt, dass du während unserer Abwesenheit keine Menschenseele ins Haus lassen sollst?»

«Entschuldigen Sie bitte, Madame», sagte Loredana mit Betonung auf Madame. «Aber ich konnte die Polizei unmöglich vor der Tür warten lassen.» Auf den Mund gefallen war sie nicht.

Valérie zückte ihren Ausweis. Raffaella Bulliard entsprach dem Klischee eines alternden Models. Dass sie einmal eine schöne Frau gewesen sein musste, sah man ihr an. Aber sie hatte dem natürlichen Alterungsprozess wohl ein Schnippchen schlagen wollen, was ihr kläglich misslungen war. Möglicherweise hatte ihr Schönheitschirurg bereits eine Anklage am Hals. Valérie wunderte sich, dass Dodo nichts von diesem offensichtlichen Pfusch erwähnt hatte. Die ganze Augenpartie war geschwollen, was auch das sorgfältig gemalte Make-up nicht zum Verschwinden brachte. Raffaella Bulliard sah aus, als hätte ihr jemand auf das Nasenbein geschlagen. Valérie tat sie ein wenig leid, wie sie vor Loredana herumfuchtelte. Man konnte sie nicht ernst nehmen. Schade um die perfekte Figur, denn diese musste das Resultat harten Trainings oder, was Valérie eher vermutete, die Folge des Verzichts auf Süssigkeiten und Alkohol sein. Oder sie steckte sich nach jedem Essen den Finger in den Hals. Dodo hatte nicht erwähnt, dass Raffaella Bulliard im Minimum zehn Jahre älter war als ihr Mann.

«Ach, Sie schon wieder.» Roger Bulliard war seiner Frau, wenn auch mit Verzögerung, in die Küche gefolgt. «Ich dachte, wir hätten alles durch.»

«Ich habe eben erst angefangen.» Valérie hatte Bulliard anders in Erinnerung. Gut möglich, dass er sich von seiner Frau unter Druck gesetzt fühlte, denn diese musterte ihn mit Argusaugen.

«Können wir das auf morgen verschieben?» Bulliard war sichtlich aufgebracht. «Loredana hat gekocht. Wir würden gern zusammen mit unsern Söhnen zu Abend essen. Hätten Sie sich bei uns angemeldet, hätten wir einen Termin vereinbaren können.»

«Hören Sie, Herr Bulliard!» Dodo war unbemerkt in die Küche gekommen. «Ihr Compagnon wurde ermordet. Wir können von Ihnen im Minimum erwarten, dass Sie mit uns kooperieren.»

«Bringen Sie mir zuerst eine richterliche Bescheinigung.» Bulliard blieb im Gegensatz zu Dodo ruhig. «Zudem würde ich gern meinen Anwalt kontaktieren.»

SECHS

Er vernahm ihren Atem, wenn er sich konzentrierte, und es kam ihm unwirklich vor. Einen Moment hatte er geglaubt zu träumen. Doch die Frau an seiner Seite war echt. Sie hatte ihr linkes Bein über seinen Körper gelegt. Er traute sich kaum, sich zu bewegen. Sie hatte bereits die zweite Nacht bei ihm geschlafen. Am Abend war sie vorbeigekommen, als wäre es die selbstverständlichste Sache der Welt. Sie hatte eine Tasche voller Lebensmittel mitgebracht. Frische Spaghetti, Tomaten, Hackfleisch, Kräuter und Gewürze sowie geriebenen Käse und Salat.

Carla Benizio hatte für ihn gekocht, und Louis fühlte sich wie im siebten Himmel. Er brachte jedoch den Verdacht nicht los, dass die Geschichte einen Haken hatte. Monatelang war er solo gewesen. Nach der Affäre mit Fabia hatte er sich ein wenig zurückgehalten, was das weibliche Geschlecht betraf. Als er von Fabias Schwangerschaft erfahren hatte, war es ihm wochenlang schlecht gegangen. Er hatte sich die Konsequenzen ausgemalt, die Konfrontation mit Michael Ulrich, Fabias Mann, der Streit um die Alimente – er würde auf allen Ebenen sein Gesicht verlieren. Nach Adam Riese musste aber das Kind von ihm sein. Fabia hatte jedoch nie ein Wort darüber verloren. Und so fieberte er der Geburt entgegen und glaubte, dass sie die Wahrheit an den Tag bringen würde. Seine Gene wären mit ziemlicher Sicherheit erkennbar.

«Ist schon Zeit zum Aufstehen?» Carla zog ihr Bein zurück, reckte sich wie eine Katze und schien mit einem Mal hellwach.

Im schwachen Schein einer Strassenlaterne vor dem Haus konnte er ihre Konturen ausmachen, und was er sah, erregte ihn. Louis griff hinter sich nach seinem iPhone auf dem Nachttisch und hielt es vor sein Gesicht. «Halb sieben.»

Carla hatte gestern weder nach seiner Arbeit noch nach dem Stand der Ermittlungen gefragt. Louis durfte davon ausgehen, dass sie es ernst meinte. Trotzdem blieb ein schales Gefühl zurück. Noch nie in seinem nun achtunddreissigjährigen Leben war es vorgekommen, dass eine Frau die Initiative übernommen und ihn angemacht hatte. Und noch nie war eine so schnell zur Sache gekommen. Carla hatte vor seiner Wohnungstür gestanden, bevor sie ihn zehn Minuten später küsste. Es war nicht umgekehrt gewesen. Hätte sie ihn nicht um den Verstand gebracht, hätte er sich fragen müssen, warum sie das tat. Später war es offensichtlich gewesen, als sie ihn nach dem Fall vom Itlimoos fragte. Louis war so verblendet gewesen und hatte ihr sogar vom Einbruch in die Villa in Freienbach erzählt. Er wusste nicht, was sie mit seinen Informationen angefangen hatte und wo sie gelandet waren.

«Wir haben noch eine Viertelstunde.» Sie schnurrte wie eine Katze an seinem Ohr. «Ich muss erst um sieben weg.»

Louis überlegte sich, was sie mit den restlichen fünfzehn Minuten anfangen würde, denn dass sie nie frühstücke, hatte sie ihm schon gestern mitgeteilt. Zudem sah sie nicht danach aus, dass sie lange im Badezimmer verweilen und sich zurechtmachen musste. Sie sah auch ohne Make-up und den ganzen Kram, den sich Frauen ins Gesicht pinselten, zum Anbeissen aus.

Sie küsste ihn aufs Ohrläppchen. «Ich muss leider. Die Pflicht ruft. Sehen wir uns heute Abend wieder?»

Louis hatte dem nichts entgegenzusetzen. Er zog sie sanft zu sich herab. «Heute koche ich.» Er hätte sie gern geknuddelt, um diesen Traum festzuhalten. Er kniff sich selbst in die Seite.

Carla sah ihn schelmisch lächelnd an. «Keine Panik. Ich komme wieder.» Sie kletterte aus dem Bett.

Louis sah ihr nach. Eigentlich war sie überhaupt nicht sein Typ. Klein, etwas burschikos und halb so alt wie er. Es waren der Schalk in ihren Augen und ihre Spontaneität, die ihn zum Schmelzen brachten. Louis griff nochmals zum iPhone, wollte seine E-Mails checken und sah Valéries Nachricht. Entgegen ihren Plänen, heute um acht Uhr mit den Befragungen in der

Firma Double B fortzufahren, wünschte sie, die Teamsitzung des Nachmittags vorzuziehen. Sie hatte, wie sie schrieb, die Resultate aus dem Labor erhalten.

Bevor Carla ging, sah sie noch einmal ins Zimmer. «Hast du gewusst, dass Kathrin Sulzers beste Freundin in einer Apotheke arbeitet?»

«Was soll ich damit anfangen?»

Carla schickte ihm eine Kusshand zu. «Ich dachte nur …»

***

Valérie sass bereits um sieben im Sitzungszimmer. Sie schätzte die frühe Zeit, in der ihr niemand in die Quere kam und sie mit Fragen löcherte. Sie hatte eine Thermoskanne Kaffee von zu Hause mitgebracht. Der Automatenkaffee auf dem Sicherheitsstützpunkt war nicht nur ihrer Meinung nach ungeniessbar und die Kaffeemaschine in ihrem Büro gerade in Revision.

Draussen herrschte stockfinstere Nacht. Der Nebel hatte sich wie ein Monster aus dem Hochmoor über die Landschaft gelegt, seine Arme in alle Richtungen ausgedehnt. Einzig die Temperaturen waren etwas angestiegen. Für Valéries Dafürhalten zu tief.

Vor ihr auf dem Tisch lagen die Auswertungen aus dem forensischen Labor. Der Bericht über die Art der Vergiftung liess sie immer wieder den Kopf schütteln. Sie hatte alles erwartet, nur das nicht. Es würde in diesem Fall schwierig sein, ein exaktes Täterprofil anzulegen. Sie schob die obersten Dokumente zur Seite, griff nach ihrer Kaffeetasse, während sie den zweiten Teil sorgfältig durchlas. Allein der Drogencocktail hätte einen Elefanten flachgelegt. Nebst Champagner war Hochprozentiges im Blut sowie im Mageninhalt nachgewiesen. Zusätzlich Substanzen wie Benzoesäure und Ecgonin, die in den Blättern des südamerikanischen Cocastrauches vorkamen. Kokain, was schon Kathrin Sulzer und Wildhaber erzählt hatten. Bauer sei ein exzessiver Konsument gewesen. Vielleicht war ihm das zum

Verhängnis geworden, und er hätte sich früher oder später selbst ins Grab gebracht.

Jemand war ihm jedoch zuvorgekommen.

Warum?

Bauer mochte ein erfolgreicher Unternehmer gewesen sein. Die Frauen hatten ihm zu Füssen gelegen. Er hatte mit Geld um sich geworfen, zumindest einen grossen Teil davon unter die Leute gebracht. Allein seine wöchentlichen Partys hatten ein Vermögen gekostet, wollte man Bulliard glauben. Im Minimum waren jeweils über fünfzig Gäste anwesend, die essen und trinken mussten. Nebenbei habe es teure Unterhaltung gegeben, was Zulić hatte durchblicken lassen.

Aber da war diese andere, dunkle Seite, die es zu durchleuchten galt. Ob sie mit dem Purple Room etwas zu tun hatte? Was hatte Bauer dort unten getan, was für den Rest der Welt tabu beziehungsweise nur einem ausgesuchten Bekanntenkreis zugänglich war?

Valérie wollte sich nicht bloss auf eine Richtung fixieren, obwohl ihr erster Gedanke einem Eifersuchtsdrama galt. Im Leben von Tobias Bauer hatte es einige Frauen gegeben, die sich offensichtlich in die Quere gekommen waren. Aber, und da machte sie ein grosses Fragezeichen, hätten sich dann nicht die Frauen untereinander zerfleischt?

Möglicherweise war Bauer gar nicht so beliebt, sondern ein brutaler Egozentriker gewesen. Die Frauen mussten gelitten haben. Nachdem sie ihm überdrüssig geworden waren, hatte er sie weggeschickt – mit einer Abfindung, was auch bewies, dass er emotional nie eine Bindung zu ihnen eingegangen war und sie für ihn bloss eine Ware dargestellt hatten. Dies zeigte auch die Inanspruchnahme einer Prostituierten. Loredana war sicher nicht die Erste gewesen. Bauer war es lediglich um Befriedigung gegangen, ein Glied in der Kette zahlreicher Versuche, körperliche und psychische Sättigung zu erlangen.

Sieh dir zuerst das Opfer an, dann finde den Täter!

Das Opfer war bis anhin undurchschaubar. Alles, was Valérie bisher wusste, hatte sie im Verlaufe der Befragungen herausgefunden, und diese gipfelten darin, dass Bauer von einem Mysterium umgeben gewesen sein musste.

Der Purple Room!

Bislang war es Schuler und seinen Leuten nicht gelungen, in den Raum, der sich hinter der geheimnisvollen Tür befand, einzudringen. Die Versuche waren an deren mutmasslichem Durchmesser gescheitert. Das Schloss war mit einer Hochsicherheitsvorrichtung versehen, die man nur mit einem Code zu knacken vermochte.

Pünktlich um acht Uhr strömten die Leute von Valéries Team ins Sitzungszimmer. Valérie schaute erst auf, als sich alle gesetzt hatten, und sie blickte in müde Gesichter. Motivation sah anders aus.

«Tut mir leid, wenn wir von unserem Arbeitsplan abweichen müssen», führte sie ein, «aber nach dem Bericht aus dem Labor benötigen wir eine neue Einschätzung der Sachlage.» Sie verteilte Kopien, die sie vorab angefertigt hatte, und heimste ein paar Bemerkungen ein.

Louis setzte sich auf den Stuhl neben ihrem. «Wenn du uns unsere Arbeit nicht zu Ende führen lässt, muss es ja sehr wichtig sein.» Er schenkte ihr ein flüchtiges Lächeln. «Ist Stieffel also fertig?»

«Nach dem, was ich gelesen habe, dürfte seine aufgewendete Zeit gerechtfertigt sein. So, wie ich das sehe, haben wir es diesmal mit einem weit mehr als verzwickten Fall zu tun. Ich werde heute Abend auf seinen Wunsch zum IRM fahren. Stieffel hat Bedenken, dass er etwas nicht richtig hat deuten können. Was, hat er mir nicht verraten. Was mich zusätzlich beunruhigt, ist Agostina da Molinaris Rolle. Ich habe heute noch einmal mit dem Arzt gesprochen. Geduld scheint tatsächlich eine Tugend zu sein, die ich nicht im Griff habe. Denn wir sind zum Warten verdammt.»

«Weisst du wenigstens, warum das so lange dauert?»

«Der Arzt wollte mir keine Auskunft geben. Und solange er nicht im Besitz einer richterlichen Bescheinigung ist, wird er sich auf sein Arztgeheimnis beziehen. Der Richter lässt sich Zeit damit. Möglicherweise hat es Komplikationen bei der Bluttransfusion gegeben. Wenn das stimmt, was Zulić gesagt hat, muss da Molinari sehr viel Blut verloren haben. Bei einer seltenen Blutgruppe fehlten vielleicht die Blutreserven. Ich möchte nicht schwarzmalen, aber das wäre ein Grund, dass sich alles verzögert.» Valérie begrüsste Dodo, die sich verspätet hatte. Als sie sich der Aufmerksamkeit aller gewiss war, schlug sie erneut den ersten Ordner auf und grüsste in die Runde. «Einmal abgesehen von dem Mix an Alkohol und Drogen, haben wir es bei Tobias Bauer mit einer hochgradigen Vergiftung zu tun, ausgelöst durch den Aconitum napellus aus der Familie des Hahnenfussgewächses … bekannt unter dem Namen Blauer Eisenhut. Sie ist die tödlichste Pflanze Europas. Bloss die Berührung von Stiel, Blättern, Blüte oder Wurzel kann einen heftigen Ausschlag auf der Haut hervorrufen. Eingenommen ist schon die kleinste Menge tödlich. Bereits drei Gramm von der Knolle reichen aus. Der Blaue Eisenhut gilt in der Gesundheitspraxis als Heilpflanze und soll in geringer Dosierung gegen Übelkeit, Erbrechen und Durchfall wirken, eigentlich gegen diejenigen Symptome, die der Blaue Eisenhut bei Vergiftung hervorruft. Des Weiteren kommt er in der Homöopathie bei Gelenk-, Muskel- und Nervenschmerzen zum Einsatz. Unbehandelt führt die Einnahme des Toxikums innerhalb einer halben Stunde zum Tod.»

Niemand sagte etwas.

«Gemäss Laborbericht beginnt sich die tödliche Wirkung durch prickelnde Lippen und eine taube Zunge auszubreiten. Ihr kennt sicher dieses Gefühl, wenn ein Körperteil einschläft. Dazu kommen Durchfall und Erbrechen, wie schon erwähnt, sowie Seh- und Herzrhythmusstörungen.» Valérie sah ihre Leute der Reihe nach an. «Durch die eintretende Atemlähmung dürfte es ein schrecklicher Tod gewesen sein.»

«Wenn Bauer eh schon berauscht war, hat er dies vielleicht gar nicht realisiert», sagte jemand aus dem Team.

«Der Reflex zum Überleben ist immer da», berichtigte Valérie, und ein Schaudern lief über ihren Rücken, wenn sie daran dachte, wie Bauer im Todeskampf seine letzten Atemzüge getan hatte.

«Das Gift ist wahrscheinlich in Apotheken erhältlich», sagte Louis, zögerte dann aber, als müsste er sich etwas überlegen.

«Leider findet man die Pflanze in ganz Mitteleuropa», erwiderte Valérie, der Louis' Zögern nicht entgangen war, «vorwiegend in höheren Lagen. Sie sieht fast majestätisch aus und wird zwischen fünfzig und zweihundert Zentimeter gross. Die Blüten stehen dicht und verzweigen sich in einem traubenförmigen Blütenstand. Ihre blaue Farbe ist intensiv.»

«Alles Schöne ist tödlich», warf Louis ein. «Fragt sich, wo der Mörder das Gift herhat, ob aus der Apotheke oder selbst gewonnen.»

«Auch das steht im Bericht. Der Gerichtsmediziner geht davon aus, dass es aus der Apotheke stammt.»

«Steht auch, in welcher?», witzelte Louis. Danach verfinsterte sich sein Blick.

«An deinen bissigen Humor muss ich mich zuerst gewöhnen», sagte Dodo. Sie goss sich ein Glas Wasser ein, das in einer Karaffe auf dem Tisch gestanden hatte. «Hast du jemanden Besonderen im Visier?» Sie wandte sich an Valérie. «Unter all den befragten Personen hat es einige, die einen Grund gehabt hätten, Bauer zu beseitigen. Wenn ich richtigliege, war er zeit seines Lebens ein richtiger Kotzbrocken.» Sie schien zu überlegen. «Wie hat er es eingenommen?»

«Das Gift wurde dem Opfer intravenös verabreicht.»

«Wahrscheinlich ein Leichtes für den Täter», sagte Louis. «Bauer hat gekokst, oder? Vermutlich hat er sich die Drogen auch anders einverleibt. Mit einer Spritze oder so.»

«So ein Blödsinn», sagte Dodo. «Es gab keine entsprechenden Einstichstellen.»

Valérie griff nach einem neuen Dokument, ohne auf Louis' und Dodos Bemerkungen einzugehen. «Ich möchte, dass die Vita und das persönliche Umfeld von unserer ersten Zeugin Mirjam Hess geprüft werden. Des Weiteren brauche ich dasselbe von Carla Benizio. Sie war verflixt früh am Tatort.»

«Ist das der einzige Grund?», fragte Louis mit sichtbarer Entrüstung. «Weil sie zu früh vor Ort war? Ich dachte, ich hätte darüber gelesen, dass Carla ... Benizio in der Nähe zu tun hatte.»

«Du scheinst ein immenses Interesse an ihr zu haben», spottete Dodo.

In Valérie flammte ein leiser Verdacht auf, dass sich Carla Benizio womöglich an Louis wandte, nachdem Valérie sie abserviert hatte. Andererseits hätte Louis ihr davon erzählt. Sie beobachtete ihn eine Weile. Etwas musste ihn umtreiben. Sie schüttelte ihre Gedanken ab. «Leider ist es keinem von uns gelungen, den zweiten Kreativkopf der Firma Double B – Phil Williams – zu erreichen. Er habe sich ein paar Tage freigenommen, hiess es. Wohin er gefahren war, ist nicht bekannt. Wir müssen ihn ausfindig machen. Jemand muss wissen, wo er sich aufhält.»

«Solche Genies sind meistens Einzelgänger», sagte Louis.

Dodo dagegen fragte, ob sie ihn in Verdacht habe.

«Wird er von Bauers Tod profitieren?», fragte Valérie. «Wir müssen ihn uns näher ansehen. Seit Jahren bringt er Double B den Erfolg. Nach Bulliards Aussage wäre die Firma ohne Bauer und ihn niemals dort, wo sie heute ist. Nebst Bauer musste er das Zugpferd der Firma gewesen sein.»

«Geld interessiert ihn möglicherweise kaum», insistierte Louis.

«Was macht dich da so sicher?» Valérie stellte sich neben die Pinnwand, wo sie schon einige Fotos angeheftet hatte.

Ein Bild von Bauer neueren Datums hatte Bulliard ihr ausgehändigt. Dieses prangte in der Mitte, war linksseitig durch Linien verbunden mit Fotos von Kathrin Sulzer, Loredana Moretti und in einem grösseren Abstand mit dem von Raffaella Bulliard. Drei Frauen, die sich offensichtlich Bauers Gunst erkauft hatten. Drei Frauen mit einem Hang zum Luxus, auch wenn das bei Loredana Moretti auf den ersten Blick nicht den Anschein machte. Weiter unten befand sich Agostina da Molinaris Bild. Valérie hatte den Namen mit roter Farbe unterstrichen. «Das ist unsere Schlüsselfigur. Gemäss Unispital noch immer nicht ansprechbar.»

Auf der rechten Seite waren die Bilder von Bulliard, Moretti und Zulić angeheftet. «Alle diese Personen haben kein oder nur ein fadenscheiniges Alibi. Sie waren jedoch mit Bauer eng verbunden, freundschaftlich oder beruflich.»

«Moretti», sagte ein Fahnder, «war Bauers Hauptlieferant, was das Catering betraf.»

«Ach, von dem hat er mir nichts erzählt. Gut, bist du dem nachgegangen. Gibt es offene Rechnungen oder Beanstandungen?», fragte Valérie zurück.

«Nichts dergleichen. Bauer hatte bestellt, Moretti geliefert, respektive, er hat liefern lassen. Persönlich war er erst einmal selbst in der Villa.»

«In der Mordnacht, ich weiss.» Valérie vermisste Henry Vischer. Sie hatte es bislang unterlassen, ihn auf seinem Japan-Trip zu stören.

«Die Tat muss auf jeden Fall akribisch geplant worden sein.» Louis drehte sich nach allen Seiten um. «Ich tippe auf eine Frau. Oder auf einen Mann, der den Verdacht gezielt auf die Frau lenken will.»

«Ich staune immer wieder über deine simplen Gedankengänge, Leutnant Camenzind», sagte Valérie.

Louis verdrehte bloss die Augen, wogegen Dodo die Zähne zu fletschen schien. Valérie fiel auf, dass sie tausendmal ihren schönen Mund hätte verziehen können, sie sah immer umwerfend aus. Wieder blitzte so etwas wie Eifersucht auf, wenn sie ins Gesicht ihrer Kollegin sah. Sie hatte ihre Haare kürzer geschnitten. Sie fielen ihr knapp über die Schultern. Ob Fischbacher sie darauf angesprochen hatte? Wo war er? Er machte es sich wieder einmal sehr einfach. Liess Valérie gewähren und hatte, wenn überhaupt, erst im Nachhinein entsprechende Anmerkungen parat. Fünfzig Prozent Arbeitspensum: Er hielt sie definitiv ein.

Louis war im Moment der Einzige, auf den sie sich verlassen konnte. Doch heute schien er neben den Schuhen zu stehen, mit seinen Gedanken anderswo.

«Wir müssen in Erfahrung bringen, ob es im Freundes- und Bekanntenkreis des Toten Ärzte oder Apotheker gibt», sagte Valérie.

«War er sadistisch veranlagt?», fragte Louis.

«Es ging möglicherweise um Rache», sagte der Kollege neben Louis.

«Vielleicht war es eine kollektive Tat», wurde weiterspekuliert. «Solche Zeitgenossen, wie Bauer einer war, haben viele Feinde.»

«Wie sieht es eigentlich mit Bauers Leumund aus?», fragte Dodo, worauf Valérie sich in die Ecke gedrängt fühlte. Sie hatte es sich vorgenommen, Bauers Vita näher anzusehen. Alles, was sie über ihn in Erfahrung gebracht hatte, wusste sie von Bulliard.

«Wir wissen, dass seine Eltern nicht mehr leben», sagte Louis. «Er war nie verheiratet, hat sich nach dem Studium mit der Gründung einer GmbH in der IT-Branche emporgearbeitet.»

«Eine Gesellschaft mit beschränkter Haftung», sinnierte Dodo.

«Er war intelligent, schnell, wortgewandt, hatte die Gabe, Menschen in seinem Umfeld zu manipulieren …»

«Woher hast du denn diese Informationen?» Valérie wunderte sich.

«Manchmal muss man in der Klatschpresse googeln.» Louis feixte in die Runde. «Wie schon einmal erwähnt, bewegte er sich in der High Society. Vielleicht müssen wir dort ansetzen. Könnte sein, dass er noch mehr Frauenherzen gebrochen und Männer in Rage versetzt hat.»

«Was hat das mit der sogenannten hohen Gesellschaft zu tun?», frotzelte Dodo, die es offensichtlich darauf abgesehen hatte, Louis zu widersprechen. «Eifersucht gibt es in jeder Klasse –»

Valérie gebot Einhalt. «Ich möchte nochmals darauf hinweisen, dass Agostina da Molinari etwas in ihrer Hand gehabt haben muss, das für den Täter wichtig ist. Und noch etwas: Bauers Villa konnte man nur mit einem Code betreten, den Bauer und als Einzige da Molinari kannten. Schuler und seine Leute haben diesen geknackt. Immer noch nicht ganz schlüssig ist sich Schuler allerdings bei der Kellertür, ob es sich um einen Finger- oder Augen-Scan handelt oder sonst etwas, womit man das Schloss öffnen kann. Um das herauszufinden, müsste er die gesamte Anlage einem IT-Spezialisten übergeben. Bulliard, und das finde ich sonderbar, will keine Ahnung von diesem speziellen Sicherheitsschloss an der Kellertür haben. Auch sonst weiss niemand etwas darüber. Für Roli Wildhaber, dem Türsteher, war die Eingangstür während seiner Anwesenheit geöffnet. Das wurde nachgefragt. Man konnte die Verschlussvorrichtung also ausser Betrieb setzen, wie man auch eine Alarmanlage abschalten kann. Das eine muss aber mit dem andern nichts zu tun haben.» Valérie hätte am liebsten geseufzt und den Frust aus ihrer Brust gepustet. Sie wandte sich an Louis. «Bitte, sei so gut und koordiniere die Aufgabenbereiche. Ich werde mich um Phil Williams kümmern. Bringt mir die Personen, von denen wir vorhin gesprochen haben.»

«Du meinst auch Carla Benizio?», fragte Louis.

«Gibt es ein Problem damit?» Valérie sah Louis eindringlich an. Sie kannte seinen Blick, wenn er mit der Wahrheit nicht herausrücken wollte. «Kennst du sie etwa?»

Er nahm sie sachte am Arm. «Kann ich dich vor der Tür kurz sprechen?» Offenbar war ihm egal, dass gerade zwei Dutzend Augen auf ihn starrten.

«Dodo, übernimmst du?», fragte Valérie.

Louis griff nach einer Zigarette und öffnete eines der Fenster. Valérie wich zurück. Der Nebel hatte sich nicht aufgelöst. Entsprechend klirrend war die Luft. «Und?» Sie erwartete Louis' Erklärung.

«Carla und ich ...» Er zündete die Zigarette an, inhalierte tief, bevor er den Rauch ausstiess. «Wir sind ein Paar.»

«Was!» Valérie erfasste Schwindel. Sie konnte sich gerade noch zurückhalten, um Carla Benizio vor Louis nicht zu diffamieren. Sie erinnerte sich, wie sie selbst auf die junge Journalistin reagiert hatte, und konnte es Louis nicht verargen, dass er sich mit ihr angefreundet hatte. Aber ein Liebespaar? Hatte sie ihn richtig verstanden? «Manchmal bist du echt nicht mehr zu retten», sagte sie bloss und hatte schon zu viel gesagt. Eigentlich wünschte sie sich nichts lieber als das, dass Louis endlich eine Lebensgefährtin fand, die zu ihm passte und die ihn so akzeptierte, wie er war. Und dass er nicht in Schwierigkeiten kam, was Fabias zweites Kind betraf. «Müsstest du nicht zuerst bereinigen, was ist, und mit dem warten, was kommt?»

Louis wandte sich von ihr ab und dem Fenster zu. «Jetzt weisst du zumindest, warum ich mich drücke, Carla zu bespitzeln.» Er blies Rauch aus.

«Von Bespitzeln war nie die Rede.»

«Am Ende kommt es auf dasselbe hinaus.» Er drehte sich nach ihr um. «Ich glaube nicht an die Tat einer Frau. Wohl eher müsste man sich gewisse Ehemänner näher ansehen.»

«Dem widerspreche ich.» Valérie zog den Mantel enger über die Brust. «Wenn du befangen bist, so finde heraus, woran Double B in den letzten Monaten gearbeitet hat, wer ihre Kunden sind. Ich weiss nicht, wo wir im Moment schon stehen, aber wir müssen vorwärtsmachen.»

«Geht's dir gut?» Louis sah sie besorgt an, nachdem er die Zigarettenkippe weggeschnippt hatte. Er wartete eine Antwort erst gar nicht ab. «Du kommst nicht klar mit Dodo, stimmt's?»

«Das gehört nicht hierher.»

«Vielleicht doch. Sie bringt Unruhe in den Betrieb. Und du, liebe Valérie, witterst Konkurrenz. Ist es das?»

«So ein Witz.» Hielt Louis ihr gerade einen Spiegel vor?

«Ich kenne dich mittlerweile auch sehr gut. Wir müssen einander nichts vormachen.»

«Das sagst gerade *du*. Wäre es wirklich so, hättest du mich über das Techtelmechtel mit Carla Benizio schon längst aufgeklärt.»

«Wir sind erst zwei Tage zusammen. Aber ein blosses Techtelmechtel, wie du es nennst, ist es nicht. Ich glaube, wir haben uns beide ineinander verliebt.»

«Bleib auf dem Boden, Louis. Sie war bei dir und hat dich ausgehorcht. So schätze ich sie zumindest ein.»

Louis wandte sich erneut ab. «Ich schämte mich, es dir zu sagen. Erinnerst du dich an gestern Morgen, als die Zeitungen über den Fall berichteten? Ich dachte zuerst, Carla sei die Quelle gewesen, aber es war Fischbacher, der dies hinausposaunt hatte.»

«Er ist angeschlagen. Ich weiss. Normalerweise ist er der Letzte, der die Medien informiert. Zuerst bespricht er es mit uns, und wir bestimmen, was an der Pressekonferenz mitgeteilt wird und was nicht.»

«Ich gebe Fischbacher kein halbes Jahr mehr.»

«Jammerschade. Ich bin noch immer überzeugt, dass er ein guter Chef ist. Seine andauernde Abwesenheit ist uns jedoch nicht sehr hilfreich.»

«Möchtest du denn seinen Posten?»

«Ich liebe meinen Job.»

«Du würdest mehr verdienen.»

«Und vermehrt im Büro sitzen.» Valérie sah das Gespräch mit Louis somit als beendet.

Er hakte nach. «Pass auf, dass man dir Dodo nicht vor die Nase setzt. So ohne Grund ist sie nicht in unserer Abteilung. Sie hat *dein* Kaliber. Das ist offenbar auch andern aufgefallen. Ausgerechnet jetzt, wo Fischbacher nur noch halbtags arbeitet, taucht Dodo hier auf.»

«Ich finde es süss, wie du dich um mich sorgst.» Valérie klopfte ihrem Kollegen auf die Schultern. «Sollte es so weit kommen, steht es mir frei, zu gehen.»

«Ich würde dich vermissen.»

«Charmeur.»

«Ehrlich.»

«Ich weiss.»

***

Er brauchte niemandem zu gefallen. Die gelegentlichen Bemerkungen, die er seiner Haare wegen einstecken musste, versuchte er stets zu ignorieren. Er war deswegen nicht schmutziger als die andern, die kurz geschoren oder gar kahlköpfig mit ihm den Arbeitsplatz teilten. Und Läuse, wie das Lili von der Programmierabteilung behauptete, hatte er nie gehabt.

Zugegeben, seine Haarpracht war etwas gewöhnungsbedürftig. Sie reichte ihm mittlerweile bis über den Hintern. Er hatte sie zu Rastazöpfen eingedreht. Manchmal band er sie mit einem Gummi zusammen. Sie sahen etwas verfilzt aus. Aber er pflegte sie, was ihn jeweils eine gute Stunde Zeit kostete, und sie waren zu seinem Markenzeichen geworden. Er sei ein Spinner, hörte er manchmal. Das liess er mit einem Lächeln durchgehen. Es gab Leute, die urteilten nach seinem Äussern. Die wenigsten wussten, was wirklich in ihm steckte.

Aufgewachsen als Sohn einer Musikerin und eines irischen Biologieprofessors war er schon früh als hochbegabt eingestuft worden. Mit sechs wurde er eingeschult. Bis zur sechsten Primar übersprang er zweimal eine Klasse. Das Gymnasium schloss er in allen Hauptfächern mit der Bestnote sechs ab. Schon früh war klar gewesen, dass er einmal im Bereich der Informatik studieren würde. Vor zehn Jahren hatte er mit dem Master of Science abgeschlossen und arbeitete seither bei Double B als Security-Spezialist. In dieser Zeit hatte er sich ein enormes Fachwissen als Cloud-Architekt angeeignet. Mittlerweile hatte er nicht nur grosse Kenntnisse in der Soft- und Hardware, sondern programmierte selbst. Und er hatte ein Hobby, das ihm alles abverlangte.

Seine Welt war die virtuelle. Ein kleines Büro und ein paar Rechner genügten ihm, um zu leben. Er kreierte seine eigene Existenz. Darin unterstützt hatte ihn Tobias Bauer, weil er selbst ein Freak war. Nun war sein Meister tot. Verfroren am Itlimoosweiher. So hatte es ihm Bulliard in einer SMS mitgeteilt. Bauers armseliger Compagnon hatte es nicht einmal für nötig gehalten, ihn persönlich zu besuchen oder zumindest anzurufen. Phil Williams mochte Bulliard nicht. Er war ein undurchsichtiger Mensch.

Betrübt sass er an diesem Tag am Zürichsee, allein im Bootshaus, das er von seinen Eltern zum bestandenen Master geschenkt bekommen hatte. Seither hatte er seine Eltern jedes Jahr einmal besucht. Sie waren kurz nach seinem Studium nach Las Vegas gezogen, nachdem seine Mutter dort einen Vertrag als Pianistin und Sängerin hatte abschliessen können. Vater war einige Jahre älter als sie und pensioniert. Er hatte den Umzug von Zürich an die Westcoast der USA als einmalige Gelegenheit gesehen, zumindest in seinem Alter etwas kürzerzutreten. Hatte Mam ihre grossen Auftritte im «Mandala Bay», betreute Dad dort die Kasse, um später bei der Aufführung seiner Frau dabei zu sein, oder er schrieb über die Zukunft der Erde und der Menschheit.

Gerade da kollidierten Phils und Dads Meinungen.

Phil war sich sicher, dass sich nicht nur die Wirtschaft, sondern zunehmend auch die privaten Belange in den virtuellen Raum verlagerten. In Tobias Bauer hatte er einen echten Freund gehabt, der seine Forschungen ideell unterstützte. Manchmal hatte er aber seine Launen ausgelebt, war ausgerastet und hatte die Wut vor allem an Phil ausgelassen.

Über dem Zürichsee lag Nebel, einer Weichzeichnung gleich, die ein Maler mit seinem Pinsel vollführt hatte. Das andere Ufer war nicht sichtbar. Phils Bootshaus stand am Meer, so stellte er es sich vor. Es war real für ihn. So real wie seine Programme, die er in seiner Freizeit schuf. Und doch Erinnerung an eine Zeit war, als er mit seinen Eltern als kleiner Junge in die Ferien fuhr. Er hatte Dads mahnende Worte bis heute nicht vergessen. Die Welt, wie sie sei, würde sich in absehbarer Zeit so verändern, dass man gezwungen sein würde, zu Hause zu bleiben. Reisen sei dann Vergangenheit. Autos, Bahnen, Flugzeuge und Schiffe würden auf Deponien dahinrosten, weil man sie aus dem Verkehr gezogen hat. Und weshalb? Unsere Erde treibe auf eine Apokalypse zu, hatte Dad gesagt. Sie sterbe. Dieser Dad lebte nun mit Mam auf der andern Seite der Erde, als hoffte er, dem heraufbeschworenen Untergang eine Gnadenfrist geben zu können.

Schon mehrmals hatte heute Vormittag sein iPhone gesummt – die Melodie von «Notion», einem Stück von Tash Sultana. Phil hatte jeder ihm bekannten Nummer eine eigene Melodie zugeordnet. Diese Nummer kannte er nicht, und er wollte auch nicht gestört werden. Er brauchte die Zeit, um darüber nachzudenken, was in naher Zukunft auf ihn zukommen würde. Er würde nicht imstande sein, weiterhin mit Bulliard unter dem gleichen Dach zu arbeiten. Einem Wechsel hatte Phil schon oft entgegengesehen. Bauer war der Grund, weshalb er sein Vorhaben nicht in die Tat umgesetzt hatte.

Jetzt würde sich alles ändern.

Aus dem Nebel tauchte ein Schiff auf. Die Titanic, wie er sie in einem seiner Programme erschaffen hatte. Er hatte den Dampfer auferstehen lassen, den majestätischen Stahlriesen mit den vier Schloten, den Luxusdecks und einfachen Kabinen, den Sälen und riesigen Speiseräumen. Wer die Jungfernfahrt von Southampton nach New York erleben wollte, konnte dies in Phils virtueller Welt tun – auch untergehen, wenn er sich das wünschte.

Langsam nervte ihn die Melodie.

Phil ging zurück an den Tisch, wo zwei Rechner standen. Auch hier hatte er sich eingerichtet, nicht nur in seiner Einzimmerwohnung in Wollerau. Er starrte auf das Display des iPhones, nicht gewillt, sich zu melden. Trotzdem tat er es. Er strich über den Touchscreen am unteren Rand und lauschte.

«Valérie Lehmann am Apparat. Schwyzer Kantonspolizei.»

Eine weibliche Stimme. Er musste sich diese merken. Sie klang angenehm, etwas rauchig. Er mochte rauchige Frauenstimmen. Er setzte sie mit Erfahrung und Erotik gleich.

«Spreche ich mit Philipp Williams?»

Mit diesem Namen hatte ihn schon lange keiner mehr angesprochen. Phil war Phil. Daran gab es nichts zu rütteln.

«Yes! Sie haben es erraten.»

«Wo kann ich Sie treffen?»

«Worum geht es?» Es war nicht möglich, dass er mit dem Gesetz in Konflikt geraten war. Sein Hobby kannten die wenigsten, und diejenigen, die damit betraut waren, schwiegen.

«Das möchte ich mit Ihnen persönlich besprechen.»

Phil überlegte sich, ob ein durchgeknallter Kunde ihn bei der Polizei angeschwärzt hatte. Nicht jeder ertrug seine virtuellen Reisen. Es war schon vorgekommen, dass ein Notfallarzt hatte gerufen werden müssen, nachdem ein Kunde auf einer Rennstrecke fast kollabiert war. «Okay, ich habe am Zürichsee in der Nähe von Pfäffikon ein Bootshaus. Sie können mich da besuchen.» Er teilte ihr die Adresse mit. «Ich gehe davon aus, Ihr Wagen verfügt über ein GPS.»

«Ja, das tut er. Passt es Ihnen morgen um neun Uhr?»

«Perfekt.» So perfekt allerdings empfand er es nicht. Was, wenn diese Frau Lehmann unangenehme Fragen stellte? Würde er diesen gewachsen sein oder die Nerven verlieren? Er mochte die Konfrontation mit Fremden nicht. Er hatte schon Mühe, ihnen in die Augen zu sehen. «Es hat einen Parkplatz vor dem Haus», fügte er an.

Er drückte sie rasch weg. Ihre Stimme aber speicherte er in seinem Kopf ab.

***

Valérie atmete erleichtert auf. Endlich hatte sie ihn gefunden, über eine Angestellte der Firma Double B, die als Einzige im Besitz von Williams zweiter Handynummer war. Die Idee, dass Phil Williams auf der Flucht sein könnte, musste sie revidieren. Er hatte wohl andere Gründe, um sich zurückzuziehen. Vielleicht war ihm alles zu viel geworden. Sie hatte seine Vita studiert und war beeindruckt. Ein warmes Gefühl umfing sie, als sie in diesem Moment an Colin denken musste. Vielleicht steckte in ihrem Sohn auch etwas Grossartiges. Auf jeden Fall hatte er den richtigen Beruf gewählt. Studieren konnte er immer noch, nachdem er berufsbegleitend die Matura nachgeholt hätte.

Heute Mittag hatte man ihr die Kaffeemaschine aus der Revision zurückgebracht. Während Valérie sich mit den Rapporten ihrer Kollegen befasste, trank sie hintereinander drei Tassen Arpeggio, was, wie sie später feststellte, nicht sehr klug war. Das Koffein machte sie nervös. Um sechs hatte sie sich mit Res Stieffel in der Rechtsmedizin verabredet. Wahrscheinlich wieder eine seiner Maschen, um sie in seiner Nähe zu haben. Er wollte nicht herausrücken, worum es ging, aber Valérie war auf alles gefasst. Mittlerweile musste sie davon ausgehen, dass Tobias Bauer nicht nur ein aufregendes, sondern auch ein gefährliches Leben geführt hatte. Die Aussagen seiner Arbeitskolleginnen und -kollegen liessen auf einen Mann schliessen, der es mit dem Anstand nicht so genau genommen hatte. Oftmals sei er jähzornig gewesen, zwischen Bulliard und ihm habe es öfters Streit gegeben. Jemand hatte sogar berichtet, dass Bauer sich immer im Recht gewähnt hatte. Entweder hatte er die Menschen um sich herum gemocht oder sie abgrundtief verachtet. Entgegen Bulliards Einwand habe er sogar zwei ihrer besten Mitarbeiter entlassen, nachdem diese sich gegen ihn erhoben hatten. Der Grund sei eine Lappalie gewesen, an die man sich jedoch nicht mehr zu erinnern gewillt war.

Kurz bevor Valérie ihr Büro abschliessen wollte, erreichte sie ein Anruf aus dem Unispital. Der Chefarzt persönlich war am Apparat.

«Wir haben Frau da Molinari aus dem Koma geholt», teilte er ihr mit. «Früher als vorgesehen. Es geht ihr so weit gut, und sie ist auf dem Weg der Besserung. Herr Fischbacher hat deswegen schon mehrmals angerufen. Leider mussten wir ihn vertrösten. Er hat mich aber ausdrücklich gebeten, Sie zu kontaktieren, sollte die Patientin so weit sein, Besuch zu empfangen. Ich sehe es als realistisch an, wenn Sie morgen Mittag vorbeikommen. Zehn Minuten für ein Gespräch sollten meiner Ansicht nach reichen.»

Valérie hätte gern interveniert. Zehn Minuten waren eine knappe Zeit, um da Molinari über den Tathergang zu befragen. Sie war froh, wenigstens dieses kurze Zeitfenster zu bekommen. «Ich danke Ihnen. Ich werde um zwölf bei Ihnen sein.» Und sie hoffte, dass sich das Gespräch mit Phil Williams nicht in die Länge ziehen möge.

Nachdenklich zog sie sich den Wintermantel an. Da Molinari passte nicht ins Schema. Und doch musste sie eine Schlüsselrolle spielen.

Draussen vibrierte die Luft vor feuchter Kälte, die auch die künstlichen Daunen nicht abzuhalten vermochten. Valérie schlug den Kragen an ihrem Mantel hoch, bevor sie sich auf den kalten Sitz ihres TTs schwang. Sofort stellte sie die Heizung auf das Maximum ein.

Die Zufahrt auf die Schwyzerstrasse Richtung Schindellegi war gefroren. Die Räder des Audis drehten trotz Vier-mal-vier-Radantriebs ein paarmal durch. Die Hauptstrasse war jedoch so weit von Schnee und Eisglätte befreit, dass Valérie das Tempo erhöhen konnte.

Sie mochte die Zürichseeseite. Sie hinterliess den Eindruck nach Grossstadtnähe. Valérie schätzte die Weite, das Urbane, den See und die hügelige Landschaft jenseits des Ufers. Heute jedoch war kaum etwas davon zu erkennen. Ab Wollerau nahm sie die Autobahn.

Unterwegs rief sie Zanetti an. Sie hatte ihn den ganzen Tag nicht gestört, weil er, wie sie wusste, an einer heiklen Mission dran war.

Zanetti nahm den Anruf entgegen. *«Ciao, Cara!»* Er lachte durchs Telefon.

Das hatte er ihr nie zuvor gesagt. Misstrauen stieg in ihr hoch. Lächerlich, musste sie sich eingestehen. «Ist es gut gelaufen?», war das Minimum, das sie ihn fragen musste.

«Alles unter Dach und Fach. Morgen wird er in die Schweiz überführt.»

«Und du begleitest ihn?»

«Nein, nicht direkt. Aber mein Flug geht zur selben Zeit Richtung Zürich. Es bedingt, dass du dich noch ein wenig gedulden musst.» Er machte eine Pause. «Das Wetter hier ist übrigens sehr gut. Leider leide ich ein wenig unter der frühen Dunkelheit. Aber wir fahren im Sommer mal da hin. Ich muss dir Stockholm zeigen, die Stadt, die vorgelagerten Schäreninseln. Ich nahm mir gestern die Freiheit, mit einem Boot zum Mälarsee zu fahren. Alles ist eingezuckert wie im Märchen, die roten Häuser, der Schnee … Es würde dir hier gefallen, auch im Winter.»

«Du hast Zeit, in die Mälaren zu fahren? Du bist ein heilloser Romantiker.»

«Ich musste mal den Kopf durchlüften.»

«Ich verstehe dich. Ich würde das auch gern tun. Nur leider fehlt hier der Staatsanwalt.»

«Ich weiss. Ich hätte es auch gern verschoben. Bist du mir deswegen böse?»

«Wie kann ich dir böse sein?» Ihre Stimme war etwas brüchig; ein Kloss machte sich im Hals bemerkbar. Sie liebte Zanetti und vermisste ihn.

Valérie informierte ihn über den Stand der Ermittlungen. Danach sprachen sie über Belangloses, was ihr die Zeit bis zum IRM verkürzte. Erst kurz vor der Einfahrt zur Rechtsmedizin verabschiedete sie sich von Zanetti. «Ich freue mich auf morgen. Soll ich uns etwas kochen?»

«Wir könnten auch auswärts essen gehen.» Er schniefte, was sich wie ein Lachen anhörte.

«War das eine Anspielung auf meine Kochkünste?»

«Diese wären noch ausbaufähig.» Zanetti küsste sie durch die Freisprechanlage, dann legte er auf.

***

Valérie stand nicht zum ersten Mal im Sektionssaal. Sie zählte sich bereits zu den routinierten Polizisten, aber es machte ihr jedes Mal etwas aus. An den chemischen Geruch hier hatte sie sich noch immer nicht gewöhnt, und es fröstelte sie, wenn sie den auf zehn Grad hinuntergekühlten Raum betrat.

Stieffel hatte ihr vor der Tür einen grünen Kittel gereicht, den sie sich anzog, sowie Handschuhe. Die Haare hatte sie sich bereits zusammengebunden und unter einer Haube versteckt.

«Du siehst gut aus», scherzte er.

«Wie nett.» Valérie folgte ihm. «Ich hoffe, du hast mir etwas Wichtiges zu berichten. Es wäre schade, wenn ich vergeblich hierhergefahren bin.» Insgeheim befürchtete sie, Stieffel sähe es als die Gelegenheit, mit ihr endlich wieder einmal essen zu gehen. Zwar hatte er seine Avancen ihr gegenüber aufgegeben. Doch jedes Mal, wenn sie ihn sah, entdeckte sie diesen begehrlichen Schimmer in seinen Augen.

«Du kennst mich. Bevor ich einen Abschlussbericht schreibe, möchte ich den hintersten und letzten Zweifel aus dem Weg geräumt haben. Und wer, wenn nicht du, könnte mir dabei helfen.» Er nahm sie beim Arm und führte sie zum Seziertisch. Die Leiche war mit einer Folie ganz zugedeckt. Stieffel schob sie im Bereich des linken Arms etwas zur Seite, dass nur gerade Elle und Hand zum Vorschein kamen. Die Haut wirkte blassgrau. «Die Todesursache ist ja nun klar. Vergiftung durch den Blauen Eisenhut. Mein Kollege, der Chemiker und Toxikologe Dr. Werren, hat die entsprechende Untersuchung durchgeführt. Aber es gibt da etwas, das mir bis jetzt ein Rätsel ist.» Er drehte die Hand so um, dass die Sicht auf das Handgelenk unterhalb des Handballens frei wurde. Zwischen den beiden Sehnen klaffte eine längliche Vertiefung von etwa drei

Zentimetern. «Ich dachte zuerst, die Verletzung stamme vom Eis und wir wären zu wenig vorsichtig gewesen, als wir den Arm des Leichnams daraus frästen. Ich habe die Wunde mit den Schnittwunden anhand von Bildern anderer Leichen verglichen und bin zum Schluss gekommen, dass man dem Opfer etwas aus dem Unterarm geschnitten hat. Zudem erkannte ich die Narben von Einstichen, die mir beweisen, dass die Epidermis vor etwa einem Jahr genäht wurde.»

Valérie beugte sich über Hand und Unterarm. «Sonst hast du keine Anomalien gefunden?»

«Ausser einer Blinddarmnarbe, nein.»

«Und was schliesst du daraus?» Valérie zeigte auf die schmale Hautöffnung.

«Ich weiss es nicht. Deshalb bist du ja hier.»

Valérie hatte sich im Verlaufe der letzten Jahre einiges angeeignet. Jeder Fall war für sie auch Lehrgang, ein schreckliches Zeugnis menschlicher Ausgeburten. War ein Fall abgeschlossen, hatte es sie stets weitergetrieben, um die Hintergründe verstehen zu lernen. Henry Vischer war ihr dabei hilfreich zur Seite gestanden. Es hatte nie Fragen ohne Antworten gegeben, obwohl gerade die Antworten etwas in Valérie ausgelöst hatten, das ihr manchmal Alpträume bescherte. Nun stand sie da vor diesem Tisch mit dem seelenlosen Körper ihres aktuellen Falls, und sie fragte sich, was vor dem Mord geschehen war. «Wurde ihm die Hand post oder pre mortem aufgeschnitten?» Bei dem Wort «aufgeschnitten», zuckte ein Blitz durch ihr geistiges Auge. Alles in ihr begann sich zu drehen.

«Post mortem», sagte Stieffel. «Nachdem er an den Folgen der Vergiftung gestorben ist.» Er sah sie besorgt an. Auf seiner Stirn verstärkten sich die Falten. «Ist dir nicht gut? Wir können auch draussen weiterreden.»

Valérie musste sich einen Moment lang am Alutisch abstützen. «Grosser Gott!» Schweiss schoss über ihren Körper. «Dass ich nicht schon früher darauf gekommen bin. Jetzt ist alles klar.»

«Gehen wir nach draussen?», drängte Stieffel jetzt.

«Nein, lasse mich den ganzen Leichnam ansehen.» Valérie wusste, dass es ihrerseits Überwindung brauchte. Doch sie liess es sich nicht anmerken.

«Bist du sicher?» Stieffel war bereits daran, die Folie von den Füssen her über den Körper zu ziehen. Offenbar ahnte er, dass sie es ernst meinte.

Valérie nickte und folgte Stieffels Bewegungen. Er schälte den Leichnam komplett frei.

Ein sonderbares Gefühl ergriff sie, während sie den toten Tobias Bauer vor sich liegen sah, einen Mann, den sie nicht gekannt hatte, eine anonyme Person, die ihr in den letzten Tagen trotzdem sehr nahegekommen war. Ihr Blick tastete jeden Körperteil an ihm ab. Er endete am Kopf. Die Haare waren abrasiert. Eine mit groben Stichen versehene Naht bezeugte, dass Stieffel auch den Kopf geöffnet, das Gehirn herausgenommen, gewogen, untersucht und wieder eingesetzt hatte. Von den Schlüsselbeinen schräg zum Brustbein verlief der obere Teil des Y-Schnitts, setzte sich zentral abwärts fort und endete beim Schambein. Valérie empfand nichts. Das, was vor ihr lag, war tote Materie, deren Verwesung infolge Konservierung durch Formaldehyd unterbrochen worden war.

Sie lauschte in sich hinein. Und plötzlich sah sie nicht mehr Bauer vor sich, sondern ihren Ex-Mann Willy. Es war diese frappante Ähnlichkeit – der muskulöse Körperbau, die ausgeprägten Schultern, der schmale Unterleib, sein Geschlecht. Valérie schluckte leer und versuchte, ihre Gedanken wieder zu ordnen. Bauers Villa war es gewesen, die sie bereits vor drei Tagen in ihre eigene Vergangenheit zurückkatapultiert hatte. In eine Zeit, die sie schon längst aus ihrem Kopf verdrängt hatte. Was, wenn sie Willy Lehmann hier liegen gesehen hätte? Möglicherweise hätte es sie mit Genugtuung erfüllt. Denn mit Willy waren auch die Alpträume gekommen, die Panikattacken am Tag, ihre Wahnvorstellungen, die sie nur mit Medikamenten in den Griff bekommen hatte. Es war, als würde sich ein dunkler

Abgrund erneut vor ihr auftun, den sie seit drei Jahren erfolgreich bekämpft zu haben glaubte.

Stieffels Stimme drang nur langsam in ihr Bewusstsein. «Alles okay?»

Valéries Blick verharrte an dem schlaffen Penis, der gekrümmt über dem Skrotum lag. «Hast *du* ihn da unten rasiert?» Wäre die logischste Folgerung gewesen.

Stieffel schien sich ein Lachen zu verkneifen. «Wo sind deine Gedanken?»

Valérie besah sich die muskulösen Beine. «Er ist komplett haarlos.»

Stieffel stiess Luft aus. «Das war er bereits, als er bei uns landete.»

«Es ist seltsam, wenn sich ein Mann total rasiert.»

«Tun das die Frauen nicht auch?»

«Das ist etwas anderes. Glaubst du, er hat es mit all dem Alkohol und dem Konsum von Kokain noch gebracht?»

Stieffel entwich ein Geräusch aus der Kehle, das sich wie ein Knurren anhörte. «Du taust ja richtig auf. Meinst du, ob er ein potenter Kerl war?»

«Du bist der Profi. Was also glaubst du?»

«Ich bin Pathologe und kein Psychiater.»

«Psychiater, das ist mal ein Stichwort.» Valérie fasste sich wieder. «Ich bin durch. Ich habe gesehen, was ich sehen musste.»

«Was? Die fehlenden Haare oder sein schlaffes Ding?»

«Das auch. Aber ...» Sie presste die Lippen aufeinander. Möglicherweise müsste sie für ihren nächsten Schritt vorerst einen Gerichtsbeschluss einfordern. «Ich möchte, dass du morgen mit mir in das Unispital fährst und dir den Arm von Agostina da Molinari ansiehst.»

SIEBEN

Phil beobachtete das im Wind zitternde Blatt, das letzte, das sich an den kahlen Baum zu krallen schien. Er hatte sich zum ersten Mal nach zwei Tagen wieder nach draussen gewagt, getrieben von Hunger und Durst, da der Kühlschrank ausser einem halben Liter Orangensaft nichts mehr hergab. Er müsste in die Stadt fahren und einkaufen gehen, etwas, das er fürs Leben ungern tat. Zu Hause in Wollerau liess er sich die Lebensmittel jeweils durch einen Boten bringen. Hier im Bootshaus wollte er das nicht.

Der Nebel hatte sich gelichtet. Phil hatte das Schauspiel beobachtet, als hätte jemand den grauen Schleier über dem Zürichsee weggezogen, hinauf ins Universum, in diese unendliche Weite, die voller Schrott war, wenn er es sich genau überlegte. Ausrangierte Satelliten, Skeletten gleich, die im Weltall trudelten und irgendwann unkontrolliert auf die Erde stürzen würden. Vielleicht im selben Moment, in dem ein Flugzeug den Äther kreuzte. Durch den Dunst war die hellgelbe Scheibe der Sonne zu erkennen, wie ein Lampion zwischen See und Himmel hing sie kraftlos an diesem Januarmorgen.

Das Meer hatte sich zurückverwandelt in einen See, dessen gegenüberliegendes Ufer über eine sich kräuselnde Wasseroberfläche schimmerte. Phil war immer gern hier gewesen. Taten ihm die Augen weh vom Auf-den-Bildschirm-Starren, war er froh gewesen, seinen Iriden eine Zeit lang Ruhe zu gönnen. Im Sommer durch die warmen Farben und das Grünblau des Sees, auf dem die Segelboote ein Bild des Friedens malten.

Hier waren seine ersten Skizzen entstanden, Zeichnungen, analoge, später digitale Bilder. Er hatte experimentiert. Seine Eltern hatten ihn dabei unterstützt und ihn allein gelassen, wenn er es für wichtig hielt. Das Bootshaus war seine Dunkelkammer, die kleine Kochnische die Zentrale gewesen, von wo aus er alles steuerte. Der Ofen hatte die Wärme geliefert, die offene Tür im Winter den Nebel auf dem Treppenabsatz – die ersten fühlbaren Dinge und die Stimmungsbilder, die später Teil seiner Arbeit wurden. Er hatte sich seine kleine Welt erschaffen, seinen Phantasien einen Namen gegeben – «The rediscovered paradise». Damals hatte er nicht geahnt, dass er seine Ideen einmal würde umsetzen können und die Visionen wahr würden. Es war alles so weit weg gewesen, die Mittel, die er gebraucht hätte, um nur einigermassen professionell zu arbeiten, hatten ihm gefehlt. So hatte er weiter gebastelt und getüftelt und doch den Meilenstein für etwas Grossartiges gelegt. Phil erinnerte sich an den ersten Grashalm, den er gezogen hatte. Daraus waren viele geworden, eine Wiese von Gräsern, die später die begrenzte Uferzone säumten. Der Platz unterhalb des Bootshauses diente ihm als Spielwiese für seine Experimente.

Phil drehte den Kopf, weil ein Motorengeräusch ihn aufgeschreckt hatte. Als müsste er sich zuerst in die Realität zurückbefördern, schlug er sich ins Gesicht. «Wenn du träumst, weisst du nicht, ob es nicht doch real ist, und wenn du wach bist, könnte dieser Zustand auch ein Traum sein.» Wer wusste das schon?

Es schien, als hätte das Morgenlicht ein Lächeln auf ihr Gesicht gezaubert. Wie sie daherkam mit diesem stolzen, überzeugenden Schritt. Ihre halblangen Haare flatterten bei jeder Bewegung und umspielten eine markante Physiognomie, auf der sich eine Narbe von der linken Braue bis zum Mundwinkel zog. Die angenehme Stimme am Telefon bekam plötzlich ein Gesicht. In Gedanken berechnete er bereits dessen digitale Daten und scannte sie ein.

Sie streckte die Hand aus. Keine Pistole, ein warmer, tiefgründiger Blick aus ihren schwarzen Augen. Sie war in guter Absicht hier.

«Frau Lehmann? Nennen Sie mich Phil.» Er zeigte auf den Zürichsee, dessen Oberfläche sich verwandelt hatte. Wie gläserne Mosaike tanzten die Wellen mit den aufbrechenden Sonnenstrahlen. «Das ist mein Rückzugsort», sagte er ungefragt. «Bitte kommen Sie herein. Sie können gern Ihren Mantel ablegen. Hier drin ist es genug warm, wer weiss, wie lange.»

Sie ging ihm voraus, schien den Raum mit ihrem Blick zu durchforsten, wunderte sich vielleicht, dass sie nichts Verdächtiges fand, das auf einen Wahnsinnigen schliessen liess. Die beiden Rechner auf dem Tisch in der Mitte des Raums waren ausgeschaltet. Schwarz ihre Monitore, matt mit sichtbaren Spuren von Fingern. Er zog einen Stuhl unter dem Tisch hervor. «Bitte, setzen Sie sich.» Er war es sich nicht gewohnt, Besuch zu empfangen. In seinem Bootshaus war niemand ausser Tobias Bauer gewesen. Er hatte ihn sporadisch besucht, wenn er ihn hier draussen wähnte.

Valérie setzte sich. Sie hatte den Mantel aufgeknöpft, jedoch nicht ausgezogen. Alles, was Phil sah, war ein harmonischer Körper. Sie legte ihr iPhone auf die Tischplatte, sagte, dass sie ihr Gespräch aufnehmen würde, er wisse sicher, worum es ging. Sie hatte eine angenehme Stimme. Erst jetzt sah sie auf seine Haarpracht. War da nicht ein Anflug von Lächeln auf ihrem Gesicht? Instinktiv griff er nach einem verfilzten Strang. «Das Resultat von sechzehn Jahren Coiffeurabstinenz.»

Sie erwiderte sein Lachen. «Ich habe mir einmal Hunderte von kleinen Zöpfchen machen lassen, vor vielen Jahren in Kenia …»

«Als man Kenia noch besuchen konnte», erwiderte er. «Kenia gehört zu den ersten Regionen, in denen sich die Gattung Homo entwickelte. Afrika gilt als die Wiege der Menschheit. Auch wir entstammen ihr. Darum ist es vermessen, wenn der Boss einer namhaften Lebensmittelkette behauptet, Wasser sei kein Grundrecht des Menschen, und mit der Aussage, niemand sei gezwungen worden, dort zu leben, wo das Wasser rar sei …»

Phil erntete einen Augenbrauen hebenden Blick.

«Ziehen Sie sich deshalb zurück?», fragte Valérie.

«Ich habe Visionen, die nicht immer leicht zu verkraften sind. Ich sehe, was da auf uns zukommt. Obwohl das niemand richtig wahrhaben will. Die westliche Zivilisation schaut noch immer gern durch die rosarote Brille. Die Welt präsentiert sich in den schönsten Farbtönen. Werfen Sie einen Blick durch das Fenster. Ich muss dem sogar zustimmen. Hier ist es friedlich. Das Wasser liegt einem zu Füssen. Schlimmstenfalls kann man es aus dem See schöpfen, auch wenn man sich Kolibakterien einverleibt. Was soll's? Zwei, drei Tage Durchfall und Erbrechen. Was ist das schon im Vergleich zu den abgemagerten, dehydrierten Kindern auf dem afrikanischen Kontinent?»

Valérie zeigte auf ihr iPhone. «Ich nehme das auf.»

«Klar, alle Welt soll das hören. Man hört ja sonst nicht zu. Unsere Gesellschaft befindet sich auf einem Egotrip, den es in diesem Ausmass noch nie gegeben hat. Selbstdarstellung ist das Lebensmotto. Graue, unscheinbare Mäuse entdecken plötzlich die Farbenvielfalt auf den Plattformen von Social Media. Für mich, wenn ich ehrlich bin, ein gefundenes Fressen. Es beweist mir, wie manipulierbar wir sind. Grosse Firmen spielen mit der Dummheit und der Verblendung des einfachen Volkes. Auf einmal sind es die Ungebildeten, Debilen, die sich wichtigmachen dürfen. Hoch lebe das Ich. *Gloria in excelsis Deo.* Ehre sei Gott in der Höhe!» Phil konnte sich ein Grinsen nicht verkneifen, als er in Valéries Augen sah. «Keine Angst, ich bin kein Sektenmitglied.»

«In Dubai klappt es hervorragend mit der Wasserversorgung», sagte sie.

«Sie haben recht, wenn Sie denken, dass die Vereinigten Arabischen Emirate mit gutem Beispiel vorangehen. Sie verfügen über genügend Entsalzungsanlagen, um jeden Tag mit frischem Trinkwasser versorgt zu werden. Sie haben sich das überlegt, oder?» Er hatte es ihr angesehen, wie es hinter ihrer Stirn rumorte. Immer kamen die Leute mit Vergleichen. «Es ist das verdammte Geld, das nicht jedem zur Verfügung steht.»

Valérie schien gelassen.

«Sie sagen ja nichts.» Phil rieb sich den Magen. Er hatte Hunger. Das Frühstück war schon längst überfällig. «Okay, mir kann das am Arsch vorbeigehen. Ich bin jetzt einunddreissig. In vierzig Jahren werde ich nicht mehr da sein. Ich habe den Tag X bereits gewählt, an dem ich mich in Luft auflösen werde.» Phil vermochte es nicht zu verhindern, seine Hände vor seinem Gesicht hin- und herzuwedeln. Was musste die Lehmann von ihm denken. «Sie haben Fragen an mich. Ich bin ganz Ohr.»

Valérie lehnte sich im Stuhl zurück. «Wie war Ihr Verhältnis zu Tobias Bauer?» Sie musterte ihn, ohne eine Miene zu verziehen.

Sie erinnerte ihn an eine griechische Göttin. Ihr Nasenbein hatte jenen fehlenden Knick, die sie von einer römischen Figur unterschied. Er dachte an die Szenerie rund um den berühmten Parthenon, an der er mehrere Tage gearbeitet hatte, die restaurierte Tempelanlage in Athen mit den dorischen Säulen. An die Gipsfiguren, die er eigenwillig dahinein projiziert hatte. Wem würde schon auffallen, dass die in Wirklichkeit nicht dort standen? «Er war mein Mentor.»

«Obwohl Sie im Grunde genommen weit mehr bieten konnten als er, was Ihre Fähigkeiten angeht.»

Hatte sie ihn etwa schon durchschaut? «Es ist von Vorteil, jemanden zu haben, der einem den Rücken frei hält. Ich bin nicht sehr kommunikativ, gebe ich zu, und froh, wenn andere für mich sprechen. Tobias hat es für mich getan. Er war sozusagen mein Verteidiger.» Natürlich würde die Lehmann nichts damit anfangen können, überlegte sich Phil. Und dass sie sich in ihn einzufühlen vermochte, traute er ihr nicht zu. «Für mich ist der Verlust von Tobias Bauer fast nicht verkraftbar. Es hat mich sehr traurig gestimmt, dass mir niemand konkret sagen konnte, was mit ihm passiert war. Bulliard hüllt sich in Schweigen.»

«Er wurde vergiftet.»

Phil spürte den Stich in seiner Brust, als würde ihm jemand eine Lanze dahinein stechen, umdrehen und in der Wunde weiterstochern. «Vergiftet? Wo … wann?»

«Sie hören kein Radio? Schauen nicht fern?»

«Nein. Dort werden in der Regel nur Lügen verbreitet.

Oder ich bekomme das zu hören, was ich eh schon seit Langem weiss.»

Sie konnte nichts damit anfangen. Er sah es ihr an. «Alles ist negativ.»

«Sind Sie das nicht auch? Nihilistisch?»

«Was für ein Wort. Klingt besser als hypochondrisch veranlagt. Wer hat ihn vergiftet?»

«Um das herauszufinden, ermitteln wir in alle Richtungen.» Sie wirkte dabei ruhig und besonnen. «Wo waren Sie zwischen dem letzten Freitagabend und Samstagmorgen?»

«Zu Hause in Wollerau. Dort, wo ich immer bin. Ich verlasse höchst selten die Wohnung, ausser ich fahre zur Arbeit oder hierher ins Bootshaus … wie zum Beispiel am letzten Sonntag. Bis dahin wusste ich nicht einmal, dass Tobias tot ist.»

«Gibt es Zeugen?»

«Nein.» Es gab Zeugen in seiner virtuellen Welt. Aber das würde sie nicht verstehen. Es bräuchte Erklärungsbedarf.

«Wer hat es Ihnen mitgeteilt?»

«Bulliard.»

«Welches Verhältnis pflegen Sie zu Bulliard?»

«Ein rein geschäftliches, wenn überhaupt. Tobias erledigte für mich alles, was im Zusammenhang mit Bulliard stand.»

«Ihr Lohn, Herr Williams, entspricht nicht gerade einem Lohn, den man in Ihrer Position für angemessen hält.»

War klar, dass die Polizei in seinen persönlichen Daten geschnüffelt hatte. «Ich mache mir nicht viel aus Geld. Alles, was ich für meine Arbeit ausserhalb meiner Arbeitszeit bei Double B brauche, wird mir von der Firma zur Verfügung gestellt. Double B brüstet sich mit meinem Know-how, ich habe uneingeschränkten Zugriff auf Daten.»

«Inwiefern?» Valérie machte sich Notizen.

Phil sah durch das Rechteck des Fensters nach draussen, wo die Sonne über den Nebel gesiegt hatte. Gleissendes Licht breitete sich über den Schnee aus und liess ihn wie einen Teppich voller Diamanten glitzern. Dieses Licht musste er sich verinnerlichen und das Programm «Switzerland 2013/SZ» überdenken. «Haben Sie den Purple Room noch nicht betreten?»

Phil entging nicht, wie Valérie kaum merklich zusammenzuckte. Offenbar hatte er in ihr etwas aktiviert, das für sie wichtig war.

«Den Keller in Bauers Villa?» Schon war die Frage da.

«Ja, den meine ich.»

«Niemand hat dort Zutritt.»

«Logisch. Er ist auch dreifach gesichert. Unbefugte können da nicht einfach hineinspazieren.»

«Haben Sie einen Schlüssel dazu?»

«Schlüssel? Wir befinden uns nicht mehr im Mittelalter.» Er konnte sich ein Lachen nicht verkneifen. «Heute sichert man mittels Fingerabdruck oder Augen-Scan.»

«Oder mit einem Chip, nicht wahr?»

Phil lächelte in sich hinein.

«Noch einmal: Haben Sie Zugang zu diesem Raum? Ansonsten müssten wir mit Gewalt da rein.»

«Das würde ich Ihnen nicht anraten.» Phil überlegte. Was vergab er sich dabei, wenn er die Lehmann hineinliess? «Haben Sie genug starke Nerven?»

Sie blieb ihm die Antwort schuldig.

«Wären Sie bereit, etwas zu sehen, das wenigen Leuten vorbehalten ist?»

«Warum? Bezahlen diese Leute eine Menge Geld, damit sie es sehen dürfen?»

«Das war Bauers Haupteinnahmequelle.»

«Und von dem wusste Bulliard selbstverständlich nichts.»

«Logisch wusste er davon. Er war ja richtig süchtig danach.»

***

Valérie war hinter einem Tram hergefahren, bevor sie auf das Gelände des Universitätsspitals Zürich einbog. Die vom Restschnee bedeckten Bäume säumten den Vorplatz und streckten ihre ausladenden Äste wie riesige Tentakel über den kleinen Garten zwischen Strasse und Gebäude. Das Spital war ein schnörkelloser Bau undefinierbaren Stils mit Fensterreihen, in deren Scheiben sich ein milchig-blauer Himmel spiegelte.

Res Stieffel stand bereits vor dem Hauptportal. Valérie parkte auf einem freien Feld. Sofort war er bei ihr und hielt ihr die Tür auf. «Da ist Parkverbot, das Schild nicht gesehen?»

«Nicht für die Polizei.» Valérie öffnete das Handschuhfach und suchte nach der Sonderbewilligung.

«Das weiss der Hauswart ja nicht. Dein TT wird ihn provozieren.»

«Mir bleiben zehn Minuten, um mit da Molinari zu sprechen.» Sie hatte das Gesuchte nicht gefunden. «In dieser Zeit wird er den Wagen wohl kaum abschleppen lassen.»

«Ich habe dich gewarnt.»

«Danke.» Valerie verliess die Fahrerseite. Sie griff nach ihrer Tasche, schloss ab und passierte neben Stieffel die Wind- und Schmutzschleuse. «Ich habe den Gerichtsbeschluss», triumphierte sie und war ein wenig stolz darauf, dass sie den Richter doch noch hatte überzeugen können, wie wichtig dieser Wisch war. Er hatte ihn ihr letzte Nacht gemailt.

«Was ist mein konkreter Auftrag in dieser Sache?», fragte Stieffel.

Sie standen vor der Anmeldung, einem weitläufigen Tresen, auf dem zwei Blumengestecke und ein Prospekthalter standen. An der hinteren Wand hing ein einfaches Holzkreuz. Valérie erkundigte sich nach der Patientin Agostina da Molinari.

«Wie gestern erwähnt, schau dir ihr Handgelenk an.»

«Nachdem du mit ihr geredet hast?»

«Nein, zur gleichen Zeit. Wir müssen in den zehn Minuten möglichst viel in Erfahrung bringen. Ich hoffe, da Molinari ist aufnahmefähig genug für meine Fragen.»

Sie gingen zum Lift. Ein Mann war mit einer Reinigungsmaschine unterwegs. Sein Gefährt zog eine feuchte Spur hinter sich her und polierte den Boden blank.

Da Molinaris Zimmer lag im zweiten Stock, das Valérie und Stieffel durch endlos lange Gänge erreichten. Ein Arzt mit offen stehendem Kittel und dem Stethoskop auf der Brust huschte grusslos an ihnen vorbei. Zwei Pflegerinnen tuschelten in einer Nische, wo ein Kaffeeautomat stand. Eine dritte zog aus einem Schrank ein Bettlaken. Es roch nach einer chemischen Substanz wie in jedem Spital.

Am Ende des Korridors sass ein Mann auf einem Stuhl und blätterte in einem Journal. Als er Valérie sah, sprang er auf und salutierte.

«Der gehört zu uns», sagte Valérie und begrüsste ihren Kollegen, den sie vom Sehen kannte. «War es ruhig hier?»

«Keine Vorkommnisse.»

«Wann ist der Schichtwechsel?»

«Erst um eins.»

«Nicht müde?» Sie wollte nett sein. Solche Einsätze waren nicht das Gelbe vom Ei und in der Regel langweilig und einschläfernd.

Der Mann lächelte. «Ich lese Klatschhefte. Das bildet.»

Valérie klopfte an die Tür. Zwölf Uhr. Sie mochte Pünktlichkeit. Der Chefarzt offenbar auch, denn er wartete bereits im Zimmer, in dem zwei Betten standen. Nur das Bett in Fensternähe war belegt.

«Peer Allgöwer», stellte er sich vor. «Wir haben miteinander telefoniert.» Ein lässiger Typ, Mitte fünfzig, mit ergrautem Haar und einer Nickelbrille. Ihm haftete etwas Intellektuelles an.

Valérie reichte ihm den Gerichtsbeschluss. «Damit hat nun alles seine Richtigkeit. Dürfen wir? Übrigens, das ist Res Stieffel, Gerichtsmediziner. Er wird sich die Wunde erkennungsdienstlich ansehen.» Valérie setzte den Aufnahme-Modus an ihrem iPhone in Betrieb und stellte einen Stuhl in Bettnähe.

Agostina da Molinari dämmerte vor sich hin. Sie hatte beide Arme auf die Bettdecke gelegt. In ihrer rechten Hand steckte eine Kanüle für die Infusion, ihr linker Unterarm und die Hand waren bis zu den Fingerknöcheln einbandagiert. Valérie sah sich der ersten Hürde gegenüberstehen.

«Wie geht es ihr?» Sie wandte sich an den Arzt.

Da Molinari schlug die Augen auf. Grosse schwarze Augen, die das schmale Gesicht einnahmen.

«Sie ist bereit für Ihre Fragen.» Dr. Allgöwer nickte der Patientin zu.

Valérie hatte sich Agostina da Molinari anders vorgestellt, nachdem sie ein Porträt von ihr gesehen hatte. Nicht so klein und zerbrechlich. Ihr schmaler Körper zeichnete sich unter der Baumwolldecke ab. Ihre Haare hatte sie kurz geschnitten. Ausser Konkurrenz, ging Valérie durch den Kopf, wenn sie an die wallenden Mähnen von Kathrin Sulzer und Raffaella Bulliard dachte.

Bauer überlässt nichts dem Zufall.

«Ist es möglich, den Verband an ihrer Hand zu entfernen? Dr. Stieffel würde sich gern die Verletzung ansehen. Steht übrigens auch im Gerichtsbeschluss.» Valérie schenkte dem Arzt ein Lächeln.

Dr. Allgöwer zog die Brauen über dem Brillenrand hoch. «Den Bericht habe ich an den Chef der Kriminalpolizei gesandt. Dort steht alles drin.»

Valérie liess es sich nicht anmerken, dass Fischbacher ihr den Bericht nie ausgehändigt hatte. Möglicherweise hatte er es vergessen.

Dr. Allgöwer musste ihre Gedanken gelesen haben; er zeigte sich kooperativ und wandte sich an die Patientin. «Wir nehmen Ihnen den Verband ab. Die Pflegeassistenz wird Ihnen danach einen neuen anlegen.» Er griff nach da Molinaris linker Hand und wickelte die Binde ab.

Valérie indes stellte sich da Molinari mit Namen vor und erläuterte den Grund ihrer Anwesenheit.

«Ich schon wissen, Sie kommen. Dottore haben sagen.» Um ihren blassen Mund zuckte es. «Ich nicht sagen, was passieren.»

«Wenn es Sie zu sehr anstrengt», sagte Valérie und versuchte, so einfühlsam wie möglich auf die Patientin zu wirken, «werde ich die Befragung abbrechen. Sie wollen doch auch, dass die Person, die das getan hat, gefasst wird.»

«Ich keine Ahnung.»

Valérie ging nicht darauf ein. «Frau da Molinari, erinnern Sie sich an den Montagmorgen, als Sie die Villa von Tobias Bauer betraten?»

Da Molinari blickte zur Decke, als würde sie dort oben die Antwort finden, schwieg jedoch beharrlich.

«Womit haben Sie die Tür aufgeschlossen?»

Es war der rasche Blick auf ihr Handgelenk, das jetzt frei von Bandagen auf der Baumwolldecke lag. Einen Wimpernschlag lang, bevor da Molinari wieder zur Decke starrte.

«Sie trugen einen Mikrochip, nicht wahr?» Valérie sah Stieffel an, der den gleichen Gedanken zu hegen schien.

Er griff nach da Molinaris linker Hand. Behutsam hob er sie an, drehte sie sachte, worauf die genähte Stelle zum Vorschein kam. Noch war sie orange vom Jod.

Valérie sah sich nicht mehr in der Lage, da Molinari mit Samthandschuhen anzufassen. «Noch befinden Sie sich in Sicherheit. In ein paar Tagen wird man Sie aus dem Spital entlassen. Ich kann Ihnen nicht garantieren, dass Sie dann nicht in Gefahr sein werden. Was immer der Täter getan hat, er wird glauben, dass Sie ihn erkannt haben.»

«Ich nicht sehen.» Da Molinari drehte den Kopf in Richtung Fenster.

«Das weiss der Täter nicht.» Valérie beugte sich vornüber. Ihr Gesicht befand sich da Molinaris ganz nah. «Hat er Sie verletzt, weil er Ihren Chip wollte?»

«Ich … ich … Signor Bauer sagen, ich nicht verraten.»

«Was? Dass er Ihnen den Chip hat einsetzen lassen? Wer hat das getan? Nennen Sie mir einen Namen.»

«Er Dottore.»

«Ein Arzt hat den Chip eingepflanzt?» Valérie kam in Fahrt.

Dr. Allgöwer versuchte, sie zu beschwichtigen.

Valérie wandte sich an ihn. «Können wir uns unter vier Augen sprechen?» Sie richtete sich auf, deutete Stieffel an, dass sie das Zimmer verlassen würde.

Vor der Tür hätte Valérie Dr. Allgöwer am liebsten an dessen offen stehendem Kittel gepackt. «Stand das auch in Ihrem Bericht?» Sie registrierte den Wachmann, der sie neugierig ansah.

«Ich verstehe nicht, was Sie meinen.» Dr. Allgöwer entfernte sich vom Wachmann.

Valérie folgte ihm durch den Flur. Zwei Pfleger schoben ein Patientenbett zu einem der Aufzüge. «Sie mussten festgestellt haben, dass die Verletzung am Handgelenk nicht nach einer reinen Durchtrennung der Hauptschlagader ausgesehen hatte. Das hätten Sie der Polizei *sofort* melden müssen. Ich bin nur Laie, aber das wäre mir sicher aufgefallen. Der Täter muss ihr einen Mikrochip herausgeschnitten haben, und dabei wurden die Blutgefässe lebensbedrohlich verletzt.» Dass der Chip das Objekt der Begierde des Täters gewesen war, von dem musste Valérie mittlerweile ausgehen. Den gleichen oder einen ähnlichen Chip hatte Tobias Bauer vermutlich an seinem linken Unterarm getragen. Man hatte ihn, genau wie bei da Molinari, entfernt. Sie sah die Verletzung vor sich, die drei Zentimeter lange Vertiefung, und dachte an Stieffel, für den es ebenso ein Rätsel gewesen war.

Sie hatte schon darüber gelesen. Der erste Mensch, der sich einen Mikrochip unter die Haut hatte implantieren lassen, war der Forscher Kevin Warwick. Mit dem sogenannten RFID, dem «Radio-Frequency-Identification-Chip» konnte Warwick aufgrund von Radiowellensignalen Türschlösser öffnen, ohne sie zu berühren. Er schaltete das Licht ein oder startete seinen Computer. Andererseits war er selbst wegen des Implantats jederzeit lokalisierbar. Warwick war ein Pionier auf diesem Gebiet und Vorreiter der Cyborg-Szene, von Bodyhackern, die ihren Körper durch technische Implantate nachrüsteten. Warwick war weiter gegangen. Vier Jahre später liess er sich einen zweiten Mikrochip einpflanzen, der mit über hundert filigranen Elektroden mit den Nervenfasern seines Unterarms verbunden war.

Hatte Bauer seine Haushälterin als Probandin benutzt? Und wer hatte davon gewusst? Valérie musste den Chirurgen finden, der da Molinari den Mikrochip eingesetzt hatte. Ihre grosse Hoffnung war Phil Williams. Möglicherweise waren die letzten Meter im Leben des Tobias Bauer mittels Chip irgendwo registriert worden. Valéries Puls raste. War sie der Aufklärung des Mordes gerade einen Schritt näher gekommen? Oder hatte sie das Indiz dafür gefunden?

Sie wandte sich an Dr. Allgöwer. «Ihr Bericht muss irgendwo untergegangen sein», sagte sie und entschuldigte sich für ihr unzimperliches Vorgehen. Fischbacher hatte ihn vergessen. Es war schlecht um ihn bestellt. Ein gefährliches Burn-out, dachte Valérie. Seine Tage bei der Kantonspolizei waren gezählt. Sie musste ihn trotzdem stellen und ihm die Chance einräumen, sich zu verteidigen. Andererseits war sie dazu verpflichtet, Meldung zu erstatten, auch wenn es Fischbacher den Job kosten würde.

Die zehn Minuten hatten sich verdoppelt. Dr. Allgöwer kehrte zurück ins Patientenzimmer, im selben Moment, als Stieffel es verliess.

«Ich muss noch einmal mit da Molinari sprechen.» Valérie schob sich an Stieffel vorbei ins Zimmer.

Dr. Allgöwer hielt sie zurück. «Das Zeitlimit ist bereits überschritten. Tut mir leid. Sie haben gehört, was die Patientin gesagt hat. Sie erinnert sich nicht. Machen Sie es ihr nicht schwerer und sorgen Sie dafür, dass sie nach ihrer Entlassung beschützt wird. Ihr Verdacht, dass der Täter zurückkommt, macht mir grosse Sorgen.»

Valérie schluckte die Niederlage hinunter und verabschiedete sich mit den Worten, dass sie sich dessen annehmen würde. Sie folgte Stieffel, der sich auf den Weg zum Lift gemacht hatte. Auf halber Strecke holte sie ihn ein. Sie streifte seinen Arm. Sofort wandte sich Stieffel um.

«Was ist dein Fazit?», fragte Valérie.

«Sie hatte eindeutig ein Implantat dort, wo die Wunde ist. Deine Vermutungen waren nicht daneben. Ich habe Fotos gemacht, diese dürften fürs Erste reichen.»

Valérie dachte an den von Fischbacher unterschlagenen Bericht. Ob mutwillig oder aus krankheitsbedingter Vergesslichkeit – das war keine Ausrede. Es hatte die Ermittlungen beeinträchtigt. «Es ärgert mich, dass ich nicht schon länger darauf gekommen bin.»

«Gehen wir zusammen zum Mittagessen?» Stieffel wollte sie offensichtlich vom Weitergrübeln abhalten.

«Danke, ich fahre gleich zum nächsten Termin.»

«Und wann machst du mal Pause?»

«Das überlasse mir.» Sie stiess ihn in die Seite, wollte nicht unhöflich sein. «Um zwei treffe ich mich mit einem Hauptverdächtigen.»

***

Mit Julius Weber hatte er eine gute Wahl getroffen. Nachdem sein jahrelanger Anwalt und Berater in Rente gegangen war, sah er in Weber eine würdige Nachfolge. Ein aufstrebender junger Typ, der das Anwaltspatent erst seit zwei Jahren hatte. Bulliards Meinung nach manipulier- und formbar, wenn er ihm genügend Zückerchen verabreichte. Weber hatte Familie, drei kleine Kinder und eine luxusorientierte Frau. Trotz seines Verdienstes im oberen Lohnsegment steckte er immer in Geldnöten. Bulliard hatte ihm bereits einen Mittelklassewagen geschenkt. Er solle es als einmalige Gabe betrachten, die ein gut situierter Herr einem aufstrebenden jungen Anwalt reiche. Nebst dem Wagen hatte er auch Auslandsreisen bezahlt, Business-Class selbstverständlich, teures Hotel mit allem Drum und Dran. Webers anfängliche Bedenken, seine Frau könnte vor allem von dem Drum und Dran Wind bekommen, hatten sich inzwischen verflüchtigt und einer reinen Gier Platz gemacht. Wer als Anwalt etwas auf sich hielt, liess sich ab und zu fremdmassieren. Auf Kosten der Kanzlei oder in diesem Fall des Klienten.

Sie hatten sich im Sitzungszimmer von Double B breitgeschlagen. Seit einer halben Stunde brüteten sie über die nächsten Schritte, die innerhalb der Firma zu unternehmen waren. Um die Tagesgeschäfte weiterzuführen und die Arbeit der über hundertsechzig Mitarbeiter nicht zu gefährden, sah sich Bulliard gezwungen, seine Reserven anzuzapfen. Bis restlos geklärt war, wer Tobias Bauer umgebracht hatte, waren dessen Anteile eingefroren. Bulliard musste sich gedulden. Lehmann hatte noch einmal um eine Unterredung gebeten. Dass sie ihn als Verdächtigen sah, war kein Geheimnis mehr. Er würde ihr bald entgegentreten müssen, wie abgemacht in Biberbrugg, wohin sie ihn eingeladen hatte.

Nicht ohne seinen Anwalt.

Dass es so weit gekommen war, hatte Bulliard Raffi zu verdanken. Es musste durchgesickert sein, dass seine Frau mit Bauer ein loses Verhältnis gepflegt hatte, nachdem sie schon früher mit ihm gegangen war. Da war sie jedoch um einiges jünger gewesen. Bulliard wusste nicht, was sie an Bauer gefunden hatte. Zugegeben, er hatte gut ausgesehen, aber mit der Potenz hatte es nicht mehr geklappt. Bauer hatte es ihm einmal unter Alkoholeinfluss gestanden, dass er, je älter er werde, umso mehr Unterstützung von Sildenafil brauche. Kein Wunder: Alkohol und Koks waren der Manneskraft Tod.

«Die Lehmann weiss um die Affäre meiner Frau», klagte Bulliard. «Möglicherweise ahnt sie sogar, dass ich es weiss. Wir müssen das Verdachtsmoment tief halten, das ist Ihnen bewusst, oder?»

Weber, der sich mit seinen jungen Jahren bereits über sich lichtende Haare beklagen musste, strich sich über den blanken Schädel. Diesen rasierte er sich täglich, damit man seinen Makel nicht erkannte. Er hatte es erst noch seinem Klienten verraten. Schuld an seiner Mitteilungsbedürftigkeit war ein später Besuch in einem Edeletablissement gewesen, in das Bulliard ihn geschleppt hatte. Ein Luxusladen in der Sündenmeile von Zürich, den Bulliard zweimal wöchentlich aufsuchte. Recht und Gegenrecht, sagte er sich jeweils, wenn er zwischen den Schenkeln zweier Gespielinnen versuchte, die Kälte seiner Ehefrau zu kompensieren. Raffi hatte ihren Reiz schon längst verloren. Nach dem verpfuschten Eingriff eines Schönheitschirurgen hatte alles begonnen. Raffi war eine Grazie gewesen, gross, schlank und mit einer tollen Ausstrahlung. Was sie anfänglich als Jungbrunnen betrachtet und mit dem sie sich bei ihren Freundinnen gebrüstet hatte, einen um zehn Jahre jüngeren Mann zu haben, war nach ihrem vierzigsten Lebensjahr ins Gegenteil gekehrt. Sie hatte gelitten und sich mit dem Älterwerden nicht abfinden können. Selbst ihre Zwillinge Maxim und Maurice, die sie als Spätgebärende zur Welt gebracht hatte, hatten ihr nicht über das Elend hinweghelfen können. Sie hatte unter einer postnatalen Depression gelitten und sich darauf nicht nur die Bauchdecke, sondern auch Mund- und Augenpartie straffen lassen, was in einem grossen Drama endete. In dieser Zeit hatte sie wiederholt Trost bei Tobias Bauer gesucht und ihn gefunden. Die teuren Taschen und Schuhe hatte sie nicht von ihrem Ehemann.

«Die Lehmann wird mich auf drei Themen ansprechen», sagte Bulliard. «Erstens Raffi, zweitens meine abweichende Philosophie, was das Geschäftliche betrifft, und drittens Phil. Wir haben das Heu nicht auf der gleichen Bühne. Er steht mir im Weg. Ich kann mit seinem visionären Gehabe nichts anfangen. 6-D, was soll der Unsinn?»

«Ihr Alibi ist doch hieb- und stichfest?» Weber musterte ihn.

«Selbstverständlich. Aber ich ziehe ungern jemanden da hinein, der nicht im Geringsten etwas dafür kann.»

«Wer ist es?»

«Sie kennen Sie auch. Langstrasse, ‹Sechsunddreissigstes Arrondissement›, erinnern Sie sich?»

Weber lief rot an. «Trotzdem sollten wir mit offenen Karten spielen.» Er machte ein verdriessliches Gesicht. «Sie sprachen einmal davon, die Firma zu verkaufen. War das auch Bauers Idee?»

«Ich glaube, wir haben das lang und breit besprochen. Wenn ich Ihnen meine zukunftsorientierten Ideen anvertraue, heisst das nicht, dass ich sie auch umsetze. Ein lautes Denken, nichts weiter. Massgeblich dabei war Bauers persönliche Entwicklung. Es bereitete mir Sorgen, einen drogensüchtigen Compagnon an meiner Seite zu wissen, der sich mit einem ebenso Verrückten abgibt. Double B ist durch Sicherheitssoftware stark geworden, mit Cloud-Lösungen. Wir entwickeln uns laufend weiter. Heute zählt die Cyberkriminalität zur höchsten Kriminalitätsrate. Double B sensibilisiert und stärkt die Schwachstelle ‹Mensch› zugunsten der Gesamtsicherheit. Wir bieten Kurse in verschiedenen Bereichen der digitalen Anwendungen an, damit sich der User noch besser schützen kann. Wir decken durch das sogenannte ‹Human Hacking› Lücken in den Sicherheitssystemen auf und spüren Fake News auf. Aber das habe ich Ihnen schon öfters erzählt.» Bulliard fuhr mit der rechten Hand über die Tischplatte, um dem Gesagten Nachdruck zu verleihen. Obwohl er mit Weber auf Freundschaft machte, hatte er ihm das Du nicht angeboten. «Unsere Stärken liegen in der Bekämpfung von Social Engineering und nicht in der Erfindung von abstrusen Dingen, die ein Verrückter in seinem kranken Hirn gebiert.» Buillard wusste, dass er hier den Mund zu voll nahm.

«Glauben Sie, der Keller in Bauers Villa ist bei der Polizei ein Thema?»

«Natürlich ist er das. Jedoch ist es ihnen, soviel ich weiss, nicht gelungen, dorthinein zu gehen.»

«Haben Sie auch daran partizipiert?»

«Am Gewinn? Nein! Ich habe, wie Sie, eine Stange Geld dafür hingeblättert, um das volle Programm auszukosten.»

«Dann sind diese Dinge, von denen Sie soeben sprachen, gar nicht so krank.» Wieder wurde Weber rot. «Wollen wir darüber sprechen?»

«Das gehört nicht hierher.» Bulliard war es nicht recht, wenn seine Schwächen thematisiert wurden. Er war der Kontroller, der Strukturierte, der Kopf, der die Firma, der Double B führte, der die Mitarbeiter betreute und Kunden holte. Bauers Genialität hatte ausgeartet. Für Bulliard war es besser, er distanzierte sich von dem. Und Weber, fand er, musste nicht alles erfahren.

***

Valérie hatte sich wegen eines Unfalls zwischen Schindellegi und Biberbrugg verspätet. Als sie im Verhörraum ankam, waren Bulliard und sein Anwalt bereits vor Ort. Sie hätte gern einen Kaffee zu sich genommen, um wenigstens etwas im Magen zu haben. Jedermann musste hören, wie er vor Hunger knurrte. Sie hatte sich ein Drei-Deziliter-Mineralwasser aus dem Automaten gedrückt und war damit in die Höhle des Löwen getreten. Den Ärger wegen ihres Wagens hatte sie noch nicht verdaut. Kurz nachdem sie mit Stieffel vor den Eingang des Spitals getreten war, wurde sie Zeuge davon, wie ihr TT mit einem Kran auf einen Anhänger gehievt wurde. «Tu was!», hatte sie Stieffel angeherrscht, weil sie persönlich nicht in der Lage war, mit dem Abschleppdienst der Zürcher Verkehrspolizei zu verhandeln. Nach einem halbstündigen Hin und Her hatte Stieffel die Ordnungshüter überzeugen können, in einem verdeckten Einsatz hier zu sein, worauf sie den TT wieder auf den Parkplatz stellten.

Zwei dunkle Augenpaare starrten sie an, als sich Valérie wortlos setzte. Sie begrüsste zuerst den Anwalt, dann Bulliard. Die anfängliche Sympathie hatte auf beiden Seiten umgeschlagen. Valérie misstraute ihm. Sie ahnte, dass Bulliard über weitere Informationen verfügte, was Tobias Bauer betraf. Sie waren nicht nur Arbeitskollegen, sondern gute Freunde seit ihrer Schulzeit. War das etwa gelogen? Sie richtete das Aufnahmegerät, prüfte seine Funktionalität und atmete auf, als das rote Lämpchen aufleuchtete. Louis hatte ihr mitgeteilt, dass es ausgestiegen sei. Er hatte offenbar für einen Ersatz gesorgt.

War es Zufall, dass beide Männer einen grauen Kittel trugen, dazu ein weisses Hemd und – Valérie traute ihren Augen nicht – eine Krawatte, die sich im Muster glich? Pink und dunkelblau. Nicht ihr Geschmack.

Sie hatte den Namen des Anwalts vor sich. «Herr Weber, danke, dass Sie Ihren Mandanten begleiten. Ich möchte Sie aber darauf aufmerksam machen, dass es sich hier lediglich um eine weitere Befragung handelt und nicht um ein Verhör.» Bulliard war als freier Mann hier. Wenn sie ihn als Hauptverdächtigen sah, war das ein reines Bauchgefühl.

Bulliard und Weber rutschten auf ihren Stühlen hin und her, auch das fast synchron. Musste ein gut eingespieltes Paar sein. Valérie schätzte Weber um die dreissig. Mit jungenhaftem Gesicht, das der kahl geschorene Schädel nicht älter erscheinen liess. Um seinen Mund tanzte ein Lächeln. Seine Lippen schimmerten rosa.

«Das ist uns schon klar», sagte Weber und bleckte mit einem tadellosen Gebiss. «Trotzdem bat mich Herr Bulliard um meine Unterstützung.»

Valérie hatte nicht vor, um den heissen Brei herumzureden, und legte auf den Tisch, was sie beschäftigte. «In Ihrer Firma, Herr Bulliard, scheint es eine Dreiecksbeziehung gegeben zu haben, mit Ihnen, Tobias Bauer und Philipp Williams. Können Sie mir etwas darüber sagen?»

Bulliards Kehlkopf begann zu vibrieren. Er schluckte ein paarmal, bevor er sich an Weber wandte. Valérie sah sich einer langen Befragung ausgesetzt. Es war die typische Situation, die sie allzu oft schon erlebt hatte. Sie fragte den Zeugen, dieser fragte seinen Anwalt, der Anwalt gab die Antwort an den Zeugen weiter oder antwortete selbst. Auch eine Art Dreiecksbeziehung, sinnierte sie.

Bulliard beriet sich mit Weber. Wenn er bei dieser einfachen Frage bereits so kompliziert vorging, musste Valérie lange auf das Essen warten. Wie zum Trotz griff sie nach dem Mineralwasser und nahm zwei grosse Schlucke.

«Eine bereichernde Komponente», sagte Bulliard endlich. «Wir haben uns in jeder Hinsicht ergänzt.» Um seine Ehrlichkeit beweisen zu wollen, legte er seine Hände flach auf den Tisch mit der Handfläche nach oben.

Valérie entging nicht die Narbe an seinem linken Handgelenk. Sie deutete auf die Stelle. «Ein Unfall oder ein Versuch?»

Sofort zog Bulliard die Hände zurück. «Warum Versuch? Sie wollen mir aber nicht einen Suizidversuch attestieren, oder?» Er kniff kurz den Mund zu und schien seinen Rechtsvertreter zu vergessen. «Double B ist die grösste IT-Firma am Zürichsee. Was wir anbieten, benutzen wir selbst.» Er zeigte auf sein Handgelenk. «Mit diesem Mikrochip oder besser gesagt mit dem Biochip ersparen wir uns Kreditkarten, Versicherungsausweise, die Schlüssel ... alles, was man sonst verlieren könnte. Wir tragen die persönlichen Daten auf uns. Er vereinfacht einiges.»

Valérie biss sich auf die Lippen und schmeckte Blut. «Allenfalls auch den Zutritt in den Keller von Bauers Villa?»

Buillard hob nur die Schultern.

«Andere Frage: Falls jemand an diesen Chip kommen würde, was könnte er damit anrichten?»

Bulliard kam mit dem Oberkörper nach vorn. «Er könnte an die Daten des Besitzers dieses Mikrochips. Aber er müsste zuerst wissen, was alles darauf gespeichert ist. So einfach ist das nicht.»

«Könnte er sich damit auch ins Haus des Besitzers Zugang verschaffen?»

«Wenn er den Chip hat, ja.»

«An den Safe?»

«Ja. Aber ich habe nur im Büro Zugang, keinen in Bauers privaten Räumen.»

Valérie registrierte, wie Weber Bulliard einen leichten Stoss gab. Bulliard stiess ihn zurück.

«Wer aus Ihrem Team verfügt über solch einen Mikrochip?»

«Tobias hatte einen. Wir haben ihn am selben Tag implantieren lassen.»

«Bauers Chip fehlt», sagte Valérie und beobachtete ihr Gegenüber.

Die Männer steckten wieder die Köpfe zusammen. Es grenzte an debile Lächerlichkeit.

«Wie heisst der Chirurg, der den Eingriff vorgenommen hat?» Als einen Eingriff musste es Valérie ansehen. Am Handgelenk ohne Kenntnisse zu schneiden, war ein schwieriges Unterfangen, auch wenn der Mikrochip, wie sie vermutete, bloss unter der oberen Hautschicht platziert worden war.

«Ein Freund von mir. Dr. Trittler.»

«Reto Trittler, der Handchirurg?» War ja kein Unbekannter.

«Eine Koryphäe auf seinem Gebiet. Hat schon den komplizierten Handbruch meiner Mutter operiert. Er hatte unser volles Vertrauen. Er ist zukunftsorientiert und weltoffen.»

«Hat die Ärztekammer diesen Eingriff goutiert?», fragte Valérie und erntete nur ein mitleidiges Lächeln.

«Kein Eingriff auf Leben und Tod. Es handelte sich hierbei bloss um einen Mikrochip mit den Massen einen auf eineinhalb Zentimeter. Dr. Trittler versicherte uns, dass das Gewebe ihn bedenkenlos annehme; ausser man leidet an Allergien. Aber weder Tobi noch ich sind Allergiker.»

«Trägt Philipp Williams keinen solchen Chip auf sich?»

«Das entzieht sich meinem Wissen.»

Für Valérie war es nicht nachvollziehbar. Sie erinnerte sich zwar nicht, bei Williams eine entsprechende Narbe gesehen zu haben. Sie hatte jedoch auch nicht näher hingeschaut. «Sie als Teilhaber der Firma müssten über solche Dinge im Bilde sein.»

«Das sehen Sie schon richtig. Aber alles Technische habe ich schon längst aus der Hand gegeben.»

«Was können Sie mir über Agostina da Molinari berichten?»

Bulliard schob sich in eine andere Sitzposition. Er kam mit dem Oberkörper nach vorn und legte die Hände ineinandergefaltet auf den Tisch, als wollte er ein Gebet sprechen. «Sie war Tobis Angestellte. Sie kommt aus Palermo, lebt und arbeitet seit rund zwanzig Jahren in der Schweiz, spricht aber unsere Sprache nicht perfekt. Sie will nicht, hat wahrscheinlich ihren Bekanntenkreis, der ebenfalls aus Italien stammt. Aber das kennen Sie ja, es bilden sich Parallelgesellschaften, die uns in unserem eigenen Land zu Fremden machen. Die sind untereinander meist gut vernetzt.»

Und trotzdem hatte Valérie kaum Bekannte von da Molinari gefunden.

«Was wissen Sie eigentlich über Bauer? Sie waren Freunde, wie Sie sagten.»

Bulliard lehnte sich zurück. Als er sich mit Weber besprach, hielt er die Hand vor den Mund. Valérie verstand nichts.

Weber streckte seinen Oberkörper. Valérie entging nicht, dass er fast keinen Hals hatte. Es schien, als wäre das Kinn mit der Brust zusammengewachsen. Sie musste an einen Gnom denken und tadelte sich im Stillen für diesen Vergleich. Sie hatte Hunger, die Konzentration liess nach.

«Es gab in letzter Zeit Meinungsverschiedenheiten», sagte nun Weber, der das Zepter offensichtlich in die Hand genommen hatte. «Es ging um Philipp Williams. Anstatt der Firma zu dienen, verkriecht er sich immer mehr in seiner eigenen phantastischen Welt.»

«Aha, und Sie», Valérie wandte sich an Bulliard, «waren im Gegensatz zu Bauer nicht einverstanden damit.»

«Solche Diskussionen gehören dazu», entgegnete Weber. «Die Menschen entwickeln sich. Manchmal zum Negativen hin, was einer Firma wie Double B schaden kann. Dann muss man den Mut haben, die Mitarbeiter auszuwechseln.» Er heimste von Bulliard ein heftiges Nicken ein.

Valéries Blick war weiterhin auf Bulliard gerichtet. «Sie hätten Williams am liebsten entlassen.»

«Sie schweifen ab», sagte Weber. «Was hat das mit Bauers Tod zu tun?»

«Nach dem Tod Ihres Geschäftspartners, Herr Bulliard, stehen Ihnen alle Möglichkeiten offen, selbst zu entscheiden, wen Sie behalten und wen Sie entlassen wollen.»

«Das scheint mir ein vermessenes Indiz für einen Mord zu sein.» Weber setzte ein überhebliches Grinsen auf.

Du kleiner blasierter Gockel, dachte Valérie. Hast noch Grünspan hinter den Ohren. Sie gebot sich zur Raison.

«Sie als Anwalt müssten wissen, dass für weit lapidarere Motive gemordet wird.» Sie musste sich zusammenreissen. Erneut griff sie zum Mineral. Sie trank es leer, ohne dabei Bulliard aus den Augen zu lassen. «Oder war es die Eifersucht auf Bauer, weil er es mit den Frauen leicht hatte?»

«Ha, ha …» Bulliard legte die Hände auf die Brust. «Wenn Sie wüssten.»

Wieder boxte ihn Weber in die Seite. Ein unmögliches Verhalten, dachte Valérie. So nahe konnten sich die beiden nicht stehen. Es musste etwas anderes sein, was diese Skrupellosigkeit auslöste.

«Ihr Alibi, Herr Bulliard, möchte ich gern überprüfen, falls Sie eines haben.»

«Für wann?» Er gab sich naiv.

«Zwischen Freitagabend und Samstagmorgen der letzten Woche.»

«Nachdem ich mit meiner Frau Raffi Bauers Villa verlassen hatte, fuhren wir nach Hause. Leider haben wir getrennte Schlafzimmer …»

«Somit wäre unsere Unterredung beendet.» Weber plusterte sich auf und war im Begriff, Bulliard vom Stuhl zu zerren. «Bringen Sie uns zuerst Beweise. Bis dahin gilt die Unschuldsvermutung.»

Valérie liess die Männer gehen. Sie riss das kleine Fenster auf, stand unter der Öffnung und inhalierte die kalte Januarluft. Der Blick auf die Biber liess sie einen Moment die Arroganz der beiden vergessen. Durch die verschneiten Gestade schlängelte sich der Fluss wie ein dunkles Urtier. Der Schnee hatte die blätterlosen Bäume noch immer fest im Griff. Schwer beugten sich die Äste über das Gewässer und liessen es wie das Gewirk eines Spinnmilbennetzes aussehen.

Vor einer Stunde hatte sie versucht, Zanetti zu erreichen. Er hatte ihren Anruf nicht entgegengenommen. Sie nahm das iPhone an sich und wischte mit dem Finger über die letzte Nummer. War bis anhin der Anrufbeantworter eingeschaltet gewesen, gelangte die Ansage, dass der Anschluss vorübergehend nicht in Betrieb sei, an ihr Ohr.

Valérie machte sich ernsthaft Sorgen. Sie sah auf die Uhr. Halb sieben. Draussen dunkelte es ein. Sie nahm sich vor, bei Louis vorbeizuschauen. Um diese Zeit brütete er meistens in seinem Büro über den neusten Protokollen.

Louis war ausser Haus. Valérie klopfte bei Dodo an, die sich das Büro mit einem Kollegen teilte. Der Kollege bedauerte ihre Abwesenheit. Valérie ging zurück auf ihre Etage. Die einbrechende Dunkelheit tauchte ihr Büro in ein diffuses Licht. Sie schritt durch den Raum, ohne Licht gemacht zu haben. Von hier aus präsentierte sich die Natur in einem ungewöhnlich milchigen Grau, das die beginnende Nacht vor sich herschob. Noch einmal versuchte Valérie, eine Verbindung zu Zanetti herzustellen. Die Erfolglosigkeit produzierte allerlei abstruse Gedanken. Sie nahm sich vor, für heute Schluss zu machen.

Sie zog ihren Mantel an, trat vor die Tür und schloss ab. Der Flur bis zum Lift gähnte ihr leer entgegen. Es roch nach flüchtigem Schweiss, nach Papier und dem Ende eines langen Tages. Als ihr iPhone summte, machte ihr Herz einen Hüpfer. Doch nicht Zanetti, sondern Dodo meldete sich. «Wir haben Kathrin Sulzer festgenommen», sagte sie ausser Atem.

Valérie glaubte, sich verhört zu haben. «Auf welcher Rechtsgrundlage?»

«Raffaella Bulliard hat sie schwer belastet.»

ACHT

Um Mitternacht hatte Zanetti angerufen. Aufgrund eines Schneesturms hatte die Maschine der Scandinavian Airlines am Nachmittag nicht planmässig starten können. Zudem sei der Akku des iPhones leer gewesen, und aus einer öffentlichen Telefonkabine habe er nicht anrufen können, weil ein Blitz eingeschlagen und die Leitungen beschädigt hatte. Blitz und Donner im Winter und ein Sturm, der die schwedischen Flughäfen lahmlegte. Das Wetter spielte verrückt. Valerie hatte darauf keine vier Stunden geschlafen. Als sie am Morgen das Haus in Küssnacht verliess, war es halb sieben und Zanetti auf dem Weg nach Biberbrugg.

Dodo und Louis erwarteten sie im Sitzungszimmer, wo sich auch Fischbacher befand. Er sah krank aus. Valérie setzte sich zu ihm. Ihn wegen der versäumten Berichterstattung zu rügen, fand sie unangebracht. Er war noch immer ihr Chef. Sie würde mit ihm unter vier Augen sprechen müssen. Sie litt unter einem Loyalitätskonflikt, wollte es bereinigt haben.

Er nickte ihr kurz zu, offensichtlich war er nicht bereit, ihr in die Augen zu sehen. Valérie kannte ihn nicht wieder. Polizeimajor Dominik Fischbacher, der es auch im Militär zu höchsten Ehren gebracht hatte, war daran, an der Arbeit bei der Kantonspolizei zu zerbrechen. Valérie hätte ihn am liebsten in die Arme genommen. Ihr fehlte die Kraft dazu. Zudem wollte sie sich vor Louis nicht blamieren. Sie kannte ihn. Er hätte diese Geste auf seine Weise interpretiert. Darauf konnte sie verzichten. Sie schenkte sich Kaffee ein, der in einem Thermoskrug auf dem Tisch bereitstand. Dodo hatte ihn von zu Hause mitgebracht, Louis einen Papiersack voller Buttergipfel.

Draussen war es noch dunkel. Die Fahrt hierher hatte Valérie einiges abverlangt. Über Nacht hatte es aus dem Nebel genieselt. Am Morgen waren die Strassen unter dem Schneeflaum ein Eisfeld. Die Salzwagen noch nicht durch.

«Wo befindet sich Kathrin Sulzer jetzt?» Valérie setzte sich auf eines der Fenstersimse und sah auf den Parkplatz, auf dem allmählich weitere Wagen eintrafen. Schwarze Gestalten stiegen aus. Über die Schwyzerstrasse fuhr endlich ein Schneepflug.

«Sie hat die Nacht in Untersuchungshaft verbracht», sagte Dodo, die an der Tischkante lehnte. «Es war nicht zu umgehen.»

«Und ausgerechnet Raffaella Bulliard liefert sie ans Messer? Warum erst jetzt?»

«Sie hat mich gestern angerufen. Offenbar hatte es ihr keine Ruhe gelassen. Sie habe sich, wie sie sagte, davor gefürchtet, weil sie sich mit dieser Aussage selbst belasten würde.»

Valérie stiess sich vom Fenstersims ab. Sie setzte sich an den Tisch, bereits darauf gefasst, an diesem Vormittag ein Verhör durchzuführen. Kathrin Sulzer, die mit der Katze.

«Was hat sie gesagt?»

Dodo reichte ihr ein Protokoll.

«Sag du es mir.» Valérie besah sich das oberste Blatt eines gehefteten Mäppchens, das mit «KS» und einer achtstelligen Nummer versehen war.

«Raffaella Bulliard kehrte, nachdem sie mit ihrem Mann die Party verlassen hatte und mit ihm zusammen nach Hause gefahren war, zu Bauer zurück.»

«Hat sie gesagt, weshalb?»

«Sie habe sich mit Bauer verabredet. Ihr Mann hatte jedoch nichts davon erfahren dürfen.»

«Wann war das?»

«Um zehn nach drei.»

«Da war der Türsteher bereits nicht mehr vor Ort.»

«Bauer habe sie hereingelassen, nachdem sie ihn kurz vorher angerufen hatte. Er sei immer sehr vorsichtig gewesen, wenn er allein war.»

«Hat man das geprüft?»

«Steht in einem der ersten Protokolle. Bauer wurde von dieser Nummer aus angerufen.» Dodo tippte mit ihrem rechten Mittelfinger auf die Zeile. «Sie gehört Raffaella Bulliard. Der Anruf dauerte keine Minute.»

«War es der einzige Anruf in dieser Nacht?» Valérie erinnerte sich nicht. Dem war Louis nachgegangen, und sie hatte es nicht geprüft. Sie hatte schon damals unter Druck gestanden und die Details ihrem Team überlassen. Sie solle mehr an andere delegieren, hatte Fischbacher ihr mit Nachdruck gesagt.

«Nein, da ging noch einer ein. Ein Anruf von Kathrin Sulzer. Dauer ungefähr zwei Minuten.»

Valérie konnte sich vorstellen, was in diesen zwei Minuten gesprochen worden war. Raffaella musste schon vor Ort gewesen sein, und Bauer hatte versucht, Kathrin abzuwimmeln. «Wie viel Zeit lag zwischen den beiden Anrufen?»

«Zehn Minuten», sagte Dodo. «Raffaella Bulliard sagte, dass Bauer sie beide nacheinander in die Villa gelassen hatte.»

«Okay, und was hat Raffaella Bulliard gesehen?»

«Sie ging weg, als Kathrin Sulzer angekommen war. Sie wollte einer Aussprache der beiden nicht im Weg stehen. Bauer habe sich zu diesem Zeitpunkt in bester Gesundheit befunden, abgesehen davon, dass er einen über den Durst gekippt hatte. Raffaella Bulliard geht davon aus, dass Kathrin den armen Kerl in dieser Nacht vergiftet und ihn zum Itlimoosweiher gefahren hat.» Dodo schwang sich neben Louis auf den Stuhl. «Bis anhin hatte keine der Frauen ein Alibi.»

Valérie fragte nicht nach dem Implantat. Offenbar hatte Raffaella Bulliard es nicht erwähnt. Sie würde Kathrin Sulzer damit konfrontieren. Ging es letztlich doch um Eifersucht? «Bringt die Verdächtige zum Verhör.» Valérie wandte sich an eine Kollegin, die schweigend am Tisch sass und sich Kaffee und Gipfeli einverleibte. «Dich möchte ich für die Protokollführung dabeihaben.»

Ein Wachmann hatte Kathrin Sulzer in den Vernehmungsraum geführt. Die Nacht in U-Haft hatte die Frau gezeichnet. Ohne

Make-up sah sie elend und blass aus. Ihre Botox-Lippen wirkten wie aufgeklebt.

«Das ist eine Schweinerei», sagte sie, als die Protokollführerin und Valérie ihre Plätze eingenommen hatten. Der Wachmann stellte sich diskret neben die Tür und verschränkte die Hände auf Lendenhöhe. «Ich wollte mir gerade einen Film mit Cameron Diaz und Kate Winslet reinziehen, als Ihre Leute mich aus der Wohnung holten. Was denken denn die Nachbarn? Zudem musste ich Mussolini nebenan abgeben. Ich konnte den armen Kerl nicht allein im Appartement lassen.» Sie schien zu überlegen. «Mit dem wäre ich fertiggeworden. Aber die Nacht neben dieser schwitzenden Tusse ... das war zu viel. Dienen die Gefängnisse hier als Ausnüchterungszellen? Ich konnte die ganze Nacht kein Auge zumachen, weil ich Angst vor dieser Frau hatte. Sie habe ihren Mann erstochen, hat sie gesagt. Und ihr steckt mich in dasselbe Verlies?»

Valérie befürchtete, dass Kathrin Sulzer masslos übertrieb, und ging nicht darauf ein. «Sie haben auf einen Rechtsbeistand verzichtet?» Sie machte sich für die Vernehmung bereit.

«Ich habe ein reines Gewissen.» Kathrin Sulzer fuhr sich mit den Händen in das volle Haar und strich es nach hinten, wo sie es zu einem Knoten eindrehte. In dieser Position blieb sie sitzen. Ihre unnatürlich überdimensionierte Oberweite zeichnete sich durch einen hellen Feinstrickpullover ab.

«Sie wurden in der Nacht vom letzten Freitag auf Samstag gesehen, wie Sie zwischen drei und vier Uhr in Tobias Bauers Villa zurückkehrten. Warum haben Sie es uns verschwiegen?»

«Ich war nicht da, ganz einfach.» Sie liess den Knoten los. Die Haare fielen wie in Zeitlupe in ihr Gesicht.

Valérie hoffte, dass sie sich nicht mehr bewegen möge. Ihr wurde fast schlecht von ihrem Anblick. «Für diese Zeit haben Sie kein Alibi. Sie behaupteten, dass Sie allein zu Hause waren, nachdem Sie um Mitternacht die Villa verlassen hatten.»

«Das ist keine Behauptung. Es entspricht der Wahrheit. Warum hätte ich noch einmal zu ihm zurückkehren sollen?»

Valérie schlug Dodos Protokoll auf. «Sie haben, nachdem Sie in Ihrem Appartement angekommen waren, Tobias Bauer angerufen. Das Gespräch dauerte zwei Minuten und vier Sekunden. Worum ging es da?»

Über Kathrin Sulzers Gesicht legte sich ein Schatten. «Lassen Sie mich nachdenken.» Sie stellte die Ellenbogen auf der Tischplatte auf und stützte ihr Kinn auf den Händen ab. «Jetzt erinnere ich mich wieder. Es ging um Mussolini. Ich wusste nicht genau, welche Speisen ich ihm verabreichen durfte. Tobi riet mir zu Trockenfutter.»

Klang einleuchtend. Valérie musterte Kathrin Sulzers gepflegte, lange Fingernägel, die an den Spitzen mit Strasssteinen verziert waren. Wie Krallen eines Raubtiers, durchfuhr es sie, und ziemlich vulgär. Die Dame verwendete offensichtlich viel Zeit für ihr Äusseres.

«Wer hat mich angezeigt?» Kathrin Sulzer legte die Hände wieder auf den Tisch. Sie drehte mit dem Daumen den Ring an ihrem rechten Zeigefinger. Ein Hochkaräter in Gelbgold mit einem Diamanten, der echt sein musste. Frauen wie Kathrin Sulzer gaben sich nicht mit Imitationen ab.

«Das spielt hier keine Rolle.» Valérie blieb ruhig und überlegen. «Die Beweislage ist erdrückend. Sie wurden in der Nacht auf Samstag gesehen, wie Sie Bauers Villa betraten. Die Tür stand gegen die Sicherheitsvorschriften offen. Zudem haben wir Ihre Fingerabdrücke sichergestellt.»

«Ich bin da sechs Jahre lang ein und aus gegangen.» Kathrin Sulzer zeigte sich empört.

«Ihr Wagen wurde zudem auf dem Areal gesichtet.»

«Von wem? Von Tobis Nachbar?» Kathrin Sulzer gab sich gleich selbst die Antwort. «Das ist unmöglich. Tobis Haus ist hinter hohen Mauern von den Blicken der umliegenden Anwohner abgeschottet.»

«Sie hätten allen Grund gehabt, Ihren langjährigen Lebenspartner zu töten. Bauer war Ihr Wirt. Sie haben ihn ausgenommen wie ein Parasit. Er ist für Ihren Lebensunterhalt aufgekommen und vieles mehr. Wir haben uns über Sie informiert. Vor sechs Jahren haben Sie Ihren Beruf als Arztgehilfin aufgegeben.»

«Ja und? Tobi wollte mich in seiner Nähe haben. Ich habe ein paar Schreibarbeiten für ihn erledigt, er hat mir einen luxuriösen Lebensstandard geboten …» Kathrin Sulzer starrte vor sich hin, als überlegte sie, dass sie dieses Leben verloren hatte.

«Rache kann Grund für ein Mordmotiv sein.»

«Sind Sie nicht ganz dicht, Frau Kommissarin?» Sie hatte ihre Krallen gegen Valérie ausgefahren.

«Eine Ihrer Freundinnen», fuhr Valérie fort, «hat Ihnen in der Apotheke Blauen Eisenhut ausgehändigt. Eine Hand wäscht die andere.» Valérie verdankte ihr Wissen Louis. Den gestrigen Tag hatte er dafür aufgewendet, die Apotheken rund um Freienbach, Wollerau und Pfäffikon aufzusuchen, wo er in einer kleinen unscheinbaren Apotheke fündig wurde. Man hatte sich dort an eine Frau erinnert, die vor etwa einem Monat nach dem Blauen Eisenhut verlangt hatte. «Wir haben diese Freundin überprüft. Sie hat Ihnen das Gift mitgegeben, als kleines Dankeschön für den Dienst, den Sie ihr erwiesen hatten. Sie mussten ihren untreuen Ehemann bespitzeln. Heute ist sie geschieden und hat ihren Ex-Mann aufgrund eines fehlenden Ehevertrags bis aufs Blut ausnehmen können.» Valérie verschwieg, dass Louis die Apothekerin angezeigt hatte. Bereits lief ein Verfahren gegen sie wegen unsachgemässen Umgangs mit Gift. Das Konzentrat von Blauem Eisenhut war verschreibungspflichtig und durfte nur mittels ärztlichen Rezepts abgegeben werden.

Kathrin Sulzer erwiderte nichts darauf. Sie liess ihren Kopf auf ihre Brust fallen, schlug mit dem Kinn fast auf und war sichtlich überrascht. Einen Moment sah es aus, als würde sie nach Luft schnappen.

«Was, wenn nicht in böser Absicht, wollten Sie mit dem Gift?»

Kathrin Sulzer schluckte leer. «Ich glaube, ich brauche dann doch einen Anwalt.»

Valérie lehnte sich zurück, während sie der Protokollführerin zunickte. «Kennen Sie jemanden?»

Kathrin Sulzer griff nach Schreibblock und Stift auf der Tischmitte, drückte die Mine aus der Versenkung und notierte Adresse und Telefonnummer.

Valérie nahm den Block an sich. «Sie werden weiterhin in Gewahrsam bleiben.» Sie wandte sich an den Wachmann. «Bitte bring sie zurück in ihre Zelle.» Sie verliess den Raum.

Wieder in ihrem Büro, liess sie einen Kaffee aus ihrer Maschine. Am liebsten hätte sie einen Schuss Hochprozentiges beigemischt. Trotz der Beweislage war Valérie nicht zufrieden mit dem Resultat. Ihr Bauch sagte ihr etwas anderes. Sie starrte auf das iPhone, war versucht, Vischers Nummer einzustellen. Er fehlte ihr. Sie stellte sich vor, wie er zusammen mit seiner Freundin durch das Land seiner Träume zog und sein Leben genoss. Vischer war ein gegenwartsbezogener Mensch. Er lebte ganz im Hier und Jetzt und würde mit Bestimmtheit nicht an Valérie denken, von der er durch rund neuntausendfünfhundert Kilometer Luftlinie getrennt war.

Als es an die Tür klopfte, verwischte Valérie den Gedanken. Sie stellte die leere Kaffeetasse aufs Pult und setzte sich auf den Bürostuhl, während sie auf die Tür starrte.

«Cara mia!» Zanetti betrat den Raum und nahm mit seinem Charisma jeden Winkel ein. Trotz seiner lang dauernden Reise, die ihm quasi aufgezwungen worden war, sah er einfach blendend aus. Er musste sich erst noch frisch gemacht haben. Als er auf das Pult zuschritt, ging ihm ein dezenter Geruch nach Seife voraus.

Valérie liess sich auf den Mund küssen, bevor sie sich erhob und ihrem Liebsten um den Hals fiel. Sie hatte ihn vermisst.

«Ich werde kirre, wenn du nicht bei mir bist.» Sie meinte es ehrlich. «Alles gut gelaufen?»

«Mit Ausnahme der witterungsbedingten Verspätung, ja.» Zanetti liess sie nicht aus den Augen. «Du siehst müde aus.»

«Schlecht geschlafen», log sie und wollte nicht zugeben, wie sehr Fischbacher sie beschäftigte.

«Ich habe gehört, dass ihr eine Verdächtige festgenommen habt.»

Valérie drehte sich von Zanetti weg. «Um elf findet die Teamsitzung statt. Ich werde darüber informieren. Bis dahin kannst du dir die Protokolle durchsehen.»

Eine gefühlte Ewigkeit schwiegen beide. Von draussen waren die vorbeifahrenden Autos zu vernehmen, die matschigen Geräusche auftauenden Schnees.

«Was ist mit Agostina da Molinari? Zeichnet sich da etwas ab?»

Valérie erinnerte sich ungern an das Universitätsspital. Wenn sie daran dachte, so kam ihr der Zwischenfall auf dem Vorplatz in den Sinn. Sollte sie Zanetti davon erzählen, würde er sie bestimmt tagelang damit necken.

Er zog sie näher an sich heran. «Ich hatte grosse Sehnsucht nach dir. Könntest du nicht dein Büro abschliessen? Für eine halbe Stunde oder so?» Er wartete eine Antwort nicht ab, ging zur Tür und drehte dort den Schlüssel um. In seinem Blick lag Erwartung.

«Wir ersticken vor unerledigter Arbeit.» Valérie setzte sich aufs Pult und streckte ihre Arme nach hinten aus. Sie stiess einen Stapel schmaler Ordner zur Seite.

Zanetti schob den Bürostuhl vom angestammten Platz weg, stellte sich an den Rand des Tisches und legte Valéries Beine links und rechts an seinen Körper.

«Willst du dich nicht ausziehen?» Valérie zog ihm die Jacke über Schultern und Arme. «Es ist heiss hier drin.» Sie küsste ihm die Schweissperlen von den Lippen. Ihre Füsse kreuzten sich auf Zanettis Gesässhöhe. Sie riss ihn näher an sich, befühlte seine phallische Männlichkeit. Valérie half ihm beim Öffnen des Gurts. Zanetti hob sie an, streifte ihr die Jeans über den Po, packte sie an beiden Backen.

«Sieh mich an», keuchte sie.

«Langsam, ich weiss. Du willst es immer langsam.»

«Man kann die Meinung ja mal ändern.»

Ihr Slip war schnell weg. Seine Boxershorts rutschten auf Kniehöhe.

Als Zanetti in sie eindrang, glaubte sie kurz, den Verstand zu verlieren. Sie beugte sich wieder nach hinten, stützte sich mit einer Hand auf dem Pult ab, derweil die andere seinen Körper an sich zog. Sein herber Körpergeruch betäubte sie. Sie gab sich ihm hin und vergass für einen Moment, wo sie war. So musste sich die Gegenwart anfühlen, wenn man sie geschehen liess.

Ihr synchroner Rhythmus wurde wilder, bekam etwas Animalisches.

***

«Fabia hat entbunden», war das Erste, was Valérie hörte, kaum hatte sie den Sitzungsraum betreten. Sie lächelte vor sich hin. Jedermann musste ihr den schnellen Sex von vorhin ansehen. Noch hatte sie Zanettis Geschmack auf der Zunge. Ertappt fuhr sie sich über den Mund. «Fabia.»

«Nein, Charlotte …» Louis schien innerlich Freudensprünge zu vollführen.

«Heisst so ihr Kind? Ein Mädchen also.» Fabia hatte sich einen Sohn gewünscht.

Dodo hatte auf die Schnelle zwei Flaschen Sekt besorgt, ein Kollege Plastikbecher.

«Ist doch wunderbar, dass es in unserer elenden Welt hie und da auch erfreuliche Momente gibt», sagte Louis und entkorkte die erste Flasche.

Valérie war es nicht recht. Sie hatten einen Fall zu lösen, für Party war keine Zeit. «Wir könnten sie nächste Woche mal besuchen.»

«Dodo und ich fahren heute schon hin. Schau, was wir gekauft haben.» Er zauberte einen Karton aus einem Papiersack und öffnete ihn. Ein rosarotes Rüschenkleid kam zum Vorschein, der Grösse nach für ein zweijähriges Mädchen. «Heute im Mythen Center erstanden.»

Valérie musste innerlich schmunzeln, strafte Louis jedoch mit einem tadelnden Blick. «Wann ist denn das Kind zur Welt gekommen?»

«Letzte Nacht.» Louis sah sie amüsiert an. «Die meisten Kinder kommen nachts zur Welt.»

Offenbar hatte er sich Wissen darum angeeignet.

«Ich denke, wir sollten den heutigen Abend den Eltern überlassen», sagte Valérie. «Zudem wird Fabia von den Strapazen der Geburt müde sein.» Valérie freute sich insgeheim für ihre Kollegin. Trotzdem war ihr nicht wohl bei dem Gedanken, dass möglicherweise Louis der Vater des Mädchens war.

Schon stand er bei ihr, mit dem iPhone in der Hand. «Schau, das hat Fabia mir heute geschickt. Das ist die kleine Charlotte ... dunkle Haare, dunkle Augen ...»

Valérie spürte den Stich in ihrer Brust. «Die meisten Neugeborenen haben dunklen Haarflaum und dunkle Augen. Das kann sich im Verlauf der ersten Monate ändern.»

«Spielverderberin», raunte Louis ihr zu. Übers ganze Gesicht grinsend schenkte er den Sekt in die Becher ein. «Auf Charlotte!» Er stellte die Flasche zurück und hob den Becher. «Heute ist ein Feiertag.»

Valérie nippte nur am Sekt. Louis' überdrehte Laune flösste ihr Unbehagen ein. Sie beobachtete ihn, wie er seinen Becher abstellte, die Hände vors Gesicht hielt und zwei gegeneinander gekreuzte horizontale Victory-Zeichen in die Luft malte.

«Coco Chanel?», fragte Dodo, die Louis' Aktion verfolgt hatte. «C, C.»

Louis lachte laut heraus. «Überleg mal.»

Valérie wandte sich ab. Zanetti betrat den Raum. «Was gibt's zu feiern?» Er schenkte Valérie ein zärtliches Lächeln. Entspannt sah er aus. Offenbar hatte ihm die schnelle Nummer auch gefallen. «Fabia, etwa?»

«Ein Mädchen», sagte Louis freudestrahlend. «Charlotte, die Tüchtige.»

Valérie blieb nur ein Kopfschütteln. «So, jetzt sollten wir dort weitermachen, wo wir am Morgen aufgehört haben.» Sie setzte den Beamer in Betrieb.

Dodo hatte bereits die Leinwand heruntergelassen, die auf ihren Wunsch angeschafft worden war. Sie hatte umgesetzt, was sich Valérie schon lange vorgenommen hatte.

«Darf ich um eure Aufmerksamkeit bitten?» Valérie blendete das erste Bild ein, drehte sich zur Leinwand um. «Das ist ein Foto aus der Rechtsmedizin. Bauers linker Arm, die linke Hand. Und das hier», sie zeigte mit einem Leuchtmarker auf die gesäuberte Wunde, «ist der Beweis, dass Bauer vor seinem Tod einen Mikrochip implantiert hatte. Wir können davon ausgehen, dass er seinetwegen umgebracht wurde. Jemand wollte an diesen Chip. Möglicherweise verfügt er über wichtige Daten.» Valérie verlor ein paar Sätze über Kevin Warwick und die Cyborg-Szene. «Bulliard ist ebenso im Besitz eines solchen Mikrochips. Er kann damit Türen öffnen, bezahlen und wahrscheinlich einiges mehr.» Valérie präsentierte ein weiteres Bild. «Das ist das linke Handgelenk von Agostina da Molinari. Was zuerst wie ein Suizidversuch durch Aufschneiden der Pulsadern ausgesehen hat, ist nichts anderes als ein Schnitt unter die Haut, um auch den bei ihr implantierten Chip herauszuschneiden. Dabei wurde sie lebensgefährlich verletzt. Was auch immer sich für sonstige Informationen auf diesen beiden entwendeten Mikrochips befinden, für den Täter müssen sie von enormer Wichtigkeit sein.» Valérie hielt inne. Die fröhliche Stimmung hatte ins Gegenteil gekehrt. Sie sah in ernste Gesichter. Dodo spielte mit ihrem Kugelschreiber, Louis kratzte sich am Hinterkopf, Zanetti krauste die Stirn. «Ich werde mir morgen noch einmal Roger Bulliard vornehmen und mit Sicherheit auch seine Frau Raffaella. Sollten sie eine Falschaussage gemacht haben, werde ich es herausfinden.»

«Du glaubst also nicht an Kathrin Sulzers Schuld?» Dodos Augen hatten sich verengt.

«Ich möchte das eine tun und das andere nicht lassen», sagte Valérie. «Wenn sie Bauer auf dem Gewissen hat, was sollte sie mit seinem Mikrochip anfangen? Sie war doch an der Quelle. Sie hätte ihn nur zu fragen brauchen …»

Das leuchtete allen, ausser Dodo, ein. «Vielleicht waren es zwei Täter», mutmasste sie. «Kathrin Sulzer mordet aus verletzter Eitelkeit, und ein Zweiter macht sich an die Mikrochips ran.»

«Zu simpel.» Valérie suchte Blickkontakt mit Zanetti. Dieser war in seine eigenen Gedanken vertieft. Ein warmer Stromstoss schoss durch ihren Unterleib. «Hat das Itlimoos eine Bewandtnis für den Täter? Warum hätte sich Kathrin Sulzer die Mühe machen sollen, den Toten an den Weiher zu bringen? Sie hätte ihn einfach in seiner Villa liegen lassen können.»

Darauf hatte niemand eine Antwort.

«Ich habe mir heute die Berichte der verschiedenen Zeitungen, die über den Fall geschrieben haben, einmal näher angesehen. Tobias Bauer war in der High Society kein Unbekannter. Über diese Leute wird ja liebend gern geschrieben. Es gibt da ein paar Stimmen, deren Urheber wir nachgehen sollten. Louis, darf ich dir das übergeben?» Valérie wartete einen Einwand erst gar nicht ab. «Auf Social Media wird geradezu beschämend über den Toten diskutiert. Die einen finden, dass er den Tod verdient habe, andere brüsten sich mit Aussagen wie ‹Rache ist süss› oder bei dem hätten sie es sich auch nicht zweimal überlegt.» Valérie fuhr mit der flachen Hand auf den Tisch. «Sorry, aber das ist krank. Ich will, dass diese Leute ausfindig gemacht werden. Immerhin geht es um ein Menschenleben, egal, wie man Bauer wahrgenommen hatte.»

«Richtig», sagte Louis, «solchen Dumpfbacken sollte man endlich Einhalt gebieten und den Riegel schieben. Ich werde mich der Sache annehmen.»

Valérie räusperte sich. «In diesem Zusammenhang würde mich interessieren: Hat man Mirjam Hess und Carla Benizio schon befragt?»

Louis fuhr herum. «Was soll das?»

Dodo hingegen blieb gelassen. «Mirjam Hess hat ein Alibi. Hatte auch überhaupt nichts mit Tobias Bauer zu tun. Dass sie ihn an diesem Sonntagabend gefunden hatte, war wirklich ein Zufall. Sie hat meiner Meinung nach richtig gehandelt. Aber bei Carla Benizio bin ich mir nicht sicher.»

«Hast du mit ihr gesprochen?» Valérie wunderte sich über Dodos Bemerkung. Es schien, als hätte sie noch jemand anderen auf Lager, sollte Kathrin Sulzer nicht die Schuldige sein.

«Das ist wohl ein Witz», fuhr Louis dazwischen.

Valérie hob die Hand. «Lass sie bitte aussprechen.»

Dodo schwieg.

Valérie sah sie an. In ihrem Gesicht erkannte sie eine versteckte Wut. «Wie sieht es mit den Mitarbeitern von Double B aus? Gibt es da Leute, die man näher überprüfen müsste?»

«Da sind wir noch dran», sagte Dodo leicht blasiert. «Aber, wir haben doch die Täterin, oder?»

Valérie erwiderte nichts. Sollte Kathrin Sulzer tatsächlich die Mörderin ihres Ex-Geliebten sein, weshalb der Angriff auf da Molinari? Andererseits wurde sie nicht nur durch Raffaella Bulliards Aussage belastet, sondern auch durch die Tatsache, dass sie vor einem Monat den Blauen Eisenhut in der Apotheke erstanden hatte. Ihr Anwalt hatte sich für den späten Nachmittag angemeldet. Gegen ihr Vorhaben, die Vernehmung an Dodo zu delegieren, beschloss Valérie, sie selbst durchzuführen.

Die Luft im Sitzungsraum sirrte unter der herrschenden Anspannung. Es gab Fragen, die Valérie gern beantwortet gehabt hätte. «Carla Benizio.» Noch einmal nahm sie deren Namen in den Mund und beobachtete dabei Louis, dem es in seiner eigenen Haut offensichtlich nicht mehr wohl war. «Was ist mit ihr?»

«Sie kann höchstens für die Texte im Boulevardblatt verantwortlich gemacht werden», sagte Louis. «Ihr Kürzel steht unterhalb des Beitrags. Auch wenn nicht alle damit einverstanden sind, was ihre Schreibe betrifft; wir haben in der Schweiz noch immer Presse- und Meinungsfreiheit.»

«Wenn sie auf einer wahren Grundlage basiert», sagte Dodo und funkelte Louis verärgert an.

«Sie ist jung und wild und will ihr Können unter Beweis stellen», verteidigte Louis seine neue Freundin.

«Möglicherweise auch naiv», fügte Valérie an.

«Täuscht euch nicht.» Dodo streckte ihren Oberkörper. «Es gibt etwas im Leben von Carla Benizio, das wir ausleuchten müssen. Erinnert ihr euch an Loredana Moretti?»

«Was hat Loredana Moretti mit Carla zu tun?» Louis enervierte sich zusehends.

«Carla Benizio war, wie sie, einst ein Intermezzo von Bauer.»

***

Sie wollten sich zum Lunch treffen. Das hatten sie so abgemacht. Zwölf Uhr im Steakhouse «Fuego» in Feusisberg. Beide mochten Fleisch, verpönten die Hardcore-Vegetarier, die auch bei Fisch die Nase rümpften. Veganer fanden sie pervers. Die durften in einem Winter wie diesem nicht einmal einen Wollpullover tragen.

Louis mochte das Ambiente, etwas zwischen urbaner Noblesse und ländlicher Gemütlichkeit. Er setzte sich an den runden Tisch in der Mitte des Raums, griff nach der Serviette, die wie ein Segel auf dem Tischset aufgestellt war, und bestellte beim Kellner eine Flasche Mineralwasser. Die Heizung auf dem Stützpunkt hatte seine Stimmbänder ausgetrocknet. Er hatte kurzfristig reserviert und sicher sein wollen, dass er von keiner Seite belauscht würde, wenn er sich mit Carla hier traf. Seine anfängliche Euphorie war einer grossen Skepsis gewichen. Was, wenn Carla ihn tatsächlich nur benutzte, um an heikle Informationen zu kommen? Er hätte für sie die Hand ins Feuer gelegt. Jetzt drohte diese zu verbrennen nach all den Anschuldigungen von Dodo. Louis hatte schon längst erkannt, dass niemand an ihren Recherchen vorbeikam, der nur einen Ansatz von Verdacht auf sich zog. Hätte auch er in Carlas Vergangenheit stochern sollen?

Dodo hatte die Tatsache, dass sich Carla an Louis herangemacht hatte, als Berechnung gedeutet. Er hätte den Mund halten und seine neue Kollegin nicht einweihen sollen. Sein Herz lag ihm auf der Zunge, ein Makel, gegen den er nicht ankam. Nun zweifelte er an sich, an Carla, an der Liebe überhaupt. Sollte er Carla heute zur Rede stellen?

Niemals würde er ihr eine Szene machen. Sie kannten sich nicht einmal eine Woche. Alles war frisch. Filigran wie ein Schmetterlingsflügel, zerbrechlicher als der erste Hauch ihrer Liebesworte, die sie einander ins Ohr geflüstert hatten. In jeder Nacht seit ihrer ersten Begegnung waren sie eng umschlungen eingeschlafen und am Morgen darauf ebenso aufgewacht. Er konnte sich doch nicht so in ihr getäuscht haben. Andererseits wusste er rein gar nichts von ihr.

Carla erschien beim Eingang. Ihre kleine Gestalt zeichnete sich unter dem Rechteck der Tür ab. Sie trug die Kappe mit dem Bommel und eine Korrekturbrille, die sie heute offenbar gegen ihre Linsen getauscht hatte. Die Gläser beschlugen sich. Einen Moment lang sah es danach aus, als würde sie im Restaurant die Orientierung verlieren und zwischen den Stühlen trudeln. Doch dann erblickte sie ihn und kam zielstrebig auf ihn zu.

Sie zog die Kappe von ihrem Kopf, und als sie sich zu Louis hinunterbeugte, fühlten sich ihr Gesicht kühl und die Haare feucht an. «Sorry, habe mich verspätet. Die Sitzung im Medienhaus hat länger gedauert als angenommen. Bist du schon lange hier?»

Er mochte ihren Duft, der aus all ihren Poren zu strömen schien. Ein dezenter Geruch nach Vanille. «Setz dich.» Louis rückte den Stuhl zurecht.

«Hast du schon bestellt?» Carla schälte sich aus der Daunenjacke, hängte sie über die Stuhllehne und setzte sich. Sie musterte ihn. «Bedrückt dich etwas?»

Louis wusste nicht, wo er beginnen wollte. Im Moment bedrückte ihn einiges. Fabias Kind, zum Beispiel. Auch wenn er dies gegen aussen nicht zeigte. Er hatte die Gabe, sich oft in den eigenen Schlamassel zu reiten. Hinterher war er immer gescheiter. Er musste sein Leben wieder auf die Reihe kriegen. Hatte er sich mit den Gefühlen zu Carla womöglich auch wieder ein Grab geschaufelt?

Louis räusperte sich. «Wir sollten bestellen. Fürs Essen bleibt mir wenig Zeit.»

«Es war deine Idee, uns hier zu treffen.»

«Ich weiss, habe aber nicht mit deiner Verspätung gerechnet.» Er legte ihr die Hand auf den Arm, eine beschwichtigende Geste. Er wollte nicht, dass Carla Verdacht schöpfte, dass es ihn innerlich zerriss. In ihren Augen lag so viel Herzlichkeit. Sie selbst war voller Güte. Nicht das, was eine Zeitung wie das Boulevardblatt brauchte.

«Tut mir leid.» Carla nahm die Menukarte zur Hand. Sie überflog das Wochenangebot, entschied sich jedoch für ein handgeschnittenes Battuta von der Kuh. «Ich mag Tatar», sagte sie wie zu ihrer Entschuldigung.

Louis gab zweimal dieselbe Bestellung auf. Der Kellner brachte das Mineralwasser. Carla entfaltete die Serviette, legte sie auf ihren Schoss. «Rede mit mir», sagte sie, ohne Louis anzusehen.

Er fasste sich ein Herz und kam sich belämmert vor, er, der mit der nötigen Coolness jeweils Befragungen oder Verhöre führte. In Carlas Gegenwart fühlte er sich wie ein Weichei. «Woher kanntest du Tobias Bauer?» Jetzt war es raus, wohler war ihm nicht dabei. Wenn Carla nichts damit zu tun hatte, würde er sich vor ihr blamieren.

«Tobias Bauer?» Sie sah ihn mit weit aufgerissenen Augen an. Mit einem Blick, der alles enthielt: Neugier, Abscheu, Verwunderung. Enttäuschung? «Ich habe seinen Namen zum ersten Mal gehört, als ich mich mit dem Fall am Itlimoos beschäftigte.»

Sie log. Er sah es ihr an.

«Er war kein Unbekannter. Eure Zeitung hat schon oft über ihn geschrieben.»

«Das muss vor meiner Zeit gewesen sein.» Sie fingerte an ihrer Serviette.

Sollte er über seinen Verdacht sprechen? Was änderte es, wenn sie mit Bauer eine Affäre gehabt oder einmal gegen Bezahlung mit ihm geschlafen hatte? Louis war schliesslich auch kein Mönch gewesen. Alles, was vor ihrer Begegnung stattgefunden hatte, hatte sie als Liebespaar nicht zu tangieren. Sie log, und das schmerzte mehr als alles andere.

Carla ergriff seinen Arm. «Du musst mir glauben. Bevor ich zu dieser Zeitung kam, habe ich mir aus der Promiszene nichts gemacht. Dies wurde mir vom Chefredaktor quasi aufgebrummt. Er meinte, dass ich das Flair dafür hätte, mich unter die Prominenz zu mischen. Ich kam per Zufall an den Tatort, nachdem ich in Wollerau sechs Musiker interviewt hatte. Der Bericht über sie wird am Montag erscheinen.»

«Hast du mit ihm geschlafen?» Louis hatte diese Frage nicht stellen wollen.

«Mit wem sollte ich geschlafen haben?» Carlas Stimme hallte durch das Restaurant. Ein paar Gäste drehten ihre Köpfe, steckten sie zusammen, tuschelten. Jemand lachte amüsiert.

Louis hielt den Finger vor seinen Mund. «Nicht so laut, war bloss eine Frage.»

Sie sah ihn traurig an. «Ich dachte wirklich, dass das zwischen uns etwas Spezielles ist. Warum traust du mir nicht?» Sie drehte sich nach dem Tisch in ihrer unmittelbaren Nähe um. Dort sass ein Rentnerpaar. «Was gibt es zu glotzen?»

Louis biss sich auf die Lippen. Er war gerade daran, wieder einmal etwas zu zerstören, das in absehbarer Zeit vielleicht etwas Grosses hätte werden können. Trotzdem musste er sich sicher sein. Er griff nach Carlas Hand. «Bei unserer heutigen Teamsitzung ist dein Name im Zusammenhang mit Tobias Bauer gefallen. Das … das hat mich misstrauisch gemacht. Es wird behauptet, dass du mit dem Opfer zusammen warst.»

Carla schniefte vor sich hin. «Glaube mir, da will mich jemand in ein schlechtes Licht rücken. Ich hatte nie etwas mit diesem Mann. Warum auch? Ich kannte ihn ja nicht.» Sollte sie jetzt das Steakhouse verlassen, durfte Louis es ihr nicht verübeln. Wieder einmal vergab er sich jegliche Chance auf eine länger anhaltende Beziehung.

Carla blieb sitzen. Der Kellner brachte das Tatar, Toast und Butter an den Tisch. Louis war der Appetit vergangen. Er griff nach dem Mineralwasser, setzte es an seine Lippen und trank das Glas leer. Er hatte sich den Lunch anders vorgestellt. Das Rentnerpaar am Nebentisch starrte nun auch ihn an. Sie trugen den gleichen Haarschnitt, kurz und grau. Die Frau hatte die Züge ihres Mannes angenommen. Louis verschwendete einen Gedanken an eine Projektion, was ihm schon oft an älteren Ehepartnern aufgefallen war. Sie glichen sich, je älter sie wurden, einander immer mehr. Ob das ein gutes Zeichen war?

Carla bestrich sich ein Stück Toast mit Butter, schaufelte Tatar auf die vordere Toasthälfte und biss hinein. «Vertraue mir», sagte sie mit vollem Mund.

Louis wusste nicht, ob er ihr glauben durfte.

***

Im Vernehmungsraum roch es nach einem schweren Parfum. Am Tisch sassen Kathrin Sulzer und ihr Anwalt, ein ergrauter, klug dreinblickender Endfünfziger. Sie steckten die Köpfe zusammen.

Valérie nahm ihnen gegenüber Platz und setzte das Aufnahmegerät in Betrieb. Im hinteren Bereich hatte sich die Kollegin von neulich am Rechner für das Protokoll platziert. Durch das kleine Fenster schimmerte der Nachmittagshimmel. Wolkenfetzen jagten einander wie eine Herde urzeitlicher Tiere.

Kathrin Sulzer hatte sich schön zurechtgemacht, wenn nicht sogar divenmässig herausgeputzt. Auf ihrem Gesicht lag ein dunkles Make-up, ihre Augen umrandete ein dezentes Violett, das mit dem lilafarbenen Kostüm harmonierte, ihre Lippen, die an zwei Fahrradschläuche erinnerten, glänzten in einem unverschämten Pink. Valérie fragte sich, ob der Anwalt ihr Kleider und Kosmetika mitgebracht hatte.

Die Show konnte beginnen.

«Alfons Hertig», stellte er sich vor.

«*Dr.* Alfons Hertig.» Kathrin Sulzer warf ihm einen süffisanten Blick zu, als wollte sie ihm sagen, er solle zu seinem Titel stehen.

Wie Valérie dieses Getue verabscheute. Sie sprach die übliche Ansage auf Band.

«Ihre Mandantin steht unter Mordverdacht», sagte sie an Hertig gewandt. Der Sulzer würde das Gesülze schon vergehen.

«Das ist eine infame Unterstellung und völlig aus der Luft gegriffen.» Hertig lockerte seine Krawatte, deren Muster an bunte Smarties erinnerte.

«Es gibt Beweise.»

«Die Aussage eines eifersüchtigen Racheengels?»

«Wen meinen Sie?»

Hertig beugte sich nach vorn. «Ich kann eins und eins zusammenzählen. Frau Sulzer hat mir ein paar Details über Frau Bulliard erzählt. Warum ermitteln Sie nicht in diese Richtung?»

«Der Blaue Eisenhut –»

«Kann man überall pflücken. Ich selbst habe welchen im Garten.»

«Nicht in der konzentrierten Form, wie man sie in Apotheken erhält.»

«Befinden sich in Ihrer Küche nicht auch Messer? Sie sind deswegen noch lange keine Mörderin.» Hertig stellte sich als Ekel heraus.

«Bitte bleiben wir sachlich.» Valérie verkniff sich ein Grinsen. Sie würde diesen *Doktor* in absehbarer Zeit von seinem hohen Ross holen. «Fakt ist, dass Ihre Mandantin», sie sah Hertig und kurz Kathrin Sulzer an, «am Samstagmorgen in der Früh, genauer gesagt um zehn nach drei, bei Tobias Bauer war. Sie hatte zwar die Party um Mitternacht verlassen, kehrte aber später zu ihm zurück. Ein gut zweiminütiger Anruf bezeugt, dass sie sich vorher bei ihm angemeldet hat. Frau Sulzer bestreitet nicht, dass sie mit Bauer gesprochen hat.»

«Es war nie die Rede davon, dass ich mich bei ihm für einen Besuch angemeldet habe», intervenierte Kathrin Sulzer. «Es ging lediglich um das Futter für den Kater.»

Hertig berührte den Arm seiner Klientin. «Das ist richtig. Das heisst nicht, dass sie bei Bauer war.»

«Sie wurde aber gesehen. Raffaella Bulliard sagte aus, dass Frau Sulzer in der Villa eintraf, als sie selbst sie verliess.» Valérie wandte sich an Kathrin Sulzer. «Sie waren die Letzte, die Tobias Bauer lebend gesehen hat.»

«Aussage gegen Aussage.» Hertig verzog seinen schmalen Mund zu einer Schnute. «Es gibt niemanden, der das beweisen kann. Frau Bulliard lügt. Das ist wohl offensichtlich. Hat sie denn ein Alibi?»

Valérie streckte den Rücken durch. Hertig glaubte wohl, sie verunsichern zu können. «Am 22. Dezember hat Ihre Mandantin Blauen Eisenhut in der Apotheke ‹Dreilinden› gekauft. Wir können gern eine Gegenüberstellung machen.»

«Sie wiederholen sich.» Hertig legte die Hände auf den Tisch. Er trug einen Ehering und am rechten kleinen Finger einen Saphir.

Strategiewechsel. Valérie liess sich nicht aus der Ruhe bringen. Sie wandte sich an Kathrin Sulzer. «Was wollten Sie mit dem Blauen Eisenhut?»

Kathrin Sulzer sah sie konsterniert an. Hinter ihrer Stirn schien es zu arbeiten. Auf diese Frage hatte sie sich wohl nicht vorbereitet.

«Ich erhebe Einspruch.» Hertig, der wohl vergessen hatte, wo er sich befand, verschränkte die Arme. «Das ist reiner Zufall, dass meine Mandantin an besagtem Tag den Blauen Eisenhut gekauft hat. Warum hätte sie dabei böse Absichten hegen sollen? Soweit ich weiss, trennten sich Tobias Bauer und meine

Mandantin am Freitagabend vor einer Woche. Es dürfte hier wirkliche Zeugen geben. Vorher war die Beziehung intakt. Es besteht nicht im Geringsten ein Verdacht, dass sie die Täterin ist.» Hertig lächelte sie an, war sich seines Zwischensiegs bewusst. «Ich werde meine Mandantin mitnehmen. Bringen Sie mir vorerst die Beweise, dass sie einen Mord begangen hat.»

Valérie wollte nicht klein beigeben. Wieder wandte sie sich an Kathrin Sulzer. «Was hatten Sie mit dem Blauen Eisenhut vor?»

«Meine Mandantin muss darauf keine Antwort geben.»

Kathrin Sulzer legte ihre Hand auf den Arm des Anwalts. Dann sah sie Valérie an. «Ich sage Ihnen, wie es gewesen ist. Meine Mutter hatte im letzten Dezember eine schmerzhafte Gürtelrose. Auf Anraten einer Kollegin, die sich mit alternativer Medizin auskennt, nahm ich mir vor, meine Mutter mit dem Blauen Eisenhut zu behandeln. Dazu hätte ich jedoch ein Rezept gebraucht. Selbst die Tatsache, dass ich mal als Arztgehilfin gearbeitet habe, half nicht. Ich wandte mich in der Folge an meine Freundin in der Apotheke.» Kathrin Sulzer schloss die Augen. «Sind Sie jetzt zufrieden?»

***

Völlig übermüdet traf Valérie am Abend in Küssnacht ein. Zanetti schaufelte Schnee vor dem Haus, stellte die Schaufel jedoch sofort in den Schuppen zurück, als Valérie in die Garage fuhr. Er öffnete ihre Wagentür, zog sie mit theatralischer Anstrengung hinaus ins Freie und schlang seine Arme um sie. «Ich brauche dich nicht zu fragen, wie es gelaufen ist.»

Sie erwiderte seine Küsse. «Manchmal frage ich mich, wie es die Leute anstellen zu lügen, ohne dabei rot zu werden.»

«Reine Routine», sagte Zanetti. «Wir werden darauf getrimmt zu lügen. Niemand will heute mehr die Wahrheit erfahren. Wer besser lügt …»

Valérie hörte nicht mehr hin.

Eng umschlungen betraten sie das Haus. Es roch nach geschwellten Kartoffeln und Käse. Valérie wusste nicht, ob sie sich auf das Nachtessen freuen sollte. Käse und Wein – Zanetti hatte den Tisch im Wohnzimmer schön hergerichtet. Kerzen flackerten und warfen warme Schatten an die Wand. Valérie entledigte sich ihres Mantels, zog die Stiefel aus und ging ins Badezimmer, um sich die Hände zu waschen. Auf dem Spiegel sah ihr ein zerknittertes Gesicht entgegen. Ihr Alter von sechsundvierzig Jahren hatte begonnen, seine ersten untrüglichen Spuren zu hinterlassen. Wenn sie so weitermachte wie bis anhin, würde sie mit fünfzig wie eine alte Frau aussehen. Sie klatschte sich Wasser ins Gesicht.

«Kommst du?» Zanetti stand unter der Tür, in der Hand eine Flasche Rotwein. «Ich habe einen Amarone im Keller gefunden, Villa Molino della Valpolicella von 2010. Ein wunderbares Tröpfchen. Er wird dich auf andere Gedanken bringen.»

Zanetti war besorgt um sie. Ein warmes Gefühl der Zuneigung bemächtigte sich ihrer. Sie fragte sich, weshalb sie seiner Bitte, ihn zu heiraten, noch nicht entsprochen hatte. Vielleicht müsste sie auf den richtigen Moment warten, auf einen romantischen Augenblick, der auch ihr Innerstes erreichte. Sie trocknete Gesicht und Hände. «Ein Gläschen», sagte sie. «Dann würde ich einfach gern nur in deinen Armen liegen.»

Zanetti stellte die Rotweinflasche auf den Toilettenschrank. Er zog Valérie an sich. «Kann ich etwas Gutes für dich tun?»

«Aber das tust du doch.» Sie stiess ihn sanft von sich, wollte nicht, dass er ihre Tränen sah.

«Cara mia, che è successo?» Er hielt sie zurück. «Komm, wir essen eine Kleinigkeit, dann wird es dir gleich besser gehen.»

Valérie fuhr sich mit einem Frotteetuch über die Nase. Sie folgte Zanetti ins Wohnzimmer und setzte sich. «Schön hast du es hergerichtet.»

Zanetti schenkte Wein ein, stellte die Käseplatte und die Kartoffeln auf den Tisch und setzte sich Valérie gegenüber. «Ist es wegen Fischbacher?»

«Er ist kaum mehr tragbar. Ich weiss bald nicht mehr, an wen ich mich wenden kann. Mir fehlt der Chef, jemand, der die Arbeit von oben koordiniert. Unser Team schwimmt führerlos im Ozean. So kommt es mir vor. Henry Vischer, ich bin froh, kommt er bald zurück. Und Dodo, ich weiss echt nicht, was ich von ihr halten soll. Sie ist eigenwillig, handelt eigenmächtig. Wenn ich sie massregle, geht das bei ihr zum einen Ohr rein, beim andern raus.»

«Sie spekuliert vielleicht auf Fischbachers Posten.»

«Das habe ich mir auch schon überlegt. Aber sie kommt aus der Sachfahndung, ist mit vielem bei ‹Leib und Leben› noch nicht betraut. Manchmal habe ich das Gefühl, sie stiftet Unruhe, indem sie unnötig provoziert.»

«Das bildest du dir womöglich nur ein.» Zanetti hob das Glas. «Auf dich, auf mich, auf uns.» Er nahm einen Schluck, stellte das Glas ab und griff nach den Kartoffeln. «Colin hat sich heute bei mir gemeldet.»

«Bei *dir*?» Valérie stellte das Weinglas ab, ohne getrunken zu haben.

«Er sagte, dass er dich seit drei Tagen suche, und wollte wissen, ob es dir gut geht.»

Colin. Sie hatte ihn völlig ausgeblendet, dass sie ihn anrufen wollte, wieder vergessen. «Was hast du ihm gesagt?»

«Ich schlug ihm vor, dass er vom Samstag bis zum Sonntag zu uns kommen solle.»

«Den Samstag habe ich bereits verplant.» Valérie hob das Weinglas an. «Aber den Sonntag könnte ich ihm widmen. Prost. Es wird Zeit, dass ich mich mal einen Tag lang erhole.»

NEUN

Phil stand vor der Mauer, deren Durchgang lediglich mit einem rot-weissen Balken abgesperrt war. Das Tor zum Grundstück war offen. Sie betraten gemeinsam das Areal. Die Bonsais trugen weisse Kappen, standen wie dicke Männer bis zur Haustür Spalier. Tausend Franken so ein Baum, und Phil erhielt einen Minimallohn.

Valérie schnitt das Siegel durch, verschaffte sich Zutritt in die Villa. Der Code war deaktiviert, das Display ausser Betrieb. An seiner Stelle hatte Schuler ein Schloss anbringen lassen, dessen Schlüssel sie auf sich trug.

«Warum gerade hier?» Sie liess Phil vor. Aus dem Innern strömte abgestandene, kühle Luft. Valérie suchte vergeblich nach einem Lichtschalter. An der schwarzen Wand ging aufgrund eines Bewegungsmelders eine Reihe von Lichtern an, ein Spot nach dem andern auf die verstörenden Frauenakte gerichtet. Schatten huschten über die Leinwände, die Frauen bogen sich im Schmerz – eine Sinnestäuschung, verursacht durch ihre eigenen Bewegungen in diesem Korridor.

Phil rang sich erst jetzt zu einer Antwort durch. «*Sie* wollten in diesen Keller.»

Valérie blieb stehen, betrachtete die Bilder und ging auf das zweite zu. «Dieses Gesicht hier», sie deutete auf die zerflossenen Farben in Grau-Weiss, machte einen Schritt zurück, sah es sich von Weitem an, «erinnert mich an jemanden.»

Phil wandte sich zu ihr um. «Das Gemälde, vor dem Sie stehen, zeigt Raffaella.» Er machte eine ausschweifende Handbewegung. «Das sind Tobias' Ex-Freundinnen. Tja, er hatte einen ziemlichen Verschleiss an Frauen, wenn Sie die Galerie betrachten. Auf dem letzten Bild erkennen Sie sicher Kathrin. Tobias muss es kürzlich aufgehängt haben. Letzthin, als ich da war, hing es noch nicht. Er muss sich von ihr getrennt haben.»

«Bauer liess von jeder ein Gemälde anfertigen?» Valérie glaubte nicht, was sie hörte. «Kennen Sie den Künstler?»

«Leider nein.»

«Wissen Sie, wann diese Bilder entstanden sind?»

«Im Verlaufe ihrer Bekanntschaft, nehme ich an. Er wollte offenbar so etwas wie eine Art Ahnengalerie der Verflossenen machen.» Phil liess ein Kichern vernehmen.

«Wie er sie dargestellt hat, ist ziemlich makaber», sagte Valérie. Raffaella mit einer Axt in der entblössten Brust konnte unmöglich damit einverstanden gewesen sein, dass sie so gezeichnet wurde.

Als hätte Phil ihre Gedanken gelesen, sagte er: «Die Frauen mochten es, in diese Szenen gesetzt zu werden. Hat Tobias zumindest durchblicken lassen. Er liebte das Extreme.»

«Hatte Bauer vor seinem Tod eine neue Flamme?»

«Ja, ich glaube es. Aber bislang hat die niemand gesehen.»

Valérie besah sich die Gemälde genauer. Ausser Raffaella Bulliard und Kathrin Sulzer kannte sie keine der Frauen. Ein Gemälde von Loredana Moretti hing nicht da. Möglicherweise hatte Bauer sie bloss zu seinem Zeitvertreib bei sich gehabt, einen Abend lang, wie die Zeugin behauptet hatte. Valérie begab sich zu den Treppen. «Haben Sie ohne Weiteres Zutritt zum Keller?»

«Ich habe sogar die Befugnis», sagte Phil. «Er ist schliesslich meine Erfindung.»

Valérie liess sich nicht anmerken, wie nervös sie war. Sie mochte keine Geheimnisse. Dass dort unten im Keller eines existierte, hatte sie durch verschiedene Andeutungen erfahren. Ein kalter Luftzug streifte ihr Gesicht. Sie glaubte, vor Schreck zu erstarren. «Sagen Sie mir, worauf ich mich einlasse.»

«Das werde ich Ihnen gleich zeigen.» Phil grinste sie an.

«Einen kleinen Hinweis», bettelte Valérie. Sie hätte vehementer sein sollen. Sie verabscheute Überraschungen. In diesem Haus war etwas, das keinen Platz in ihrer pragmatischen Denkweise fand. Tobias Bauer kam ihr immer unheimlicher vor.

Möglicherweise war er ein Psychopath gewesen. Plötzlich gab es eine ganze Reihe von Indizien, weshalb man ihn ermordet hatte.

Und was meinte Phil mit «meine Erfindung»? Hatte sie den Rastamann unterschätzt?

Sie stiegen die Treppe hinunter. Valérie hielt sich am Handlauf fest. Je tiefer sie kamen, desto schwächer wurde das Licht. Eine einzige Lampe hing im vorderen Bereich, wo auch eine Bank stand. Verschnörkelt mit ein paar Zierkissen. Sie passte nicht zum Rest der Einrichtung. Die Tür zum dahinterliegenden Raum war nach wie vor verschlossen. Valérie hätte darauf bestehen sollen, sie gewaltsam aufzubrechen. Sie hatten ihres Erachtens grundlos damit gewartet.

Phil öffnete eine Art Schränkchen an der Seite der Tür. Dahinter lag eine graue Fläche, auf die er seine Hand legte. Ein violetter Lichtstrahl fuhr zwischen Platte und Hand durch, von oben nach unten – ein Scanner. Es gab ein zirpendes Geräusch. Daraufhin ging ein Schiebetürchen auf und gab den Blick frei auf ein gespiegeltes Feld, das die Grösse eines A4-Blattes hatte. Phil drehte sich nach Valérie um. «Sie sind sich sicher, dass Sie da reinwollen?»

Valérie spürte, wie ihr Mund trocken wurde. «Ich habe keine andere Wahl.»

«Man hat immer eine Wahl.» Phil trat ganz nahe an das Spiegelfeld heran. Wieder leuchtete es violett. Diesmal von unten nach oben.

Phil drehte sich abermals um. «Die Gesichtserkennung.»

«Spannend. Machen Sie endlich vorwärts.» Sie hatte vorsorglich ihre Glock eingesteckt, wollte nichts dem Zufall überlassen. Dodo hatte sie gesagt, sie käme erst gegen Mittag aufs Polizeirevier. Die Befragungen von Bulliard und seiner Frau standen an. «Dreifachsicherung?», fragte sie.

Phil grinste sie an. «Ja, mit dem Augen-Scan lässt sich die Haupttür öffnen. Die Scans sind auf Tobias und mich eingestellt. Sonst hat niemand eigenmächtig Zutritt. Jeder, der bis anhin hier rein wollte, musste entweder an mir oder Tobias vorbei.» Er forschte in ihrem Gesicht. «Sie können noch immer Nein sagen.»

«Öffnen Sie endlich!» Valéries Stimme hatte einen brüchigen Klang angenommen. Sie räusperte sich ein paarmal. Lächerlich das alles. Phil war ein Clown und genoss es, seine Possen vorzuführen.

Ein leises Surren ertönte, die Tür glitt auf einer Schiene zur Seite. Valérie registrierte den enormen Durchmesser der Tür, die sie an eine Tür in einem Luftschutzkeller erinnerte, nur war diese hier eine moderne Ausführung.

Dahinter schwarzes Nichts.

Das dunkle Rechteck stach ins diffuse Licht des Vorkellers. Der Geruch, der daraus strömte, war angenehm, erinnerte an Zitronengras – im weitesten Sinne.

«Oops, da ist etwas hängen geblieben vom letzten Besuch.» Phil sprach in Rätseln. «Normalerweise werden die Gerüche durch ein Belüftungssystem sofort abgezogen. Ich werde das checken.»

«Wie meinen Sie das?» Valérie blieb in sicherer Distanz zur Tür stehen. Sie wusste nicht, ob sie auf alles gefasst war. Wollte Phil sie in eine Falle locken? «Purple Room», sagte sie. «Wo ist dieser lila Raum?»

Phil knipste endlich ein Licht an. Sofort tauchte der Raum in ein ockergelbes, warmes Licht, das Gegenteil von dem, was Valérie erwartet hatte. Eine behagliche Sitzlandschaft breitete sich aus. Kleine runde Tische waren verteilt. An der Wand befand sich eine Vitrine, gefüllt mit diversen Gläsern und Flaschen. Auf ihren Etiketten standen die Namen verschiedener Whiskysorten. «Das ist ein weiterer Vorraum», sagte Phil. «Sozusagen ein Vorbereitungsraum. Sehen Sie die Tür dahinter? Dort befindet sich der Purple Room. Bevor Sie diesen betreten, müssen Sie ein paar Dinge überziehen.»

Valérie spürte, wie ihre Knie weich wurden. «Und Sie?»

«Ich bleibe draussen.»

«Sie begleiten mich nicht?»

«Nein, jemand muss ja den Rechner bedienen.»

Die Furchtlosigkeit wollte sie verlassen. Sie lehnte an eines der ockerfarbenen Sofas. «Sind die Whiskys dazu da, um sich Mut anzutrinken?»

«Nein, absolut nicht. Sie werden ihn *danach* gebrauchen.»

Konnte sie zugeben, dass Phil ihr mit seiner Geheimniskrämerei Furcht einflösste? Sie ermittelte in einem Mordfall. Phil war Bauers Mündel gewesen, wenn sie ihn richtig verstanden hatte. Möglicherweise war der Rastamann brandgefährlich. Instinktiv griff Valérie nach ihrer Glock, die ihr ein Gefühl der Sicherheit vermittelte.

«Die Knarre sollten Sie ablegen», sagte Phil, als hätte er gesehen, was sie unter dem Jackett trug.

«Tut mir leid, kann ich nicht. Ich bin im Dienst.» Das klang plump, überlegte sie.

«Ihr Material ist ein Störfaktor. Wir haben abschliessbare Schränke. Da können Sie es deponieren.»

Kam nicht in Frage.

«Sie müssen sich nicht fürchten.» Phils Stimme hatte einen beinahe zärtlichen Ton angenommen. «Es kann Ihnen nichts geschehen. Wollen wir?» Er wies auf einen Schrank an der gegenüberliegenden Wand. «Legen Sie die Pistole, das Handy, die Uhr und alles, was Sie an Schmuck auf sich tragen, ins Fach. Schliessen Sie ab und hängen Sie sich den Schlüssel um den Hals. Er ist so präpariert, dass er die Elektronik nicht stört.»

Ich ermittle in einem Mordfall.

Ich bin nicht zum Vergnügen hier.

Phil brachte ihr ein paar Schuhe. «Ziehen Sie Ihre Stiefel aus, auch die Socken, falls Sie welche tragen, und ziehen Sie diese an.»

«Meine Grösse?», fragte sie, als könnte sie das bevorstehende Abenteuer verzögern.

«Ihre Grösse … neununddreissig.» Er lächelte. «Gemäss meinem Augenmass.»

Valérie streifte ihre Stiefel ab, zog die Socken aus, legte alles in das Schrankfach. Was tue ich da?, dachte sie.

«Und jetzt die Kleider.»

«Was?» Das ging zu weit. «Verraten Sie mir, was sich in diesem Raum befindet. Ich habe keine Zeit für Spiele. Lassen Sie mich rein. Ich werde mich nicht ausziehen. So ein Schwachsinn.»

«Ich schaue weg. Sie werden ein Gewand bekommen, das Sie nicht einengt.» Phil reichte ihr ein seidenes Kleid, das sie an einen Kimono erinnerte. «Sie haben nichts zu befürchten.»

«Ich gehe da jetzt rein. Bitte öffnen Sie sofort die Tür.»

«Sie haben keine Befugnisse, und das wissen Sie.» Phil blieb ruhig. «Vertrauen Sie mir. Es liegt auch in meinem Interesse, dass Ihnen nichts geschieht.»

Valérie zog Jeans, Jacke und Pullover aus und kam sich wie ein trotziges Kind vor.

Phil hatte sich diskret zur Seite gedreht. «Auch die Unterwäsche.»

«Nein!» Das fehlte noch. Hatte er abartige Phantasien?

«Es muss sein. Sie müssen sich frei bewegen können.»

Valérie zog den Pullover wieder an. «Nein, kommt nicht in Frage.»

«Sie wollten doch in den Keller.» Phil wandte sich nach ihr um, schien ihren Körper zu durchleuchten. «Ich gebe Ihnen mein Ehrenwort, Ihnen wird nichts geschehen. Nicht jeder erhält Einblicke in das Resultat meines Schaffens.»

«Bauer hat damit viel Geld verdient, nicht wahr? Der Eintritt ist teuer.»

«Ja, aber für Sie ist er unentgeltlich.» Phil drehte sich wieder von ihr weg. «Legen Sie die Unterwäsche auch in den Schrank und ziehen Sie das neutrale Gewand an.»

Valérie zweifelte an ihrem eigenen Verstand. Wenn sie darauf einging, würde niemand sie retten können, was immer sie in diesem Keller erwartete.

«Was ist Ihr grösster Wunsch?», fragte Phil mit abgewandtem Blick.

«Wie meinen Sie das?» Valérie schlüpfte in den Kimono und zog darauf die bereitgestellten Schuhe an. Sie verharrte eine Weile mit dem Gedanken, sich wieder anzuziehen. Das, was sie hier tat, war gegen jedes Gebot der Polizei. Wenn etwas passierte, würde niemand sie retten können.

«Wo würden Sie gern hinfahren, wenn Sie nicht auf das Geld achten müssten?»

Was wusste er über ihre finanzielle Situation? Valérie schluckte leer. «Soll das ein Scherz sein?»

«Eine einfache Frage.» Phil hatte sich wieder umgedreht. «Ganz spontan.»

«Auf die Seychellen.»

«Na, geht doch.» Phil verschwand hinter einem weiteren Schrank, der auf den ersten Blick nicht ersichtlich gewesen war. Er verschmolz farblich mit der Wand.

«Was tun Sie da?» Valérie war ihm nachgegangen.

Phil bediente einen Computer. «Ihr Wunsch sei mir Befehl.» Er tippte Zahlen und Buchstaben ein. Danach ging er zur Tür. «Wenn Sie auf die Schwelle treten, gibt es kein Zurück. Willkommen in der Welt der Virtual Reality!»

***

«Weiss jemand, wo Valérie steckt?» Louis irrte durch den Korridor, in seiner Linken hielt er einen Pappbecher mit Kaffee. «Wir haben eine Sitzung um zehn. Verdammt, hat sie das vergessen?»

Ausser den Wänden schien ihn niemand zu hören.

Endlich ging eine Tür auf, und Dodo steckte ihren dunklen Haarschopf heraus. «Suchst du Valérie?»

«Ja, sie hat ein Briefing einberufen, um zehn im Sitzungszimmer. Wir wollten uns vorher kurz besprechen.»

«Mir hat sie mitgeteilt, sie komme erst gegen Mittag zurück.» Dodo trat auf den Flur.

«Hat sie gesagt, wohin sie geht?», fragte Louis.

«Sie würde sich noch einmal mit Phil Williams treffen.»

«Weisst du, wo?»

«Ich gehe davon aus, in der Firma Double B. Falls ich dich unterstützen kann, brauchst du es mir bloss zu sagen.» Sie lehnte an die Wand und schob ein Bein nach vorn. «Valérie scheint ziemlich überfordert zu sein.»

«Kein Wunder, wenn Fischbacher sich nicht zeigt.» Louis war es nicht recht, hier auf dem Flur mit Dodo zu diskutieren.

Schon kam die delikate Frage. «Sag mal, stimmt es, was man sich über Fischbacher erzählt? Er soll zurücktreten?»

«Wer hat dir das erzählt?», fragte Louis misstrauisch.

«Man braucht nur die Ohren offen zu halten. Weisst du eventuell etwas über die Nachfolge?»

Louis winkte ab. «Sorry, da bist du bei mir an der falschen Adresse.» Er verabscheute Dodos bohrende Fragen. Hatte sie sich etwa schon um den Posten beworben? Die Voraussetzungen dafür hatte sie, und sie würde sich sicher schnell einarbeiten. Ob Valérie damit einverstanden war, konnte er nicht abwägen. Louis zog eine lose Zigarette aus seiner Jackentasche.

Dodo lächelte. «Wollen wir eine rauchen gehen?» Sie stiess sich von der Wand ab. «Werde mir nur schnell die Jacke holen.» Sie ging in ihr Büro.

Louis sah ihr nach, nickte dem Kollegen zu, der mit Dodo den Arbeitsraum teilte, und wusste nicht, ob er sich überhaupt auf Dodo einlassen wollte. Sie hatten den Besuch bei Fabia auf heute Abend verlegt. Dodo wollte unbedingt mitkommen. Sie würde Fabia gern kennenlernen, hatte sie gesagt. Es wäre ihm lieber gewesen, Carla hätte ihn begleitet. Doch er wollte sie und Fabia nicht miteinander bekannt machen, nicht in der Wöchnerinnenabteilung. Hitze schoss in seine Brust. Möglicherweise würde er heute seine Tochter kennenlernen. *Seine* Charlotte.

Valérie hatte ihm erst noch eine Standpauke gehalten, weil sie nicht verhütet hatten und Louis grob fahrlässig Fabias Ehe aufs Spiel gesetzt hatte. Aber dass Fabia kurz nach ihrem Zusammensein wieder mit Michael im Bett gelandet war, konnte

Louis nicht ganz nachvollziehen. Es vermittelte ihm ein ganz anderes Bild von Fabia.

Dodo kam aus dem Büro. Sie hatte ihre unechte Pelzjacke angezogen und eine Mütze aufgesetzt. In ihrer rechten Hand hielt sie ein Päckchen John Player Special.

«Habe gar nicht gewusst, dass du rauchst», sagte Louis.

«Nur ab und zu zur Entspannung.»

«Habe mir gedacht, dass sich Krafttraining nicht mit Rauchen vereinbaren lässt.» Louis schritt neben Dodo zum Lift. «Wie oft trainierst du?» Über etwas musste er ja mit ihr reden. Er hatte schon ihre kräftigen Oberarme gesehen, die sich unter dem Pullover abzeichneten.

«Viermal die Woche im ‹ONE›. Mein Personal Trainer hat mit mir ein Programm einstudiert.» Sie sah Louis von der Seite her an. «Dir würde ein Training übrigens auch guttun. Ich dachte, das stünde auf der To-do-Liste der Kriminalpolizei.»

«Ich trainiere auch. Nur hänge ich das nicht an die grosse Glocke. Und einen Personal Trainer brauche ich nicht. Warum auch? Mir gefallen muskelbepackte Kerle nicht.»

«Ach so? Und Frauen?»

Louis dachte an Carlas zarte Gestalt. «Nicht unbedingt. Ich finde, ihr Frauen dürft Frauen sein und euch nicht wie Kerle aufführen. Das ist meine Meinung.»

«Unser Beruf fordert auch körperlichen Einsatz», sagte Dodo und drückte den Liftknopf.

«Wo? In der Sachfahndung?» Louis lächelte vor sich hin.

«Was willst du damit sagen?»

«So, wie du trainierst, hast du es sicher schon längst auf unsere Abteilung abgesehen.»

Dodo stiess ihm in die Seite. «Ich weiss, dass du keine Ambitionen hast, Leutnant Camenzind. Warum eigentlich nicht?»

«Mir ist es ganz wohl so.»

«Und lässt dich von einer wie der Lehmann unterjochen?»

Louis blieb stehen. «Du erwartest nicht, dass ich darauf eine Antwort gebe.»

«Du bist ihr Trabant, merkst du das nicht?»

Louis steckte die Zigarette in die Jackentasche zurück. «Sie ist meine Chefin.»

«Im aktuellen Fall. Louis, komm schon: Wach auf!»

«Weisst du was?» Louis streckte ihr den Stinkfinger entgegen. «Du kannst mich mal.»

Erzürnt trat er den Rückzug an, hastete durch den Korridor zu seinem Büro, schloss sich dort ein und liess sich auf den Bürostuhl fallen.

Doris Fink war drauf und dran, ihre Abteilung zu vergiften. Hatte sie den Auftrag von oben erhalten, seine Loyalität zu prüfen? Louis schätzte Dodo anders ein. Er musste Valérie warnen. Louis wählte ihre Nummer, sprach auf den Anrufbeantworter, als sie sich nicht meldete, und bat um dringenden Rückruf. Wo war sie bloss? Er sah auf seinen elektronischen Kalender, wo die Termine sämtlicher Mitarbeiter seiner Abteilung eingetragen waren. Die Sitzung um zehn war vermerkt, die Besprechung mit ihm eine halbe Stunde früher ebenfalls. Hatte sie es vergessen? Warum stand da nichts von einem Treffen mit Phil Williams?

Louis rief bei der Firma Double B an, liess es zigmal läuten. Auch hier nur der Anrufbeantworter. Es war Samstag. Die Leute hatten frei.

***

Sie harrte vor der Schwelle. Was sich im Raum dahinter befand, vermochte sie nicht zu erkennen. Valérie hatte sich seit geraumer Zeit nicht mehr in solch einer Situation befunden. Die Entscheidung fiel ihr schwer. Sollte sie ganz Phil vertrauen? Oder den Rückzug antreten und den KTD mobilisieren? Eigentlich hätte sie dies tun sollen, ihre Kollegen von der Technik herbestellen. Anstatt dessen war sie Phil hörig gefolgt. Sollte es schiefgehen, würde sie sich nicht rechtfertigen können. Einen Fehler durfte sie sich nicht erlauben. Sie verliess sich nun ganz auf ihr Bauchgefühl.

Phil hatte sie verkabelt. Von den Schuhen aus lief ein dünner

Kabelstrang unter dem Kimono nach oben bis zur Schulter und von dort je ein Kabel zu ihren Händen. Die Enden hatte er mit einem Pad auf der Haut befestigt. «Tobias und ich waren seelenverwandt», sagte er. «Er hat mein Projekt voll unterstützt. Klar, hat er daraus Kapital geschlagen. Das war sein legitimes Recht.» Er berührte ihren Rücken. «Wollen Sie erfahren, wie er dachte, so wagen Sie den Schritt. Noch einmal: Ich bin ganz in Ihrer Nähe, obwohl Sie mich nicht sehen. Nur wenn Sie es wünschen, werde ich mich zeigen.» Phil trat neben sie. «Und nun zum Hauptteil.» Er setzte ihr eine Art Helm auf. «Nicht erschrecken. Das sogenannte Oculus-Rift-Headset ist etwas gewöhnungsbedürftig. Aber Sie werden es nicht spüren, glauben Sie mir. In meinem Programm werden die Touch-Controller weggelassen. Das Erleben wird dadurch noch einmal optimiert.»

Valérie kam sich bescheuert vor, konnte mit den Wörtern nichts anfangen, zweifelte an ihrer Zurechnungsfähigkeit, hätte sich in diesem Moment gern in einem Spiegel gesehen. War sie so blöd, das Spiel mitzumachen? Sie hätte sich nie auf Phil einlassen sollen. Das war fahrlässig, ging unter Amtsmissbrauch. Nicht auszumalen, welche Konsequenzen das nach sich zöge, wenn es rauskam. Vor ihren Augen war es dunkel, vor den Ohren fast völlig geräuschlos.

Phil streichelte ihr über den Arm, nachdem er die Kabel mit dem Cyberhelm verbunden hatte. «Seychellen, haben Sie gesagt?» Wie aus weiter Ferne vernahm sie seine Stimme. «Ich wünsche Ihnen eine gute Reise.» Er stiess sie sanft in den Raum.

Valérie betrat unbekanntes Terrain. Sie setzte vorsichtig einen Fuss vor den andern, erinnerte sich, dass sie die sonderbaren Schuhe trug, spürte sie nicht, keine Druckstellen, keine Einengung.

Das Letzte, was sie vernahm, war das Schliessen der Tür. Von nun an war sie auf sich allein gestellt.

***

Roger und Raffaella Bulliard trafen, zusammen mit ihrem Anwalt, um halb zwei auf dem Sicherheitsstützpunkt in Biberbrugg ein.

Louis führte sie in eines der Sitzungszimmer. Der Raum für die Vernehmung war anderweitig besetzt. Wiederholt hatte Louis versucht, Valérie zu erreichen. Schon mehrmals hatte er auf den Anrufbeantworter gesprochen.

Der Anwalt, ein Dr. Hannes Mendel, hatte darauf beharrt, dass das Ehepaar Bulliard gemeinsam befragt werde. Er sei ihrer beider Rechtsvertreter in dieser Angelegenheit und Roger Bulliard habe vor seiner Frau nichts zu verbergen. Raffaella Bulliard dagegen wünschte mit Louis und dem Anwalt allein zu sein.

Hatte Valérie in dieser Hinsicht etwas vorbereitet? Dies fragte sich Louis, nachdem er Ort, Zeit und Datum sowie die Namen der Anwesenden auf Band gesprochen hatte. Mendel war ein älterer Herr. Louis schätzte, dass er kurz vor seiner Pensionierung stand oder bereits in Rente war und glaubte, weiterarbeiten zu müssen, obwohl er nicht sollte. Im Gegensatz zu Bulliard hinterliess er einen äusserst gefassten Eindruck. Er war von agiler Statur, hatte graue Haare, blaue Augen und ein selbstsicheres Auftreten. Louis hatte nichts anderes erwartet. Er sei der Anwalt der Familie, hatte er durchblicken lassen, seit rund zwanzig Jahren ihr Berater. Und da sein Kollege Dr. Weber verhindert sei, habe er kurzfristig das Mandat übernommen.

«Uns wurde mitgeteilt», sagte Mendel, «dass Frau Lehmann die Befragung führt.»

Louis hätte es auch lieber gehabt. Trotzdem fand er die Bemerkung anmassend. Er fühlte sich von diesem Anwalt zur Persona non grata degradiert. «Tut mir leid, ihr ist etwas dazwischengekommen. Wir können loslegen.» Sollte er sich eine Blösse geben? Wohl hatte er Einblicke in Valéries Notizen gehabt. Louis wusste aber überhaupt nicht, wo er ansetzen konnte. Bulliard gehörte nicht explizit zu den Verdächtigen. Obwohl er kein Alibi für die Tatzeit hatte, wurde er von Valérie nicht als potenzieller Täter eingestuft. Sie behaftete sich auf ihre erste

Begegnung mit ihm in Bauers Villa. Louis fragte sich, weshalb sie ihn dann vorgeladen hatte. Eine heikle Angelegenheit.

«Erzählen Sie mir über Double B», forderte Louis Bulliard auf.

Er ergriff das Wort. Mendel hob seine Hand, was Bulliard nicht hinderte, seinen Standpunkt zu erläutern. «Ich wiederhole mich nicht gern. Aber sollte es in Ihrem Gehirn nicht angekommen sein, was Double B tut, werde ich es gern noch einmal erzählen. Die Firma wurde vor vierzehn Jahren gegründet, von mir und Tobi. Ich bin für die Akquise, den Verkauf, das Rechnungswesen sowie für die Sicherheit zuständig. Tobi für den Rest mit Schwerpunkt kreative Umsetzung.»

«Ganz schön viel für eine einzige Person», sagte Louis. Er konnte sich schwerlich etwas darunter vorstellen.

«Für mich allein arbeiten zehn Mitarbeiter», sagte Bulliard, «für Tobi sechs, darunter Phil Williams. Die beiden waren auch privat befreundet.»

«Wer könnte Ihrer Meinung nach ein Motiv für den Mord an Tobias Bauer gehabt haben?»

Mendel legte seine Hand auf Bulliards Arm, wohl zum Zeichen dafür, dass sein Mandant vorsichtig mit der Beantwortung der Frage sein musste.

Für Louis ein Kasperletheater. Befragungen, bei denen die Anwälte dabei waren, hatten ihm noch nie behagt.

«Die Firma wird in Bauers Todesfall ganz auf Sie überschrieben. Sie erhalten seine Anteile. Sie haben quasi freie Hand, können mit der Firma machen, was Sie wollen.»

«Das ist nicht richtig», sagte Bulliard. «Ich werde zwar die Aktienmehrheit haben, aber der Verwaltungsrat der Aktiengesellschaft hat auch diesbezüglich ein Wort mitzureden.»

«Der Verwaltungsrat, in dem Sie sitzen?», fragte Louis.

«Tobi … und ich. Und zwei Vertreter der übrigen Aktionäre. Es ist auch im Interesse unserer Mitarbeiter, die Firma so weiterzuführen wie bis anhin. Der Bedarf zur flächendeckenden Aufklärung der User ist nach wie vor da. Es gibt viel zu tun.

Mit unseren Programmen füllen wir Sicherheitslücken. Unsere Vorträge klären zusätzlich auf. Ihr Arbeitgeber, zum Beispiel, profitiert seit Jahren von Double B.» Bulliard grinste Louis an.

«Tobias Bauer widmete sich der digitalen Animation», sagte Louis, nachdem er den Ärger hinuntergeschluckt hatte. «Sie ist wesentlicher Bestandteil der Firma. Hat er sich in Ihren Augen zu sehr damit beschäftigt? Ist er am Ziel vorbeigeschossen?»

«Absolut nicht –»

Mendel unterbrach Bulliard. «Wir sollten nicht abschweifen. Es geht hier um meinen Mandanten und nicht um den Toten.»

Louis formulierte die Frage um. «Sahen Sie, Herr Bulliard, in Tobias Bauers Wirken eine Gefahr für Double B?»

«Warum sollte ich?»

«Was wissen Sie über Bauers Nebenbeschäftigung?»

«Sie sprechen seinen Keller an?» Bulliard lachte auf. «Ich musste Tobis Flausen akzeptieren. Er war ... war geradezu besessen von seinen Computersimulationen. Immerhin brachten sie uns Bares.» Bulliard beugte sich nach vorn. «Programmierer und Designer sind manchmal schwer zu verstehen. Sie leben in einer völlig andern Welt. Sie sind nicht nur restlos überzeugt von dem, was sie kreieren, sie finden es einzigartig; echte Querköpfe eben. Noch einmal: Tobi und ich, wir ergänzten uns. Wir hätten es sonst nicht zu diesem Erfolg gebracht. Sie fragten mich nach dem Grund für seinen Tod?» Bulliard hielt die Hand ans Kinn. Mendels Berührung wimmelte er ab. «Ich weiss, dass ich meine Frau damit belaste, aber suchen Sie den Täter bei den Frauen. Da herrschte einstweilen ein ziemlicher ... wie sagt man?» Er lachte auf: «Zickenkrieg. Tobi hatte etwas an sich, das Frauenherzen höherschlagen liess. Jede wollte ihn für sich allein.»

«Haben Sie ein konkretes Beispiel?» Louis hasste Anspielungen.

Bulliard sah Mendel an, als erwartete er von ihm eine Antwort. Offensichtlich merkte er, wie unklug diese Äusserung gewesen war.

Mendel rettete ihn aus dieser verworrenen Situation. «Es

ist Sache der Polizei, den Mord am Freund meines Mandanten aufzuklären. Falls Sie noch Fragen haben, die relevant sind, bitte, stellen Sie sie.»

Warum gab es Leute, die glaubten, ihr Gegenüber niedermachen zu müssen? «Ich würde jetzt gern mit Ihrer Frau sprechen.» Louis schaltete das Aufnahmegerät aus, nachdem er die Befragung als beendet sah.

Er liess die beiden Männer allein zurück, orderte vor der Tür einen Wachmann an und ging Richtung Ausgang, wo er eine Zigarette rauchte.

***

Valérie hatte kein Zeitgefühl mehr.

Sie griff nach dem Oculus-Rift-Headset, das Phil ihr übergestülpt hatte, wagte ein paar Schritte in den fremden Schuhen. Alles war dunkel vor ihr, die Orientierung hatte sie verloren.

Aus der Ferne glaubte sie, Geräusche zu vernehmen. Es hörte sich wie die Landung eines Flugzeugs an. Dass sie Kerosin roch, bildete sie sich nicht ein. Allmählich dämmerte es, und das erst noch Dunkle vor ihren Augen nahm Gestalt an, wurde heller, Konturen wurden sichtbar. Vage verschwommen erkannte sie die Umrisse einer Gangway, die sie direkt zu einer Maschine der Air France führte. Sie konnte den Namen ganz deutlich lesen. Jemand stiess sie von hinten. Jedenfalls kam es ihr so vor. Eine Stewardess verlangte nach ihrer Boardingkarte. Platz F, Sitzreihe 35 – Holzklasse. Valérie glaubte, sich durch den Gang hindurchzwängen zu müssen. Hinter sich zog sie einen Handkoffer her. Es fühlte sich zumindest so an. Sie wollte sitzen, nur sitzen. Reihe 35F. Ein Fensterplatz.

Tatsächlich war da ein Sitz. Valérie griff danach und vergewisserte sich, dass sie sich diesen nicht bloss einbildete.

Was tue ich da?

Die Gedanken schlugen Purzelbäume. Jemand setzte sich neben sie.

«Wohin fliegen wir?» Hatte sie diese Frage tatsächlich gestellt oder nur gedacht? Sie träumte wohl.

«Nonstop nach Mahé.» Ihr Sitznachbar war übergewichtig, stank nach Schweiss. Er griff nach einem Journal. «Ich reise jeden Monat dorthin, geschäftlich, verstehen Sie?»

Grosser Gott! «Ich muss da raus.» Valérie erhob sich.

Der Dicke oder etwas hielt sie zurück. «Zu spät. Die Maschine rollt bereits zum Start.»

Durch den Rumpf ging eine Vibration. Stärker als ein Zittern. Valérie wollte sich am Vordersitz festkrallen. Es war ein Griff ins Leere. Dort war nichts als Luft. Die Sitzkonturen spielten ihr einen Streich.

Es ist bloss Einbildung.

«Entspannen Sie sich», sagte ihr Sitznachbar. «Runter kommt man immer. Fliegen Sie zum ersten Mal?»

Valérie versuchte, sich zu orientieren. Sie hatte keinen Flug gebucht. Seychellen. Konnte ein Traum sich etwa so real anfühlen?

Sie beobachtete eine Stewardess, welche die Handhabung der Schwimmweste demonstrierte. Das hier war eine alte Maschine. Valérie erinnerte sich, dass die Sicherheitsvorkehrungen ansonsten über den Monitor ausgestrahlt wurden. Dieses Flugzeug verfügte bloss über Bildschirme auf der Wand zum nächsten Durchgang.

Die Maschine rollte zur Startbahn. Einen kurzen Moment blieb sie stehen, mit zitterndem Rumpf. Die Motoren dröhnten. Dann zog sie an. Immer schneller raste sie über die Piste. Vor dem Fenster zogen die Startbahn und Wiesen vorbei, im Hintergrund Bäume.

«Ich habe keinen Flug gebucht.» Valérie sah zur Seite, wo der Dicke eine Zeitung las. Er gab ihr keine Antwort. Sie näherte sich zögernd seinem Arm, griff wieder ins Leere, durch den Mann hindurch. Nichts war real. Sie hätte einfach aufstehen und das Gebilde, in dem sie sich mit aller Wahrscheinlichkeit befand, verlassen können.

Valérie blieb. Fasziniert und abgestossen zugleich.

Der Vogel hob ab. Am äusseren Rand des rechten Flügels blinkte die Positionslampe. Den hinteren Teil des Triebwerks hüllte Nebel ein. Oder war es Rauch?

Ich bilde mir alles nur ein.

Die Maschine gewann an Höhe. Wolken segelten vorbei wie Zuckerwatte am Jahrmarkt. Weiter oben trübte nichts mehr den Himmel. Die Maschine lag flach, der rechte Flügel glänzte im Sonnenlicht. Eine Stewardess fragte nach Getränken. Über den Lautsprecher ertönte die Stimme des Piloten. Er teilte die Flugzeit mit. «Neun Stunden, fünfundzwanzig Minuten.»

Würde Phil sie so lange hier festhalten?

Valérie litt unter Flugangst, seit sie sich zu erinnern vermochte. Der Start war das Schlimmste. Die ersten zehn Minuten ab Abheben seien die heikelsten Minuten, hatte ihr jemand gesagt.

Ich träume.

Jemand schob ihr ein Tablett mit Essen zu. Sie griff nach einem Apfel. Nach einem richtigen Apfel. Der konnte keine Einbildung sein. Als sie ihn zum Mund führen wollte, war er verschwunden. Eine Illusion.

Es kann unmöglich real sein.

Eine leichte Erschütterung der Maschine schreckte Valérie aus ihren Gedanken.

«Das war ein Luftloch. Es wird noch viele geben über Afrika.» Der Sitznachbar kaute an einem Butterbrot.

Was hatte Phil gesagt?

Valérie versuchte, sich zu konzentrieren.

Ich bilde es mir bloss ein.

Das Dröhnen der Motoren, die Vibration des Flügels, das Blinklicht an dessen Ende, das Auf- und Abwippen – alles real. Der Duft nach Braten erreichte ihre Nase. Der Nachbar breitete eine Serviette auf seinen Knien aus.

Dann leuchtete das Lämpchen über ihrem Kopf auf. *«Fasten your seat belt.»* Die Stimme des Piloten. «Wir durchfliegen eine

Schlechtwetterzone. Ich bitte Sie, Ihre Plätze einzunehmen und sich anzuschnallen.»

Das Bordpersonal sammelte die Tabletts ein. Würde es so schlimm werden?

Ich befinde mich in einem virtuellen Raum.

Über dem rechten Flügel zogen dunkle Wolken vorbei. Innerhalb weniger Sekunden war das Flugzeug umhüllt von Nebel. Wie durch eine graue Suppe flog es einem unbekannten Ziel entgegen.

Seychellen! Warum hatte sie bloss Seychellen gesagt?

Valérie glaubte sich zu erinnern, dass sie das Oculus-Rift-Headset trug. Sie griff an ihren Kopf. Sie fühlte bloss das Haar, das samtweich auf ihre Schultern fiel.

Alles nur Einbildung.

Draussen wurde es dunkel. Die Maschine flog in einen Schlund. Ringsherum zuckten Blitze. Darauf folgte der Donner. In unmittelbarer Nähe. Die Maschine schien zu trudeln.

«Der hätte die Gewitterfront auch umfliegen können», sagte der Sitznachbar, jetzt vertieft in die Sicherheitsbroschüre. «Die Notausgänge befinden sich hinter uns. Ziehen Sie sich vorsorglich die Schwimmweste an. Die ist unter dem Sitz.»

Das ist ein Witz!

Valérie schlug entsetzt die Augen auf. Der Flügel vor ihrem Fenster erstarrte in der Luft. Das Grau war weg. Sie sah sich um. Ihr Sitznachbar war eingeschlafen.

Wo waren all die anderen Passagiere?

Mich narrt ein Traum. Ich will aufwachen!

«Acht Stunden bis zum Ziel.»

***

Louis wusste nicht, ob seine Nerven für das Verhör von Raffaella Bulliard strapazierfähig genug waren. Nachdem, was er mit Bulliard und seinem Anwalt erlebt hatte, zweifelte er daran. Bulliard hatte sich geweigert, das Protokoll zu unterschreiben, und Mendel ihm plausibel machen wollen, dass die Tonaufzeichnung nicht gewichtete. Louis hätte die Befragung gern an Dodo delegiert, doch die hatte sich mit der Ausrede von ihm verabschiedet, sie müsse zum Itlimoosweiher fahren. «Dann schau gleich, ob Valérie sich dort aufhält», hatte Louis ihr nachgerufen, als sie bereits auf dem Weg zum Parkplatz war.

Dr. Hannes Mendel und Raffaella Bulliard, geborene Maréchaux, warteten bereits auf ihn. Sie kam Louis wie eine verblühte Schönheit vor, die sich für den Auftritt heute besonders Mühe gegeben hatte. Sie hatte sich eine schwarze Sonnenbrille aufgesetzt, um ihre Zombieaugen zu verbergen. Louis bat sie erst gar nicht, die Brille abzulegen. Sie hätte vermutlich alle Ausreden erfunden, um es nicht tun zu müssen. Sie trug ein helles Kostüm mit Pelzstola. Echt, nahm Louis an. Er wunderte sich trotzdem, dass sie den Weg hierher heil überstanden und sich von den Pelzgegnern nicht hatte besprayen lassen.

Unbestritten: Sie zelebrierte ihren Status quo. Die Handtasche, der man den teuren Preis anzusehen glaubte, wahrscheinlich Haute Couture und Krokodilleder, hatte sie auf den Tisch gestellt, cognacfarben, passend zum Kostüm. Louis fand ihre Aufmachung daneben. Ganz bestimmt würde er sich nicht einschüchtern lassen.

Wo steckte Valérie?

Dieser Mendel nervte ihn. Für Louis bloss eine Figur, die vom Ehepaar Bulliard in den entscheidenden Momenten eingesetzt wurde, wenn es für sie beide brenzlig war.

Louis startete mit der obligaten Prozedur, verwies auf eine ehrliche Aussage und fragte Raffaella Bulliard nach dem Geburtsdatum, das bis anhin nirgends vermerkt gewesen war.

«Wie alt schätzen Sie mich?», war nicht die Frage, die Louis erwartet hatte. Er hatte überhaupt nicht mit einer Gegenfrage gerechnet. Doch darin steckte Raffaella Bulliards ganzer Lebensschwerpunkt. Louis antwortete mit der Feinfühligkeit eines Holzfällers: «Fünfundfünfzig.»

Von da an hatte er auch Raffaella Bulliard gegen sich. Louis fing den Blick der Protokollführerin ein. Er schüttelte den Kopf. Das gehörte nicht aufgeschrieben.

«Frau Bulliard, Sie belasten Kathrin Sulzer schwer. Sie sagten aus, dass Sie sie kurz vor oder während des Verlassens von Bauers Villa gesehen hätten.»

Schon griff Mendel nach ihrer Hand. Offenbar mochte er es, Händchen zu halten.

Raffaella Bulliard wimmelte ihn ab. «Ja, wir gaben uns quasi die Türfalle in die Hand.»

«Die Türfalle des Haupteingangs?» Louis stutzte zum ersten Mal. Soweit er sich erinnerte, verfügte die Tür über keinen normalen Griff.

Raffaella Bulliard strich mit der linken Hand über ihre Haarpracht. Sie wandte ihr Gesicht dem Fenster zu. Draussen schimmerte die Sonne wie durch einen nebligen Vorhang. Auf den Scheiben erschienen Fettstriemen und Abdrücke unbekannten Ursprungs. «Also gut, Tobi öffnete mir, als ich bei ihm eintraf. Und als ich ging, liess ich Kathrin herein. Hätte ich gewusst, dass ich die Mörderin unseres Familienfreundes einliess, hätte ich es mir anders überlegt.»

Mir kommen gleich die Tränen!

Louis beobachtete Mendel. Er machte Notizen auf einem Schreibblock mit Ledereinband. Der Schreibstift stammte von Mont Blanc.

Louis wandte sich wieder an Raffaella Bulliard. «Haben Sie mitbekommen, als Tobias Bauer mit Kathrin Sulzer telefonierte?»

«Ja, leider. Er sagte mir, dass ich besser gehen solle, wenn sie bei ihm auftauchte. Er erzählte mir, dass er erst vorhin mit ihr Schluss gemacht habe. Er wollte nicht, dass ich dabei bin, wenn die nachträgliche Unterredung mit ihr eskalierte.» Raffaella Bulliard gab sich untröstlich. «Wäre ich nur geblieben.»

«Haben Sie Frau Sulzer wieder aus der Villa gehen sehen?»

«Nein. Ich fuhr sofort nach Hause.»

«Warum sind Sie sich so sicher, dass Kathrin Sulzer die Täterin ist?»

Mendel griff zu. Diesmal fester.

«Rache?» Raffaella Bulliard zog die Schultern ein, strafte ihren Anwalt mit einem genervten Blick. Louis fragte sich, weshalb sie ihn dabeihaben wollte. «Zudem hat sie mal öffentlich gedroht, sollte Tobi sie verlassen, würde sie ihn umbringen.»

«Hat das jemand anderer gehört? Sie sagten öffentlich ...»

«Weiss ich das, ob die andern ihr zugehört haben, als sie es sagte? *Ich* habe es gehört. Genügt das nicht?»

Na ja, dachte Louis, sie und ihr Mann passten zusammen. Beide hatten eine Meinung von sich selbst, was er noch selten erlebt hatte. Sollte es so gewesen sein, wie Raffaella Bulliard es ihm weismachen wollte, so hätte Kathrin Sulzer in besagter Nacht Tobias Bauer zuerst vergiften und ihn in ihrem Wagen zum Itlimoos gefahren haben sollen. Kathrin Sulzers Wagen befand sich bereits beim KTD, wo er auf Spuren untersucht wurde. Louis allerdings bezweifelte, dass die Verdächtige genug Kraft gehabt hatte, einen Mann wie Tobias Bauer in ihren Wagen zu verfrachten. Immerhin war er über einen Meter achtzig gross gewesen. So, wie er sich an die Frau erinnerte, hatte sie die Masse einer Barbie-Puppe und musste unter Gleichgewichtsstörungen leiden. War Raffaella Bulliard gerade daran, ihm eine Lügengeschichte aufzutischen? Möglicherweise hatte sie Übung darin. Wollte sie damit ihre eigene Haut retten? Sie selbst hatte, wenn er es genau nahm, auch kein verwertbares Alibi. Was, wenn *sie* Tobias Bauer auf dem Gewissen hatte?

Louis streckte seinen Rücken durch. «Wann genau waren Sie mit Tobias Bauer liiert?»

«Moment, das gehört nicht hierhin.» Mendels Kopf glich einer überreifen Tomate, als er dies sagte.

Zu hoher Blutdruck, dachte Louis und sah bereits Raffaella Bulliards Ellenbogen gegen den Anwalt ausfahren. «Lass gut sein. Der Herr Kommissar hat mir nur eine Frage gestellt.» Sie nahm endlich die Brille ab und klimperte mit den Wimpern.

Louis dachte unweigerlich an Frankensteins Braut und schluckte ein Grinsen hinunter.

«Tatsächlich waren Tobi und ich mal ein Paar. Aber das war, bevor ich Rotschi kennenlernte. Tobi kam jeweils mit seinen Lebensabschnittspartnerinnen zu den Modeschauen, wenn ich in der Stadt war. Ja, und da sprach er mich an. Wir verbrachten gut ein Jahr zusammen. Damals hatte Tobi ein Penthouse in Zürich.»

«Woran scheiterte die Beziehung?»

Mendel hinterliess den Eindruck, im nächsten Augenblick vom Stuhl zu springen. «Lass dir diese Fragen nicht gefallen. Und Sie», Mendel zeigte mit erhobenem Finger auf Louis. «Schiessen Sie nicht am Ziel vorbei. Meine Mandantin hat Ihnen alles gesagt, was sie weiss. Sollten Sie sie verhören, weil sie unter Verdacht stehen könnte, so möchte ich von Ihnen eine neue Einladung.»

War abzusehen, dass Mendel sich dann mit Raffaella Bulliard vorher beraten musste.

«Jetzt zier dich nicht so, Hansi», flötete Raffaella Bulliard und setzte die schwarze Brille wieder auf. «An dieser Frage ist doch nichts Verwerfliches.» Sie schüttelte ihre Haare nach hinten. «Wir hatten das Heu nicht auf derselben Bühne. Sagt man doch so, oder? Ausser im Bett verstanden wir uns nicht sonderlich. Tobi war ein Luftikus, das verträgt nicht jede …»

«Dann begegneten Sie Ihrem heutigen Mann», stellte Louis kleinlaut fest. Er rechnete nicht mit einer Antwort.

«Rotschi … ja, er ist sehr zuverlässig und hat Tiefgang. Wir haben ja, wie Sie sicher wissen, zwei wunderbare Jungs.»

Louis tat sich schwer. Raffaella Bulliard als Täterin zu sehen, war unmöglich. Er ahnte, dass sie Kathrin Sulzer etwas anhängen wollte. Auch wenn sie die Frau morgens nach drei bei Bauer gesehen hatte, so war sie nicht unmittelbare Zeugin gewesen, die mitbekommen hatte, wie ihr Ex-Geliebter ermordet wurde. Das war aus der Luft gegriffen.

«Eine Falschaussage kann eine Verhaftung und im Extremfall eine Freiheitsstrafe zur Folge haben.» Louis sah Mendel an. «Aber das muss ich Ihnen als Anwalt ja nicht sagen.»

«Wie gesagt, schicken Sie uns einen neuen Termin.»

***

Emilio Zanetti hatte Colin vom Bahnhof in Küssnacht abgeholt. Sie befanden sich auf dem Weg nach Hause. Colin hatte den Wunsch geäussert, den Samstagabend und den ganzen Sonntag mit seiner *Maman* verbringen zu dürfen, und sollte Valérie wenig Zeit für ihn haben, würde Zanetti sich um ihren Sohn kümmern.

Colin räkelte sich auf dem Beifahrersitz. Er hatte seinen Rucksack zwischen die Füsse geklemmt. Er war stolzer Besitzer eines neuen iPhones, das Erste, worüber er mit Zanetti gesprochen hatte. «Ich habe mich an dem Tag, als die ersten Exemplare auf dem Markt erschienen, beim Vertreiber in die Schlange gestellt.» Er lachte übers ganze Gesicht. Dabei entging Zanetti nicht diese Ähnlichkeit, die er mit Valérie hatte, und ein warmes Gefühl durchströmte ihn. «Total bescheuert, ich weiss. Aber ich wollte auch mal etwas, was andere nicht haben.» Colin musterte ihn kritisch von der Seite her. Offenbar wollte er abwägen, was er davon hielt.

«Muss teuer gewesen sein.»

«Ich verdiene mein eigenes Geld.»

Auf der Bahnhofstrasse lag Schneematsch. Auf den Trottoiren flüchteten Menschen vor den Schmutzspritzern, welche die Autos unter ihren Reifen hervorschossen. Zanetti bremste ab, hielt vor einem Zebrastreifen an und liess ein paar Jugendliche die Strasse überqueren. Hier in der Nähe hatte man vor gut zwei Jahren den Sankt Nikolaus erschossen. Es war Zanettis erster Fall im Kanton Schwyz gewesen und die erste Begegnung mit Valérie, die er als hitzköpfige Polizistin kennenlernte. Nicht jedermann in der Abteilung hatte sie gemocht.

In der Zwischenzeit hatte sie ihre Ecken und Kanten geschliffen, sie war fraulicher geworden, anschmiegsamer, auch wenn ab und zu ihr sturer Kopf durchschien.

Zanetti sah ihren Sohn mit Wohlwollen an. Er hatte so vieles von seiner Mutter.

«Willst du mal?» Colin streckte ihm das iPhone unter die Nase. «Dieses Gerät schafft einiges, was seine Vorgänger nicht konnten. Ich kann mit ihm geile Bilder schiessen. Die Auflösung ist phänomenal. Ich habe mir zusätzlich eine Fotoshop-App heruntergeladen.»

«Ich fahre.» Zanetti lachte. «Ich möchte anderntags nicht eine Anklage am Hals.»

«Meinetwegen? Wie schätzt du mich ein?» Wieder lachte er.

«Du willst Polizist werden?»

«Yes. *Maman* findet es zwar keine gute Idee. Aber wenn ich mit der Lehre fertig bin, werde ich erst mal zwei, drei Jahre in der IT-Branche jobben und anschliessend die Polizeischule in Hitzkirch absolvieren. *Maman* ist dann sicher stolz auf mich.» Colin legte das iPhone in den Rucksack. «An was ist sie gerade dran?»

Fangfrage! Der Junge war clever. «Über laufende Ermittlungen dürfen wir nicht sprechen.»

«Komm schon, wir sind doch Freunde.» Colin boxte ihm freundschaftlich in die Seite.

«Der Fall fordert deine *Maman*», wich Zanetti der Frage aus. Sollte er Colin auch sagen, dass sie sich seit dem Morgen weder in Biberbrugg noch in Schwyz gemeldet hatte? Auf Louis' Anraten hin hatten sie sogar versucht, ihr Handy zu orten. Offenbar hatte sie es ausgeschaltet. Den Termin für die Sitzung um zehn hatte sie vergessen. Das war nicht Valéries Art. Musste er sich ernsthaft Sorgen um sie machen?

Zanetti fuhr von der Grepperstrasse auf den Feldweg, der zu ihrem Haus führte.

«Ich werde gleich den Schnee wegschaufeln», schlug Colin vor, was Zanetti gelegen kam. Er musste sich mit Louis kurzschliessen.

Er betätigte den elektronischen Garagentoröffner, fuhr in die Garage und stellte den Motor ab.

«Kannst du den Rucksack schon mal in mein Zimmer stellen?» Colin drückte ihn ihm in die Hand. «Wo ist die Schneeschaufel? Oder habt ihr keine?»

«Im Geräteschuppen hinter der Garage.» Zanetti öffnete die Haustür. Die Wärme drang nach draussen. Er knipste das Licht im Flur an, hoffte, auf der Festnetzstation das rote Lämpchen aufleuchten zu sehen. Niemand hatte angerufen. Er stellte den Rucksack in Colins Zimmer, die Papiertasche mit dem Einkauf für das Nachtessen in die Küche. Wider seine Freude, die er schon am Morgen verspürt hatte, auch heute etwas Feines auf den Abendtisch zu zaubern, packte er Fleisch und Gemüse in den Kühlschrank. Er nahm sein iPhone und setzte sich mit diesem ins Wohnzimmer. Das gedimmte Licht wollte heute keine Behaglichkeit verströmen.

Zanetti wählte Valéries Nummer. Funkstille. Er rief Louis an, der nach dem zweiten Klingelton ans Telefon ging. «Herr Staatsanwalt.»

So geschwollen mochte Zanetti es nicht. Er hatte Louis das Du noch nicht angeboten. Er war in dieser Hinsicht etwas altmodisch eingestellt. Das Siezen setzte Grenzen, fand er, die unter Kollegen leicht vergessen wurden. Zanetti hatte sich schon oft darüber aufgeregt, wie einige Polizisten und auch Polizistinnen untereinander kommunizierten. Für seinen Geschmack etwas gar grobschlächtig.

«Haben Sie in der Zwischenzeit ein Lebenszeichen von Valérie erhalten?», fragte Zanetti.

«Nein, aber herausgefunden, wo Phil Williams wohnt. Dort ist er aber nicht. Meine Kollegen haben es bestätigt. Es gäbe da aber eine Art Gartenhaus am Zürichsee, wo er jeweils allein hinfährt, um abzuschalten. Ich weiss von Valérie, dass sie Williams dort am Mittwoch besucht hat. Wo sie aktuell steckt oder wohin sie mit Williams gefahren sein könnte, entzieht sich meinem Wissen.»

Zanetti merkte, wie seine Hände zitterten. «Was traut ihr diesem Williams zu?»

«Ein Spinner, sagt man im Betrieb, introvertiert, hochbegabt, ein Einzelgänger. Nur Bauer habe einen guten Draht zu ihm gehabt.»

«Ist er gefährlich?»

«Kaum.» Louis schniefte durchs Telefon. «Valérie hat den Besuch bei ihm protokolliert. Wenn Sie möchten, schicke ich Ihnen dies zu.»

Zanetti warf einen Blick aus dem Küchenfenster auf den Vorplatz, wo Colin mit aller Inbrunst den Schnee wegschaufelte. «Ja, machen Sie das und entsenden Sie eine Streife zu Williams' Wohnort und zu diesem Gartenhaus.»

«Das habe ich bereits veranlasst.»

«Wo könnte sie sonst sein?»

«Wer? Valérie?»

«Ja. Oder dieser Williams. Vielleicht hat er sie in seiner Gewalt.» Wenn es um Valérie ging, ging es ihm ans Lebendige. Colin schippte den Schnee jetzt auf Nachbars Grundstück. Zanetti rang sich ein kleines Lächeln ab. Nein, dachte er, es konnte nicht so schlimm sein, wie es den Anschein machte. «Haben Sie schon in der Villa von Tobias Bauer nachgesehen?»

«Nein, die ist versiegelt.»

«Was nichts heisst.»

Louis liess einen gutturalen Laut vom Stapel. Zanetti hielt erschrocken das iPhone vom Ohr fern.

«Klar, sie wollte unbedingt in diesen Keller. Bis anhin haben ihn die Kollegen nicht öffnen können.»

Zanetti ahnte, dass er jetzt nicht einfach wegfahren konnte. Colin hatte bestimmt Hunger. Er würde für ihn kochen müssen. Er legte das iPhone wieder ans Ohr. «Fahren Sie bitte dorthin und geben Sie mir Bescheid, falls es sich positiv entwickelt.»

«Auch im negativen Verlauf?»

«Das will ich gar nicht wissen.»

ZEHN

Sie hatte keine Ahnung, wie lange sie schon in dieser Kiste sass. Die Faszination hatte sie fest im Griff. Die Maschine lag ruhig. Am Fenster zogen Schönwetterwolken vorbei. Der Dicke schlief.

Es ist ein Traum. Es ist ein vermaledeiter Traum. Oder eine krankhafte Einbildung. Ich sitze nicht in diesem Flugzeug. Ich befinde mich im Keller … im Keller.

Valérie versuchte krampfhaft, eine Kleinigkeit auszumachen, welche sie daran erinnerte, dass das hier eine virtuelle Wirklichkeit war.

Eine künstliche Wirklichkeit!

Ihr Gehirn spielte verrückt. Sie sass in diesem Flugzeug. Vor dem Fenster der vergehende Tag. Langsam dämmerte es. Am Horizont verfärbte sich der Himmel rot-violett. Ein Streifen Gelb hatte sich darübergelegt, als würde er die Nacht willkommen heissen. Erinnerungen an ihre Reisen in die Tropen mit Willy und Colin, als er klein gewesen war. Sie hatte sich immer vor dem Fliegen gefürchtet, war nie ohne ihren Sohn geflogen.

Sie betastete ihre Füsse. Sie trug doch diese Schuhe, und auf ihrem Kopf lag das Oculus-Rift-Headset. Sie griff danach und fühlte bloss ihre Haare, das Gesicht, die Narbe. Das einzig Reale. Sie konnte die feine Linie spüren, die, je nach Stresssituation, mehr oder weniger hervortrat, und überlegte sich, ob sie ihre Hände bewegte oder es nur dachte, dass sie es tat. Ihre Physis verschmolz mit dem Geist. Es fühlte sich leicht an.

Der Schweiss des Nachbarn stieg ihr abermals in die Nase, fast so, als käme der Geruch in Intervallen.

Plötzlich ein Knall. Ein kurzes, heftiges Schütteln.

Die Maschine sackte ab.

Valérie schleuderte mit dem Kopf an den Vordersitz, spürte keinen Widerstand, keinen Schmerz.

Wer spielt mit mir? Das kann unmöglich wirklich so geschehen. Ich träume.

«Ein Luftloch», murmelte der Nachbar plötzlich, offensichtlich aus dem Schlaf erwacht. «Waren Sie schon mal in Afghanistan?»

Falsches Programm! Er hatte Afghanistan gesagt. Dabei waren sie auf dem Weg zu den Seychellen.

In Gedanken bemühte Valérie sich, ihre Synapsen zu koordinieren.

Ich denke, also bin ich.

Sie versuchte, die Gewalt über sich selbst zu bekommen, die Macht über ihre Gedanken. Noch nie zuvor hatte sie sich so gehen lassen, nicht einmal während der intimen Momente mit Zanetti. Selbst da glaubte sie, sich im Griff zu haben.

Phil! Er hatte sie verkabelt, hatte ihre Nervenzellen mit Elektroden verbunden. 6-D! Es musste etwas dran sein. Valérie strengte sich an. Auf das hier hatte sie keine Lust mehr. Sie schloss die Augen, sah nach innen. Spürte die Vibration des Flugzeugs, atmete die Gerüche um sich herum ein, hörte den Motor, entferntes Sprechen.

Sie musste sich von diesem Alptraum erlösen. Ein Knopfdruck – wo befand sich der Knopf? Hatten sie überhaupt ein Zeichen abgemacht?

Nur Phil hatte es in der Hand. Er hatte sie manipuliert, mit ihrem Verstand gespielt.

Sie musste das beenden. Sofort!

***

Louis hatte es keine Ruhe gelassen. Nachdem Carla ihm mitgeteilt hatte, dass sie die Nacht bei sich zu Hause verbringen würde, war an Entspannung nicht mehr zu denken. Den Besuch bei Fabia hatte er verschoben. Mehr als Carla und Fabia beschäftigte ihn Valérie, von der er noch immer kein Lebenszeichen erhalten hatte.

Um neun fuhr er über die Auffahrt zu Bauers Villa und wunderte sich. Valéries TT stand auf dem Parkplatz neben den Bonsais. Louis parkte auf seiner Höhe, stieg aus und vergewisserte sich, ob die Motorhaube warm war.

Eiskalt. Der Wagen musste schon eine Weile hier gestanden haben. Vage waren Schuhspuren in Richtung Hauseingang zu erkennen. Louis folgte ihnen und entdeckte ein Fahrrad an der Mauer angelehnt.

Die Nacht hatte sich wie ein gefrorenes Tuch über das Quartier gelegt. Der Himmel war mondlos und sternenklar. Streulichter schimmerten über dem See, vereinzelt zogen bodennahe Nebelschwaden über die Wege.

Unter seinen Füssen knirschte der Schnee. Langsam bewegte Louis sich auf die Tür zu. Das Siegel war entzweit. Valérie musste hier sein. Irgendwo in dieser Villa, die vollkommen im Dunkeln lag. Louis stiess mit der Hand gegen die Tür. Sie gab nach. Er gelangte in den Flur und suchte nach einer Lichtquelle. Ein Bewegungsmelder reagierte auf sein Eintreten. Indirektes Licht ging an. Louis lauschte in den Raum, sah zu den merkwürdigen Frauenakten und stellte sich vor, eines dieser Bilder bei sich zu Hause in Rickenbach aufzuhängen. Nein, so morbid war er nicht. Er ging weiter bis zu den Treppen, die nach oben und nach unten führten, und entschloss sich, in den Keller zu gehen. Auch hier ging das Licht automatisch an.

Ausser dem entfernten Summen eines Belüftungssystems war nichts zu hören. Louis sah sich den Raum näher an. Eine Bank stand dominant an der Wand neben der Tür, an der sich der KTD bislang die Zähne ausgebissen hatte. Nichts hatte sich verändert seit seinem letzten Besuch. Trotzdem musste Louis davon ausgehen, dass sich Valérie hinter dieser Tür befand, zusammen mit jemandem, der mit dem Fahrrad hierhergekommen war. Wahrscheinlich mit Phil Williams.

Louis polterte an die Tür und traf auf Stahl und Beton. Unmöglich, dass man ihn da drinnen hörte.

Was befand sich überhaupt hinter der schweren Tür?

Ein Verlies?

Hatte Bauer abartige Praktiken vollzogen? Oder Williams? Oder beide zusammen?

Die Bilder im Flur zeugten von einem Psychopathen. War Williams am Ende der Künstler, der die Frauen in Bauers Auftrag porträtiert hatte? Machte er auf eigene Faust weiter, und war Valérie das Opfer?

Louis fühlte sich einer Ohnmacht nahe. Möglicherweise erlitt seine Chefin in diesen Sekunden Höllenqualen, während ein kranker Maler diese Angst mit Pinsel und Farbe einzufangen versuchte.

***

Ein Blitz traf ihre Augen. Er kam nicht von aussen. Er war in ihrem Kopf drin.

Valérie wehrte sich dagegen. Es durfte nicht sein, dass sie die Kontrolle über sich selbst verlor, obwohl das Gefühl sich ihrer bemächtigte, dass es schon längst geschehen war.

Die Maschine sackte weiter ab, stieg wieder an. Es fühlte sich wie auf einer Achterbahn an. Ein steiler Anstieg, bei dem sie in den Sitz gedrückt wurde. Dann der Fall. Kurz dachte sie, über dem Sitz zu schweben. Sekunden nur im freien Fall.

Niemand schien darauf zu reagieren, ausser ihr.

Der Sitznachbar starrte schweigend in eine Zeitung. Die übrigen Passagiere sassen bloss da, ohne Regung mit versteinerten Gesichtern, als würden sie das Ultimative einfach so annehmen.

Immer schneller ging es abwärts.

Valérie griff sich an den Kopf, fühlte auf einmal dieses Oculus-Rift-Headset, das Phil ihr übergestülpt hatte. Illusion und Ratio lieferten sich einen erbitterten Kampf. Valérie riss den Helm vom Kopf, ein leiser Schmerz durchzuckte sie.

Dann war alles schwarz.

Und still.

Sie wusste nicht, wie sie aus dem Flugzeug gekommen war. Auf einmal fand sie sich in diesem Vorraum mit der Bar und den Whiskyflaschen wieder. Phil befreite sie von Pads und Kabeln, streifte ihr die Schuhe von den Füssen. «Finale interruptus», sagte er.

«Was sagten Sie?»

«Abgebrochenes Ende.»

«Nennt man das so?» Ihre Stimme war zurückgekommen, ihr Denken nahm Formen an – ebenso die Sitze und Tische und darauf ein Glas mit der goldgelben Flüssigkeit, nach dem sie jetzt griff.

«Ich habe Ihnen gesagt, dass Sie den gebrauchen würden.» Phil lächelte vor sich hin.

«Sie elender Schuft!» Valérie nahm das Glas mit mehr als vier Zentiliter Inhalt und trank es in einem Zug aus. Ihre Hand zitterte. Sie hatte vergessen, dass sie eine Polizistin war. Die Emotionen kamen hoch.

Träume ich?

«Was wollten Sie damit bezwecken?», fragte sie.

«Sie hatten die Wahl und haben sich entschieden. Schon vergessen?» Phil setzte sich ihr gegenüber. «Sie wollten erfahren, womit ich mich beschäftige.»

«Mit 6-D, ja?»

«Mehr als das, 6-D Plus. Tobias wollte meine Erfindung patentieren lassen. Nächste Woche hätte er einen Termin beim Patentamt gehabt. Aber er sagte, dass er trotz des Patents warten würde. Noch wollte er 6-D Plus nicht für die breite Masse zugänglich machen. *Step by step.* Es würde sonst die User überfordern. Das ist wie mit Rasierklingen. Man wirbt für das fünfte Messer und hat das sechste und siebte bereits geprüft. Doch alles steht in der Pipeline. Es ist nur eine Frage der Zeit, wann unser Programm auf den Markt kommt.» Phil stierte vor sich hin. «Es ist möglich, dass Tobias' Tod nun eine Verzögerung zur Folge hat.»

Das eben Erlebte wirkte in ihr nach, und Valérie glaubte,

einem Traum aufzusitzen. Sie träumte. Jetzt. Und alles andere war real gewesen. So musste sich der Übergang in eine andere Dimension anfühlen. Valérie kniff sich in den Arm, spürte den Schmerz und sah die Delle, die die Finger hinterlassen hatten.

«Sie können sich wieder anziehen», sagte Phil.

Valérie blieb sitzen. Sie hatte nicht die Kraft zum Aufstehen, in ihrem Kopf vollführte der Whisky seinen eigenen Tanz. Sie hatte nichts gegessen. Der Apfel war kein Apfel gewesen, hatte überhaupt nicht existiert. Ihr war elend zumute. Sie musste sich um einen klaren Gedanken anstrengen.

Sie hatte Phil getroffen, um in diesen Keller zu gelangen, hatte dabei ihre eigenen Grenzen erfahren und herausgefunden, dass sie viel weiter würde gehen können. Doch sie war wegen Ermittlungsrecherchen hier und befand sich im Dienst. «Warum haben Sie mich verkabelt?»

«Um Ihre Nerven zu reizen, um Impulse in Ihren Körper zu schleusen … damit Sie das Erleben auskosten können.»

Phil hatte sie manipuliert. Mit einem Computerprogramm, das er 6-D nannte. Sie war sein Versuchskaninchen gewesen, wie alle die Menschen vor ihr, die den Purple Room betreten hatten. Vielleicht war das der Grund, weshalb diese Personen anonym waren.

«Erzählen Sie mir über 6-D.»

«6-D Plus», korrigierte Phil. «Nicht zu verwechseln mit der sechsten Dimension, in der die Gedankeninhalte, der Intellekt oder das Bewusstsein von hoch entwickelten Lebewesen angesiedelt sind. Das ist Science-Fiction. Ich aber arbeite auf der Basis der Kybernetik und beschäftige mich mit der Schnittstelle zwischen menschlichen Nervenzellen und Computersystemen. Im weitesten Sinne verschmelze ich Mensch und Maschine. Der Cyberhelm liefert alle Daten ans Gehirn und produziert anhand elektronischer Intelligenz Visuelles, Audio und Duftstoffe in den Raum, der wiederum mittels Komponenten aus dem 4-D-Bereich für die Bewegung sorgt. Ihr Bewusstsein erreicht in dieser Situation einen Punkt, wo es durch Ihren

Verstand nicht mehr gesteuert werden kann. Sie erleben alles real.»

«Sie versuchen, es mir plausibel zu erklären, nehme ich an.»

«Logisch. Letztendlich ist alles ein komplexer und zudem komplizierter Vorgang.» Phil lehnte sich zurück, streckte die Beine von sich und verschränkte die Hände hinter dem Kopf. «Ich gebe meinem Dad recht, wenn er die Zukunft der Erde schwarzmalt. Irgendwann einmal werden wir nicht mehr reisen können … ich meine, nicht so, wie wir es bis anhin getan haben oder es in der Gegenwart tun. Die Meere und die Luft werden dermassen verschmutzt sein, dass es Gesetze geben wird, die das Reisen verbieten. Damit der Mensch nicht darauf verzichten muss, habe ich dieses Programm erschaffen, das noch ausbaubar ist. Ich arbeite täglich daran. Mein Ziel ist es, dieses Programm den Reisebüros schmackhaft zu machen. Sie werden auch in Zukunft für Reisen werben und sie verkaufen können, nur werden das virtuelle Reisen sein. Und der Kunde kann dann wirklich wählen. Alles, was auf seine Person zugeschnitten ist.»

«Auch Absonderliches», räumte Valérie ein. Denn nichts anderes als das war der simulierte Flug gewesen.

«Es wird keine Grenzen mehr geben. Aber …», Phil machte eine nachhaltige Pause, «… man wird dabei nicht verletzt. Nehmen wir Ihr Beispiel. Ich habe Sie in diese Maschine gesetzt …»

«Sie wollten mich auf die Seychellen schicken.»

Phil lachte. «Das bedingt, dass Sie zuerst dorthin reisen müssen.»

«Stopp!» Valérie beugte sich nach vorn. «Das hätte man umgehen können, wenn ich Ihrer Idee glauben soll.»

«Ja, ich wollte Ihnen aber meine Möglichkeiten aufzeigen. Ein Flugzeug stürzt ab. Sie erleben es real … glauben es zumindest. Aber Sie verletzen sich nicht. Nur Ihre Gedanken spielen verrückt. Tut mir leid, dass ich Sie damit belastet habe. Vielleicht verstehen Sie jetzt meine Arbeit.»

«Wir leben in der Tat in einer überreizten Zeit», gab Valérie zu bedenken.

«Das ist richtig. Der Mensch ist süchtig nach mehr. Er holt sich Illusionen über die Drogen. Doch diese zerstören früher oder später jeden Körper.»

«Ihr 6-D-Plus-Programm zerstört den Verstand.»

«Nein, auf diese Weise können wir endlich die Möglichkeiten ausschöpfen, die ein menschliches Gehirn hat, mit Hilfe der Elektronik.»

«Ich könnte mich hypnotisieren lassen», provozierte Valérie.

«Das ist nicht greifbar. Der Purple Room aber existiert. Man kann in ihn eintauchen.»

«Ich muss darauf bestehen, den Raum bei Tageslicht ansehen zu können.»

«Bringen Sie mir einen Gerichtsbeschluss.» Phil verdrehte lächelnd die Augen. «Zudem würde es den Spass verderben. Ich kann Ihnen nur sagen, dass ich auch mit Feuer- und Wassereffekten arbeite. Mit Wasser, auch physisch …»

Valérie tat sich schwer, sich darunter etwas vorzustellen. «Diese Flugzeugkabine gibt es dort tatsächlich?»

«Eine Konstruktion, die an ein Flugzeug erinnert. Sie hat auch Verwendung bei einer Zug- oder Busreise. Oder sogar bei einem Schiff. Es sind die Filme ringsherum, respektive die Oculus-Headsets, welche die Illusion verstärken, dass man sich darin befindet. Die Bewegungen, die Geräusche und Gerüche. Das Gehirn kann alles gar nicht so schnell aufnehmen, wie die Bilder ablaufen. Im Grunde genommen ist es nichts anderes als eine grosse Täuschung.»

«Die stresst.» Valérie dachte an die bangen Stunden zurück und fragte sich, wie spät es in der Zwischenzeit geworden war.

«Nicht jedes Programm stresst. Sie können sich auch massieren lassen von virtuellen Händen.»

«Ich ziehe echte, warme Hände den virtuellen vor.» Valérie überlegte, mit welchen Utensilien Phil die virtuellen Hände zusammenfügte, damit sie real wirkten und sich ebenso anfühlten. «Zudem hat man ja immer diesen Helm auf dem Kopf.»

«Ich tüftle gerade daran, dass man ihn irgendwann mal weglassen kann.»

«Haben Sie eine Uhr?» Es musste schon spät sein.

«Halb zehn.»

«Was?» Valérie sprang auf.

Trotzdem war ihr, als löste sich die innere Anspannung. Phil war ein Spinner, aber nicht kriminell. Er glaubte an seine Visionen und setzte sie um. «Sie sagten mir, dass Tobias Bauer Sie in Ihrem Schaffen unterstützt hat. Können Sie sich vorstellen, dass das jemand aus dem Betrieb oder sonst wer hat unterbinden wollen? Gab es Leute, die Ihren Purple Room besucht hatten, die dem Ganzen nicht gewachsen waren?»

Die Zeit war fortgeschritten. Möglicherweise suchten alle nach ihr. Valérie holte ihr iPhone aus dem Schrank, sah nach dem Einschalten, dass nicht nur Louis, sondern auch Zanetti sie zigmal angerufen hatte. Sie würde sich rechtfertigen müssen.

«Ich hatte mal einen Fall, in dem ein Gast kollabierte», sagte Phil. «Ich schickte ihn mit einem Formel-1-Wagen auf die Rennstrecke in Spielberg. Wir mussten ihn dann von der Ambulanz abholen lassen. Aber glauben Sie mir, der hat niemandem etwas davon erzählt. Wer auf meine virtuellen Reisen geht, hat eine hohe Meinung von sich. Schwächen würde er nie zugeben.»

«Aber das, was Sie hier tun, muss durchgesickert sein. Oder durften nur Bauers Gäste den Raum betreten?»

«Bislang schon. So eine Reise ist ja nicht gerade günstig. Die Gäste mussten bis anhin eine fünfstellige Summe hinblättern. All-inclusive …»

«Was heisst das konkret?»

«Im Preis inbegriffen ist das Wählen des Individualprogramms. Wer es nicht lassen kann, darf während der Vorbereitungszeit Drogen konsumieren. Das war allerdings Tobias' Idee. Er hat es ausprobiert, soll das Erleben noch steigern.»

«Werden Sie da weitermachen?»

«Kommt darauf an. Die Villa ist ja versiegelt.» Phil sah Valérie amüsiert an. «Ich weiss auch nicht, wie es mit *mir* weitergehen soll.»

«Könnten Sie mir bitte die Namen aller Besucher geben, die hier waren?»

«Das ist geheim.»

«Aber so, wie ich Tobias Bauer einschätze, musste er das kontrolliert haben.»

«Diese Daten hat er irgendwo gespeichert.»

«Auf einem Mikrochip?»

«Ich glaube, auf einem USB-Stick, den er dem Patentamt zu übermitteln gedachte. Die Besucher des Purple Rooms hat er als sogenannte Referenz notiert.»

«Auf einem USB-Stick, sagten Sie?» Valérie wollte es nicht glauben. «Nicht auf einem Chip?»

«Nein, der Chip hat ganz andere Funktionen.»

Valérie stiess Luft aus. «Welche?»

«Mit dem Chip kann man Türen öffnen.»

«Aber das wird nicht der Grund gewesen sein, weshalb Tobias Bauer ihn hat einpflanzen lassen.»

«Nein.» Phil wollte nicht damit herausrücken.

«Waren Sie dabei, als man Tobias Bauer und Roger Bulliard den Mikrochip implantiert hat?»

«Nein, aber Tobias informierte mich im Nachhinein darüber.»

«Was?» Valérie ahnte, dass Phil ihr etwas vorenthielt. Sie setzte sich wieder. Auf eine Stunde mehr oder weniger kam es nicht mehr an.

«Er empfand das Implantat als grenzüberschreitendes Glück. Der Biochip löste bei ihm eine Euphorie aus. Tobias strebte eine sogenannte Dehumanisierung an. Der Träger legt damit alle natürlichen und menschlichen Attribute und Verhaltensmuster ab. Tobias sah sich als sein eigener Proband.»

«Sie können mir einen anderen Bären aufbinden.»

«Ich weiss, es ist schwer verständlich. Und dass Tobias es am eigenen Leib versucht hat, beweist, wie verrückt er war. Er hatte Visionen, andere als ich, gefährlichere ...»

«Gefährlichere?»

«Tobias wollte, dass ich den Chip so programmiere, um ihn fremdzusteuern wie eine Marionette. Ich hätte Tobias dadurch über den Biochip manipulieren sollen. Ich sah davon ab. Ob er sich wegen meiner Verweigerung an jemand anderen gewandt hat, weiss ich nicht. Es gibt weltweit Firmen, die nach diesbezüglichen Testpersonen suchen. Solche Tests dauern von drei Monaten bis mehrere Jahre, in Ausnahmefällen sogar ein Leben lang.»

«Was kann ich mir unter einer Dehumanisierung vorstellen?»

Phil musste ihr ansehen, wie unbehaglich ihr zumute war.

«Solche Versuche wurden bereits in der Vergangenheit gemacht», wich er aus. «Es ist nicht bewiesen, aber auch nicht widerlegt, dass bei einer der Testpersonen durch Aufrüstung mit einem sogenannten ‹Primus Imperator Modul› zum mächtigsten Befehlshaber der Welt verholfen wurde.»

«Einem ... Präsidenten?» Valérie wusste nicht, ob sie lachen oder ernst bleiben sollte. «Mir kommen da gerade einige in den Sinn, die während ihrer Amtszeit als unmenschlich und äusserst aggressiv galten oder gelten, die sogar eine Minderung von emotionaler und rationaler Intelligenz aufwiesen.»

«Dazu kann ich nur so viel sagen, dass Tiere – in Antführungs- und Schlusszeichen – bloss ein Instinkt-Gen haben. Sie sind emotional gesteuert. Der Mensch dagegen verfügt in seinem eh schon komplizierten Organismus über ein Intelligenz-Gen, welches zwar das Instinkt-Gen nicht gänzlich ausschliesst, welches sich jedoch in unserer fehlkonditionierten Gesellschaft nicht durchsetzt. Das Implantieren eines Biochips ist ein gefährlicher Eingriff. Nicht grundsätzlich das Einpflanzen, aber die Tatsache, dass man etwas in sich trägt, das mit vielen Daten aufgerüstet werden kann. Es gibt so verrückte Neurophysiologen, die der Ansicht sind, dass die Menschheit nicht das Recht habe, ihr eigenes Bewusstsein zu entwickeln. Sie sprechen von einem psychochirurgischen Programm, mit dem man unsere Gesellschaft kontrollieren kann. Sie wollen die physikalische Kontrolle des Bewusstseins und dass jeder, der von der vorgegebenen Norm abweicht, chirurgisch verändert werden kann. Sie wollen die Menschen umfunktionieren in menschliche Roboter. Die sind katastrophaler als die Maschinen, weil man es ihnen nicht ansieht. Heute werden Mikrochips in der Medizin verwendet, denken Sie nur an das elektronische Ohr, ein vollständig implantierbares Hörgerät, oder an einen Herzschrittmacher ... damit Sie in etwa einen Eindruck bekommen, wovon ich spreche. Wir sind nicht mehr weit vom Worst Case entfernt.»

Valérie war nicht sicher, wo sie Phils Ansichten ansiedeln wollte. Obwohl er über eine blühende Phantasie verfügte, gab es Ansätze, die sie zum Nachdenken zwangen. Wenn sie an die Entwicklung der Technologien in den letzten Jahren dachte, würde sich die Menschheit früher oder später auf einiges gefasst machen müssen. «Haben Sie selbst auch einen Mikrochip?»

«Nein.»

«Warum hat Bauers Haushälterin einen solchen Chip getragen?»

«Das ... das weiss ich nicht.» Phils Verunsicherung war echt. «Warum hat ... trägt sie ihn nicht mehr?»

«Er wurde ihr brutal aus dem Arm geschnitten.»

«Fragen Sie Roger Bulliard.» Phil sass gerade auf, griff sich an die Rastamähne und zog einen Strang über seine Schultern. «R-o-t-s-c-h-i war der hemmungsloseste Besucher des Purple Rooms.»

***

Er musste eingeschlafen sein. Ein Geräusch weckte ihn aus einem seltsamen Traum, dessen Bilder jedoch rasch verblassten. Louis richtete sich auf. Die schwere Tür neben der Bank bewegte sich. Louis schnellte auf, griff nach seiner Glock, riss sie aus dem Holster, entsicherte sie und zielte.

«Keine Bewegung! Polizei!»

Der komische Typ unter dem Türrahmen erinnerte ihn an einen Yeti. Hätte er Stiefel und einen urzeitlichen Mantel getragen, hätte es die Erscheinung komplettiert.

«Louis!» Die Stimme gehörte nicht dem Yeti.

«Valérie?» Louis sicherte seine Waffe und steckte sie wieder ein. «Was, verdammt, tust du da?»

«Darf ich vorstellen? Das ist Phil Williams. Er hat mir soeben den Purple Room näher erklärt. Und das ist mein Kollege Leutnant Camenzind.»

«Alles klar bei dir?» Es dünkte ihn, als wäre Valérie völlig durch den Wind. Es lag ihm auf der Zunge, Phil zu fragen, was er mit ihr angestellt hatte.

«Alles gut.»

«Warum hast du dich nicht gemeldet? Wir laufen deinetwegen fast Amok, und du lässt dir weiss ich was erklären … von diesem …» Er schluckte das letzte Wort hinunter.

«Tut mir leid», sagte Phil. «Die Zeit muss uns abhandengekommen sein.»

«Allerdings. Mehr als zwölf Stunden.» Louis wusste nicht, wie er damit umgehen wollte. Zum einen war er enttäuscht von Valérie, zum andern bewunderte er ihren Mut, allein hierhergekommen zu sein. Trotzdem fand er es grob fahrlässig. Niemand wusste, was Phil Williams für ein Mensch war. Bis anhin war er der unbekannte Dritte von Double B gewesen, der Mann hinter der Kulisse, der Kopf. Bulliard galt als der Vorzeigemann der Firma, Bauer hatte, davon ging Louis inzwischen aus, die zweite Geige gespielt. Durch seine Drogensucht und seinen exzessiven Lebensstil hatte er sich selbst auf das Abstellgleis katapultiert. Jemand musste das schon früher gewusst haben und hatte ihm bloss den Gnadenschuss gegeben.

«Kann ich die Hände wieder hinunternehmen?», fragte Phil.

Louis nickte. «Bitte schön, aber klären Sie mich auf. Ist das Ihr Velo vor der Tür?»

«Ja, ich ziehe das Rad dem Auto vor, auch im Winter.» Phil knetete sich die Finger. «Kann ich jetzt gehen?»

«Alles, was Sie mir erzählt haben», sagte Valérie, «müssen wir protokollieren. Sie werden nicht darum herumkommen.»

«Wenn's weiter nichts ist.» Phil verabschiedete sich.

Louis sah ihm konsterniert nach. Diese Frisur, wie lächerlich. Wollte wohl den Künstler raushängen. Er wandte sich an Valérie. «Ich bin zwar echt erleichtert, dich wohlauf zu sehen. Aber du hast mit deiner Aktion nicht nur mich nervös gemacht. Und warum lässt du ihn gehen?»

«Er ist harmlos, glaube mir. Ich musste da rein. Ich hatte keine andere Wahl. Langsam begreife ich, worum es hier geht. Nicht um einen Zickenkrieg, wie Bulliard das behauptet, sondern um einen Vorfall, der im Purple Room passiert ist. Die Daten der Gäste, die ihn besucht haben, befinden sich auf einem USB-Stick. Ich glaube, den hatte Tobias Bauer im Tresor eingeschlossen. Den Tresor konnte man nur mittels Mikrochip öffnen, deshalb wurde Bauer der Chip entfernt. Jemand wollte verhindern, dass sein Name erscheint. Phil sprach von einem Zwischenfall, bei dem die Ambulanz kommen musste.»

«Wovon sprichst du?»

«Ach ja, das muss ich dir erklären.» Valérie zog sich ihren Mantel an, griff nach dem Autoschlüssel. «Doch vorher muss ich ein wenig schlafen. Zudem kommt mein Sohn zu Besuch.»

«Wann gedenkst du nach Biberbrugg zu fahren?»

«Am Montagmorgen. Zehn Uhr im Sitzungszimmer? Ich weiss, den heutigen Termin habe ich vergessen. Soll nie wieder vorkommen.»

Sie verliessen die Villa. Auf dem Weg zum Eingang wies Valérie auf das letzte Bild an der Wand hin. «Das ist Kathrin Sulzer. Bauer hat sie von einem Künstler verewigen lassen. Ich wäre froh, wenn du ihn ausfindig machen könntest.»

***

Louis hatte sich nur kurz aufs Ohr gehauen und drei Stunden geschlafen, bevor er am frühen Morgen nach Schwyz fuhr. Es war acht Uhr, als er im Spital ankam. Am Kiosk kaufte er einen Blumenstrauss – nichts Grossartiges, denn die Auswahl war klein – und dazu einen Plüschbären. Mit leeren Händen konnte er unmöglich vor Fabia treten. Er erkundigte sich nach der Maternité und wurde in deren Trakt verwiesen.

Sein Herz klopfte zum Zerspringen, als er vor der Tür stand. Fabia befand sich in einem Privatzimmer. Louis klopfte an. Zaghaft trat er ein.

Da lag sie, Fabia, wie er sie nie zuvor gesehen hatte. Auf ihrem Gesicht spiegelte sich jene Glückseligkeit, die eine frischgebackene Mutter wohl haben musste, und sie wirkte entspannt.

«Hallo.» Louis versuchte, den Kloss hinunterzuschlucken, der ihm das Sprechen verunmöglichte.

«Louis.» Fabia freute sich offensichtlich. «Was tust du denn so früh in Schwyz?»

«Ich hatte Zeit. Ich wollte beim Bäcker frische Brötchen holen.» Er reichte ihr den Blumenstrauss. Er würde heute den Künstler finden müssen, der die obskuren Bilder gemalt hatte, das hatte er Valérie versprochen. «Und der Bär ist für die … süsse Maus.» Erst jetzt entdeckte er das Babybett neben dem Fenster. «Darf ich?»

«Schau sie dir nur an, die kleine Charlotte. Drei Kilo zweihundert Gramm schwer, fünfzig Zentimeter gross.»

Was würde ihn erwarten? Louis hatte das erste Bild gesehen. Da hatte Charlotte die Augen offen gehabt. Jetzt schlief sie.

«Ich habe sie gerade gestillt», sagte Fabia.

Sollte er sie darauf ansprechen? Auf den Verdacht, dass er der Vater sein könnte? Oder würde er mit dieser Frage etwas zerstören?

«Sie sieht Olivia ähnlich, nicht wahr?», war nicht das, was er hatte fragen wollen.

«Tatsächlich.» Fabia lachte amüsiert. «Olivia sah genauso aus. Aber die Züge verändern sich rasant. Wolltest du mir etwas mitteilen? Du scheinst über etwas zu grübeln.»

«Wie geht es dir?»

«Ach, ganz gut. Hier kann ich mich richtig gut erholen. Das Pflegepersonal ist äusserst freundlich. Eigentlich wollte ich schon längst nach Hause gehen. Aber die Gynäkologin meinte, dass ich ruhig etwas warten solle. Und stell dir vor, ich bekam dieses Einzelzimmer, obwohl ich nur halbprivat versichert bin. Die hatten keinen Platz mehr.»

Louis konnte den Blick von diesem kleinen Geschöpf im Bettchen kaum abwenden. «Vor neun Monaten», sagte er, «erinnerst du dich?» Jetzt war es raus. Er vermied es, Fabia anzusehen.

«Ich weiss. Dieselben Gedanken hatte ich auch schon.»

«Warum hat du nie darüber gesprochen?» Nun wandte er sich doch Fabia zu. «Hast du es abklären lassen?» Louis' Puls beschleunigte sich von Neuem.

«Was? Durch eine DNA-Analyse?» Fabia schüttelte den Kopf. «Weisst du, wie teuer so etwas ist? Ich habe Michael nichts von uns erzählt. Und so soll es auch bleiben. Und rein gefühlsmässig ist Charlotte von ihm und nicht von dir.»

«Bist du dir da so sicher? Sie hat schwarze Augen.»

«Louis, bist du deswegen hier? Hast du Angst, plötzlich Alimente zahlen zu müssen? Auch wenn sie deine Tochter wäre, ich würde mich nie von Michael trennen. Du kennst meine Familie nicht.» Fabia schniefte. «Freue dich mit mir. Gott hat es so gewollt, wie es ist. Es ist ein gesundes Mädchen geworden. Und der Vater ist und bleibt Michael. Er war bei der Geburt dabei.»

***

Bei Valérie bestand Erklärungsbedarf. Als sie um Mitternacht nach Hause gekommen war, hatte sie sich ins Schlafzimmer geschlichen, war neben Zanetti unter die Decke gekuschelt, was er nicht einmal bemerkte. Sie hatte vergebens darauf gehofft, einzuschlafen. Der Aufenthalt im Purple Room war so präsent, als hätte sie ihn noch nicht verlassen. Wie hatte das passieren können, dass sie sich dermassen mitreissen liess? Sie versuchte, das zu verstehen. Der Keller war nichts anderes als eine Bühne, auf die Phil sie geschickt hatte. Warum hatte sie nie wirklich Angst empfunden? War sie dermassen abgebrüht, dass ihr solche Situationen nichts ausmachten? Sie hätte sich bestimmt selbst in die Realität zurückholen können, hätte sie es nur gewollt. Ein Flugzeug vor dem Aufprall. Vielleicht hätte sie es bis zum Ende erleben sollen. Obwohl der letzte Kick gefehlt hatte, war es Phil trotzdem gelungen, sie mit dem absonderlichen Programm zu packen.

Erst gegen Morgen war sie in einen unruhigen Schlaf gefallen, nachdem sie die Bilder wiederholt vor ihrem geistigen Auge hatte ablaufen lassen. Allmählich war ihr die Tragweite des Erlebten in die Knochen gefahren.

Als sie erwachte, war Zanetti schon auf und machte Frühstück in der Küche. Colin sass am Tisch, vor sich ein iPhone. Valérie drückte ihm einen Kuss auf die Wange.

«Bonjour, Maman.» Colin lächelte sie an. «Wieder fit?»

«Habt ihr über mich hergezogen?» Es sollte lustig klingen.

Zanetti sandte ihr einen kurzen Blick zu und widmete sich alsbald wieder der Omelette in der Bratpfanne.

«Komm, sagt schon.» Valérie stellte sich an den Herd. «Du hättest mich wecken sollen.»

«Nicht an einem Sonntag.» Endlich drehte er sich nach ihr um. «Mensch, Valérie. Du hast mir einen enormen Schrecken eingejagt. Was sollte das? Wir wohnen unter dem gleichen Dach. Ich denke, dass ich ein Anrecht darauf habe, zu wissen, wo du bist. Zudem sollte ich als Staatsanwalt und Verantwortlicher dieses Falles über jeden einzelnen Schritt informiert werden. Zum Glück hat Louis mich per SMS darüber informiert, dass du wohlauf bist.»

«Ich bin Polizistin.»

«Ein Hitzkopf wäre wohl der passende Ausdruck.»

«Tut mir leid, ich habe komplett die Zeit vergessen und etwas erlebt, das mir keiner glaubt, wenn er es nicht mit eigenen Augen gesehen hat.»

«Willst du auch Omelette?» Zanetti wollte wohl ablenken.

«Mir genügt ein schwarzer Kaffee.» Valérie ging zurück zum Tisch, wo sie sich setzte. «Hast du ein neues iPhone?»

Colin sah auf. «Das neuste.»

«Und er hat frühmorgens in der Schlange gestanden, um es zu ergattern», sagte Zanetti.

Bei einer anderen Situation hätte Valérie ihren Sohn gerügt. Diesmal sagte sie nichts, was das neue Gerät betraf. «Colin, du weisst schon ziemlich viel über Kybernetik», sagte sie stattdessen.

Colin liess das iPhone sinken. «Ja, *Maman*, frage nur ...» Er streckte den Rücken.

«Hast du je einmal etwas von 6-D Plus gehört?»

«Über 4-D und am Rande von 5-D. Aber 6-D? Nein, ich erinnere mich nicht. Warum fragst du?»

«Du sprichst in Rätseln», sagte Zanetti und stellte zwei Teller mit Omelette auf den Tisch.

«Ich war in diesem Purple Room in Bauers Villa. Phil Williams von Double B hat dort, zusammen mit Tobias Bauer, einen virtuellen Raum eingerichtet.»

«Geil», entfuhr es Colin. «Kann man den anschauen?»

«Da gibt es nicht viel zum Anschauen. Aber erleben kann man da einiges.» Valérie winkte ab. «Aber lass uns zuerst frühstücken.» Es war ihr bewusst geworden, dass sie das, was sie mit Zanetti zu besprechen hatte, unmöglich vor Colin tun konnte. Es gehörte zu den Polizeiinterna.

Colin schien den Wink nicht verstanden zu haben. «Erzähl schon, *Maman*. Was hast du erlebt?»

Valérie griff nach Colins Hand. «Tut mir leid, aber darüber sollte ich nicht sprechen.»

«*Du* hast damit begonnen.»

War klar, dass Colin sich damit nicht zufriedengab. Er hatte den verflixt sturen Kopf wie sie.

Nach dem Frühstück verschwand Colin freiwillig in seinem Zimmer. Zanetti räumte auf, und Valérie liess den dritten Kaffee aus der Maschine.

«Was hast du heute vor?», fragte er.

«Ich sollte den gestrigen Tag und die letzte Nacht protokollieren. Phil Williams wird morgen aufs Präsidium kommen und es mit seiner Unterschrift bestätigen.» Noch sassen ihr die letzten Stunden im Nacken.

«Kannst du mir erklären, was genau vorgefallen ist?»

«Ich habe mich manipulieren lassen und war es mir zuerst nicht bewusst. Ich bin voll in die Falle getappt.»

«Im Purple Room?»

«Ich dachte, ich würde dort auf die Wahrheit stossen. Nun wirft alles noch mehr Fragen auf.» Valérie versuchte, die letzten Stunden zu rekonstruieren, was sie wieder in ein Wechselbad der Gefühle manövrierte. Sie erzählte alles, woran sie sich erinnerte, über ihre Emotionen während der virtuellen Reise und wie es sich angefühlt hatte. «Es war alles so verflixt real», endete sie, «das Flugzeug, die Passagiere, selbst der Himmel vor dem Fenster, die Gerüche. Es gibt nichts Vergleichbares in meinem Leben. Phil Williams ist ein Genie seines Fachgebietes. Tobias Bauer war der Verkäufer. Er hat das ‹Erlebnis›», Valérie malte Anführungs- und Schlusszeichen in die Luft, «seinen elitären Gästen verkauft. Und ich kann dir versichern, nach dem ersten Mal schon könnte man süchtig danach werden.» Valérie dachte an ihre überreizten Sinne. Alles nicht so schlimm, denn es war in Wahrheit nicht Wirklichkeit.

Es war ein einschneidendes Erlebnis gewesen.

«Du hast meine Frage nicht beantwortet», sagte Zanetti. «Unternehmen wir heute etwas gemeinsam? Zusammen mit Colin? Es würde auch dir guttun, nach allem, was du erlebt hast.» Er nahm sie in seine Arme. «Einen Ausflug nach Morschach zum Bowlen?»

Valérie bedauerte, Colin enttäuschen zu müssen. «Vielleicht gehst du mit ihm dahin. Ich sollte die Sitzung für morgen vorbereiten. Dann werde ich uns etwas kochen. Ist das in Ordnung so?» Sie brauchte jetzt ihre Ruhe.

Zanetti liess sie abrupt los. «Du hast es versprochen.» Er

musterte sie mit verkniffenem Blick. «Okay, ich habe verstanden.»

Valérie bereitete sich einen weiteren Kaffee zu. «Ich hoffe, dass du meine Situation nachvollziehen kannst. Das Erlebnis im Purple Room muss ich zuerst verdauen.»

Ihre Begründung wirkte vermutlich nicht. Aber Zanetti verliess kopfschüttelnd die Küche.

«Wir werden alles nachholen, wenn ich den Fall gelöst habe», rief sie hinter ihm her.

Zanetti drehte sich nach ihr um. «Ich bin dir nicht böse deswegen. Ich kann es nachvollziehen. Ich würde es nicht anders machen.» Er schickte ihr eine Kusshand zu. «Ich mache mit Colin einen Männertag, aber wundere dich nicht, wenn wir erst am Abend zurückkehren.»

Valérie hauchte ebenfalls einen Kuss in die Luft. «Danke, Darling. Das macht mich ruhiger. Dann werde ich mit dem Kochen zuwarten.»

Mit der Kaffeetasse in der Hand ging sie in ihr Büro, setzte sich an den Computer und startete ihn auf. Sie tippte verschiedene Begriffe, die im Zusammenhang mit der virtuellen Realität standen, auf der Suchmaschine ein und schrieb Phils Namen dazu. Wider Erwarten waren über ihn kaum Informationen auf dem Web. Offenbar war sein 6-D-Plus-Programm wirklich noch geheim. Wer, ausser Phil, konnte ihr darüber Auskunft geben? Und vor allem, warum hatte Roger Bulliard abgestritten, von Phils Virtual Reality eine Ahnung gehabt zu haben?

Valérie suchte nach ihrem iPhone, fand es in der Handtasche und wählte Bulliards Nummer. Sie liess es zigmal läuten, ehe Bulliard sich meldete, genervt, war abzusehen gewesen.

«Entschuldigen Sie die Störung an einem Sonntag», begann Valérie.

«Kann ich von Ihnen etwas anderes erwarten?»

«Sie haben mir gesagt, dass Sie vom Keller in Bauers Villa keine Ahnung hätten.»

«Ja und? Es hat mich einfach nicht interessiert.»

«Das finde ich äusserst sonderbar. Mir kam zu Ohren, Sie seien dort Dauergast gewesen.» Valérie lauschte. Als Bulliard nichts darauf erwiderte, fuhr sie fort. «Leider muss ich Sie nochmals vorladen …»

Keine Reaktion. Valérie nahm das iPhone vom Ohr, betrachtete es. Bulliard hatte aufgelegt. «So ein Frechdachs», entfuhr es ihr. «Hat wohl kalte Füsse bekommen.»

«Wer hat kalte Füsse bekommen?» Colin hatte unbemerkt die Bürotür geöffnet. «Wir sind dann mal weg, *Maman.*»

Valérie wandte sich zu ihrem Sohn um. «Habt Spass!»

«Den werden wir haben.» Colin grinste sie an. «Emilio hat mir versprochen, auf die Kartbahn zu gehen.»

«Zieh dir aber einen Helm an.»

«Die sind obligatorisch.» Colin lachte sie aus. *«Â bientôt.»*

Kaum hatte Colin die Tür hinter sich zugezogen, summte Valéries iPhone. Erwartungsvoll griff sie danach, in der Meinung, Bulliard würde sich bei ihr entschuldigen. Louis meldete sich.

«Guten Morgen, gut geschlafen?» Er klang aufgedreht.

«Warst du bei Fabia?»

«Erraten.»

«War Dodo auch dabei?»

«Nein, ich wollte allein hin.»

«Wie geht es Fabia?» Valérie überlegte, dass sie nicht einmal für Fabia und ihr Töchterchen Zeit gefunden hatte. Ein Anruf wäre das Minimum gewesen.

«Sie kann am Dienstag nach Hause.»

Valérie schloss die Augen. Es lag ihr auf der Zunge, Louis nach der Vaterschaft zu fragen. Sie sah davon ab. Louis würde, wenn er tatsächlich der Vater war, damit auf sie zukommen.

«Ich habe den Maler gefunden, der die Frauenakte in Bauers Villa gemalt hat. Er wohnt in Schindellegi, in der Nähe der Kirche, und hat dort ein Atelier. Ich habe ihn kontaktiert. So, wie er gesprochen hat, scheint er ein normaler Mensch zu sein. Aber man kann sich ja täuschen. Zudem kannst du dir auf seiner Website schon mal ein erstes Bild von ihm machen.» Louis nannte die Koordinaten. «Sein Name ist Amanaki.»

Valérie atmete auf. «Hast du schon einen Termin mit ihm vereinbart?» Sie schrieb den Namen der Website in den Browser. Die Person, von der sie sprachen, bekam ein Gesicht. Dunkle Augen, olivfarbener Teint, halblange Haare, die zu einem Pferdeschwanz zusammengebunden waren. Auf verschiedenen Bildern erschien er in einer Art Nachthemd. Auf seiner Brust baumelte ein Traumfänger.

«Morgen Nachmittag in seinem Atelier», sagte Louis.

«Er sieht wie ein Schamane aus.» Valérie scrollte nach unten. Dort gab es ein paar Kunstwerke von ihm. Landschaftsbilder, Porträts und Ganzkörperzeichnungen. Keine Gemälde, die den Bildern in Bauers Villa glichen. «Ein normaler Künstler», bestätigte Valérie Louis' Anmerkung. «Die Frauenbilder mussten ein Auftrag von Bauer gewesen sein. Vielleicht hat er darin eine dunkle Seite ausgelebt … Morgen, um welche Zeit?»

«Halb drei.» Er zögerte. «Möchtest du über den Purple Room sprechen?»

«Das kann warten.»

ELF

«Kann jemand die Fenster öffnen?» Valérie legte einen Aktenstapel auf dem Tisch ab. «Hier drin riecht es nach …» Es kam ihr kein Vergleich in den Sinn.

Dodo hatte Zigerkrapfen mitgebracht. Sie biss gerade herzhaft ins Gebäck, als Valéries Blick sie traf. «Genau, jetzt weiss ich es, es riecht nach Jahrmarkt.»

«Etwas fürs Herz bei dieser Kälte», erwiderte Dodo und schenkte sich Kaffee in die Tasse.

«Seit wann interessiert dich das Herz?», kommentierte Louis und schwang sich neben Valérie auf den Stuhl.

«Wir haben neue Erkenntnisse im Fall Bauer.» Valérie wollte zügig vorwärtsmachen. An diesem Montag standen weitere Befragungen an. Am Morgen hatte sie zudem erfahren, dass man Agostina da Molinari aus dem Spital entlassen würde. Dieser Umstand warf zusätzlich Fragen auf. Sollte man sie weiterhin observieren oder sie ihrem Schicksal überlassen? «Agostina da Molinari wird im Verlaufe des Nachmittags in ihre Wohnung in Freienbach zurückkehren. Eine nahe Verwandte hat sich in der Zwischenzeit gemeldet und wird vorläufig bei ihr wohnen. Leider konnte uns da Molinari keine Angaben zu dem Täter machen.»

«Mensch, pass auf!» Louis juckte vom Stuhl. «Shit! Du hast mir meine Hand verbrüht.»

Valérie blickte in die Runde. «Ist mir gerade etwas entgangen?»

Louis umfasste mit seiner linken die rechte Hand. «Ich mag zwar heissen Kaffee, aber nicht unbedingt auf meinen Fingern.»

«Sorry», sagte Dodo, «ich war kurz abgelenkt.»

«Siehst du das Mäppchen da?» Louis deutete auf seine Dokumente. «Alles im Eimer.»

Eine Polizistin brachte geistesgegenwärtig ein Handtuch zum Tisch und begann, die Tischplatte zu reinigen.

«Können wir weiterfahren?» Valérie nervte es. «Bitte konzentriert euch, das ist das Minimum, was ich von euch verlangen kann.» Sie vermied es, weder Louis noch Dodo anzusehen.

Dodo räusperte sich, und Valérie merkte, dass sie mit diesem Kommentar zu weit gegangen war. «Entschuldigt bitte. Ich habe mich im Ton vergriffen. Also, ich war am Samstag zusammen mit Phil Williams im Purple Room. Bauer hatte ausgesuchte Gäste, die in seinem Keller auf virtuelle Reisen gehen konnten. Uns fehlen die Namen. Williams geht davon aus, diese seien auf einem USB-Stick, der jetzt verschwunden ist.» Valérie verteilte die Kopien von Stieffels Bericht über das Implantat und den Vergleich zu da Molinaris Verletzung. «Möglicherweise enthalten auch die Mikrochips geheime Daten. Aber relevant ist sicher dieser USB-Stick. Würden wir die Namen der betreffenden Besucher kennen, könnten wir den Kreis der Verdächtigen verkleinern. Kopfzerbrechen macht mir Roger Bulliard. Er behauptet, nie in diesem Raum gewesen zu sein. Phil Williams dagegen bezeichnet ihn als exzessiven Besucher. Williams hat meines Erachtens keinen Grund, mir nicht die Wahrheit zu sagen. Ich schätze ihn auch nicht so ein, dass er mir etwas verschweigt, wobei die Ausnahme die Regel bestätigt.»

«Du warst also in diesem Keller», stellte Dodo fest. «Wie hast du das denn angestellt? Soviel ich weiss, hat es Franz mit seinem Team nicht geschafft, dort reinzukommen.»

«Man kommt dort nur mittels Hand- und Gesichtserkennung rein. Das ist richtig.» Den Augen-Scan erwähnte sie nicht.

«Das heisst, dass man jetzt Zutritt hat?», fragte Dodo.

«Dazu habe ich leider keine richterliche Bescheinigung», sagte Valérie. «Ich habe den Raum versiegelt.»

«Aber du warst drin», sagte Louis, der sich in der Zwischenzeit wieder beruhigt hatte. «Mir geht es nicht ganz in den Kopf, warum Phil Williams dich ohne Weiteres dort reinlässt.»

«Er wollte mir zeigen, woraus seine Arbeit besteht.»

«Woraus?» Dodo hatte sich einen zweiten Krapfen geschnappt. «Vielleicht lässt sich daraus ein Täterprofil ablesen.»

«Ich wiederhole mich nicht gern.» Valérie spürte, wie sie wieder gereizt reagierte. Dodo hatte eine Art zu sprechen, die sie nervte. «Wir suchen nach den Besuchern dieses virtuellen Raums. Wenn wir Namen kennen, sind wir aller Wahrscheinlichkeit nach weiter.»

«Hast du da Molinari deswegen befragt?» Louis drückte noch immer seine rechte Hand.

«Da Molinari steht unter einem massiven Druck. Gut möglich, dass sie mehr weiss, als sie zugibt.»

«Sie war seit Jahren Bauers Haushälterin», sagte Louis. «Eine Art Mutterersatz. Ich könnte mir gut vorstellen, dass Bauer das Bedürfnis hatte, sich an jemanden anzulehnen, wenn er bei den Frauen immer den Hengst raushängen musste.»

Valérie wusste darauf keine Antwort. Sie erinnerte sich daran, dass Henry Vischer heute aus Tokio zurückkehrte. Valérie freute sich, ihn zu sehen, und darauf, dass endlich wieder jemand an ihrer Seite stand, der die psychologischen Aspekte ausleuchten würde.

An der Pinnwand waren neue Fotos angeheftet. Unter anderem ein Bild des Künstlers Amanaki. Valérie hatte die Herkunft des Namens gegoogelt und ein aktuelles Foto von ihm ausgedruckt. Der Name Amanaki stammte aus dem Polynesischen und bedeutete Hoffnung. War zu hoffen, dass er die Polizei weiterbrachte. «Das ist der Künstler, der die Frauenakte in Bauers Villa gemalt hat. Ich werde ihn heute Nachmittag aufsuchen. Leider ist nirgends ersichtlich, wie Amanaki mit richtigem Namen heisst, falls dies sein Künstlername ist.» Valérie schrieb die Adresse unter das Bild und verband es mit einem Pfeil mit Bauers Name. «Tobias Bauer hat seine verflossenen Geliebten auf Leinwand bannen lassen. Das zeigt mir, dass er auch ein Sammler war. Bis heute Abend wissen wir vielleicht, wer die andern Frauen sind und ob es unter ihnen potenziell Verdächtige gibt.»

«Du glaubst noch immer an eine Frau?», fragte Louis. «Wer mit Gift mordet …»

«Behaften wir uns nicht zu stark darauf. In meinen Augen zählt Roger Bulliard zurzeit wieder zu den Hauptverdächtigen. Wer so lügt, wie er es tut, hat etwas zu verbergen.»

«Was ist mit Kathrin Sulzer, Raffaella Bulliard und Loredana Moretti?» Dodo sah unbeteiligt vor sich hin, als sie dies fragte. «Oder diese Journalistin, wie ist doch gleich ihr Name ... Carla ... Carla Benizio.»

«Meine Leute recherchieren noch», sagte Louis heftig. Valérie entging nicht der wütende Blick, den er an Dodo sandte. «In der Vergangenheit von Frauen zu graben, bedingt starke Nerven. Was ich aber heute schon weiss ...» Er machte eine nachhaltige Pause, in der er in die Höhe wuchs. «Loredana Morettis Vater hat schon mal wegen eines Delikts eine bedingte Strafe erhalten. Vor etwa zehn Jahren hat er einen Kollegen halb tot geprügelt. Wir wissen in der Zwischenzeit, dass er ein cholerisches Temperament hat.»

«Der handelt im Affekt», sagte jemand an Dodos Seite. «Der Mord an Bauer war jedoch akribisch geplant.»

«Und er wollte an den Mikrochip», setzte Dodo nach.

«Für heute Abend ist eine Pressekonferenz einberufen worden», sagte Valérie. «Unser Kollege von der Medienabteilung hat diese organisiert. Da Fischbacher nicht dabei sein kann, werde ich anwesend sein und unserem Pressechef zur Seite stehen.»

«Das könnte *ich* übernehmen», schlug Dodo vor.

«Hast du mir angesehen, wie sehr mich diese belastet?» Es sollte lustig klingen.

Dodo fiel prompt darauf herein. «Ich merke, wie überfordert du bist. Wenn ich dir etwas abnehmen kann, mache ich das doch gern.»

Valérie überlegte. Was vergab sie sich? Dodo hatte recht. Die Zeit, die sie wegen der Konferenz verlieren würde, konnte sie anders nutzen. «Einverstanden. Ich möchte aber, dass du dem Pressechef das Wort überlässt.»

Dodo machte Anstalten, sich ihren dritten Krapfen einzuverleiben. Sie hatte bereits danach gegriffen, hielt sich im letzten Moment zurück. «Ich bin heute so verfressen», gestand sie.

«Du verträgst weiss Gott noch ein paar Krapfen mehr», sagte eine Kollegin.

Dodo warf ihr einen verachtenden Blick zu, obwohl sie womöglich dies hatte hören wollen. Valérie hätte am liebsten Einhalt geboten. Dodo provozierte; das lag ihr im Blut.

«Okay, somit wäre die Sitzung beendet.» Sie sammelte die Dokumente ein, steckte sie in ihre Mappe und naschte einen Krapfen.

Louis wartete, bis alle den Raum verlassen hatten, und kam auf Valérie zu. «Bulliard und Mendel sind hier. Ich konnte sie nicht abwimmeln, obwohl sie keinen Termin haben. Soll ich sie übernehmen?»

Valérie winkte ab. «Lass nur, ich glaube, du hast selbst viel um die Ohren. Zudem habe ich Bulliard tatsächlich vorladen wollen. Er ist mir nun zuvorgekommen. Führe sie in den Vernehmungsraum. Ich will es ihnen nicht gemütlich machen.»

***

Valérie liess sich Zeit. Sie ahnte, was sie erwartete. Möglicherweise hatte Bulliard nach ihrem Telefonat gestern den Anwalt mobilisiert. Ohne Rechtsvertreter sagte der ja nichts. Valérie erinnerte sich an die erste Begegnung mit Bulliard vor Bauers Villa. Es war, als hätte er sich in der Zwischenzeit ein neues Gesicht zugelegt. Sie fand nur nicht heraus, weshalb. Nach diversen Recherchen über Double B war sie auf keine Unstimmigkeiten gestossen. Seit Beginn der Gründung hatte die Firma kein einziges Mal in Misskredit gestanden. In den letzten vierzehn Jahren war sie auf der Erfolgsleiter stets nach oben gestiegen, hatte zudem neue Arbeitsplätze geschaffen. Die Mitarbeiter, denen gekündigt worden war, hatten allesamt neue Anstellungen in verschiedenen Firmen. Nach eingehender Prüfung war niemand negativ aufgefallen. Für die Tatzeit hatten sie zudem einwandfreie Alibis.

Worauf musste sich Valérie stützen? Vielleicht doch auf ein Eifersuchtsdrama unter Frauen?

Keine verwertbaren Spuren, war der ernüchternde Abschlussbericht des KTD gewesen. Auch die Resultate aus dem forensischen Labor hatten keinen Aufschluss über die Tat geben können. Keine zweckdienliche DNA. Der Täter oder die Täterin musste Handschuhe getragen haben oder war nicht registriert. Die Autos von Loredana Moretti, Raffaella Bulliard und Kathrin Sulzer waren überprüft worden, erfolglos. Valérie erhoffte sich einzig, dass man auf einem Computer einen kleinen Hinweis auf die Täterschaft finden würde. Doch diese Arbeit erforderte Zeit und Geduld.

Valérie begab sich zum Vernehmungsraum, der nicht nur von ihr gehasst wurde. Sie trat ein und begrüsste die beiden Herren, die auf einer Seite des Tisches Platz genommen hatten. Auch die Protokollführerin war schon hier, richtete sich gerade ein.

Valérie liess sich ihren Unmut nicht anmerken. Wenn sie Befragungen oder Verhöre durchführte, war sie stets ruhig. Sie setzte sich und erledigte das übliche Prozedere. Sie wandte sich an Bulliard. «Sie wollten mich sprechen. Ist Ihnen zum gestrigen Anruf etwas in den Sinn gekommen?»

«*Sie* wollten *mich* sprechen.»

«Stimmt. Aber ich war mir nicht sicher, ob diese Bitte Sie gestern erreicht hat. Sie haben das Gespräch abgebrochen.»

Bulliard lief rot an. «Dafür möchte ich mich entschuldigen.»

«Mein Mandant ist bereit, über den Purple Room zu sprechen», sagte Mendel. «Über alles, was Sie wissen möchten. Ich gehe davon aus, dass Sie in der Zwischenzeit herausgefunden haben, was sich in Bauers Villa befindet.»

Valérie schlug die mitgebrachten Dokumente auf. «Es gibt unzählige Programme, aus denen man sich eines aussuchen kann.» Phil hatte ihr eine Liste gemailt. «Wenn ich mir diese so durchsehe, kann ich Ihre Zurückhaltung sogar verstehen.» Sie fächerte die Blätter auseinander, griff willkürlich nach einem Papierbogen und las. «Eine ganze Reihe von Reisedestinationen in alle Himmelsrichtungen gibt es da, an Traumstrände, in den Urwald, auf Vulkane, sogar in krisengebeutelte Länder. Man kann schiessen, morden, vergewaltigen, wenn ich das richtig interpretiere. Phil Williams' Angebot ist beachtlich. Was haben Sie sich denn so ausgesucht?»

«Ich möchte Sie darauf hinweisen», sagte Mendel, «dass mein Mandant freiwillig hier ist. Und alles, was er sagt, darf protokolliert werden, das ist uns beiden klar. Aber wir möchten vermeiden, dass davon etwas an die Medien gelangt.»

Diese Bemerkung war völlig überflüssig. «Was waren denn Ihre Vorlieben?»

Bulliard wandte sich an seinen Anwalt.

Mendel flüsterte ihm etwas ins Ohr.

«Okay, ich liess mich gern in Harems verführen. Ich stehe auf die orientalische Kultur. Also, ich meine, so, wie sie früher gelebt wurde.»

Valérie versuchte, die Bilder in den Purple Room zu projizieren. Ein Dutzend Hände, denen sich Bulliard hingab. Virtuelle Hände, eingebildeter Körperkontakt und Bulliard in einem Palast der Sinne, nüchtern gesehen auf dem Boden, denn im Purple Room existierte nichts ausser diesem beweglichen Kubus und ein mit Sensoren ausgestatteter Boden, der die Empfindungen und Bilder via Cyberhelm durch das Gehirn jagte. Im Grunde eine jämmerliche Situation, sollte jemand den Konsumenten während seines Cybertrips beobachten. Valérie fragte sich, ob Phil sie hatte sehen können, während sie sich auf der virtuellen Reise befand. Kurz meinte sie, einen rollenden Stein in ihrem Bauch zu spüren. Das Erleben wirkte noch immer nach. «Wie oft waren Sie dort?»

«Drei- bis viermal pro Woche.»

«Und Sie haben den vollen Betrag bezahlt?»

«Ich ... ich hatte ein Abo.»

Valérie ging es nicht in den Kopf. «Sie waren Bauers Compagnon, und Sie mussten trotzdem bezahlen?»

«Ja, aber das eine hatte mit dem andern nichts zu tun.»

«Sie wussten aber, dass Phil Williams diese Programme wahrscheinlich während der regulären Arbeitszeit bei Double B produzierte?»

Bulliard sah Mendel an, als wollte er ihn fragen, ob die Frage berechtigt sei. Mendel nickte.

«Ja, das wusste ich», antwortete Bulliard.

«Sind Sie mit Phil Williams deswegen einmal ins Gehege gekommen?»

«Na ja, wenn er nicht die Leistung erbrachte, gab es manchmal Zoff.»

«Und Tobias Bauer? Hatten Sie ihn auf Ihrer Seite, wenn es Zoff gab?»

Mendel räusperte sich. «Das ist nicht relevant.»

Valérie sah ihn lange an. «Ich stelle hier einfache Fragen, was zur Aufklärung des Mordes an Tobias Bauer führen soll.»

«Aber nicht so, dass es meinen Mandanten belastet.»

«Andersherum …» Valérie musterte Bulliard, auf dessen Stirn sich Schweisstropfen gebildet hatten. Trotz des kühlen Raums schwitzte er. «War Tobias Bauer mit Phil Williams' Arbeit immer einverstanden?»

«Sie waren wie Pech und Schwefel. Alles, was Phil tat, war wie Gold in Tobis Händen.»

«Aber *Sie* stritten sich seinetwegen mit Ihrem Geschäftspartner –»

«Stopp, das geht zu weit.»

«Sie sind freiwillig hier», sagte Valérie.

«Um Ihnen zu sagen, dass mein Mandant den Raum im Keller öfter besucht hat, und nicht, um sich Anschuldigungen anzuhören.»

«Warum haben Sie es uns bis anhin verschwiegen?» Valérie richtete sich an Bulliard.

«Weil er zu Recht nicht wollte, dass … dass …»

«Was?»

«Dass meine Vorlieben bei der Polizei publik gemacht werden», nahm Bulliard die Antwort seinem Anwalt ab. «Noch einmal: Ich habe mit Tobis Tod nichts zu tun. Sie verschwenden nicht nur Ihre Zeit, sondern auch Ihre Energie.»

«War's das?», fragte Mendel und schickte sich an, sich zu erheben.

«Ja, das war's.»

***

Das Maleratelier lag etwas versteckt zwischen zwei Mehrfamilienhäusern aus den 1960er Jahren. Es schien, als hätte man es damals, als die Wohnblöcke entstanden waren, vergessen abzureissen. Oder aber, davon ging Valérie aus, es stand unter Denkmalschutz. Es war ein Haus aus der Biedermeierzeit, erbaut 1830, wie man über dem Eingang lesen konnte. Nebst einer Bogentür verfügte das Haus über mehrere Bogenfenster mit Sprossen, was typisch war für diese Zeit.

Valérie stiess die Tür auf und betrat eine Art Halle mit Holzdielen, von der aus auf drei Seiten hin Türen gingen. Es roch nach Farbe und Terpentin. Über ihr hing ein zwölfarmiger Leuchter mit Kristalltränen, in denen das gelbe Licht sich brach.

«Herr Amanaki, ich bin's, Valérie Lehmann von der Kantonspolizei Schwyz. Sind Sie hier?» Sie stiess eine der Türen auf und betrat einen Ausstellungsraum, in dem einige Bilder an den Wänden hingen, andere waren auf Staffeleien aufgestellt. Ruhige Landschaftsbilder dominierten in den Farben Grün und Blau. Sie wirkten beruhigend aufs Auge. «Herr Amanaki?»

Alles still. Valérie betrat den nächsten Raum. Hier fast dasselbe Bild: eine Vielzahl von Gemälden an der Wand, einige auf Staffeleien, diesmal vorwiegend Sujets vom Meer. «Herr Amanaki!»

Im nächsten Zimmer wurde offensichtlich gearbeitet. Leinwände, Pinsel in diversen Grössen, mit Farbe verkleckerte Tücher, Konservendosen ohne Deckel, Wasserbehälter, Spachtel – die üblichen Malerrequisiten. Vom Maler selbst fehlte jede Spur.

Valérie sah auf die Uhr. Sie war pünktlich hier eingetroffen. Louis hatte ihr den Termin schriftlich bestätigt. Sie ging weiter, kam zu einer Tür, die sich nicht auf Anhieb öffnen liess. Valérie drückte den ganzen Körper dagegen. Etwas musste sich dahinter befinden. Endlich schaffte sie es einen Spaltbreit. «Herr Amanaki, ich bin's, Val…» Sie fuhr heftig zusammen. Das Erste, was sie sah, waren zwei Füsse. Valérie zwängte sich durch die Türöffnung.

Auf dem Boden lag ein Mann. Seinem Aussehen nach musste es der Künstler sein. Das einem Nachthemd nachempfundene Gewand bedeckte den Körper bis zu den Knien. Darunter trug er Bluejeans. Der Traumfänger, wie sie ihn bereits auf dem Foto gesehen hatte, war zur Seite gerutscht.

Valérie erinnerte sich an Kathrin Sulzer, die sie in einem ähnlichen Zustand angetroffen hatte. Trauerte da gerade jemand meditativ? Valérie beugte sich über den leblos wirkenden Mann, befühlte den Puls und vergewisserte sich, dass er noch atmete. Instinktiv griff sie nach ihrem iPhone und wählte die Nummer der Ambulanz. Erst jetzt sah sie, dass der Mann am Hinterkopf blutete. Valérie entnahm ihrer Manteltasche Vinylhandschuhe, zog sie sich an und drehte sachte den Kopf des Verletzten. «Hallo, Herr Amanaki, können Sie mich hören?»

Er lag weiterhin reglos da. Valérie untersuchte die Unterarme, die Handgelenke, die Hände. Sie waren unversehrt. Dann rief sie Louis an.

Er ging sofort ans Telefon. «Bist du schon vor Ort?», fragte er.

«Pünktlich wie immer. Aber ich habe ein Problem. Jemand war schneller als ich.»

Als die Leute vom Rettungsdienst ankamen, waren ein paar Minuten verstrichen, in denen Valérie Amanaki in die Seitenlage gedreht hatte. Die Kopfwunde war harmloser als angenommen.

Der Gegenstand, mit dem Amanaki niedergeschlagen worden war, lag unweit seines Körpers – ein Holzscheit. Sie packte es in einen Asservatenbeutel. Valérie hatte auch Zanetti angerufen, der entschieden hatte, den KTD zu schicken.

Sie gab den Verletzten in die erfahrenen Hände der Rettungskräfte und durchforstete den Raum. Auch hier befanden sich ein paar Bilder. Sie sahen denen in Bauers Villa ähnlich. Es handelte sich aber eher um Skizzen denn um fertige Bilder. Die einen befanden sich unter weissen Tüchern, wohl zum Schutz vor Sonnenstrahlen, andere waren auf einem Tisch gestapelt. Allesamt waren es Leinwände. Die Farben, die Amanaki verwendet hatte, fast ausschliesslich Acryl und Aquarell. Einzig das grösste Gemälde, das die hintere Wand des Raumes zierte und eine Frau im Kampf mit einem Drachen zeigte, schien aus Öl zu sein. Valérie glaubte es an der Beschaffenheit zu erkennen.

Einer der Rettungsequipe rief sie beim Namen. «Hier ist jemand, die will zu Ihnen.»

Valérie kehrte zurück zum Ort, wo man den Verletzten erstversorgte und anschliessend auf eine Bahre hievte. Dort stand eine junge Frau, kaum älter als achtzehn, mit spitzbübisch kurz geschnittenen Haaren und einem Nasenpiercing.

«Hallo, ich bin Aimie-Lee. Was ist mit Amanaki passiert?» Sie wies auf den Verletzten, als würde sie auf einen Gegenstand zeigen.

Schon wieder so ein exotischer Name. Das konnte kein Zufall sein. «Sind Sie seine Freundin?»

«Nein, ich bin seine Schülerin.»

«Verwandt?»

«Sie meinen wegen des Namens?»

Valérie bejahte.

«Alle, die bei Amanaki malen, tragen polynesische Namen. Eine Art Erkennungsmerkmal.»

«Und wie heisst er mit richtigem Namen?»

«Wir kennen ihn nur so. Seine Eltern stammten aus der Südsee. Sie leben nicht mehr. Er selbst wurde, soviel ich weiss, als

Kind von einer Schweizer Familie adoptiert. Aber deren Name ist mir auch nicht bekannt.»

«Und Sie, haben Sie einen anderen Namen?»

«Emma Teiler.»

Valérie machte Notizen. «Wollten Sie gerade zu ihm? Oder sind Sie schon eine Weile hier?»

«Ich habe um drei Unterricht. Bin eben angekommen. Was ist mit ihm?»

«Er wurde niedergeschlagen.»

«Sie meinen, da ... aber das ist nicht möglich. Wer tut denn so etwas? Ist es schlimm?» Trotz der negativen Nachricht hinterliess Emma Teiler einen gefassten Eindruck, wenn nicht gar einen kalten.

«Hat Amanaki Feinde?»

«Nein, wie kommen Sie darauf? Er ist die Güte in Person. Wer sollte ihm etwas antun wollen? Er lebt für seine Kunst, für das hier ...» Emma Teiler machte eine ausschweifende Armbewegung.

«Kennen Sie seine Kunden? Ich gehe davon aus, dass er nach Kundenwünschen malt.»

«Nicht nur, aber auch.»

«Sagt Ihnen der Name Tobias Bauer etwas?»

«Ja sicher. Er war ein guter Kunde von Amanaki.» Emma Teiler schien zu überlegen. «Warten Sie, da muss ein Bild sein, das er erst kürzlich in Auftrag gab.» Sie schritt durch den Raum, schob die Bilder auf dem Tisch auseinander, hob sie an, sah unter das weisse Tuch, stutzte. «Das Bild ist nicht mehr hier. Wahrscheinlich hat er es bereits ausgeliefert.»

«Ein Bild für Tobias Bauer?»

«Ja.»

«Haben Sie die andern Bilder auch gesehen?»

«Die Frauenakte? Ich weiss, sie sind etwas gewöhnungsbedürftig. Aber Amanaki liebt es, auch mal über die Stränge hauen zu dürfen. Seine Phantasie ist unbegrenzt. Tobias Bauer hat ihn darin bestärkt.»

«Waren die Frauen, die er gemalt hat, alle hier im Atelier?»
«Nein, Amanaki malt Fotos ab.»
Die Sanitäter brachten den Verletzten nach draussen, im selben Moment als Schuler mit zwei Leuten eintraf. Er schien nicht erfreut. «Das sieht ziemlich zertreten aus», liess er die Bemerkung fallen. «Wo wollen wir jetzt beginnen?»
«Tut mir leid. Der Verletzte hatte Vorrang.»
«Schon okay. Mal sehen, ob wir verwertbare Spuren finden.»
Valérie wandte sich wieder an Emma Teiler. «Kommen Sie. Gehen wir nach draussen.» Sie nahm die junge Frau beim Arm. «Sind die Namen dieser Frauen irgendwo notiert?»
«Ja, in einer speziellen Agenda. Die ist … warten Sie mal …» Emma Teiler ging zurück auf einen Schrank zu, öffnete die Tür und dahinter eine Schublade. Sie grabschte nach einem Buch und kehrte zu Valérie zurück. «Hier, da drin stehen die Namen all seiner Musen.»
Valérie öffnete die Agenda. Sie interessierte sich nur für die jüngsten Werke. Aber da herrschte ein Chaos, sodass sie unmöglich herauszulesen vermochte, wer wann wie lange und warum überhaupt Bauers Muse gewesen war. Zudem fehlten die Nachnamen. Offensichtlich hatte Amanaki eine seltsame Art zum Schreiben von Notizen. Im Buch befanden sich überwiegend skurrile Skizzen. «Mögen Sie sich erinnern, wann Amanaki das Bild an Tobias Bauer ausgeliefert hat?»
Emma Teiler fuhr sich mit den Händen hinter den Kopf. «Keine Ahnung. Aber letzte Woche war es noch da.»
«Letzte Woche, sagten Sie? Erinnern Sie sich an den genauen Tag?»
«Ja, ich war am letzten Montag hier. Wir haben das Bild gemeinsam betrachtet. Es war eines seiner gelungensten Werke.»
«Wie war das Sujet?»
Emma Teiler überlegte. «Ach so, das Sujet. Ja, die Frau wurde mit einem Strick stranguliert.»
«Jetzt brauche ich nur noch den Namen der Frau.»
«Ich kenne nur den Vornamen.»

«Und der wäre?»
«Madeleine.»
«Haben Sie diese Frau je gesehen?»
«Nein. Wie schon gesagt, Amanaki malte Fotos ab.»
«Dann existiert sicher ein Foto von ihr.»
«Da kann ich Ihnen beim besten Willen nicht helfen.»
Valérie überlegte. «Aber Sie mögen sich an das Bild erinnern. Könnten Sie die Frau darauf beschreiben?»
«Tut mir leid. Das kann ich echt nicht. Ich meine, wir malen hier so viele Bilder von Personen und Landschaften. Hauptsächlich konzentriere ich mich auf meine eigenen Gemälde.»

***

Über dem Zürichsee hatte sich ein seltsam unwirkliches Licht ausgebreitet. Durch Nebelschwaden schimmerten die letzten Sonnenstrahlen und reflektierten auf dem Wasser. Die Dämmerung kam schleichend wie der Schatten eines urzeitlichen Vogels, der seine Flügel ausbreitete und die Welt unter sich begrub.
Valérie war auf dem Weg zum Flughafen Zürich, wo sie Henry Vischer und dessen Freundin Helena überraschen wollte. Vischer hatte ihr vor vierundzwanzig Stunden eine SMS geschickt und seine Rückkehr und die Zeit seiner Ankunft angekündigt.
Des starken Verkehrs wegen hatte sie die Route von Freienbach in die Stadt dem See entlang gewählt. In Zürich stand sie im Stau.
Sie erreichte den Flughafen eine halbe Stunde später als geplant. Das Dröhnen ankommender und abgehender Maschinen liess die Luft vibrieren. Valérie hastete zum Aufzug. Die Geräusche um sie herum katapultierten sie zurück in den Purple Room. Sie würde noch lange an diesem Erlebnis nagen. Gerade ertappte sie sich dabei, wie sie sich in den Arm kniff. Das hier waren kein Traum und keine Einbildung. Zügigen Schrittes erreichte sie die Ankunftshalle. Die Maschine aus Tokio war

vor einer halben Stunde gelandet. Valérie sah sich um. Wartende hatten sich hinter der Absperrung versammelt. Jemand, der auf Mr. und Mrs. Hayashi aus Tokio wartete, hielt ein Schild in die Höhe. Eine Frau mit zwei kleinen Kindern blickte sehnsüchtig in Richtung der automatischen Schiebetür. Offenbar waren die Fluggäste aus Japan noch nicht herausgekommen. Valérie registrierte dies in Sekundenschnelle.

Vielleicht sollte sie ein Bund Blumen kaufen, als Willkommensgeschenk. Lächerlich, dachte sie. Vischer war nicht allein. Plötzlich kam sie sich überflüssig vor. Jemand schupste sie. Valérie näherte sich der Absperrung und blickte zur Gepäckkontrolle, wo auf einmal müde Gesichter auftauchten, verwuselte Haare, zerknitterte Kleider. Auf Gepäckwagen lagen Koffer, Kisten, exotische Souvenirs. Valérie sah einer Frau nach, die einen japanischen Schirm in der Hand hielt und sich offensichtlich darüber freute.

Vischer und Helena waren fast die Letzten, die beim Ausgang erschienen. Unverkennbar Henry Vischer mit seinem Kahlkopf. Er stiess einen Gepäcktrolley mit Koffern und Taschen vor sich her. Neben ihm ging eine kleine zierliche Frau mit kurzen schwarzen Haaren. Keine Schönheit, doch ihre Ausstrahlung war fast übermächtig. Das also war Helena – Vischers Freundin –, mit der er in den letzten Jahren eine Fernbeziehung gepflegt hatte.

Über Vischers Gesicht huschte ein Lächeln, als er Valérie erkannte. «Was für eine Überraschung!» Freudestrahlend kam er auf sie zu, breitete die Arme aus und umarmte sie. «Valérie, damit hätte ich nicht gerechnet.» Er wandte sich zu Helena. «Das ist Valérie, von der ich dir erzählt habe.»

«Hoffentlich nur Gutes», liess Valérie die Bemerkung fallen und kam sich wie ein Fremdkörper vor. Sie hätte nicht herkommen sollen. Aber die Ungeduld, Henry endlich mit ihrem Fall betraut zu machen, hatte über alles gesiegt.

«Das ist Helena.»

Valérie reichte ihr die Hand, die sich ebenso zart anfühlte

wie ihr ganzes Wesen. Die Aura dieser Frau beeindruckte sie von Neuem. Kein Wunder, hatte Vischer sich in sie verguckt.

«Wie geht es dir?», fragte Vischer und schob sie endlich von sich. «Lass dich ansehen. Wie immer die gestählte Lady.» Sein Blick blieb lange an ihrem Gesicht haften. «Deine Augen allerdings verraten mir, dass du unter Stress stehst.»

«Ist er immer so undiplomatisch?» Valérie zwinkerte Helena zu.

«Ihm entgeht nichts. Er ist ein Phänomen», sagte Helena.

Valérie wollte sich bei Vischer einhängen, überlegte es sich dann anders. «Komm, erzähl, wie war es im Land des Lächelns?»

«Da musst du Helena fragen. Sie hat die Menschen dort studiert.»

«Und Sie sprechen wohl auch ihre Sprache. Beeindruckend. Muss schwierig sein.»

Helena lächelte sanft. «Das ist es in der Tat. Ich werde mich wohl wieder an die Schweiz gewöhnen müssen.»

«Das wird ein Kulturschock für Sie sein. Was gedenken Sie hier zu tun?»

«Helena hat Glück», sagte Vischer. «Sie hat vorerst einen Job in einer Uhrenboutique in Luzern, wo sie die japanische Kundschaft bedienen kann.»

Genau, dachte Valérie, und dafür musste man studieren.

Als hätte Helena ihre Gedanken gelesen, sagte sie: «Das ist nur vorübergehend. Ich möchte ab dem Herbst in einer Schweizer Universität unterrichten. Das bedingt ein paar Bewerbungsschreiben. Ich werde mir aber Zeit lassen. Wichtig ist, dass ich mit Henry zusammenleben kann. Endlich.»

«Mit dem guten Abschluss in Japanologie keine Kunst», sagte Vischer. «Und ja, ich bin überaus glücklich, dass ich Helena nun in meiner Nähe habe.»

Valérie sah ihm an, wie stolz er war.

Sie kamen beim Durchgang zu den Geschäften an. Auch am Abend herrschte reges Treiben. Eine Gruppe von fähnchenschwenkenden Fans kam ihnen entgegen. In ihrer Mitte zwei Sportler, die Valérie aus den Medien kannte.

«Wir sollten auf den Zug», sagte Vischer, «der fährt in ein paar Minuten.»

«Ich hätte euch gern nach Hause gefahren», entgegnete Valérie, «aber ich verfüge bloss über einen Zweisitzer.»

«Immer noch dein TT?»

«So lange warst du nun auch wieder nicht weg.»

«Fast drei Monate.»

«Kann ich dich morgen mal anrufen?»

Vischer wandte sich an Helena. «Wenn meine Liebe nichts dagegen hat, werde ich sogar vorbeikommen.»

Helena lächelte nur.

So gelassen würde ich auch gern sein, dachte Valérie und schüttelte ihr zum Abschied die Hand. «Ich bin Valérie. Machen wir es unkompliziert und duzen uns.»

Sie sah ihnen nach, als sie mitsamt Gepäckwagen über die Rolltreppe nach unten verschwanden.

Vischer war zurück. Es war, als würde Valérie ein Stein vom Herzen fallen.

ZWÖLF

Ein Giftmord, eine versuchte Tötung, ein verletzter Maler, zwei gestohlene Mikrochips und ein verschwundenes Bild war das Fazit am Dienstagmorgen, als sich Valéries Team im Sitzungszimmer eingefunden hatte.

«Je näher wir uns an einer Lösung befinden, umso mehr Nebenstränge kommen dazu. Ich kann mir einfach nicht vorstellen, dass wir etwas übersehen haben. Aber was haben zwei unter Gewalt entwendete Mikrochips mit einem Bild zu tun?» Valérie sah in müde Gesichter, als sie wie automatisiert ihre Akten aufschlug. Während der halben vergangenen Nacht hatte sie darüber gebrütet. Vor ihr lagen Puzzleteile, die sich nicht zusammenfügen wollten. «Tobias Bauer wurde durch eine Injektion, die das Gift des Blauen Eisenhuts enthielt, getötet. Laut jüngster Berichte aus dem Labor wurde ihm die tödliche Dosis in seiner eigenen Villa verabreicht. Es wurden Rückstände von Erbrochenem und anderen Körperausscheidungen sichergestellt. Gemäss KTD habe der Täter versucht, diese zu beseitigen, was ihm nicht ganz gelungen sei. Bauer hat den Mörder oder die Mörderin hereingelassen. Um Spuren zu verwischen, wurde die Leiche zum Itlimoosweiher transportiert. Eventuell müssen wir sogar von zwei Tätern ausgehen. Einen toten Körper in ein Auto zu hieven, bedarf grosser Kraft. Ich vermute noch immer, dass da Molinari etwas weiss, das sie uns vorenthält, aus Angst vor dem Täter, der sie bedroht, weil er sie als Zeugin sieht.» Valérie wandte sich konsterniert an Schuler. «Wurden die Gemälde respektive die Frauenakte schon abgeholt?»

«Sie befinden sich im Labor und werden dort nicht nur auf DNA, sondern, wie von dir gewünscht, auch auf Auffälligkeiten geprüft, ob in den Rahmen oder zwischen Rahmen und Bild etwas versteckt ist, das uns weiterhilft.»

Sie bemerkte Schulers Seitenhieb. «Ich möchte einfach nichts auslassen. Klingt vielleicht bescheuert, aber wir müssen die Villa noch einmal vom Keller bis unter den Estrich absuchen.» Sie stiess Luft aus, wusste, dass ihre Idee nicht bei allen gut ankam. «Wie steht es mit den Frauen, die in Amanakis Agenda vermerkt sind?»

«Dies benötigte tatsächlich eine gewisse Spitzfindigkeit», sagte Schuler. «Zum Glück habe ich einen Kollegen, der auch die komplizierten Hieroglyphen entziffern kann.» Er deutete ein Schmunzeln an. «Wir haben alle Frauennamen und können sie in der Zwischenzeit den Bildern zuordnen. Insgesamt sind es zwölf Frauen, mit denen Tobias Bauer einmal liiert war. Sie ausfindig zu machen, ist euer Job.»

Valéries iPhone summte. Sie griff danach und meldete sich.

«Emilio.»

«Seit wann rufst du mich von dieser Nummer aus an?» Valérie hatte Zanetti am Morgen nur kurz gesehen, bevor sie sich auf den Weg nach Biberbrugg machte.

«Ich wurde soeben ins Unispital zitiert. Mein Handy blieb im Wagen liegen.»

«Was tust du im Unispital?» Valérie schwante Schreckliches. Hatte man da Molinari dort mit Gewalt herausgeholt? Sie beruhigte sich ein wenig. Da Molinari war zu Hause, zusammen mit einer Verwandten.

Zanetti räusperte sich. «Amanaki ist heute Morgen früh verstorben.»

Valérie fuhr es in alle Knochen. «Sag, dass das nicht wahr ist.» Der letzte Zeuge war tot. «Weiss man … weiss man schon, woran er gestorben ist?» Valérie hatte den Verletzten gesehen. Er war zwar bewusstlos gewesen, doch wegen eines Schlages von einem Holzscheit starb man nicht einfach so.

«Er ist bereits in der Rechtsmedizin.»

Valérie nahm das iPhone nachdenklich vom Ohr. «Wir haben einen weiteren Toten zu beklagen.» Sie überlegte sich, ob sie es hätte verhindern können, während sie ihre Leute der Reihe nach ansah. «Der Tote hat erste Priorität», sagte sie harscher als gewollt ins Telefon.

«Res Stieffel wird sich seiner persönlich annehmen», sagte Zanetti.

«Wann kann ich mit ersten Resultaten rechnen?»

«Er meinte, bis heute Abend.»

«Danke.» Valérie beendete den Anruf.

«Was ist?», fragte Louis.

«Amanaki ist an den Folgen des gestrigen Überfalls gestorben. Mensch, ich habe ihn gesehen. Das kann nicht sein.»

«Vielleicht wurde er auch vergiftet», liess Dodo die Bemerkung fallen.

«Ich weiss nicht, was ich glauben soll.» Valérie griff sich an den Kopf und versuchte, einen klaren Gedanken zu fassen. Im Moment drehte sich alles in ihr. Die tausend Eindrücke der vergangenen Tage und Nächte drohten ihr Gehirn zu spalten. Sie wandte sich an Schuler. «Hat man das Holzscheit schon auf Fingerabdrücke untersuchen können?»

«Wir haben eine Vielzahl lokalisiert, aber keiner davon ist auf einer Datenbank registriert.»

«Wieder ein Schuss ins Leere.» Valérie setzte sich. Es durfte nicht sein, dass sie jetzt die Nerven verlor. Sie sandte Dodo einen Blick zu. Diese schien sie eine ganze Weile schon beobachtet zu haben. Vielleicht wartete sie darauf, bis Valérie am Ende ihres Lateins angekommen war. Dodo hatte ihr nicht viel und trotzdem einiges voraus. Sie stand in Valéries Schatten, war damit weniger angreifbar. Sie würde aus dem Hinterhalt agieren, wenn Valérie schlappmachte. Das war vermutlich ihr Ziel. Sie würde als glorreiche Siegerin daraus hervorgehen und, wenn es der Teufel wollte, Fischbachers Job bekommen. Valérie sah sich bereits in gekündigter Stellung.

Reiss dich zusammen!

Sie streckte ihren Rücken durch, holte tief Luft. Nein, sie würde sich von einer wie Dodo nicht fertigmachen lassen. «Die Fahndung nach den zwölf Frauen läuft», sagte sie wie in Trance.

«Vorläufig möchte ich aber den Schwerpunkt auf die unbekannte Frau richten, von der wir nur den Vornamen kennen und dass sie Tobias Bauers aktuellste Freundin war.» Valérie schrieb «Madeleine» auf den Flipchart. «Louis und Dodo, ihr werdet nochmals Kathrin Sulzer aufsuchen. Sie ist, wie ihr sicher wisst, auf Kaution freigekommen. Dann auch Loredana Moretti. Vielleicht ist der Name Madeleine ja gefallen, als sie bei Bauer war. Ich werde mit Raffaella Bulliard sprechen. Ich schätze sie so ein, dass sie über Bauers Leben Bescheid wusste. Morgen sehen wir uns wieder zur gleichen Zeit.»

***

Dass Raffaella Bulliard allein zu Hause war, kam Valérie gelegen. Die Zwillinge waren in der Schule, und Loredana hatte frei.

Raffaella Buillard war wieder ganz die Diva. Sie trug auch heute eine Sonnenbrille. Valérie sah nicht, wohin sie blickte, als sie sie unter dem Türrahmen willkommen hiess.

«Treten Sie ein. Sie trinken sicher ein Cüpli mit mir.»

Valérie lehnte dankend ab. «Ich bin im Dienst.»

«Ach, Sie könnten einmal eine Ausnahme machen.» Raffaella Bulliard setzte ein süffisantes Lächeln auf. «Was soll's? Dann genehmige ich mir eines allein.» Sie verschwand kurz in der Küche.

Valérie hörte eine Kühlschranktür, einen lauten Knall, was dem Entkorken der Champagnerflasche entstammte, dann klirrten Gläser. Später kehrte Raffaella Bulliard ins Wohnzimmer zurück, wo es sich Valérie bereits bequem gemacht und die exquisiten Möbel in Augenschein genommen hatte. Double B musste wahrlich eine grosse Rendite abwerfen, ging ihr durch den Kopf.

«Womit kann ich Ihnen dienen?» Raffaella Bulliard liess sich auf einem Designersofa nieder und schlug die langen schlanken Beine übereinander.

Valérie vergewisserte sich, ob sich nicht eine Laufmasche blicken liess oder sonst ein klitzekleiner Makel. Sie suchte vergebens. Selbst das Aufblitzen eines mit Strass verzierten Strumpfbandes war wohl gewollt. Die Dame hatte alle Zeit der Welt, um sich ihrer Schönheit und der Perfektion zu widmen.

«Sie haben mir bereits am Telefon gesagt, weshalb Sie mich noch einmal besuchen wollten.» Raffaella Bulliard hob das Champagnerglas. «Sie wissen nicht, was Ihnen entgeht. Champagner ist gegen alle Meinungen sehr gesund.»

«Sie haben Tobias Bauer sehr gut gekannt.»

«Wer sagt das?»

«Sie waren seine Busenfreundin, oder irre ich mich?» Valérie versuchte, auf ihrem Gesicht zu lesen. Kurz registrierte sie eine Falte über der Sonnenbrille, die jedoch schnell wieder verschwand.

«Ja, wenn Sie meinen. Tobi schüttete oft sein Herz bei mir aus. Er hatte Vertrauen zu mir, was man von andern Personen, mit denen er zu tun hatte, nicht behaupten kann. Er war aber auch eitel, liess sich ungern in die Karten blicken. Manchmal musste ich ihm die Würmer aus der Nase ziehen.»

«Sie wussten also, dass Herr Bauer sich von Kathrin Sulzer trennen wollte?»

«Ja, er hat es zwei Tage vor der Party mal erwähnt.»

«Hat er auch über den Grund gesprochen?»

«Nein, aber schauen Sie sich die Kathrin doch an. Barbie ist ein Klacks dagegen. Tobi hat ihr zweimal eine Brustvergrösserung finanziert, obwohl er selbst überhaupt nicht auf grosse Brüste stand. Kathrin hat ihn bloss benutzt, um ihre Idealmasse zu bekommen. Na ja, das ist natürlich Geschmacksache.»

«Er hat ihr also den Laufpass gegeben.»

«Ja, so kann man es auch nennen.»

«Steckte eine andere Frau dahinter?»

Raffaella Bulliards Kinnlade sackte nach unten. «Er hat da mal so Andeutungen gemacht ... dass er seine Traumfrau gefunden habe.»

«Dann hatte er also einen Grund, sich von Kathrin Sulzer zu trennen.»

«Ja, ja ... jaaaa.»

«Und Sie waren nicht neugierig?»

«Doch, doch. Aber er wollte mir partout nicht sagen, wer sie ist.»

«Wie ist das eigentlich mit den Bildern im Parterre? Können Sie mir darüber etwas erzählen?»

«Die Musengalerie!» Raffaella Bulliard lachte auf. «Er hatte seine Neigungen. Das durfte man ihm nicht verübeln. Er war ein Ästhet, wollte es aller Welt zeigen. Leider hat seine Drogensucht ihn in den letzten Jahren gezeichnet. Er verlor die Manneskraft. Damit konnte er nicht umgehen.»

«Er war impotent?»

«Ohne Medikamente ging bei ihm gar nichts.»

«Wann haben Sie das letzte Mal mit ihm geschlafen?»

«Sie wollten mich über die Bilder fragen ...»

Valérie ging in sich. Sie musste ihren ersten Eindruck von Raffaella Bulliard revidieren. So dumm, wie sie ihr anfänglich vorgekommen war, war sie nicht. «Hat es Ihnen nie etwas ausgemacht, dass er Sie in Form eines Frauenakts verewigte?»

«Nein, wir mochten beide das Morbide. Im Grunde genommen war es meine Idee. Er hat die Frauen, die vor mir waren, im Nachhinein malen lassen.»

«Kennen Sie die Namen?»

«Ich habe sie bereits Ihrem Kollegen mitgeteilt. Louis Camenzind war sein Name.»

Valérie freute sich insgeheim, dass Louis vorwärtsmachte.

«Zurück zu Tobias Bauer. Sie sagen, dass er impotent war. Wie kam er dazu, nebst seiner Beziehung regelmässig Gespielinnen in die Villa zu holen?»

«Wie gesagt, mit Hilfe von Pillen funktionierte der ganz gut.» Raffaella Bulliard rang sich ein Lächeln ab.

«Was wissen Sie über den Purple Room?»

«Ich ging dort nicht hin. Ich kenne meine Reaktionen auf Unerklärliches. Das muss ich nicht schüren.»

«Aber Sie könnten mir eventuell Auskunft darüber geben, wer dort ein und aus ging.»

«Nein, tut mir leid.»

Valérie war nicht zufrieden. Sie hatte sich aus dem Gespräch mit Bauers Ex-Freundin mehr erhofft. «Sie sagten, dass Tobias Bauer mit allem zu Ihnen kam, wenn ihn etwas bedrückte.»

«Habe ich das wirklich gesagt? Okay, so ähnlich. Ja, manchmal war ich sein Prellbock. Er hatte sonst niemanden.»

«Wusste Ihr Mann davon?»

«Oh Gott, nein. Das interessierte ihn auch nicht. Wir leben frei und weltoffen. Rotschi hat sicher auch seine Gespielinnen, wie ich meine Loverboys habe. Wir sind jetzt siebzehn Jahre verheiratet. Wer behauptet, da würde noch etwas brennen, der lügt. Man hat zwar gemeinsam etwas aufgebaut, hat Kinder, ein Haus, die Firma ... aber eben mit der Liebe ist das so eine Sache. Und der Sex, das ist nur noch abstossend. Wenn man zu viel voneinander weiss, ist das nicht förderlich.»

Valérie war erstaunt über ihre Ehrlichkeit. «Um auf Bauers neue Freundin zurückzukommen, haben Sie wirklich keine Ahnung, wer sie sein könnte? Wenn er mit Ihnen über alles gesprochen hat ...»

«Stimmt, jetzt erinnere ich mich wieder. Er hat sie Schneewittchen genannt.»

***

«Warum nennt ein Mann seine Geliebte Schneewittchen?»

Valérie sass in ihrem Büro in Biberbrugg. Ihr gegenüber Henry Vischer, offensichtlich ausgeschlafen. Der Jetlag schien ihm nichts auszumachen.

«Schneewittchen könnte eine Assoziation sein», sagte er, «schwarze Haare, heller Teint, rote Lippen ... oder er verbindet es mit Kokain, das man ja auch Schnee nennt.»

«Du machst es einem nicht leicht.» Valérie wurde von einem warmen Gefühl bemächtigt. Vischer war zurück.

«Die dritte Variante wäre die, dass die Frau mit ihrer Schönheit alle andern ausblendet.» Vischer verschränkte die Arme.

«Du hast mir ganz viel Lesearbeit vorausgeschickt. Leider konnte ich noch nicht alles durchsehen.»

«Das musst du auch nicht. Wir können darüber reden. Ich bin echt am Anschlag. Was anfänglich wie ein Eifersuchtsdrama ausgesehen hat, entwickelt sich zu einem undurchsichtigen Szenario, in das immer mehr Personen involviert sind.»

«Ich habe über die Implantate gelesen», sagte Vischer nachdenklich. «Und von heiklen Daten, die darauf gespeichert sein könnten. Ich habe von den digitalen Technologien wenig Ahnung, habe aber viel über die Cyborg-Szene gelesen, weil sie ja auch meinen Beruf tangiert. Warum tun sich Menschen so etwas an? Warum wollen sie mit der Maschine quasi verschmelzen? Jedes elektronische Teil, das man sich einpflanzt, ist gleichzeitig auch ein Fremdkörper, kann Ursache für Erkrankungen sein, nicht nur physischer. Die Elektronik verändert uns.»

«Wohin geht die Welt!»

«Es wird einem angst und bang, da hast du recht.» Vischer machte ein verdriessliches Gesicht. «In Japan ist man in dieser Hinsicht schon weit fortgeschritten. Und trotzdem kommen die alten Werte nicht zu kurz. Tradition wird dort grossgeschrieben, auch bei den jungen Menschen. Es ist eine Frage des Weitergebens, des Interesses. Bei uns scheinen sich die Menschen dem Schicksal zu fügen. Sie denken nicht mehr über den Horizont hinaus, sondern nur an sich selbst und an ihre Beschallung. Unterhaltung für jeden Preis.»

«Du verallgemeinerst.»

«Man kann nicht alle in denselben Topf werfen, das stimmt. Aber vielen, die hier leben, ist alles egal geworden. Gleichgültigkeit ist der Welten Tod.»

«*Manipulation* ist der Welten Tod.» Phils Erläuterungen über die Zunahme von Fake News gingen ihr nicht mehr aus dem Kopf. Nachdem sie den Purple Room neulich verlassen hatte, erzählte Phil, wie die Medien die Konsumenten durch viele und falsche Informationen überfluteten und manipulierten. Es sei schlimm, dass solche Falschinformationen im guten Glauben weiterverbreitet würden. Es fehle an gutem Journalismus, an echten Quellen. Anstatt dessen scheitere die Wahrheit an der Systemgläubigkeit.

Valérie war mit Vischers Ansicht nicht einverstanden. Sie erzählte von ihrem Erlebnis im Purple Room. «Ich habe es nicht glauben wollen. Ich zähle mich zu den rational denkenden Menschen.»

«Mit einem Schuss Bauchdenken», korrigierte Vischer und lächelte.

«Ja sicher, ohne ginge es ja nicht. Aber es ist die Erkenntnis, dass auch eine wie ich sich manipulieren lassen kann, weil man im entscheidenden Moment nicht fähig ist, die Dinge zu hinterfragen. Wenn sechs künstliche Dimensionen auf dein Gehirn wirken, verändert es deine Gedankenwelt. Du weisst am Ende nicht mehr, ob du nun träumst oder in der Realität bist.»

«Eine gefährliche Entwicklung.»

«Möglicherweise auch eine Chance. Stell dir vor, du musst nicht mehr nach Japan reisen, keine langen Flugstunden mehr überstehen, kannst den Smog in den Städten ausblenden. Du bleibst zu Hause in deinen eigenen vier Wänden. In naher Zukunft wird jeder Haushalt über einen Purple Room verfügen. Denk nur an die Computer. Noch vor vierzig Jahren haben es sich die wenigsten vorstellen können, dass diese einmal den Normalverbraucher erreichen. Mittlerweile kann man mit einem Telefon fotografieren. Alles, was heute nach Science-Fiction aussieht, wird in ein paar Jahren Realität sein.» Valérie beobachtete lächelnd Vischers Reaktion.

«Dich scheint dieser Phil … wie heisst er?»

«Philipp Williams.»

«… dieser Williams ganz schön überzeugt zu haben.»

«Ich suche nach einem Mörder.» Valérie erhob sich. «Darf ich dir einen Kaffee offerieren?»

«Du weisst, ich trinke nur Tee.»

«Damit kann ich dir nicht dienen. Ich dachte, du hättest

einen Überdruss an Tee.» Valérie liess einen Arpeggio aus der Maschine. «Deine Inspiration ist Japan. Phils Inspiration ist die Cyberwelt. Wo liegt der Unterschied?»

Darauf wusste Vischer nichts zu erwidern.

Valérie setzte sich mit dem Kaffee wieder hin. «Warum lässt Bauer seine Ex-Geliebten malen?» Sie reichte Vischer ihr iPhone. «Unter ‹Fotos› findest du die Bilder.» Sie wartete Vischers Kommentar ab.

Er öffnete die Foto-App. «Ganz schön krankhaft. Hast du dir auch schon überlegt, was die einzelnen Gewaltszenen mit den Frauen zu tun haben?»

«Keine Ahnung. Schneewittchen zum Beispiel wurde stranguliert. Sie heisst Madeleine. Aber es ist das Einzige, was man von ihr weiss.»

«Es gibt ein Bild von ihr?»

«Ja, Bauer hat es vom Künstler Amanaki anfertigen lassen, der jetzt tot ist. Ich gehe mal davon aus, die Geschichte wäre weitergegangen, wenn Bauer noch leben würde. Irgendwann wäre auch Schneewittchen in der Musengalerie gelandet, sonst hätte Bauer kein Bild machen lassen. Dumm nur, dass niemand weiss, wer sie ist. Das Bild, auf dem sie verewigt wurde, ist verschwunden, der Künstler, der es gemalt hatte, wurde niedergeschlagen. Ich muss davon ausgehen, dass man ihn wegen des Bildes getötet hat.»

«Du denkst über etwas nach?»

«Sein Tod wirft Rätsel auf. Ich versuchte gestern, Erste Hilfe zu leisten. Mir war in keinem Moment bewusst, dass er den Schlag auf den Kopf nicht überlebt … mit einem Holzscheit. Das ist nicht möglich …»

«Stieffel wird dich sicher bald aufklären.» Vischer schlug das eine Bein über das andere, während er sich am Hals kratzte. «Ich habe gehört, Fischbacher will sich zurückziehen.»

«Das ist gelinde ausgedrückt. Ich denke eher, er muss gehen. Es steht nicht gerade gut um ihn. Hattest du mal Kontakt mit ihm?»

«Bevor ich nach Japan reiste, hatte ich ein Gespräch mit ihm. Er hat mich gebeten, es für mich zu behalten.»

«Verstehe. Es ist im Moment schwierig, weil niemand weiss, wie es weitergehen soll. Aber lassen wir das.» Sie hatte es vermutet. Vischer war ein loyaler Mensch. «Ich bin froh, bist du wieder zurück.» Sie trank den Kaffee aus, erhob sich und schritt zum Fenster. Der Fluss Biber schlängelte sich durch die schneebedeckte Landschaft und erzeugte ein Bild des Friedens und der Harmonie. Alles eine Illusion, dachte Valérie, er war ein Gewässer, in dem man ertrinken konnte.

***

Jeden Tag von Neuem erwachte Roli Wildhaber schweissgebadet in seinem Bett auf. Unerklärlich war die Angst, die ihn seit dem Besuch des Mannes, an dessen Namen er sich nicht erinnerte, beherrschte. Warum hatte er ihm gedroht? Was hätte er erledigen sollen, was er vorher versäumt hatte? Dass es einen Zusammenhang mit Tobias Bauer gab, davon musste er in der Zwischenzeit ausgehen. Machte man ihn etwa verantwortlich für dessen Tod?

Die Polizei war deswegen bei ihm gewesen, hatte ihn ausgefragt. Danach aber hatte man ihn vergessen oder ignoriert oder ihn einfach nicht als Verdächtigen gesehen. Am Vormittag hatte Louis Camenzind ihn angerufen und wissen wollen, ob er sich an eine Frau mit Namen Madeleine erinnere.

Madeleine! Er hatte Nein gesagt. Er wollte nicht in etwas involviert werden, das ihm schaden könnte. Er brauchte seinen neuen Job. Kurz nachdem er die Anstellung bei Bauer verloren hatte, hatte er sich umsehen müssen und sich innerhalb eines Tages bei diversen Firmen telefonisch vorgestellt. Seit fünf Tagen arbeitete er bei einer betagten Dame in Zürich. Er hielt dort die Stellung vor ihrer Villa, meistens während der Nacht, wenn sie schlief. In der Regel habe sie immer Gäste, wie sie hatte durchblicken lassen. Nur nachts, da sei sie allein.

Im Grunde war es ein Schokoladenjob, gut bezahlt und mit wenig Aufwand. Das Einzige, was ihn störte, war der Unterstand vor dem Tor zum Grundstück. Er hatte die Order, dort zu stehen wie ein Wächter vor dem Buckingham-Palast. Die Alte hatte ihn sogar dazu verknurrt, eine entsprechende Uniform zu tragen. Was soll's?, hatte er sich gesagt. So leicht hatte er noch nie seinen Lebensunterhalt verdient. Und bis an sein Lebensende würde er dort nicht arbeiten. Die Alte würde bald das Zeitliche segnen. Sie ging auf die hundert zu. Und wenn er nett zu ihr war, hätte er vielleicht eine Chance, in ihrem Testament erwähnt zu werden.

An Schlafen war nicht mehr zu denken.

Wildhaber setzte sich ins Wohnzimmer, das bloss dem Zweck diente, gemütlich zu sein, wenn er zu Hause war. Der Fernseher war sein liebstes Requisit; dieser lief immer. Auf den privaten Sendern war auch in den letzten Tagen viel über Tobias Bauer ausgestrahlt worden. Bauer war schon zu Lebzeiten oft in den Medien erschienen. Seit er tot war, sprach man täglich über ihn. Vielleicht musste man wirklich zuerst sterben, bevor man von der Masse wahrgenommen wurde.

Wildhaber hatte Bauer anders erlebt, als er von den Medienleuten beschrieben wurde. Oft hatte er ihn als einen Haufen Elend angetroffen, wie er in seiner Villa auf der untersten Treppenstufe zum Keller gesessen hatte, vor sich hin starrend und mit glasigen Augen. Und wenn sie in der Küche zusammen ein Bier getrunken hatten, war ein ganz anderer Mensch zum Vorschein gekommen. Dann war es, als hätte er sich vor ihm entblättert, seinen wahren Charakter gezeigt, der von einem Angeber weit entfernt war. Wildhaber erinnerte sich an die vorletzte Party, als sie viel Zeit miteinander gehabt hatten, bevor die ersten Gäste eintrafen. Da hatte er ihn sogar in das Luxuswohnzimmer gelassen, sie hatten bei einem der Cheminées gesessen, und er hatte ihm das Du angeboten. Da hatte er ihm von Madeleine erzählt, von der Frau, die ihm den Verstand geraubt hatte, von der Angst, es seiner aktuellen Freundin gestehen zu müssen, und dass er von den Drogen loskommen wolle. Madeleine. Mit ihr hatte er alt werden wollen.

Auch Wildhaber kannte sie nicht. Er hatte zwar um ein Foto gebeten, Bauer ihn aber auf später vertröstet. Auf seinem iPhone würde sich keines befinden. Er habe das einzige Bild von ihr einem Künstler gegeben, damit er sie malen konnte.

Dann hatten sich die ersten Gäste eingefunden, und Wildhaber war der Türsteher gewesen wie immer an den Freitagabenden, an denen die grosse Party startete. Er hatte die Namen der Gäste mit denen auf der Liste verglichen, hatte nach Ausweisen gefragt und seinen Job mit jener Gewissenhaftigkeit ausgeübt, die von ihm verlangt worden war. Wie gern hätte er sich einfach mal unter das Volk gemischt, unter die interessanten Männer, die tollen Frauen und allgemein schönen Menschen, die, je später der Abend wurde, umso zügelloser miteinander umgingen. Oft hatte er ein Auge zugedrückt oder diskret weggesehen, wenn ein Paar, das mit Sicherheit im Alltag nicht als Paar durchging, im Sommer in den Garten mit den Bonsais kam und im Schatten der Mauer eine Nummer schob. Wenn er nach Drogen gefragt worden war, wusste er natürlich von nichts, hatte aber auch mal Tipps gegeben, wo, welche, bei wem zu finden waren.

Sollte er die Polizei darüber informieren? Oder würde er einen schlafenden Hund wecken? Der Typ mit den grauen Haaren war nicht wieder zurückgekehrt. Wildhaber wusste nun, dass er ihn bei Bauer gesehen hatte.

***

Valérie erwartete sehnlichst Res Stieffels Anruf. Als er endlich eintraf, war sie gerade daran, die Protokolle der letzten beiden Tage zu lesen. Sie schob sie zur Seite und griff nach dem iPhone.

«Res, hi, Valérie.» Er klang kurz angebunden.

«Hast du Resultate?» Valérie fühlte ihre Anspannung.

«Ja.»

«Mach es nicht spannend.»

«Die Legalinspektion bei Amanaki hat nichts Verdächtiges zutage befördert. Ausser der Kopfverletzung, die jedoch nicht tief ging, gibt es keine Anomalien. Keine Einstichstellen. Er hat wohl ein paar Tattoos auf dem Körper, aber diese sind älteren Datums.»

«Und trotzdem ist er an den Folgen dieser Kopfverletzung gestorben.» Valérie zitterte vor innerer Unruhe.

«Das ist weit hergeholt. Der Schlag auf den Kopf hat das Aufplatzen eines Aneurysmas ausgelöst. Er hatte eine krankhaft erweiterte Arterie gehabt. Daran wäre er aber früher oder später gestorben, wenn man sie nicht vorher gesehen und behandelt hätte. Er hatte eine Gehirnblutung. Die war aber schon so weit fortgeschritten, dass auch du sie nicht mehr hättest aufhalten können.»

Valérie schloss die Augen, wurde ganz ruhig. «Im weitesten Sinne ist er an den Folgen des Schlags gestorben.»

«Dich trifft keine Schuld. Du hast getan, was getan werden musste. Eine innere Blutung ist von aussen nicht sichtbar, für einen Laien erst recht nicht.»

Das warf neue Fragen auf. Der Täter hatte es nicht wissen können, trotzdem war es möglich, dass er davon ausgegangen war, Amanaki mit dem Schlag auf den Hinterkopf zum Schweigen zu bringen. Letztendlich ging es um das Bild von der geheimnisvollen Madeleine, auch Schneewittchen genannt. Nun war der Zeuge tot, und Valérie stand wieder einmal an einem Anfang.

«Langsam macht es mich irre.»

«Möchtest du mal abschalten?», fragte Stieffel. «Wir könnten zusammen ins Kino gehen, wenn es mir nicht gelingt, dich zu einem Nachtessen zu überreden.»

«Das hatten wir doch schon.» Valérie war nicht aufgelegt, mit Stieffel zu schäkern. «Schickst du mir den Abschlussbericht? Und noch etwas: Wann kann man Bauers Leichnam abholen? Soweit ich weiss, hat der Richter die Auslieferung abgesegnet.»

«Der ist schon unterwegs. Heute Vormittag wurde er vom

zuständigen Bestattungsinstitut abgeholt. Der Bestatter meinte, dass die Familie Bulliard sich um eine Beisetzung bemühen würde. Bauer hat ja niemanden sonst.»

«Ich weiss, seine Eltern verstarben, als er erst fünfzehn war. Er kam dann in ein Heim, wo er bis zu seinem achtzehnten Lebensjahr blieb. Schule und Studium hat er trotz des schweren Schicksalsschlags hervorragend gemeistert.»

«Es gibt immer wieder Menschen, die zu Aussergewöhnlichem fähig sind», bemerkte Stieffel.

Valérie verabschiedete sich. Später rief sie Raffaella Bulliard an und erkundigte sich nach Bauers Bestattung.

«Die ist auf morgen Vormittag um zehn geplant. Die Abdankung findet in einem unserer Meetingräume von Double B statt. Tobi hätte es sich nicht anders gewünscht. Er war absolut kein Kirchengänger, bezeichnete das Glockenläuten als Sektengebimmel. Ja, so war er.»

«Hätten Sie etwas dagegen, wenn Beamte der Schwyzer Polizei dabei wären?»

«Nein, tun Sie, was Sie nicht lassen können. Würde ich Nein sagen, hätte ich heute Abend einen Gerichtsbeschluss im Haus, oder?»

***

Sie trafen sich im «ONE» an der Strehlgasse. Valérie war auf dem Weg nach Küssnacht gewesen, und Zanetti hatte in Zürich zu tun gehabt, als sie sich entschlossen, sich in Schwyz zu treffen. Jetzt rannten sie nebeneinander auf den Laufbändern, jeder mit sich selbst beschäftigt. Valérie hatte Musik im Ohr, Zanetti las Zeitung. Manchmal genossen sie das Zusammensein ohne viele Worte. Gern hätte Valérie über die laufenden Ermittlungen gesprochen. Irgendwann musste auch sie sich eingestehen, war es fehl am Platz. Zanetti hatte recht, wenn er sagte, dass ihr Privatleben zu kurz kam.

Valérie stellte das Laufband steiler ein und erhöhte gleichzeitig das Tempo. Sie merkte erst jetzt, wie ihr die sportliche Betätigung gefehlt hatte. Und wenn sie an Dodo dachte, kam sie sich wie ein Waschlappen vor. Sie hatte im Kraftraum nachgesehen und es mit grosser Genugtuung zur Kenntnis genommen, dass ihre neue Kollegin nicht da war. Valérie nahm sich vor, ab heute wieder jeden zweiten Tag zu trainieren. Das tat auch ihrem Geist gut.

Auf dem Rad neben ihr strampelte ein Übergewichtiger. Anderswo ältere Leute, die Kraftübungen absolvierten. Was, wenn man dies auf einmal nicht mehr bewerkstelligen müsste, weil es durch eine virtuelle Realität ersetzt würde? Man schnallte sich die Schuhe mit den Sonden an die Füsse, setzte den Cyberhelm auf, und das Gehirn empfing die gleichen Impulse, als wäre man auf dem Crosstrainer. Aber man könnte dabei durch Steppen gehen, sich die Niagarafälle aus der Nähe ansehen, über Felsen klettern oder in den Strassenschluchten von Manhattan flanieren. Phil würde bestimmt 7-D erfinden, damit auch die Muskulatur nicht zu kurz kam.

DREIZEHN

«Wir müssen von einem weiteren Tötungsdelikt ausgehen», sagte Valérie am Mittwochmorgen. Sie hatte lange überlegt, ob sie von Mord oder Totschlag sprechen wollte. Das würde letztlich der Richter entscheiden. Fakt war, dass Amanaki überfallen und beraubt worden war. Das war vorsätzlich gewesen. Ihre Meinung hatte auch Zanetti geteilt. Nach dem Training waren sie nach Hause gefahren, hatten ein Birchermüesli gegessen und waren danach buchstäblich ins Bett gefallen.

Valérie fühlte sich gestärkt. Der Aufenthalt im «ONE» hatte ihr gutgetan.

Louis legte eine Liste der Frauen auf den Tisch. «Ich denke, wir haben alle Namen. Zum Teil kannten sie sich untereinander. Die älteste von ihnen ist fünfzig, die jüngste vierzig. Bauer hat meiner Meinung nach Mass gehalten.»

«Deine Meinung zählt aber nicht», sagte Dodo.

Valérie warf ihr einen irritierten Blick zu. War es möglich, dass da jemand schlecht aufgelegt war? «Wann gedenkt ihr die Frauen zu befragen?» Sie sah nicht nur Louis, sondern auch Dodo an.

«Sie sind bereits vorgeladen. Wenn alles gut läuft, sind wir bis Ende der Woche mit ihnen durch.»

«Okay, ich will alles erfahren. Ihre Vita, wie lange sie mit Tobias Bauer zusammen waren, ob sie von den Bildern wussten, ob es Eifersüchteleien untereinander gegeben hat …»

«Dabei vergisst du den mutmasslichen USB-Stick», sagte Louis.

«Nein, noch ist er ein Hauptindiz. Leider gibt es unter den Besuchern vom Purple Room niemanden, der sich freiwillig zu erkennen gibt. Selbst Bulliard streitet ab, jemanden zu kennen. Anscheinend gingen sie dort immer einzeln hinein.»

«Was sind wir doch für eine kranke Gesellschaft», sagte

jemand aus dem Team. «Kein Wunder, leiden die zwischenmenschlichen Beziehungen. Wir brauchen einander nicht mehr. Man kann sich alles über Virtual Reality holen. Der Mensch vereinsamt immer mehr …»

«Man wird aber weder enttäuscht noch verletzt noch sonst wie schlechtgemacht», sagte Dodo. «Im Grunde genommen ist das deshalb eine tolle Sache.»

«Gut, wenn du das meinst. Ist jedermanns eigene Sache. Ich dachte ja nur.»

«Man sollte nicht Angst vor der digitalisierten Zukunft haben», ereiferte sich Dodo.

«Haben wir ja nicht», sagte Louis, der für seine Kollegin offensichtlich Stellung bezog. «Wenn es nicht missbraucht wird. Schwierig, wenn man bedenkt, dass bereits Cybermobbing einen kriminellen Charakter hat …»

«… und die Cyberkriminalität in den letzten Jahren extrem zugenommen hat», sagte Valérie. «Wir könnten stundenlang darüber diskutieren.»

«Ich weiss, es bringt uns den Täter nicht.» Dodo winkte ab. «Wir befinden uns im 21. Jahrhundert. Wir sollten auch wie im 21. Jahrhundert denken und handeln.»

Einen Augenblick lang herrschte betretenes Schweigen.

«Darf ich wieder um eure Aufmerksamkeit bitten?» Valérie ergriff das Wort. Fehlte noch, dass Dodo sie alle mundtot machte. Mit ihren Bemerkungen bewies sie immer mehr, dass sie für Fischbachers Job nicht geeignet war. Valérie konnte ein stilles Grinsen nicht verkneifen. «Um zehn findet auf dem Areal von Double B die Abdankung für Tobias Bauer statt. Ich würde gern dorthin gehen. Manchmal kehren Mörder zu ihren Opfern zurück.» Valérie schaute über die Köpfe der Anwesenden. «Louis, du kommst mit … und dich, Dodo, hätte ich auch gern dabei.»

«Sorry, das geht nicht», sagte Dodo. «Ich habe einen Termin mit Agostina da Molinari.»

Valérie stutzte. «Warum ist das nicht in der Agenda eingetragen?»

«Weil ich Frau da Molinari erst heute Morgen erreichen konnte.»

«Das war aber nicht so abgemacht.» Valérie spürte Wut im Bauch. Dodo machte, was sie wollte.

«Tut mir leid, aber ich dachte, nach dem gestrigen Desaster hätten wir Bedarf.»

«Von welchem Desaster sprichst du?»

«Sorry, wollte mich nicht so ausdrücken. Ich dachte nur, dass Frau da Molinari etwas über die Bilder wüsste.»

Valérie schluckte den Ärger hinunter. Sie linste zu Louis. «Dann gehen wir zu zweit.» Sie überlegte. «Nein, warte. Rufen wir Vischer an, der soll mitkommen.»

***

«Die macht dich echt zur Schnecke.» Louis hatte die Rückenlehne des TT nach hinten gestellt und es sich auf dem Beifahrersitz bequem gemacht. Er war mit Valérie unterwegs nach Freienbach. «Ich verstehe nicht, wie du so ruhig bleiben kannst.»

«In der Ruhe liegt die Kraft», erwiderte Valérie.

«Das nehme ich dir nicht ab.» Louis stellte den Jackenkragen hoch. Er hatte die Mütze angezogen, die ihm seine Mutter zur letzten Weihnacht geschenkt hatte. Selbst gestrickt, hatte sie voller Stolz erzählt. Und erst noch Doubleface, was immer das hiess. Warm war sie auf jeden Fall. «Wenn ich dir sagen würde, wie Doris Fink dich überall schlechtmacht, würdest du es mir nicht glauben.» Er nannte sie absichtlich mit vollem Namen.

«Nein, tue ich nicht. Ich mag auch nicht, wenn du versuchst, sie bei mir anzuschwärzen.» Valérie gab Gas, als müsste sie ihre Stärke zeigen.

«Kommt nicht wieder vor. Ich habe dich nur gewarnt.» Louis verstand nicht, wie blauäugig Valérie sein konnte. Wollte oder konnte sie nicht sehen, was nicht nur hinter ihrem Rücken, sondern auch in ihrer Gegenwart geschah? Louis sank in den Sitz. Das zeichnete sie letztendlich aus – diese Gelassenheit und die Art, über den Dingen zu stehen. Wenn es in ihr brodelte, hielt sie sich zurück. Ja, das war ihre Stärke. Die brauchte sie nicht durchs Gasgeben zu beweisen.

Sein Instinkt warnte ihn davor, noch einmal auf Dodo zu sprechen zu kommen. Er schloss die Augen und gab sich seinen Träumen hin. Carla war in der letzten Nacht erst spät zu ihm gekommen. Eine Musikveranstaltung in Freienbach hatte sie in Anspruch genommen. Louis hätte sie gern danach gefragt, was er von ihrer Beziehung halten sollte. Ob er nur Mittel zum Zweck war, wie Valérie es vermutete, oder ob sie es ernst mit ihm meinte. Er hatte sich nicht getraut zu fragen, aus Angst, sie könnte ihm danach den Laufpass geben. Sie hatten Rotwein getrunken und waren eng umschlungen eingeschlafen. Am Morgen war Carla verschwunden.

Kurz vor zehn kamen sie bei der Firma Double B an. Sie wurden von einem älteren Mann in orangefarbener Leuchtweste auf einen der letzten Parkplätze eingewiesen. Louis stieg aus und warf einen Blick auf die Menschen am Ende des Areals, die Richtung eines mehrstöckigen Gebäudes pilgerten. Ihm fiel auf, dass sie alle hell bekleidet waren, nicht in der Trauerfarbe, die man sonst an Begräbnissen trug.

«Siehst du das?» Louis nahm Valérie sachte am Arm und zog sie in die Nähe des Menschenstroms. «Die High Snobiety scheint sogar an einer Trauerfeier den Rahmen zu sprengen.»

«Ist vielleicht Bauers Wunsch gewesen.» Valérie zeigte auf die linke Seite des Gebäudes, wo Vischer auf sie wartete. «Henry trägt Schwarz. Wollte wohl nicht auffallen.»

Vischer winkte ihnen zu.

«Stehst du schon lange hier?», fragte Valérie, als sie bei ihm angekommen waren.

Louis liess es sich nicht nehmen, den Polizeipsychologen zu umarmen. Vischer war einer der wenigen Kollegen, die Louis wirklich sehr mochte. «Schön, bist du wieder bei uns.» Vischer war auch der Einzige gewesen, dem Louis seinen Fehltritt geklagt hatte, bevor dieser nach Japan reiste. Er wusste deshalb über die verworrene Geschichte mit Fabia Bescheid. Louis rechnete es ihm hoch an, dass er heute nicht darauf zu sprechen kam.

«Und, hast du schon einen Augenschein nehmen können?», fragte Valérie.

«Lassen wir uns überraschen.»

Sie erreichten die Pforte und wurden auch hier in eine Richtung gewiesen, in die sich der Menschenstrom ergoss. Sie fanden sich in einem Saal wieder, der im Minimum zweihundert Leute fasste. Die Stühle waren bereits alle besetzt, an der hinteren Wand drängten sich die späten Gäste.

Vorn, wo vermutlich in der Regel ein Rednerpult stand, hatte man üppige Blumenarrangements hingestellt, aus weissen Rosen, Lilien und Nelken. In deren Mitte stand ein weisser Sarg mit dem Emblem von Double B – zwei goldene Bs, Rücken an Rücken, von Weitem wie ein vierblättriges Kleeblatt.

Louis, Valérie und Vischer schlossen auf der rechten Seite auf. Von hier aus hatte man einen guten Blick auf die Trauernden und auf die, welche die Trauer spielten. Roger Bulliard sass zuvorderst, zu seiner Linken die beiden Söhne Maxim und Maurice in schicken weissen Herrenanzügen, zur Rechten seine Frau Raffaella, die durch Federhut und Sonnenbrille auffiel. Sie machte den Eindruck, als würde sie weniger trauern als vielmehr sich selbst in Szene setzen. Neben und hinter ihnen sass die Belegschaft. Louis erinnerte sich aufgrund der Befragungen an einige Männer und Frauen unter ihnen. Von der Mitte an nach hinten hatten Bauers Partyfreunde Platz genommen. Sie hielten alle eine weisse Rose in der Hand. Louis erkannte das Künstlerpaar Hanna und Hector wieder.

Valérie wies ihn auf Phil Williams hin, der in sich gesunken am äusseren rechten Rand sass, wohl der Einzige, der wirklich trauerte. Seine Augen waren vom Weinen gerötet. Er machte keinen Hehl daraus, sich von Zeit zu Zeit die Nase zu putzen.

«Das sind Weber und Mendel, Bulliards Anwälte», flüsterte Valérie und deutete auf den kahl geschorenen Mann und den älteren Herrn unmittelbar hinter Bulliard. Wer sich gleich mit zwei Rechtsvertretern brüstet, dachte Louis, hat in der Tat ein schlechtes Gewissen.

Mit einer Viertelstunde Verspätung wurde das Haupttor geschlossen, und während im Saal das Licht ausging und einem fluoreszierenden Schimmer Platz machte, erhob sich ein weiss gekleideter Geigenspieler und setzte zu einem Solo an. Der Saal war erfüllt von einem mystischen ultravioletten Licht, von dem sich die weissen Kleider der Trauergäste abhoben. Jetzt war klar, weshalb dieser Dresscode erwünscht war.

«Das erinnert mich an den Purple Room», sagte Valérie und liess sich vermutlich wie Louis von dieser Stimmung mitreissen.

«Und ich glaube, ich sitze im falschen Film.» Louis hatte schon vieles erlebt, doch das hier sprengte seine Vorstellungskraft. Er sah zu Phil Williams hinüber, dessen Körper es von Zeit zu Zeit arg durchschüttelte. Immer wieder fuhr er mit der Hand über die Augen. Jemand kämpfte gegen einen Reizhusten, während der Geigenspieler das Bellen zu übertönen versuchte. Die Melodie klang wie ein Stück aus «Star Wars», untermalt von einem unsichtbaren Orchester.

Louis sah Vischer an. Er fragte sich, welche Schlüsse er aus dem Verhalten dieser Gesellschaft zog. Ausser Williams waren alle sehr beherrscht. Trotz ihrer traurigen Miene schienen Emotionen ein Fremdwort zu sein. So empfand es zumindest Louis. Er fühlte sich hier fehl am Platz.

Der letzte Geigenstrich verklang. Der Musiker zog sich in eine Nische zurück, und vorn erhob sich Roger Buillard. Er musste kurz den Hut seiner Frau gestossen haben, der den Durchmesser eines Wagenrads hatte, und entschuldigte sich wegen dieses Missgeschicks, was Raffaella Bulliard nicht davon abhielt, ihn reflexartig in die Seite zu boxen. Louis suchte Vischers Augen, wartete auf seine Reaktion. Er hob nur die Brauen.

Bulliard begab sich zum Sarg. Die ersten Worte musste er ablesen und fragte dann: «Kann jemand das Licht anmachen?»

Über ihm flammte eine Lampe auf.

«Liebe Trauergäste, liebe Freundinnen und Freunde, liebe Mitarbeiterinnen und Mitarbeiter von Double B. Heute begleiten wir unseren lieben Tobi auf seinem letzten Weg. Er wurde abrupt aus seinem relativ jungen Leben gerissen, zweiundvierzig Jahre nur durfte er unter uns sein …»

Louis beobachtete die Leute im Saal. Mittlerweile mussten es fast dreihundert sein. In einer der mittleren Stuhlreihen entdeckte er Loredana Moretti und Kathrin Sulzer, die sich händchenhaltend Kraft zu geben schienen. Offenbar kannten sich die Damen. Sie hatten sich richtig schön herausgeputzt, für das Make-up mussten sie Stunden investiert haben.

«… er hinterlässt eine ganze Firma und seine ihm treu ergebenen Mitarbeiterinnen und Mitarbeiter …»

Louis hörte nur halbherzig hin. Er hatte damit gerechnet, dass Bulliard eine geschwollene Rede halten würde, aber die interessierte ihn nicht. Das war Valéries Sache. Sie würde sie nachher fast wörtlich wiedergeben können.

«… wie sehr haben wir seine Herzlichkeit geschätzt, seine Kreativität, sein Vorausdenken … er war unser aller Freund …»

Kein Kunststück, dachte Louis, wenn man in dessen Geld mitschwimmen darf. Er verkniff sich ein Grinsen. Valérie schupste ihn. «Bulliard ist ein Weltmeister im Täuschen. Am liebsten hätte er Bauer auf den Mond geschossen, als er noch lebte. Er glaubt zwar, mir etwas vormachen zu können. Ich aber habe Bulliard schon längst durchschaut. Und ich werde ihn kriegen …»

Jemand schaute anklagend zu ihnen herüber.

«Sch… wir sollten leise sein.» Louis beobachtete weiter. Er wunderte sich, wie viele schöne Menschen es hier gab. Ob das auch Berechnung war, wie so vieles in Bauers Leben? Gut möglich, dass er bei den Bewerbern nicht nur auf Zeugnis und Portfolio geachtet hatte, sondern explizit auf die äussere Erscheinung. Bauer hatte tatsächlich nichts dem Zufall überlassen.

Phil Williams sass völlig aufgelöst auf seinem Stuhl. Niemand nahm ihn tröstend in die Arme. Jeder war mit sich selbst beschäftigt. Sogar Bulliard machte kaum Anstalten, die Augen gegen die Trauergemeinschaft zu richten. Sein Blick bohrte sich unentwegt ins Papier. «Sein Leben hat er ganz unserer Firma gewidmet, auch wenn seine Phantasie ihm einstweilen in die Quere kam ... Sein Tod ist für uns alle, die hier versammelt sind, ein grosser Schock ...»

Während der nächsten zehn Minuten hörte Louis nicht mehr hin. Bulliard ging ihm auf den Geist. Was der hier anstellte, war reine Selbstinszenierung. Doch jeder der hier Anwesenden schien fasziniert an seinen Lippen zu hängen. Wohl staunten sie über die geschliffenen Worte, die Bulliard über seinen Compagnon verlor, dachten sicher, dass sie es nicht besser hätten machen können. Sie, die ihren Chef und Freund oder Feind geliebt und gehasst, die ihm den Erfolg nicht gegönnt hatten und trotzdem immer in seiner Nähe anzutreffen gewesen waren. Sie alle hatten von seinem Reichtum profitiert. Vielleicht dachten sie, nach Bauers Tod etwas von dessen Besitz erhaschen zu können.

«Wir werden uns nach der Feier im Foyer treffen», endete Bulliard und riss Louis aus seinen Gedanken, die ein Traum eingeholt hatte. Louis war kurz eingeschlafen. «Dort ist ein Apéro riche für euch bereitgestellt. Ich glaube, Tobi hätte es sich so gewünscht ...»

Plötzlich schupste Valérie ihn und zeigte an den äusseren Rand der hinteren Sitzreihe. «Wenn ich mich nicht täusche, so sitzt dort Emma Teiler.»

«Wer ist sie?»

«Emma Teiler, die Schülerin von Amanaki. Was sucht sie hier?»

«Wird wohl mit Bauer befreundet gewesen sein», entgegnete Louis und wunderte sich einmal mehr über Valéries Sperberblick.

Nach der Rede stimmte der Geiger zu einem zweiten Stück ein. Bulliard war an seinen Platz zurückgekehrt, die Leselampe ging aus, und der Saal verwandelte sich wieder in eine futuristische Landschaft, durch die Nebelschwaden krochen. Jemand hatte eine Trockeneismaschine aktiviert. Die Person mit dem Reizhusten strauchelte dem Ausgang entgegen.

***

Sie waren zurück in Biberbrugg, nachdem sie kurz beim Steh-Apéro den ärgsten Hunger gestillt und Tobias Bauers Hinterbliebene beobachtet hatten. Anders als bei andern Leichenschmäusen, wo es mit zunehmenden Alkoholpegel oft laut zu- und herging, hatten sich die Leute respektvoll miteinander unterhalten. Der Geigenspieler hatte sein Repertoire an klassischer Filmmusik im Foyer fortgesetzt, der Champagner war in Massen geflossen. Niemand war ausfällig geworden. Sie hatten offensichtlich und gegen Valéries anfängliche Bedenken getrauert.

Valérie und Louis waren sich einig, dass sie dennoch keine Rücksicht auf die Befindlichkeiten der Trauergäste nehmen konnten und alle, die sie bis anhin nicht hatten befragen können, nach Biberbrugg zitieren mussten. Sie wollten es auf den nächsten Tag verschieben.

Priorität hatte Emma Teiler. Valérie war sich sicher, dass sie ihr etwas verschwiegen hatte. Es konnte nicht sein, dass Madeleines Foto verschwunden war, nachdem Amanaki sie gemalt hatte. Dass sie an der Gedenkfeier von Bauer dabei gewesen war, warf neue Fragen auf. Sie hatten die junge Frau abgepasst und sie gebeten, mit ihnen ins Präsidium zu fahren, wo sie nun im Vernehmungszimmer auf sie wartete.

«Danke, dass Sie gleich mitgekommen sind.»

Emma Teiler trug einen hellen Hosenanzug, dazu eine passende Mütze.

«Waren Sie zur Trauerfeier eingeladen?» Valérie sah ihr an, dass ihr die Frage nicht recht war. Emma Teiler sah überall hin, nur nicht in ihr Gesicht.

«Warum meinen Sie?»

«Sie verraten sich mit Ihrem Outfit. Ist es möglich, dass Sie Tobias Bauer oder eine seiner Freundinnen näher gekannt haben? Oder wer hat sie eingeladen?»

«Sie meinen wegen meiner beigefarbenen Bekleidung? Das ist Zufall. Ich kam nach Freienbach, weil ich erfahren möchte, wer Amanaki umgebracht hat. Ihnen ist sicher aufgefallen, dass ich mir die Frauen ein bisschen näher angesehen habe. Ich dachte, unter ihnen diejenige zu finden, die Amanaki zuletzt gemalt hat.»

«Madeleine?»

Emma Teiler kniff die Lippen zusammen.

«Würden Sie sie wiedererkennen?»

«Ich glaube schon.»

«Wir könnten ein Phantombild anfertigen.» Valérie sah einen kleinen Lichtblick.

«Ich weiss nicht, ob ich mir das zutraue. Meine Phantasie wird mir einen Streich spielen.»

Langsam wurde Valérie ungeduldig. «Aber es gibt sicher jemanden aus Ihrem Künstlerkreis, der Madeleine kennt.»

«Ich kann Ihnen gern die Namen und Adressen mitteilen. Aber ich sehe schwarz.»

War gerade wieder eine mögliche Spur in einer Sackgasse gelandet? «Wenn ich bloss einen Nachnamen von der Frau hätte, wäre mir gedient.»

«Mir auch, glauben Sie mir.» Emma Teiler liess ihren Blick durch den Vernehmungsraum schweifen. «Man könnte dieses Zimmer hier bemalen, dann würde es grösser scheinen und gemütlicher.» Sie lächelte. «Wir malen auch Tapeten und Wände.» Emma Teiler schluchzte plötzlich auf. Tränen rannen über ihr Gesicht, als hätte sie die Tragweite des Geschehens erst jetzt richtig erfasst. «Ich habe ihm oft gesagt, er solle sich vor diesem Bauer in Acht nehmen.»

«Weshalb?»

«Ein Gefühl. Der Kerl hatte wohl viel Geld, aber nicht alle Tassen im Schrank.»

Valéries iPhone summte. Sie sah auf das Display. Louis hatte eine Nachricht gesandt. Sie las: «Amanaki hatte die Kunstakademie Berlin besucht und war seit zwanzig Jahren freischaffender Kunstmaler in Pfäffikon. Sein Leumund ist in Ordnung.»

Valérie musterte ihr Gegenüber. «Strengen Sie sich an. Helfen Sie uns, ein Bild von Madeleine zu zeichnen.»

Emma Teiler verschränkte die Arme. «Ich werde es versuchen.»

***

«Wenn wir Glück haben, werden wir bald im Besitz eines Bildes von Madeleine sein», verkündete Valérie am Nachmittag an der Teamsitzung. Sie dachte, damit ihr Team motivieren zu können. Sie selbst wollte sich an diesem Strohhalm festhalten. «Ich habe die Zeugin Emma Teiler damit beauftragt. Sollte ihre Zeichnung unbrauchbar sein, werden wir mit ihr mittels Computer ein Phantombild anfertigen.» Sie setzte sich an ihren Platz und überblickte die Stapel von Mäppchen und Dokumenten, dass es ihr fast schwindlig wurde.

«Wer ist Madeleine?» Dodo sah kurz von einem Schreibblock auf, auf den sie eifrig Notizen machte.

Valérie deutete auf ihren Aktenstapel. «Steht alles drin.» Sie wollte nicht zugeben, wie angeschlagen sie war. Sie war nervös und erschrak beim kleinsten Geräusch. Zudem litt sie unter einem pathologischen Schlafmanko. Schaltete in ihrer Nähe jemand Licht an, fuhr sie fast panisch zusammen. Sie hatte mit Vischer darüber gesprochen. Er schrieb es ihrer Überarbeitung zu. «Die beste Medizin dagegen wäre Meditation», hatte er gesagt, worauf Valérie ihn auslachte. Er wisse ja, was sie davon hielt, hatte sie gesagt.

Die Tür ging auf. Dominik Fischbacher betrat den Raum. «Lasst euch von mir nicht stören», sagte er mit einer Stimme, die belegt klang. «Ich werde es kurz machen.»

«Wolltest du etwas loswerden?» Valérie sah ihn traurig an.

Sie verkraftete es nicht, ihren Chef vor die Hunde gehen zu sehen.

Fischbacher schlurfte zur Pinnwand. Valérie vermochte nicht daran zu glauben, dass Fischbacher wegen eines Burn-outs so schlecht beieinander war. Da musste noch ein anderer Grund dahinterstecken.

«Es ist ja kein Geheimnis mehr, wie schlecht es mir geht», sagte er und setzte ein verzerrtes Lächeln auf. Es fiel ihm offensichtlich schwer, die richtigen Worte zu finden. «Meine Tage bei der Schwyzer Kantonspolizei sind gezählt. Mein Arzt wollte nicht, dass ich es euch persönlich mitteile. Aber es ist mir ein grosses Bedürfnis, nicht einfach so von der Bildfläche zu verschwinden. Seit gut einem Jahr leide ich an einer heftigen Depression. Ich bin nicht mehr in der Lage, sie zu verbergen. Die Medikamente, die ich deswegen einnehmen muss, machen die Sache auch nicht leichter.»

Valérie schluckte leer und kämpfte gegen die Tränen an. Nicht nur Louis schräg vor ihr erging es ähnlich. Die Hälfte der Anwesenden schien es emotional erfasst zu haben.

«Wir waren immer ein starkes Team, und dafür möchte ich euch danken. Ohne eure tatkräftige Unterstützung hätte ich nicht so viele Erfolge verzeichnen können.» Fischbacher rang nach Haltung. «Nun nage ich an meinem schwierigsten Fall, meiner eigenen Wenigkeit. Um gesund zu werden, muss ich mich zurückziehen.»

Niemand sagte etwas. Im Sitzungszimmer war es so ruhig, man hätte eine Nadel auf den Fussboden fallen hören.

«Wir bedauern es alle sehr», sagte Valérie nach einer Weile. «Aber deine Gesundheit geht vor.» Mehr war auch sie nicht in der Lage zu sagen.

«Es wird selbstverständlich eine würdige Nachfolge geben.» Fischbacher rang sich ein schwaches Lächeln ab.

Valérie sah ihm an, dass es ihm nicht leichtfiel. Drei Jahre hatte sie mit ihm zusammengearbeitet. Sie hatte seine Loyalität geschätzt, seinen Durchblick und die Gelassenheit, die ein

Mensch in seiner Position benötigte. Sie warf instinktiv einen Blick zu Dodo hinüber. Valérie musste damit rechnen, dass man ihr die neue Kollegin vor die Nase setzte. Auch Dodo ahnte es bestimmt. Sie schien über sich hinauszuwachsen, als sie ihren Oberkörper streckte und die Schultern nach hinten drückte. Körpersprache in Reinkultur, dachte Valérie. Nein, sie würde es ihr nicht verübeln und gute Miene zu diesem ungewohnten Spiel machen. Wer Fischbachers Nachfolge wurde, war schliesslich nicht ihre Verantwortung und möglicherweise schon längst beschlossene Sache.

«Ja, dann …» Fischbacher presste die Lippen aufeinander, war im Begriff zu gehen.

Valérie hielt ihn zurück. Es durfte nicht sein, dass die Jahre engster Zusammenarbeit auf diese Weise endeten. Aber was sagte man einem Chef, dessen Untergang in den letzten Monaten voraussehbar gewesen war?

Louis erlöste sie aus ihrem Gedankenchaos. Mit seiner manchmal undiplomatischen Art fragte er, wer denn der Nachfolger sei.

Fischbacher hielt auf dem Weg zur Tür inne. «Ja, das wollte ich eigentlich bekannt geben.»

Es knisterte im Raum. Valérie beobachtete Louis und Dodo gleichermassen. Beide schienen sich der Sache sicher zu sein.

«Er hat lange Jahre in Chur als Kripo-Chef gearbeitet», sagte Fischbacher. «Er ist eine starke Persönlichkeit. Sein Name ist Gian Luca Caminada. Er wird am Freitag seinen Einstand haben. Bis dahin bleibt mir Zeit, mich bei jedem von euch persönlich zu verabschieden.»

***

Ihr Telefon klingelte. Valérie meldete sich.

«Daniel Christen von der Einsatzzentrale. Hallo, Valérie. Du, Roli Wildhaber ist am Telefon. Er sagt, dass er dich dringend sprechen müsse.»

Wildhaber! Valérie sah den Mann vor sich. Eng stehende Augen, Stiernacken, eine furchteinflössende Physiognomie. «Weisst du, worum es geht?»

«Um den Fall Tobias Bauer.»

«Okay, du kannst ihn durchstellen.» Valérie hatte den Türsteher bereits abgehakt.

«Ist hier Frau Lehmann?» Wildhabers Stimme klang belegt.

Valérie bejahte und hangelte nach Papier und Schreibstift auf ihrem Pult. «Sie sagten, es gehe um Tobias Bauer.»

«Ich muss eine Aussage machen.»

«Wann und wo kann ich Sie treffen?»

«Ich möchte es Ihnen vorab am Telefon sagen.»

Eine heikle Situation. Valérie installierte das Aufnahmegerät, das mit ihrem Festnetzanschluss verkoppelt war. «Ich werde unser Gespräch aufnehmen», sagte sie.

«Ich weiss, aus Qualitätsgründen ...» Wildhaber liess ein Schniefen vernehmen. «Oder zu Schulungszwecken.»

Valérie liess ihn in dem Glauben. «Heute ist Mittwoch, der sechste Februar ... Roland Wildhaber, ehemals Türsteher bei Tobias Bauer in Freienbach ... Was möchten Sie mir berichten?»

Einen Moment schien es, als wäre Wildhaber aus dem Konzept geraten. Er räusperte sich ein paarmal. «Ich nahm heute Vormittag an der Totenfeier meines Arbeitgebers teil. Nein, Sie haben mich nicht gesehen. Ich stand auf der linken Seite.»

Valérie versuchte innere Bilder abzurufen. Wer sich auf der anderen Seite aufgehalten hatte, war ihr nicht bekannt. Beim Apéro hatte sie Wildhaber nicht gesehen. «Sie wollen eine Aussage machen?»

«Ja, erinnern Sie sich, als Sie letzte Woche bei mir waren? Da sprachen Sie mich auf die Wunde im Gesicht an.»

«Ich erinnere mich. Sie hatten sich an einer Schranktür verletzt.»

«Ich wollte nicht zugeben, dass ich am Tag zuvor von einem Mann angegriffen wurde, der sich gewaltsam Zutritt in meine Wohnung verschafft hatte. Ich wusste zuerst nicht, wer er ist, erinnerte mich aber vage, ihn bei Tobias Bauer gesehen zu haben.»

«War er auf der Liste?»

«Ja, er befand sich auf der Liste. Aber ich wusste nicht, wer er ist.»

«Was wollte er von Ihnen?»

«Er richtete eine Waffe auf mich und drohte mir mit den Worten, ich solle die Sache erledigen. Er wollte mir achtundvierzig Stunden einräumen. Ich wusste zu der Zeit nicht, was er meinte. Heute ist mir klar, er muss mich verwechselt haben.»

«Warum haben Sie uns nichts davon erzählt, als wir letzthin bei Ihnen waren?» Valérie verstand es nicht. «Sie hätten ihn anzeigen sollen.»

«Aber das tue ich doch jetzt.»

Valérie bemühte sich, ruhig zu bleiben. «Sie wussten also nicht, worum es ging.»

«Nein, ich erwartete aber, dass er sich wieder meldet. Ich bin von Natur aus ein neugieriger Mensch. Als ich nach achtundvierzig Stunden nichts von ihm hörte, war ich mir sicher, dass ich nicht die Person bin, die er meinte.»

«Allerspätestens dann hätten Sie uns informieren müssen.»

«Das ist mir heute bewusst. Seit heute Vormittag weiss ich nun, wer er ist.»

«Ach ja?» Valérie spürte Adrenalin.

«Er hat die Totenrede gehalten.»

«Roger Bulliard?» Sie vergass zu schreiben.

«Ja, Roger Bulliard.»

«Und Sie haben ihn, als er in Ihrer Wohnung war, nicht erkannt?»

«Nein, ehrlich gesagt, interessierte mich während meiner Arbeitszeit bei Tobias Bauer eher die holde Weiblichkeit ... für Männer hatte ich nichts übrig.»

***

«Rotschi? Machst du mal die Tür auf? Es hat gepoltert.»

«Kannst nicht *du* öffnen? Ich bin gerade an einer Arbeit im Büro.»

«Nein, geht nicht, ich habe soeben eine Maske aufgelegt.»

Roger Bulliard speicherte ein Dokument ab, erhob sich und wollte in den Flur gehen, als es ein zweites Mal gegen die Tür krachte. Maske, dachte er, die nützt nichts mehr, war nur hinausgeschmissenes Geld. Er wusste, dass für Raffaella nur die teuersten Kosmetika gut genug waren. Er öffnete halbwegs belustigt. Vor ihm stand Valérie Lehmann. Ihm verging das Lachen.

«Herr Bulliard, ich nehme Sie wegen des dringenden Verdachts fest, am Montag vor einer Woche den Türsteher Roland Wildhaber in seiner Wohnung mit einer Pistole bedroht zu haben.»

«Nicht Ihr Ernst.» Bulliard fühlte sich überrumpelt. «Heute habe ich meinen lieben Freund zu Grabe getragen, und Sie wagen es, mich festzunehmen?»

«Ich mache Sie darauf aufmerksam, dass alles, was Sie von nun an sagen, vor Gericht gegen Sie verwendet werden kann. Sie haben das Recht zu schweigen.» Valérie liess ihre beiden Begleiter vor. «Führt ihn ab.»

«Kann ich wenigstens meinen Anwalt anrufen?» Bulliard konnte sich keinen Reim darauf machen. Die Lehmann hatte absolut nichts gegen ihn in der Hand. «Sie bluffen, oder?» Andererseits durfte er jetzt keinen Fehler machen. Es war besser für ihn, sich der Polizei zu ergeben und vorerst den Mund zu halten.

«Rotschi? Was ist los?» Raffaella Bulliard stand auf einmal neben ihm. In der grünen Gesichtsmaske sah sie wie ein Alien aus. «Was tun Sie da? Rotschi?»

Ihre Hilflosigkeit überraschte ihn. «Das ist alles nur ein Missverständnis. Beruhige dich, Liebling. Aber tust du mir einen Gefallen und rufst Weber an?» Er überlegte. «Nein, warte, rufe Mendel an.»

Als man ihm Handschellen anlegen wollte, sträubte er sich dagegen. «Das geht zu weit. Ich komme freiwillig mit.»

«Das werden Sie noch bereuen», rief Raffaella Bulliard hinterher.

Bulliard erwartete, dass Valérie etwas erwiderte. Die Frau schwieg, während sie hinter ihm her zum Streifenwagen ging.

***

«Nein, es gefällt mir gar nicht», sagte Valérie. Nach der Rückkehr aus Lachen, wo sie Roger Bulliard abgeholt hatten, war sie ins Büro geflüchtet und hatte Zanetti angerufen. «*Ich* werde das Verhör durchführen.» Er hatte ihr per SMS mitgeteilt, dass er Dodo dafür vorgesehen hatte. «Mir gefällt auch nicht, dass du Fischbachers Aufgabenbereich übernimmst. Er müsste es entscheiden. Noch bin ich ihm unterstellt.» Sie ahnte, dass dies Zanetti nicht beeindrucken würde. Es war ihr nicht wohl dabei. Jetzt war eingetroffen, wovor sie sich immer gefürchtet hatte. Zanetti demonstrierte seine Macht über sie.

«Er hat sich vom Team verabschiedet und mich damit beauftragt», sagte Zanetti ruhig. «Auch wenn du es nicht gern siehst, es hat alles seine Richtigkeit. Und du hast den Feierabend verdient.»

«Du hast mich nicht verstanden.» Valérie vibrierte innerlich. «Morgen um acht wird Bulliard *mir* vorgeführt. Bis dahin bleibt er in Untersuchungshaft.»

«Hast du den Haftantrag gestellt?»

«Nein, aber es ist in Bulliards eigenem Interesse. Von dieser einen Nacht in der Zelle wird er keinen Schaden davontragen und keinen Zacken aus seiner Krone verlieren. Zudem hat er Zeit, sich darüber Gedanken zu machen. Er hat Wildhaber mit einer Pistole bedroht, hat er selbst zugegeben.»

«Valérie, Liebling ...» Zanettis Stimme nahm einen zärtlichen Klang an. «Verliere nicht deine Objektivität.»

Valérie brach das Gespräch ab. Wenn sie jetzt nicht aufpasste, würde sie in eine ähnliche Situation geraten wie Fischbacher. «Es beginnt schleichend», hatte er gesagt. «Solange man die Arbeit nicht vom Privatleben trennt, kann es sich gefährlich entwickeln.»

So weit wollte sie es nicht kommen lassen. Sie blieb an ihrem Pult sitzen, schlug den Ordner mit den Skizzen und Notizen auf und überlegte sich, was sie in den letzten Tagen übersehen hatte. Warum hatte Bulliard Wildhaber gedroht? Hatte er eventuell über einen Mittelsmann seinen Geschäftspartner eliminieren lassen? Hatte er ihm auch den Auftrag erteilt, Agostina da Molinari zu töten? In Valéries Kopf zog ein Sturm auf. Um an die Mikrochips zu gelangen, hätte er sicher andere Möglichkeiten gehabt.

Jemand klopfte an die Tür. Noch ehe Valérie den späten Besucher hereinbitten konnte, ging die Tür auf.

«Dominik.» Sie freute sich, ihn zu sehen.

«Störe ich?»

«Du doch nicht.» Valérie erhob sich, ging um das Pult herum und umarmte ihren Chef. «Du weisst gar nicht, wie leid mir alles tut. Am meisten ärgert es mich, dass ich es nie wirklich ernst genommen habe.» Das entsprach zwar nicht der ganzen Wahrheit, aber heute wollte sie Fischbacher nicht noch mehr damit belasten. «Komm, setz dich. Möchtest du einen Kaffee?»

Fischbacher lehnte ab. «Ich wollte dir nur sagen, dass du mit Gian Luca Caminada einen tollen Chef bekommst. Er ist verheiratet, hat zwei Töchter und einen Schwiegersohn, der längere Zeit mit ihm zusammengearbeitet hat. Du siehst, ihr bekommt es mit einem erfahrenen Cop zu tun.» Fischbacher setzte sich endlich. «Gian Luca Caminada ist heute achtundfünfzig Jahre alt.»

«Besser als Doris Fink», gab Valérie zu bedenken. Achtundfünfzig, dachte sie, für einen Polizisten bereits ein fortgeschrittenes Alter. Ob er dem Druck hier gewachsen war?

«Sie war nie ein Thema», sagte Fischbacher.

«Man hat so einiges gemunkelt.»

«Logisch, wenn einer wie ich auf der Abschussrampe steht.» Sein Lächeln misslang. «Wie entwickelt sie sich?»

Es war nicht die Frage, die Valérie beantworten wollte. «Ich glaube, man muss ihr eine Chance geben. Auch sie wird sich mit der Zeit die Hörner abstossen. Sie ist jung.» Sie zögerte, hoffte insgeheim, dass Fabia bald wieder in ihrem Team sein würde. Beim Gedanken an Fabia stiess es ihr übel auf, und sie schämte sich. Sie hatte noch immer keine Zeit gefunden, ihre Kollegin zu besuchen. «Nun zu dir, weisst du schon, wie deine Zukunft aussehen wird?»

«Nicht sehr rosig.» Fischbacher seufzte. «Ich werde noch einmal in die Rehabilitation gehen müssen. Mein Therapeut besteht darauf. Und diesmal wird er mich nicht nach drei Monaten schon entlassen. Das Ganze kann länger dauern.»

«Wie steht deine Frau dem gegenüber?»

«Luzia ist für mich da. Ich habe ihre volle Unterstützung, obwohl es für sie auch nicht einfach ist. Ich bin gerade nicht dafür geeignet, sie an mich anlehnen zu lassen.»

«Richte ihr Grüsse aus», sagte Valérie. «Falls ich etwas für euch tun kann, lasst es mich wissen.» Sie nahm sich vor, Luzia anzurufen, wenn der Fall gelöst war und sie Zeit finden würde, sie einmal zu treffen.

«Das ist lieb von dir», sagte Fischbacher, und als hätte er ihre Gedanken gekannt, «aber ich möchte dich nicht damit belasten. Ich glaube, du hast selbst einen schweren Rucksack zu tragen.» Er räusperte sich. «Du hast Roger Bulliard festnehmen lassen?»

«Ja.»

«Was ist die Begründung?»

Valérie sah Fischbacher eindringlich an. Genau so hätte es in den letzten Tagen sein sollen, dass ihr Chef sie mit Fragen löcherte, was ihre Ermittlungen betraf. Jetzt kamen sie zu spät. «Er hat Bauers Türsteher mit einer Waffe bedroht.»

VIERZEHN

Seit der Auffindung von Tobias Bauers Leiche waren elf Tage vergangen. Elf Tage, in denen es immer wieder geschneit hatte. Für Valérie erschien es wie eine Metapher. Der Schnee deckte alles zu, was eigentlich hätte transparent oder zumindest übersichtlich sein müssen.

Valérie fuhr auf den Parkplatz beim Sicherheitsstützpunkt. Es war noch finstere Nacht, die Aussentemperatur sehr tief. Sie parkte ein, stieg aus und stellte instinktiv den Kragen an ihrem Mantel hoch. Der Blick an die Fassade war ein Blick ins Leere. Einzig auf der Höhe des Eingangs brannte Licht. Valérie schritt über den Parkplatz und betrat das Gebäude. Ein Wachmann hielt die Stellung, grüsste sie militärisch kurz, was Valérie ein Lächeln abrang. Obwohl sie darauf bestand, ihren Rang im Corps nicht überzubewerten, begegneten vor allem die jungen Polizisten ihr mit grossem Respekt. Sie hastete die Treppe hinauf zur Etage, wo ihr Büro lag.

Drinnen liess sie sich einen Arpeggio aus der Kaffeemaschine. Sie setzte sich damit ans Pult und machte da weiter, wo sie am Abend zuvor aufgehört hatte. Auf der einen Seite waren die verschwundenen Mikrochips, auf der andern das gestohlene Gemälde. War es möglich, dass Madeleine mit all den Dingen etwas zu tun hatte? Niemand hatte sie bis anhin gesehen, und diejenigen, die sie gesehen hatten, waren tot.

Valérie lehnte sich zurück. Manchmal sah man aus der Ferne mehr.

War Madeleine bloss ein Phantom?

Valérie suchte nach den Protokollen, in denen Madeleine erwähnt worden war. Kathrin Sulzer und Raffaella Bulliard hatten beide gewusst, dass es in Bauers Leben eine neue Muse gab. Den Namen aber hatten sie nicht gekannt. Emma Teiler hatte zumindest ihr Bild gesehen, bevor es gestohlen wurde. Der

KTD hatte noch einmal Bauers Villa abgesucht. Ein Gemälde, wie Amanaki es gemalt haben sollte, war nicht zum Vorschein gekommen. Bauer hatte es also unmöglich vor seinem Tod beim Künstler abgeholt. Dies bezeugte auch die Tatsache, dass sich das Bild am Montag nach Bauers Tod noch im Atelier befunden hatte.

Valérie ging die Anfänge der Ermittlungen durch. Sie kam zu der Seite mit den Fotos vom Safe und dem Text dazu. Der Tresor hatte offen gestanden, ein Bündel Tausendernoten war drin gewesen. Was hatte gefehlt? Portemonnaie, Kreditkarten und Identitätskarte waren bis anhin nicht zum Vorschein gekommen. Warum hatte der Täter, falls er an den offen stehenden Safe gelangt war, das Geld liegen gelassen? Was hatte er entwendet? Oder was hatte er allenfalls nicht gefunden, was er im Safe vermutet hatte?

War alles nur ein Ablenkungsmanöver gewesen? Der offene Safe, die entfernten Mikrochips? Wahrscheinlich war es ganz anders gewesen, als man vermutete. Jemand hatte Tobias Bauer in dessen Villa besucht, wahrscheinlich nach Raffaella Bulliards Weggang. Ob Kathrin Sulzer tatsächlich dort gewesen war, war nicht klar. Sie selbst bestritt es, während Raffaella Bulliard nach wie vor darauf bestand. Es musste jemand gewesen sein, den Tobias Bauer ebenso wie Bulliards Frau ins Haus gelassen hatte. Weil er ihn kannte?

Natürlich hatte er ihn gekannt. Bauers Bekannter hatte sich also Zutritt verschafft. Er hatte Bauer mit einer Spritze vergiftet. Bauer hatte es vielleicht nicht einmal mehr gespürt, weil er mit Drogen vollgepumpt gewesen war. Der Täter hatte ihm den Mikrochip herausgeschnitten und den Toten anschliessend an den Itlimoosweiher gebracht. Valérie machte wieder ein Fragezeichen. Warum hatte er ihn überhaupt zum Weiher transportiert? Zwischen Bauers Villa und dem Itlimoos lag immerhin eine Distanz von gut fünf Kilometern.

Dann war er zurückgekommen und hatte den Safe mit dem Chip geöffnet. Dabei musste er von der Haushälterin auf frischer Tat ertappt worden sein. Warum hatte er aber so lange gewartet? Und vor allem, wonach hatte er tatsächlich gesucht? Was war im Safe gewesen? Ein USB-Stick, wie sie in der Zwischenzeit vermuten musste?

Valérie hob den Hörer der Festnetzstation ab. Sie wählte Phils Handynummer.

«Eines ist mir nicht klar», sagte sie, als sich Phil meldete. «Was immer auf diesen Mikrochips abgespeichert war, die müssen vorher programmiert worden sein. Ich gehe davon aus, von Ihnen. Zudem müssen die Daten nicht nur von den Chips, sondern auch diejenigen des USB-Sticks, falls dieser existiert, auf dem Server sein. Sie verschweigen mir etwas.»

«Frau Lehmann!» Phil tat entsetzt. «Wissen Sie, wie spät es ist?»

Valérie sah auf ihre Armbanduhr. «Kurz vor halb sechs. Aber ich zähle Sie zu denen, die wie ich mit wenig Schlaf auskommen.»

Sie lachten beide.

«Wer zu viel schläft, verpasst das Leben», ergänzte Phil. «Intelligente Menschen sind länger wach. Sie sehen, ich schätze Sie genauso ein.»

Darauf wollte Valérie nichts erwidern.

«Haben Sie sich gut erholt?», fragte er.

«Ich bin beeindruckt.» Sie konnte unmöglich zugeben, wie sehr das Erlebte vor allem nachts an ihren Nerven zerrte. «Aber deswegen rufe ich Sie nicht an.»

«Die Mikrochips … ja, ich habe sie programmiert.»

«Warum haben Sie mir das nicht schon eher mitgeteilt?»

«Haben Sie mich danach gefragt?»

«Sie wissen schon, dass dies unter Behinderung der polizeilichen Ermittlung geht?» Valérie beherrschte sich, nicht laut zu werden. «Welche Daten befinden sich auf den Mikrochips?»

«Alles, was mit der Person in Verbindung steht, die ihn trägt», antwortete Phil. «Vom Geburtsdatum bis zur Krankenakte, die Daten von Impfungen genauso wie ein GPS. Man kann damit die Person orten.»

Valérie spürte Hitze durch ihren Körper jagen. «Dann könnten Sie, wenn ich es richtig verstehe, die Reise des Mikrochips verfolgen respektive den heutigen Standort herausfinden?» Hoffnung keimte auf.

Phil zögerte. «Im Grunde genommen schon. Ich habe es bereits versucht. Der Chip lässt sich aber nicht mehr lokalisieren. Ein Störfaktor muss das GPS ausser Betrieb gesetzt haben.»

«Bei beiden Mikrochips? Auch bei dem von Agostina da Molinari?»

«Yes!»

«Um welchen Störfaktor handelt es sich?»

«Man muss nur einen Magnet in dessen Nähe platzieren, schon spielt das GPS verrückt oder steigt ganz aus. Wer den Chip entfernt hat, muss etwas davon verstehen.»

«Von der Technik vielleicht», sinnierte Valérie laut, «aber nicht von deren professioneller Entfernung.» Sie dachte an den Pfusch, der Agostina da Molinari beinahe das Leben gekostet hatte. Dass Tobias Bauer bloss aufgrund des Mikrochips getötet worden war, musste sie in der Zwischenzeit revidieren. «Die Handhabung des Purple Rooms leuchtet mir nicht ganz ein.»

«Fragen Sie», bat Phil.

«Die letzten Begehungen müssen registriert sein, die Programme überhaupt, die in der Vergangenheit gewählt wurden.» Valérie erhoffte sich daraus, die Namen der Besucher auf diesem Weg zu erfahren.

«Ihre Gedanken sind gar nicht so vermessen.» Phil liess ein Lachen vernehmen. «Doch 6-D Plus ist so programmiert, dass man nichts zurückverfolgen kann.»

«Das ergibt keinen Sinn.»

«Doch, doch, Tobias wollte an den Datenmengen sparen. Er hatte eine richtige Phobie, dass die Rechner wegen zu vieler Daten kollabieren könnten.»

Valérie nahm es ihm nicht ab. «Veräppeln kann ich mich selbst.»

«Sorry, dass ich Ihnen da nicht weiterhelfen kann. Tobias

war ein schwieriger Mensch, hatte seine Prinzipien, an denen es nichts zu rütteln gab.»

«Aber Sie hatten es in der Hand, Herr Williams.»

***

Roger Bulliard sass vornübergebeugt im Verhörraum. Die Nacht in der Zelle hatte ihn gezeichnet. Neben ihm stand Dr. Mendel, der sich erst setzte, als Valérie den Platz eingenommen hatte.

Sie schlug schweigend die Akte auf.

«Warum bin ich überhaupt hier?», fragte Bulliard. «Ist das die neuste Masche der Polizei? Werden brave Bürger festgenommen, wenn sie nicht mehr weiterweiss?»

Valérie registrierte in ihrem rechten Augenwinkel, wie Mendel seinem Mandanten die Hand auf den Arm legte. Sie liess sich Zeit. Hinter dem kleinen Fenster dämmerte der Morgen. Nebelschwaden breiteten sich aus.

«Ich möchte vorwegnehmen», sagte Mendel, «dass die Festnahme meines Klienten in keiner Weise gerechtfertigt ist. Ihnen dürfte klar sein, dass das ein Nachspiel haben wird.»

«Das, was Ihrem Mandanten vorgeworfen wird, hat nichts mehr mit einem Kavaliersdelikt zu tun, sollten Sie das meinen. Wir können gern eine Gegenüberstellung machen.» Sie wandte sich an Bulliard. «Fakt ist, dass Sie Herrn Wildhaber mit einer Pistole bedroht haben.»

«Mit einer Spielzeugpistole.»

Valérie hob die Brauen. «Mit einer Spielzeugpistole? Da war Wildhaber aber anderer Meinung. Zudem ist auf Ihren Namen, Herr Bulliard, eine Beretta APX Compact registriert. Das habe ich bereits geprüft.»

Bulliard räusperte sich. «Ich wollte ihm bloss Angst machen ...»

«Rotschi, bitte ...» Mendel übernahm das Wort. «Es muss sich also um einen Lausbubenstreich gehandelt haben.»

Valérie dachte, sich verhört zu haben. Wenn das stimmte,

was er sagte, welcher Teufel hatte ihn dabei geritten? «Können Sie mir das näher erklären?»

Bulliard wimmelte Mendel ab, der mit seinem Klienten alle Hände voll zu tun hatte. Um ihn zum Schweigen zu bringen, hätte Mendel ihm den Mund zuhalten müssen. Plötzlich sprudelte es aus Bulliard heraus wie ein Wasserfall.

«Ich stand unter Schock, das müssen Sie mir glauben.» Er kam mit dem Oberkörper nach vorn. Unter seinen Armen hatten sich Schweissflecken gebildet. «Ich fragte mich, weshalb Tobi einen Türsteher engagiert, der dann im entscheidenden Moment nicht auf ihn aufpassen kann.»

«Wildhaber war kein Bodyguard», sagte Valérie.

«Ist doch egal. Er hat seinen Job vernachlässigt.» Bulliard fuhr sich mit der Hand über die Augen. «Hätte er diesen nur eine Sekunde ernst genommen, wäre Tobi noch am Leben.» Er versuchte offensichtlich, die Schuld für Bauers Tod auf Wildhaber abzuwälzen.

«Sie haben ihn nicht nur körperlich, sondern auch verbal angegriffen», sagte Valérie. «Sie hätten ihm gedroht, sollte er seinen Auftrag nicht innerhalb von achtundvierzig Stunden erledigen. Um welchen Auftrag handelte es sich, Herr Bulliard?»

«Das war nur so dahingesagt.»

Mendel intervenierte. «Mein Mandant sagt jetzt nichts mehr.»

«Ich war völlig durch den Wind», fuhr Bulliard unbeeindruckt fort. «Ich sah unsere Firma bachab gehen. Ohne Tobi funktioniert es nicht mehr …»

«Tobias Bauer war krank.» Valérie schob Mendel einen Papierbogen zu. «Er war drogensüchtig. Hier ist das Gutachten seines Hausarztes. Wir haben die Befugnis, diese dem Gericht zukommen zu lassen, sollte es zu einer Verurteilung kommen.» Valérie wandte sich direkt an Bulliard. «Haben Sie Roland Wildhaber angeheuert, Tobias Bauer zu töten?»

Bulliard drehte sich zu Mendel um. «Die ist verrückt. Ich habe niemanden auf Tobi angesetzt. Ich schwöre auf das Leben meiner Kinder.»

Valérie lehnte sich zurück. Sie musste sich Einhalt gebieten. Es durfte nicht sein, dass sie Bulliard dermassen unter Druck setzte, dass er die Nerven verlor. In ihrem Kopf kreisten Gedanken, die sie zu verdrängen versucht hatte. Sie dachte an den simulierten Flug im Purple Room, hörte wiederholt Phils Stimme. «Es ist nie so, wie wir es zu sehen glauben. Es sind die Wahrnehmungen, die uns ein Bild vorgaukeln.»

Was nahm sie von Bulliard wahr? Was versteckte sich hinter dem Bild, das sie von ihm hatte? Wollte sie ihn tatsächlich als den Mörder seines Freundes und Geschäftspartners sehen? Oder als Auftraggeber für einen Mord? Machte er ihr dermassen etwas vor, derweil sie nicht fähig war, die Wahrheit zu erkennen?

«Tobias Bauer muss in seinem Safe etwas aufbewahrt haben, das der Täter mit aller Wahrscheinlichkeit an sich genommen hat. Können Sie sich einen Reim darauf machen, was es gewesen sein könnte?»

«Verträge vielleicht?» Bulliard zuckte mit den Schultern. «Das kann ich mir jedoch nicht vorstellen. Für die Verträge gibt es abschliessbare Schränke in unserer Firma. Und so brisant sind solche Verträge nun auch wieder nicht, dass man sie im Tresor aufbewahren müsste ... ausser Tobi hat ...»

«Was?» Valérie warf Mendel einen Blick zu.

Der Anwalt schien zu überlegen, sagte jedoch nichts.

«Was könnte es gewesen sein?»

«Er hat mal erzählt, dass er das Programm von 6-D Plus, also seine respektive Phils Erfindung, patentieren lassen wolle. Möglicherweise hat er den Antrag schon vorbereitet. Das ist die einzig plausible Erklärung, die Sinn macht. Der Täter wollte an die Daten von 6-D Plus.»

«Was wissen Sie darüber?»

«Das, was Tobi mir erzählt hat. Er gedachte sogar, ganz oben einzusteigen. Er wollte das Patent via internationale Anmeldung schützen lassen, über die World Intellectual Property Organization. Mehr kann ich Ihnen dazu aber nicht sagen.»

Dann ging es vielleicht um Werkspionage. Nicht nur draussen, auch in Valéries Kopf verzog sich allmählich der Nebel und machte einem klarer werdenden Bild Platz.

«Wie sieht es mit der Konkurrenz von Double B aus?», fragte sie.

«Double B ist auf dem Markt schon längst etabliert», antwortete Bulliard und wich somit der Frage aus. «Zudem hat es auch für andere Firmen Platz, die unsere Philosophie vertreten. Wir wollen die digitale Welt sicherer machen. Wenn mehrere Firmen daran arbeiten, haben wir vielleicht eine Chance, die Cyberkriminalität zu dezimieren.»

Valérie merkte, dass aus dem anfänglichen Verhör ein Gespräch geworden war. Liess sie sich gerade alles wieder einsuggerieren? Sie spürte, wie eine eisige Hand nach ihrem Herzen griff.

Etwas liess ihr dennoch keine Ruhe. «Angenommen, die brisanten Daten für eine Patentanmeldung geraten in falsche Hände, was könnte der Dieb damit anfangen?»

«Er seinerseits könnte das Patent schützen lassen», sagte Mendel. «Aber ich kann mir nicht vorstellen, dass er das tun würde. Früher oder später würde man auf ihn zurückkommen. So dumm kann er nicht sein, dass er das nicht checkt.»

«Wir beenden hier unser Gespräch», sagte Valérie und schlug den Ordner zu.

«Dann ist mein Mandant wieder frei?»

«Das wird der Richter entscheiden. Der Haftantrag ist gestellt.»

Mendel erhob sich. «Das ist kein ausreichender Tatverdacht für einen Haftbefehl.»

Valérie verliess den Raum unter dem fragenden Blick der Protokollführerin.

Es beginnt schleichend.

Draussen lehnte sie sich an die kühle Wand. Durch den Flur drang das erste Tageslicht, das zwei Schemen am andern Ende erkennen liess. Valérie tippte auf Fischbacher, der zusammen mit einem Fremden auf sie zukam.

«Ach, da bist du ja.» So fröhlich hatte sie ihn schon lange nicht mehr erlebt.

Neben ihm baute sich ein Mann auf, der die fünfzig längst überschritten haben musste.

«Darf ich euch bekannt machen? Oberleutnant Valérie Lehmann, Major Gian Luca Caminada.»

«Wir haben Sie erst morgen erwartet.» Valérie reichte ihm die Hand.»

«Morgen ist offiziell sein erster Arbeitstag», sagte Fischbacher.

Valérie hatte keine Ahnung, wie weit Caminada wegen Fischbachers Krankheit eingeweiht war. Aber ihrem Chef war es wahrscheinlich ein grosses Bedürfnis, seine Nachfolge durch die Räume zu führen und ihn bei den Mitarbeitern vorzustellen.

Valérie hegte grosse Skepsis. Caminada schien ein Alter erreicht zu haben, in dem die meisten schon an eine vorzeitige Pensionierung dachten. Achtundfünfzig, hatte Fischbacher gesagt. Sie erinnerte sich wieder.

«Darf ich Ihnen einen Kaffee offerieren?» Etwas musste sie sagen. Fischbacher hatte sie mit Caminadas Anwesenheit überfordert.

«Gern, gibt es hier eine Kantine?», fragte Caminada.

«Ich habe eine Kaffeemaschine», sagte Valérie.

«Bei Frau Lehmann gibt's den besten Kaffee», schmeichelte ihr Fischbacher.

Valérie ging zum Lift. Die Männer folgten ihr.

«Ein Stockwerk höher.» Ihr war nicht wohl. Sie hätte es lieber gehabt, wenn man ihr Gian Luca Caminada im Beisein ihrer Kollegen vorgestellt hätte. Sie drückte den Liftknopf, während sie den Neuen verstohlen ansah. Er war ein sympathischer Mann mit einer sportlichen Postur. Man sah ihm an, dass er auch in seinem Alter etwas für seinen Körper tat. Er hatte feingliedrige Hände, was auf einen sensiblen Charakter schliessen liess. Im

Grunde genommen war er das Gegenteil von Fischbacher, dem man den hohen Militärrang anzusehen schien. Auch Caminada hatte es im Militär zu etwas gebracht und, wie Fischbacher hatte durchblicken lassen, Jura studiert.

Am besten, ich gehe ohne Vorurteil an die neue Situation heran, dachte Valérie und stieg in die Liftkabine. Die beiden Männer in ihrer unmittelbaren Nähe zu haben, machte sie nervös. Auf ihrer Etage angekommen, war sie froh, dem Aufzug zu entfliehen. Sie ging über den Korridor Richtung Büro, schloss die Tür auf und liess Fischbacher und Caminada eintreten.

Das Bild passte nicht.

Wie oft hatte Fischbacher in ihrem Büro gestanden oder war gesessen. Bevor Zanetti in ihr Leben getreten war, hatten sie gemeinsam über ihre Fälle gebrütet, stundenlang diskutiert und nach Lösungen gesucht, wenn etwas nicht klar war. Sie hatten literweise Kaffee getrunken, unter dem geöffneten Fenster gestanden und manchmal über Banalitäten gesprochen. Fischbacher war zu Beginn ihrer neuen Anstellung der Einzige gewesen, der sich unvoreingenommen an sie herangetastet hatte. Valérie dachte zurück an ihren ersten Fall in der Herrengasse, an die Staatsanwältin Jole von Reding, deren Ansichten und Arbeitsgebaren Fischbacher nicht geteilt hatte. Sie fragte sich, wann seine Depression begonnen hatte und warum.

«Valérie!» Fischbacher machte Anstalten, sie an sich zu ziehen, sah aber offensichtlich davon ab. «Herr Caminada ist heute hier, weil … weil wir unseren Fall besprechen müssen. Ich kann offen mit dir reden, wir haben einen Rüffel von oben bekommen.»

«Von Auf der Maur?» Valérie hatte nur ihn in Verdacht. Auf der Maur war Regierungsrat und Vorsteher des Sicherheitsdepartements. «Einen Rüffel …» Sie wusste nicht, ob sie grinsen oder eine ernste Miene machen sollte.

«Er hat dich in den höchsten Tönen gelobt.»

Valérie schluckte. «So etwas erreicht mich nie persönlich.»

«Es reicht, wenn ich es dir sage.»

Wollte Fischbacher ihr gerade vor Caminada ein Kränzchen winden? Sie fand es unangebracht. «Was ist das Résumé?» Und vor allem: Was hatte dies mit einem Rüffel zu tun?

«… das ist nur die eine Seite der Medaille. Auf der Maur möchte gern ein Statement.»

«Weswegen?»

«Du kennst ihn ja», wich Fischbacher aus. «Ich denke, das kann warten.» Er gab sich versöhnlich. «Herr Caminada hat sich in die Akten eingelesen. Herr –»

«Ich will auf keinen Fall aufdringlich erscheinen», kam Caminada ihm zuvor. «Und Ihnen ins Handwerk pfuschen liegt mir fern.» In seinen Augen lag etwas, das Valérie nicht zu deuten vermochte. «Aber möglicherweise kann ich Ihnen in diesem Fall tatsächlich helfen.»

Wird ja Ihr neuer Job sein, dachte sie verbittert. Caminada vergab sich gerade ein paar Pluspunkte bei ihr. Innerlich rang sie sich dennoch ein Lächeln ab. Was glaubte er, wer er war? Andererseits hatte Auf der Maur Druck gemacht, und sie persönlich lief am Limit.

«Können wir das auf den Nachmittag verschieben?» Valérie ging endlich zur Kaffeemaschine. «Ich habe in der nächsten halben Stunde einen Auswärtstermin. Arpeggio oder Voluto? Leider sind nur die beiden Sorten verfügbar.»

«Das … das kann ich selbstverständlich richten.» Caminada trat ans Fenster. «Voluto. Niemand bezweifelt Ihre Fähigkeiten, Frau Lehmann. Ich glaube aber, dass vier Augen oft mehr sehen.»

Valérie drückte eine Kaffeekapsel in die Maschine. «Im Moment haben nicht einmal ein Dutzend Augen den Durchblick.»

***

Agostina da Molinari wohnte in einer schlichten Zweizimmerwohnung am Rande von Pfäffikon. Valérie hatte mit Bauers Haushälterin kurzfristig einen Termin vereinbart, um aus Caminadas Fängen zu kommen. Sie begriff nicht, warum ihr neuer Chef nicht den morgigen Tag abwartete. Er hatte sicher einiges über sein neues Team gelesen. Caminada stand ihr gegenüber eindeutig im Vorteil. Ihr selbst war nur bekannt, dass er in Chur ein gutes Renommée genossen hatte. Wie es sonst um ihn stand, war nirgends geschrieben.

«Sie sitzen.» Agostina da Molinari zeigte auf ein hübsches Sofa mit Blumenmuster. «Meine Freundin in Stadt einkaufen.»

«Das trifft sich gut.» Valérie liess sich nieder. Das kleine Wohnzimmer war ziemlich überladen mit Möbeln, Nippes und Bildern. Ein besonders grosses Foto fiel ihr auf, das sich über einer mit Krügen überstellten Kommode befand. «Sind Sie das?»

Agostina da Molinari lächelte. «Ja, ich sein in Sicilia bei *mia Mamma*. Das lange her.»

«Wie geht es Ihnen?» Valérie deutete auf ihre linke Hand.

«Dottore sagen, eine Narbe bleiben. Ich haben Gluck in Ungluck.» In ihren Augen lag Traurigkeit. «Ich leider nicht kommen an Bestattung. Ich sein gestern krank.»

«Sie haben nichts verpasst», sagte Valérie. «Fast dreihundert Leute waren vor Ort. Falls Sie Tobias Bauers Gedenkstätte besuchen möchten, können Sie es immer noch tun. Man hat die Urne nach seiner Kremation bei Double B in einem abschliessbaren Gitterschrank aufgestellt.»

«Sein das moglich?»

«Das habe ich mich ehrlich auch gefragt.» Valérie hatte sich gewundert, als Louis ihr diese Neuigkeit mitgeteilt hatte. Makaber wie die ganze Brut, hatte er gesagt und ihr gleich kundgetan, wie wenig er von der Firma und ihren Mitarbeitern hielt.

«Frau da Molinari, gestern Vormittag war meine Kollegin Doris Fink bei Ihnen.»

«Wer sein Doris Fink?» Da Molinaris Augen hatten die Form von Murmeln angenommen.

«Sie hatten einen Termin mit ihr …»

«Ich nichts haben Termin. Sie fragen Eva. Sie sein bei mir ganze Tag.»

«Eva ist Ihre Freundin?»

«Sie wohnen hier.» Da Molinari machte eine einladende Handbewegung Richtung Schlafzimmer. «Ich sein glucklich. Sie gut schauen.»

«Um auf Doris Fink zurückzukommen, sind Sie sicher, dass sie gestern nicht hier war?»

«Nein … ich sein nicht dumm.»

«Das hat niemand behauptet.» Valérie fragte sich, ob sie sich geirrt und Dodo von einem andern Termin gesprochen hatte. Nein, sie hatte sich nicht getäuscht. Dodo hatte ihr mitgeteilt, dass sie Agostina da Molinari treffen wolle. War es bloss eine Ausrede gewesen? Da Molinari auf eigene Faust noch einmal zu sprechen, war Valérie schon gestern suspekt vorgekommen. Wo aber war Dodo gewesen? Sie hatte sich eindeutig darum gedrückt, mit ihr an die Totenfeier zu fahren.

«Ist Ihnen in der Zwischenzeit zum Überfall auf Sie noch etwas in den Sinn gekommen?» Valérie wollte es nicht glauben, dass da Molinari nichts davon mitbekommen hatte. «Erinnern Sie sich an etwas? An eine Kleinigkeit zum Beispiel, dic uns wciterhelfen würde?»

«Nichts Kleinigkeit.» Da Molinari griff instinktiv an den linken Arm.

«Aber Sie würden es mir sagen, sollte Ihnen etwas einfallen.»

«Naturlich.»

«Ich muss es wiederholen: Der Täter weiss möglicherweise nicht, dass Sie ihn *nicht* gesehen haben.»

«Ich schon wissen. Meine Freundin da fur mich.»

Valérie sah das Gespräch noch nicht als beendet. Auch wenn sie nichts erwartete, liess ihr die Frage keine Ruhe. «Frau da Molinari, haben Sie sich den Chip freiwillig implantieren lassen?»

«Signor Bauer haben mir geraten. Er versprechen mir zweihundert Franken mehr Lohn in Monat.»

«Wenn Sie den Mikrochip tragen?»

«*Sì, sì* … ich keine Schlussel fur Tur.»

Das warf wieder ein anderes Licht auf die Situation. Hatte Bauer seine Haushälterin missbraucht? Valérie musste unbedingt mehr über dieses Implantat erfahren. «Haben Sie schon eine neue Anstellung?»

«Nein, meine Freundin sagen, ich nicht mehr arbeiten. Ich bekommen von Invalidenversicherung gutes Geld.»

***

Die Teamsitzung war auf zwei Uhr angesagt. Vor der Tür zum Besprechungsraum passte Valérie Dodo ab. Diese kam über den Flur, als die meisten der Belegschaft sich schon eingefunden hatten.

«Hallo.» Dodo hielt sich knapp. «Sorry, die Verspätung.»

«Scheint sich bei dir zu etablieren.»

«Wie meinst du das?»

«Kann ich dich kurz unter vier Augen sprechen?» Valérie wies ins gegenüberliegende Zimmer.

«Ich weiss, warum.» Dodo zeigte sich untröstlich. «Die Abdankung gestern ... aber ich konnte da unmöglich hin. Ich hätte wie ein Schlosshund geheult. Ich mag solche Anlässe nicht. Sie erinnern mich an einen Freund, den man erst kürzlich zu Grabe getragen hat.»

Valérie stiess die Tür auf. «Dann hättest du es mir sagen können, anstatt mich anzulügen.»

«Warum hätte ich dich anlügen sollen?» Dodo wandte den Blick von ihr ab.

«Überlege mal.»

«Du warst bei der Molinari?»

«Sie wusste von keinem Besuch.»

«Es ging mir nicht besonders gut. Ich musste den Termin verschieben.»

«Auch von einer Verschiebung wusste da Molinari nichts.»

Dodo verschränkte die Arme. «Greifst du mich gerade persönlich an? Ist es wegen des vergebenen Postens? Du hast doch darauf spekuliert. Aber kann ich etwas dafür, wenn du ihn nicht bekommen hast?»

Das musste gerade Dodo sagen. Valérie schluckte den Ärger hinunter.

Dodo mässigte sich. «Sorry, meine Nerven liegen gerade etwas blank. Ich denke, Gian Luca Caminada wird uns alle aus dem Schlamassel reiten. Ich schätze ihn so ein, dass er das Kaliber von dir und Fischbacher zusammen hat.»

Auch diesen Seitenhieb steckte Valérie ein. «Wir sollten das Kriegsbeil begraben», sagte sie peinlich berührt. Sie vermochte nicht ganz zu verbergen, wie beleidigt sie war. Dodo musste es ihr ansehen. «Sollten wir in Zukunft weiter zusammenarbeiten, sind Unstimmigkeiten nicht lohnenswert. Trotzdem muss ich wissen, wo du gestern Vormittag warst während deiner Dienstzeit.»

Dodo sah weg. «Zu Hause.»

«Okay, für einmal lasse ich es gelten. Aber solche Aktionen kann ich nicht dulden. In unserer Abteilung herrscht Transparenz.»

«Wenn wir gerade bei der Transparenz sind», sagte Dodo, «hat man Carla Benizio überprüft?»

«Selbstverständlich. Ihr Leumund ist einwandfrei. Und mit Tobias Bauer hatte sie nie nur annähernd eine Affäre. Wie kommst du überhaupt darauf, sie zu verdächtigen?»

Dodo schnalzte mit der Zunge, warf ihren Kopf in den Nacken und spazierte an Valérie vorbei aus dem Zimmer. «Ihr werdet alle noch einmal an mich denken.»

Valérie folgte ihr in den Sitzungsraum und bat wegen der Verzögerung um Entschuldigung. Louis warf ihr einen fragenden Blick zu. Ihn konnte sie nicht täuschen. Sie nickte ihm zu.

«Sind die Pendenzen abgearbeitet?», war die einzige Frage, die auf ihrer Lippe gebrannt hatte.

«Wir sind durch mit den Befragungen», sagte Louis. «Wir haben mit allen Mitarbeitern von Double B gesprochen. Ihre Alibis wurden gecheckt. Auch die Leute, die an Bauers letzten Partys waren, konnten wir ausnahmslos eruieren.»

«Danke, ihr habt tolle Arbeit geleistet.» Valérie informierte ihr Team über das Programm 6-D Plus, welches Bauer hatte patentieren lassen wollen. «Ein nächster Schritt wird sein, dass wir nicht nur das eidgenössische Patentamt, sondern auch die internationale Ebene im Auge behalten müssen. Sollte der Täter es tatsächlich auf dieses Programm abgesehen haben und ist es ihm gelungen, es an sich zu nehmen, wird er es sicher bei der WIPO – der Weltorganisation für geistiges Eigentum – anmelden. Falls er es nicht schon getan hat. Bitte prüft auch das.»

«Glaubst du im Ernst, der ist so blöd?» Dodos grüne Augen blitzten.

Valérie blieb sachlich. «Er wird den Namen ändern und sicher einige Anpassungen machen, dass man ihn nicht zurückverfolgen kann.» Sie sah sich weit entfernt von einer Aussöhnung. Dodo machte dort weiter, wo sie begonnen hatte. Louis hatte recht, wenn er behauptete, sie würde das Arbeitsklima vergiften. Warum tat sie das? Hatte die stark wirkende, eigenwillige Polizistin Probleme mit sich selbst? Es durfte nicht sein, dass sie andauernd querulierte. Das schadete dem gesamten Team. «Gern würde ich heute Nägel mit Köpfen machen. Aber wir landen, wohin wir auch gehen, immer wieder in einer Sackgasse.»

«Das hast du schön gesagt.» Dodo schmunzelte vielsagend.

Ein allgemeines Gelächter ging los.

Valérie zog tief Luft ein. Den Gefallen, ihrer Kollegin wegen auszurasten, wollte sie ihr nicht tun. Dennoch durfte sie nicht klein beigeben. «Ich verbitte mir diese Bemerkung.» Sie warf Vischer einen Blick zu. «Danke, Henry, dass du an der Sitzung teilnimmst. Dein Arbeitsbeginn wäre ja erst am nächsten Montag. Aber alle hier wissen deine Gegenwart zu schätzen.» Sie wandte sich wieder allen zu. «Ich möchte, dass sämtliches Material noch einmal begutachtet wird. Teilt euch in Gruppen auf. Henry wird euch dabei unterstützen.»

«Und was tust du?» Wieder Dodo.

«Das, glaube ich, geht dich nichts an.» Wieder sah sie Vischer an. «Darf ich dir übergeben?»

Sie musste hier raus!

Valérie sammelte ihre Sachen ein, steckte sie in ihre Mappe zurück und verliess das Sitzungszimmer. Auf dem Korridor blieb sie eine Weile stehen. Sie sah aus dem Fenster, zählte wie in Trance die Autos, die auf der gegenüberliegenden Strassenseite vorbeifuhren. Es hatte aus dem Nebel zu nieseln begonnen.

Komm auf den Boden!

Sie begab sich zum Aufzug, nahm dann aber die Treppe zu ihrem Stockwerk. Sie erinnerte sich an die ersten Tage zurück, in denen sie und Dodo sich angenähert hatten. Anfänglich war es leichter gewesen, mit ihr zusammenzuarbeiten. Zeigte sie jetzt ihr wahres Gesicht?

Gian Luca Caminada stand bereits vor ihrer Tür. Valérie bemühte sich, nicht abrupt zu stoppen, und setzte gegen ihr Gefühl ein Lächeln auf.

«Frau Lehmann.» Caminada schien sich zu freuen. «Bin auch gerade angekommen. Nicht dass Sie glauben, ich hätte gelauert.»

Sie reichte ihm die Hand. «Bitte.» Und schloss die Tür auf. «Nach Ihnen.»

Im Büro war es düster. Die dunkle Stimmung, die des Nebels wegen schon den ganzen Tag über angehalten hatte, war auch hier drin sichtbar. Valérie betätigte den Lichtschalter. Sofort tauchte der Raum in ein grelles Licht.

«Bitte, setzen Sie sich. Kaffee oder Mineralwasser?»

Caminada zog einen der Besucherstühle unter dem Pult hervor. «Im Moment nichts, danke.»

Valérie setzte sich auf ihren Bürostuhl, der sie in der Höhe grösser machte als ihr Gegenüber. Instinktiv stellte sie den Stuhl tiefer. «Entschuldigen Sie, ich wollte nicht auf Sie hinunterblicken.»

Caminada lachte, der Bann schien gebrochen. «Gian Luca.»

War klar, dass er ihr das Du zuerst anbot, schliesslich stand er zwei Ränge über ihr. «Valérie», sagte sie. «Ich bin froh, dass

Sie … dass du da bist.» Und das war nicht gelogen. «Ich bin ungeduldig, was diesen Fall betrifft. Du sagtest bereits, dass du uns helfen kannst. Hattest du in der Vergangenheit bereits einen ähnlichen Fall?»

«Nein, keinen dieser Art.» Caminada berichtete, sich bereits seit Anfang Woche in den Fall vom Itlimoos eingelesen zu haben.»

«Du bist bekannt dafür, dass du dich jeweils stark auf dein Bauchgefühl verlässt. So jedenfalls hat Dominik es mir erzählt. Eher ungewöhnlich …»

«Für einen Mann, wolltest du das sagen?»

Valérie lachte. «Das hast du jetzt gesagt.»

«Es ist nicht immer leicht, sich von Gefühlen leiten zu lassen. Aber die Erfahrung hat mich gelehrt, dass es oft nicht anders geht. Man muss sich in den Täter hineindenken können. Ohne Emotionen geht das nicht.»

«Ich gehe eher davon aus, dass das Opfer wichtiger ist. Wenn ich das Opfer kenne, wird es mir den Weg zum Täter ebnen.»

«Das ist sicher ein erster Schritt. Gemäss Protokollen scheint der Charakter des Opfers transparent zu sein.»

«Ja, ich gehe davon aus, dass wir Tobias Bauer in der Zwischenzeit recht gut kennen. Er war ein Genie, das damit nicht hatte umgehen können. Im verlängerten Arm mit Philipp Williams hat er sich dennoch getrost ein wenig zurückgelehnt. Leider ist Bauer den Drogen verfallen, der Sinnlichkeit schlechthin und auch den Frauen und am Ende seiner Tage ziemlich auf den Hund gekommen. Er war impotent. Die Frauen haben ihn dennoch vergöttert.»

«Des Geldes wegen.»

«Ich glaube, nicht ausschliesslich. Bauer musste etwas an sich gehabt haben, das die Frauen faszinierte. Vielleicht sogar seine Brutalität. Denn dass er zeitweise brutal war, geht aus verschiedenen Verhören und Befragungen hervor. Möglicherweise hat er so etwas wie einen Macho verkörpert. Es gibt Frauen, die stehen darauf.»

«Aber in der Zwischenzeit geht ihr explizit von Daten auf einem USB-Stick aus, der aus dem Tresor entwendet wurde?»

«Das sind die letzten Vermutungen. Wie gesagt, wir stagnieren. Wir können jedoch ausschliessen, dass Kathrin Sulzer Bauer unmittelbar vor seinem Tod noch einmal besucht hat. Raffaella Bulliard hat ihre Aussage zurückgezogen, dass sie Kathrin angetroffen haben soll.»

«Sie versuchte sicher, mit einer Falschaussage von sich abzulenken.»

«Davon ging ich aus. Sie hat eher Schiss bekommen, weil wir ihr mit den Konsequenzen bei einer Falschaussage gedroht haben. Sie hat eingesehen, dass das kein Spiel ist.»

«Dann legst du das Schwergewicht nicht mehr auf die Frauen?»

«Ich bin vorsichtig. Mein letzter Gedanke war, dass es sich um Werkspionage handelt. Jemand muss Wind von diesem geheimen Programm von Bauer und Williams bekommen haben. Wenn das nämlich auf den Markt kommen sollte, wird es alle Rahmen sprengen. Damit kann man meiner Meinung nach eine Menge Geld verdienen. Allein das Patent dürfte einen beachtlichen Wert haben.»

«Der Purple Room. Du schreibst, dass du drin warst.»

«Ich hätte mir, ehrlich gesagt, ein etwas erfreulicheres Programm gewünscht als eine Reise, die im Verderben endet. Williams wollte mich mit Sicherheit testen, ob ich genug starke Nerven habe.»

«Und, hast du sie?» Caminada schenkte ihr ein Lächeln. Seine Gesichtsfalten tanzten mit.

«Ich attestiere mir starke Nerven. Aber in der virtuellen Welt ist das eine ganz andere Dimension. Man glaubt, sich nicht mehr auf seinen Kopf verlassen zu können. Hast du schon einmal einen Vergnügungspark besucht? Da kann man zum Beispiel in diese Raumfahrtkapseln steigen, eine Art Zentrifuge. Durch die Bewegung der Kapsel, den Film, der darin abgespielt wird, die Geräusche und Lichteffekte fühlt man sich als Astronaut.»

Valérie grinste, obwohl ihr nicht danach zumute war. Es war ihr elend schlecht gewesen.

«Du warst schon mal in so einer Kapsel?»

«Mit meinem Sohn. Alles, was mit den neuen Technologien, der Informatik und der virtuellen Realität zu tun hat, interessiert ihn. Erst durch Colin bin ich überhaupt darauf gekommen, dass so etwas existiert. Einmal erlebten wir den Start einer Rakete. Wir sassen drin und wurden mit einer extremen g-Kraft in ein virtuelles Universum katapultiert. Ich glaube, es war vier mal g. Für Kampfjetpiloten sicher kein Problem. Die halten bis neun g aus. Aber für uns Normalsterbliche ...»

«Bei fünf g bekämen wir ein Blackout.»

«Mir hat das Greyout schon gereicht ...» Valérie hielt einen Moment inne. «Ich habe mich in der Zwischenzeit in die Virtual Reality eingelesen. Der Purple Room ist einige Stufen besser, wenn nicht der absolute Burner. Es sind sozusagen optische, akustische, nasale und orale Eingriffe in dein Denken. Ich möchte behaupten, auch eine Art interaktive Zäsur auf das Nervenzentrum; eine Kombination von allem, vergleichbar mit einer Multimediabestrahlung, wobei auch eine geistige Suggestion nicht auszuschliessen ist. Vielleicht kannst du dir jetzt etwas darunter vorstellen.»

«Dadurch wird er auch ein Objekt der Begierde.» Caminada kratzte sich am Kinn.

«Ob er auch ein Motiv für einen Mord ist?», fragte sich Valérie.

«Möglicherweise spielen einige Faktoren mit. Ich möchte auch die Mikrochips nicht ausschliessen.»

«Ich habe mir die schlaflosen Nächte zunutze gemacht und mich über die Human Integrated Biochips, HIBs, informiert, über den Chip, wie Bauer und da Molinari ihn trugen ... und Bulliard. Bis ins Jahr 2030 rechnet man mit der weltweiten Verbreitung solcher Implantate. Dadurch wird man die Möglichkeit haben, den Menschen durch hocheffiziente und rationale Steuerungs- und Regelungsprozesse zu lenken und zu kontrollieren.

Wer sich den Biochip nicht implantieren lässt, dem wird er beim Kauf eines Kleidungsstückes untergeschmuggelt.»

«Also sollten wir in Zukunft jedes Hemd auf solche Chips absuchen.» Caminada strich sich über die Stirn. Er lachte nicht.

«Es kommt schlimmer: Solche Biochips können in Menschen implantiert werden, die nicht die geringste Ahnung davon haben, dass sie einen tragen. In ein paar Jahren werden die Dinger so klein sein wie ein Reiskorn und trotzdem eine extreme Speicherkapazität haben in Form eines Supercomputers. Es wird keine Einschränkungen mehr geben. Man geht davon aus, dass durch den Biochip auch die Hirnleistung verbessert wird. Aber wie alles hat auch der HIB seine Schattenseiten. In den falschen Händen kann er ein Desaster auslösen. Es ist beängstigend, dass das, was erst noch als Science-Fiction galt, in absehbarer Zeit Realität werden könnte.»

«Der Mensch wird dadurch nur noch durch Manipulation existieren. Andere werden für ihn denken.»

«Eine moderne Art des Schachspiels.» Valérie fröstelte es. «Dann werden wir auch nicht mehr weit entfernt von einer totalitären Welt sein.»

«Ansätze zeigen sich ja bereits.»

«Nicht bloss Ansätze. Sie sind mitten unter uns. Die Chips befinden sich zum Beispiel in den Tickets zu Skiliften und Bergbahnen. Bei den Schafen sind sie bereits Massenproduktion. Anhand dieser Tracker kann man verloren gegangene Tiere aufspüren. Der Schritt, um den Homo sapiens auf diese Weise zu kontrollieren, ist gering.»

«Zum Glück wird es auch in Zukunft intelligente Menschen geben, die dagegensteuern.»

«Ist zu hoffen, dass sie in der Mehrzahl sind. Die Verblödung der Menschheit ist nicht förderlich. Manchmal denke ich, dass sie nicht mehr zu stoppen ist.»

«Möglicherweise wird auch diese Entwicklung bereits von einer grösseren Macht gesteuert.»

Valérie merkte, wie sie vom eigentlichen Thema wegdrifteten.

Anders als erwartet, fühlte sie sich wohl. Behaglich in Caminadas Gegenwart. Mit Zanetti hätte sie nie über solche Themen diskutieren können. Sie glaubte, in Gian Luca Caminada einen wirklich tollen Arbeitspartner gefunden zu haben. «Willst du jetzt einen Kaffee?»

«Ja, den könnte ich gebrauchen.»

Valérie erhob sich. Während sie zum Fenstersims schritt, auf dem die Kaffeemaschine stand, sah sie über die Schultern. Caminada entnahm seiner Mappe einen Aktenordner und legte diesen auf das Pult.

«Dominik hat mich bereits mit allem eingedeckt, wie du siehst. Ich hätte allerdings ein paar Fragen.»

Valérie schaltete die Maschine ein, legte eine Kapsel ein und stellte eine Tasse darunter. «Schiess los.» Sie drückte den Startknopf.

«Die Gemälde in Bauers Villa – welche Bewandtnis haben diese? Die wurden alle da herausgeholt?»

Valérie brachte die Kaffeetasse zum Pult. «Ohne Milch und Zucker?»

«Du erinnerst dich? Gern schwarz.»

«Wir haben gehofft, etwas im Rahmen zu finden, das für uns relevant ist.»

«Und das verschwundene Bild?» Caminada hob die Tasse an. «Von dem weiss man nichts?»

«Es ist wie vom Erdboden verschluckt.»

«Bist du sicher, dass es existiert hat?»

«Es gibt eine Zeugin, die aussagte, dass der Künstler Amanaki es nach der Vorlage eines Fotos gemalt hat.»

«Hier steht», Caminada zeigte auf eine Textstelle, «dass Amanaki auch tot ist.»

«Weiter unten steht die Todesursache.»

«Ein Aneurysma.»

Valérie schluckte einen Kloss hinunter. «Er wurde niedergeschlagen … es war … Totschlag.»

«Ihr sucht nach einer Frau?»

«Madeleine ist ihr Name. Niemand hat sie bislang in echt gesehen. Und diejenigen, die sie gesehen haben, sind tot. Davon gehen wir zumindest aus.»

«Habt ihr alle Apotheken in der nahen Umgebung überprüft?»

«Steht auch drin. Eine Freundin von Kathrin Sulzer hat ihr den Blauen Eisenhut ausgehändigt.» Worauf wollte Caminada eigentlich hinaus? Valérie setzte sich wieder ans Pult.

«Nachdem sicher war, dass der Blaue Eisenhut am 22. Dezember an Kathrin Sulzer herausgegeben wurde, habt ihr die Suche nach weiteren Verkäufen eingestellt.»

«Ja, haben wir. Ich verstehe nicht ganz. Blauer Eisenhut ist ja nicht gerade eine Medizin, die man wie Kopfwehtabletten über den Ladentisch reicht.» Valérie fuhr es kalt über den Rücken.

Caminada schwieg und trank vom Kaffee. Er stellte die Tasse wieder ab. «Dass ein USB-Stick aus dem Safe entfernt wurde, ist auch nicht gewiss?» Caminada sah sie prüfend an.

«Nein, das wissen wir nicht mit Sicherheit. Es ist eine Vermutung.»

«Könnte Amanaki nicht auch niedergeschlagen worden sein, weil der Täter etwas bei ihm vermutet hat, das er im Tresor nicht fand?»

«Wäre auch möglich. Aber unsere Recherchen zielen darauf hin, dass es sich um die Kopie von Daten handelt. Diese wurden, so Phil Williams, auf einem USB-Stick abgespeichert.»

«Also geht es um die Daten des …», Caminada beugte sich über den Text, «6-D-Plus-Programms.»

«Das ist anzunehmen.» Valérie kam sich wie in einem Verhör vor.

Caminada schien ihr anzusehen, dass es ihr nicht mehr wohl war dabei. «Entschuldige bitte meine penetranten Fragen. Aber ich versuche, die Zusammenhänge zu sehen.» Er griff nach einem Schreibstift und machte Randnotizen. «Vielleicht können wir einmal alle Personen durchgehen, die in den Fall involviert sind. Wer hat Bauer gefunden? Was ist mit Agostina da Molinari, mit Goran Zulić. Sie waren, wie mir scheint, die engsten Mitarbeiter des Opfers, von den Leuten in der Firma einmal abgesehen.»

«Zulić hat da Molinari das Leben gerettet.»

«Hat sie das bestätigt?»

Valérie glaubte, nicht richtig gehört zu haben. «Sie war bewusstlos, als Zulić sie fand.»

«Hat man Zulić' Vita geprüft? Seine Herkunft? Seinen Leumund?»

«Ja, natürlich.»

«Warum steht das hier nirgends?»

Valérie lehnte sich zurück und verschränkte die Arme. Dodo hatte das geprüft. Hatte sie vergessen, es zu protokollieren? Valérie hätte es kontrollieren müssen. Besser, sie spielte mit offenen Karten. Sie gab zu, es versäumt zu haben. «Ich werde Zulić noch einmal sprechen.» Sie trug die Verantwortung. Sie hätte Dodo auf die Finger schauen müssen und hatte sich stattdessen von ihr blenden lassen. Das hätte nicht passieren dürfen. «Wir sehen uns morgen beim Briefing?» Valérie kam sich vor, als hätte sie sich vor Caminada ausgezogen.

Er war so taktvoll und lenkte vom Thema ab. «Wir sehen uns morgen. Ist ja auch mein offizieller erster Arbeitstag.» Er erhob sich, packte seinen Ordner ein und stellte die leere Kaffeetasse auf den Fenstersims, wo bereits eine andere schmutzige Tasse stand. «Ich muss nach Chur zurückfahren. Meine Frau Menga wartet bestimmt schon mit dem Nachtessen auf mich.»

«Du wohnst immer noch in Chur?»

«Bis wir etwas Geeignetes im Kanton Schwyz gefunden haben. Menga tut sich jedoch etwas schwer damit.»

FÜNFZEHN

«Mussolini! Weg da! Was fällt dir ein?» Kathrin Sulzer scheuchte den Kater von der Küchenablage. Er war mit einem Satz daraufgesprungen und so dreist gewesen, nach dem Rindsfilet zu schnappen, welches seine neue Herrin mit einer Pfeffer-Senf-Marinade zubereiten wollte.

Kathrin hatte mit dem Kater alle Hände voll zu tun. Es war keine gute Idee gewesen, Tobis Viech nach Hause zu nehmen. Das sah sie mittlerweile ein. Er war unberechenbar und launisch. Im Nachhinein musste sie sich zugestehen, dass der arme Mussolini in ein Tierheim gekommen wäre, jetzt, wo sein Meister tot war.

«Du musst gut zu ihm schauen», hatte Tobi gesagt, bevor sie mit dem vollen Katzenkorb die Villa verliess. «Er hat seine Macken und sollte nur Trockenfutter fressen. Falls du ihn rauslässt und er mit einer Maus nach Hause kommt, schimpf mit ihm, sonst glaubt er, es sei in Ordnung. Sobald er Mäuse frisst, kriegt er Mundgeruch. Und die Vögel lässt er meistens liegen, nachdem er sie geschnappt hat.»

Tobi. Es war das Letzte, was Kathrin für ihren Ex-Geliebten und den Verstorbenen tun konnte.

Mussolini miaute herzzerreissend, auch eine von seinen Maschen. Er hatte sie schon längst um die vier Pfoten gewickelt. Kathrin stellte das gewürzte Rindsfilet in den Kühlschrank, ging ins Wohnzimmer, wohin Mussolini geflüchtet war. Auf dem Weg dorthin fiel ihr auf, wie unordentlich es in ihrer Wohnung aussah. Agostina hatte einmal die Woche auf Tobis Kosten bei ihr gereinigt. Kathrin suchte nach ihrem Smartphone, fand es in der Manteltasche und wählte Agostinas Nummer.

«Frau Kathrin!» Ihre Stimme klang angeschlagen. «*Scusi*, aber ich nicht kommen putzen», sagte sie, als ahnte sie, warum Kathrin sie angerufen hatte. «Ich sein krank.»

«Ich weiss, aber in meiner Wohnung sieht es so katastrophal aus, dass ich Sie jetzt brauche. Nur für zwei Stunden und für das Gröbste.» Kathrin vernahm ein heftiges Atmen.

«Meine linke Arme kaputt.»

Typisch, dachte Kathrin. Warum musste sie sich mit einer wie dieser abgeben? «Ich werde Ihnen zehn Franken mehr bezahlen, als Sie bei Bauer bekommen haben.»

Wieder ein Stöhnen. «In Ordnung. Wann sollen ich bei Ihnen sein?»

Geht doch! Kathrin sah auf die Uhr. «In einer Stunde?» Sie musste sich vorher selbst zurechtmachen. Sie erwartete Agostinas Bestätigung und brach dann die Verbindung ab. Sie hob Mussolini auf, der ihr um die Beine strich. «Na, du, was machst du auch für Sachen?» Sie setzte sich mit ihm aufs Sofa und fuhr ihm über das rabenschwarze Fell.

Das Maunzen hatte sich in ein Schnurren verwandelt. Mussolini mochte es, wenn man ihn am Hals und am Bauch kraulte. «Du hast schon wieder zugenommen», stellte Kathrin fest. «Du verfressener kleiner Teufel.»

Der Kater hatte gelbe Augen und ein Gesicht, das Kathrin manchmal Unbehagen einflösste. Er sei ein anschmiegsames Perser-Büsi, hatte Tobi gesagt. Kathrin stimmte dem nicht zu.

«Muss ich dir das Halsband lockern?» Sie griff an den Hals des Katers und zog die Öse des ledernen Bandes aus dem dritten Loch. «Ist auch gar ein dickes Band. Halt still, du Biest!»

Endlich hatte sie es geschafft, das Band vom Hals des Tieres zu lösen. Sie betrachtete es eingehend. «Na, so was, das ist ja ein richtig fettes Teil. Armer Kerl, du hättest daran ersticken können.»

Mussolini sprang von ihrem Schoss, rannte in den Flur, als sei der Allmächtige hinter ihm her. Kathrin lächelte still vor sich hin. Das mit dem Katzenklo klappte auch bei ihr hervorragend. Mussolini verrichtete sein Geschäft regelmässig im Streusand. Der Geruch war einigermassen erträglich.

Das Halsband. Tobi hatte dafür ein Vermögen ausgegeben. Es

war mit Strasssteinen eingefasst, unverkennbar mit glitzernden Swarovski-Kristallen. Kathrin drehte es um und wunderte sich über den Zipper im Innenteil. Möglicherweise hatte Tobi auch für den Fall vorgesorgt, sollte der Kater davonlaufen, und seine Adresse und die Telefonnummer hinterlegt. Kathrin zog den Reissverschluss auf, entnahm der Öffnung ein kleines Etui und schrie entsetzt auf.

***

Seit dem frühen Morgen lief das Telefon heiss. Daniel Christen und seine Kollegen hatten alle Hände voll zu tun. Zwei Auffahrunfälle wegen Glatteis bei Schwyzerbrugg, mehrere Zusammenstösse auf der Autobahn zwischen Lachen und Pfäffikon. Der Mositunnel war seit einer halben Stunde gesperrt, weil ein Lastwagen vor dem Südportal quer stand.

«Betschard am Apparat», sagte der Anrufer, «Notrufzentrale. Eine Frau Sulzer möchte die Lehmann sprechen, hat versehentlich die 117 gewählt.»

«Verbinde sie.» Christen nahm Notizblatt und Schreibstift zur Hand.

In der Leitung knisterte es. «Kathrin Sulzer, bin ich mit der Polizei verbunden?»

«Mit Christen von der Kantonspolizei Schwyz.» Er wunderte sich immer wieder über solche Fragen, wenn doch der Anrufer ihre Nummer gewählt hatte. «Was kann ich für Sie tun?»

«Ist Frau Lehmann da?»

Christen blickte auf den Monitor seines Rechners, wo der Einsatzplan der Abteilung ‹Leib und Leben› ersichtlich war. Er hatte erst vor Kurzem einen Blick darauf werfen müssen. «Tut mir leid. Sie ist gerade ausser Haus. Kann ich Sie mit jemand anderem verbinden, oder kann Frau Lehmann Sie zurückrufen?»

«Nein, es ist wirklich dringend. Ich kann unmöglich warten.»

«Geben Sie mir ein Stichwort?» Christen klickte die Mine des Schreibstifts aus der Versenkung.

«Tobias Bauer.»

Auch bei Christen ging der Fall vom Itlimoos nicht spurlos vorbei. Im Moment wurde über fast nichts anderes diskutiert. «Einen Moment bitte. Ich werde Sie gleich mit der Abteilung ‹Leib und Leben› verbinden.»

«Beeilen Sie sich!»

***

Valérie war am Abend spät nach Hause gekommen, nachdem sie einen Blitzbesuch bei Fabia hatte machen wollen. Aus einer Viertelstunde waren zwei Stunden geworden, in denen sie im Wohnzimmer der Familie Ulrich gesessen hatte. Die vierjährige Olivia hatte sie komplett in Beschlag genommen, Valérie musste ihr aus Bilderbüchern erzählen.

Fabia war am Dienstag aus dem Spital entlassen worden. Michael hatte Urlaub genommen, um seine Frau in der ersten Zeit nach der Niederkunft zu unterstützen. Voller Stolz hatten sie ihre kleine Charlotte präsentiert, die am späten Abend wach war. Valérie hatte sie eingehend betrachtet. Das Baby hatte tatsächlich pechschwarze Augen.

Halb acht war es, und Valérie lag noch im Bett. Seit Langem hatte sie wieder einmal durchgeschlafen. Nach einer Flasche Rotwein, die sie zusammen mit Zanetti getrunken hatte, und einem zärtlichen Einschlafritual war es ein Leichtes gewesen.

Zanetti schaute ins Schlafzimmer. «Musst du nicht zur Arbeit?»

«Erst um zehn.» Valérie streckte sich. «Sag mir, wie das Wetter ist, dann entscheide ich, ob ich aufstehe.»

«Bedeckt und unter null Grad. Der Nieselregen von gestern hat die Strassen in Eisfelder verwandelt.» Zanetti zog die Decke von ihrem Körper und betrachtete sie. «Wenn ich keinen Termin hätte, würde ich gern noch einmal zu dir ins Bett kriechen. Aber die Pflicht ruft. Es gab einen Unfall mit Messerstecherei bei der Autobahnauffahrt in Goldau. Zwei Schwerverletzte und eine Horde junger Leute, die die Zufahrt blockieren.»

«Ist es schlimm?» Valérie hielt Zanettis Hände fest. «Was haben wir auch für Jobs!»

Er küsste sie auf den entblössten Bauch. «Bis heute Abend.»

Sie sah ihm nach. Sie hatten lange über Gian Luca Caminada gesprochen. Zanetti hatte ein gutes Gefühl, was Fischbachers Nachfolger betraf. Er habe ihn zwar nur kurz gesehen, aber der Mann sei ihm sympathisch. Das vereinfachte die Sache. Valérie hätte es nicht ertragen, wenn Zanetti anders reagiert hätte.

Sie ging ins Bad, duschte und zog sich an. Mit dem Frühstück liess sie sich Zeit. Sie bereitete sich ein Rührei zu und trank dazu zwei Tassen Milchkaffee. Alles fühlte sich unwirklich an. Gehörte sie ebenfalls zu den unprivilegierten Menschen, die man in naher Zukunft mittels Biochip zu steuern imstande war? Wer auf dieser Welt war auserkoren, um die grosse Masse für seine Zwecke zu manipulieren?

Hatte Tobias Bauers Tod damit zu tun, weil er sich zu weit aus dem Fenster gelehnt und sich auf gefährliches Terrain begeben hatte? Sollte es so sein, müsste Valérie den Fall abgeben. Das würde eine Nummer zu gross für sie sein. Wie dachte Gian Luca Caminada darüber? Valérie schätzte ihn als intelligenten und sensiblen Mann ein, der nicht explizit an einem Fall würde festhalten wollen, wenn er die Machbarkeiten überstieg. Da mussten Profis ran, die etwas davon verstanden.

Purple Room, Virtual Reality, Biochip-Implantate – das sah nach etwas Grossem aus, in dem Valérie in der Gestalt einer kleinen Kriminalistin unterging.

Sie stellte das gebrauchte Geschirr in die Geschirrspülmaschine. Diese alltäglichen Handgriffe kamen ihr auf einmal unbedeutend und kleinlich vor.

Kurz vor zehn kam sie in Biberbrugg an. Bereits auf dem Flur zu ihrem Büro wurde sie von Louis in Beschlag genommen.

«Gut, bist du da.» Er war ausser Atem. «Kathrin Sulzer ist tot.»

Valérie spürte einen harten Stich in der Brust. «Willst du mich auf den Arm nehmen?»

Louis trabte neben ihr her. «Agostina da Molinari hat sie gefunden.»

«Wo?» Verdammt, warum musste sie Louis alles aus der Nase ziehen. «Wo hat sie Kathrin Sulzer gefunden?»

«Zu Hause in Wilen. Eine Streife ist vor Ort, der Neue auch ...»

«Caminada?»

«Ja, Caminada, der Bündner ... hat einen gewöhnungsbedürftigen Dialekt.» Louis versperrte ihr den Weg, als sie ihr Büro betreten wollte. «Wir sollten da jetzt hin.»

Valérie stiess ihn von der Tür weg. «Was weisst du darüber?» Sie war nicht fähig, es zu glauben. «Warum war da Molinari bei ihr?»

«Das wird deine Aufgabe sein, sie zu befragen. Ein Arzt ist vor Ort. Sie sei völlig durch den Wind.»

***

Der Weg zum Haupteingang war mit Flatterbändern abgesperrt. Dahinter hatten sich die Gaffer eingefunden, ein hälsereckender Mob, der in einer Doppelreihe Spalier stand. Das halbe Quartier schien anwesend zu sein. Displays von Smartphones leuchteten auf.

Valérie spürte die neugierigen Blicke auf sich, als sie mit Louis das Treppenhaus betrat. «Wie widerlich.»

«Fühlt sich für die wahrscheinlich gleich an, als würden sie sich eine Reality-Soap ansehen.»

«Du kennst dich da besser aus als ich.»

Sie stiegen drei Etagen höher. In Kathrin Sulzers Appartement bewegten sich die Männer des KTD wie Astronauten in einem futuristischen Film. Nichts hatte sich verändert seit Valéries letztem Besuch. Die Wohnung wirkte steril und puristisch. Kathrin Sulzer hatte mit allem gespart. Eine persönliche Note, wie Fotos oder Blumen, fehlte komplett.

Schuler kam ihr aus der Küche entgegen. «Hi, Valérie.»

«Guten Morgen, Franz.» Valérie zog sich Füsslinge und Vinylhandschuhe an. «Wo liegt sie?»

«Im Schlafzimmer. Der Gerichtsmediziner ist bei ihr.»

Valérie wartete, bis einer der Techniker mögliche Spuren am Türrahmen abgepinselt hatte. Mit Blick ins Zimmer erkannte sie Stieffel und Caminada in ein angeregtes Gespräch vertieft.

«Guten Morgen.»

Beide wandten sich gleichzeitig zu ihr um. Auf ihren Gesichtern spiegelte sich Ratlosigkeit.

Valéries Blick fiel auf den Boden, wo Kathrin Sulzer in einer grossen Blutlache lag. Die schmale Taille betonte die künstlichen Brüste, das Haar bedeckte sie zur Hälfte. Valérie fiel erst jetzt auf, wie unecht die Frau aussah. Daneben gab es Spuren von Katzenpfoten. Valérie folgte ihnen mit den Augen. Sie führten hinter einen Schrank. «Habt ihr schon nachgesehen?» Sie zeigte auf die Pfotenabdrücke.

«Ein Katzenkadaver», sagte Stieffel. «Wir haben ihn bereits entfernt. Er kommt auch in die Pathologie.»

«Die Katze ist auch tot?» Valérie versuchte, emotionslos die Lage zu analysieren. Dabei traf sich ihr Blick mit dem von Caminada. Er schüttelte nur den Kopf.

«Sieht übel aus.» Valérie reichte ihm die Hand. «Kein erbaulicher erster Arbeitstag.»

«Ich hätte auch lieber eine Flasche Wein geöffnet und mit meinen neuen Leuten angestossen.»

Kathrin Sulzer hatte eine tiefe Schnittverletzung an der Stirn. Davon allein konnte das viele Blut unmöglich stammen.

«Ihre Schädeldecke ist zertrümmert», sagte Stieffel. «Da muss wer mit grosser Aggression darauf eingeschlagen haben.»

«Konnte die Mordwaffe schon sichergestellt werden?»

Caminada nahm sie beim Arm. «Es wurde keine gefunden.»

«Seid ihr schon lange hier?»

«Eine halbe Stunde. Der Notruf ging um neun Uhr fünfzehn bei uns ein. Agostina da Molinari liegt im Nebenzimmer auf einer Matte. Ein Arzt ist bei ihr, der auch den Tod von Kathrin Sulzer festgestellt hat.»

«Todeszeitpunkt?»

«Vor einer Stunde bis höchstens zwei Stunden», sagte Stieffel.

Valérie wandte sich an Caminada. «Ich werde die Zeugin befragen.»

«Sie hat ja auch ausschliesslich nach dir verlangt.»

Valérie verliess das Schlafzimmer, trat in den Flur und stiess die Tür zum Fitnessraum auf. Sie begrüsste den Arzt und sah auf Agostina da Molinari, die sich an einen Medizinball gelehnt hatte. «Wie geht es ihr?»

«Den Umständen entsprechend. Ich habe ihr ein Beruhigungsmittel verabreicht.»

«Ist sie vernehmungsfähig? Oder haben Sie sie betäubt?»

Der Arzt sah sie schweigend an.

«Sorry.» Valérie stiess Luft aus. Sie wollte nicht zugeben, wie dieser neue Mord sie belastete. Kathrin Sulzer. Erst noch hatte man sie verdächtigt, Tobias Bauer umgebracht zu haben. Valérie kniete sich auf den Boden und nahm Agostina da Molinaris Hände in die ihren. «Frau da Molinari. Können Sie mir berichten, was passiert ist?»

«Veleno.»

«*Veleno?* Was bedeutet *veleno*?»

«Es riechen nach Gift.»

«Was hat nach Gift gerochen?» Valérie konnte sich keinen Reim darauf machen.

«Poison!»

«*Poison?* Sie meinen vergiften? Kathrin Sulzer wurde niedergeschlagen. Was haben Sie gesehen?»

«Sie schon sein tot, wenn ich kommen an. Aber es riechen nach … Gift … nach Poison.»

Erst jetzt wurde Valérie klar, was da Molinari damit meinte.

«Es hat nach dem Parfum Poison gerochen, als Sie hier eintrafen? Wollten Sie mir das sagen?»

«Ja, ich sehr gute Nase. Ich riechen das in Tobias Bauers Haus …»

«Wann haben Sie es zum letzten Mal gerochen?»

«Ich mich erinnern … bevor jemand mir verletzen Arm … ich riechen Gift.»

«Poison von Dior.» Valérie kannte die Parfummarke. Früher hatte sie den Duft auf sich getragen, weil er Willy an ihr gefiel. Ein intensiver blumiger Geruch nach Sandelholz, Amber und Zeder.

War Madeleine hier gewesen?

«Haben Sie eine Frau gesehen?»

«Nein, nichts Frau. Nur Poison.»

«Was war der Grund, dass Sie Kathrin Sulzer besuchten?»

«Sie mich anrufen wegen Reinigung.»

Valérie sah sich um. Auf dem Flur entdeckte sie einen Putzeimer mit Reinigungsmittel und diversen Lappen. «Ich dachte, Sie wären krankgeschrieben.»

«Ich gut putzen mit rechte Hand.»

«Kamen Sie nur wegen der Reinigung hierher? Oder weshalb hat Kathrin Sie hierher bestellt?»

«Nur wegen Putzen.»

«Wer hat Sie hierhergefahren?»

«Eva, meine Freundin. Sie nicht wollen warten. Sie nach Hause zurückfahren. Ich nicht sie erreichen.»

«Wo befindet sich Ihr Handy?»

Da Molinari griff in ihre Jackenasche, holte ihr Handy daraus hervor und reichte es ihr. Valérie vergewisserte sich, wen sie zuletzt angerufen hatte. Die Notfallnummer der Polizei erschien, darunter drei Anrufe an Eva. Das war um zehn nach neun gewesen. Um kurz nach acht hatte sie mit Kathrin Sulzer telefoniert.

«Haben Sie unten geläutet, als Sie hier ankamen?»

«Ja, aber die Tur stehen offen. Ich nehmen Lift und fahren hoch. Oben die Tur sein auch offen, also ganz offen. Ich rufen.»

«Und als Ihnen niemand geantwortet hatte, traten Sie in den Flur.»

«Ja. Ich rufen noch einmal. Ich kennen die Wohnung. Ich einmal putzen in Woche. Dann ich sehen in Schlafzimmer …» Da Molinari presste die Hände auf den Mund. «*Madre mia* … So furchtbar … Frau Kathrin nichts sagen und ganz viel Blut …»

«Haben Sie eine Katze gesehen?»

Da Molinari sah sie entsetzt an. «Katze? Nichts Katze.»

«Können Sie aufstehen?», fragte Valérie und sandte dem Arzt einen Blick zu.

«Darum kümmere ich mich», sagte dieser.

Valérie reichte ihm ihre Karte. «Wir werden uns bei Ihnen melden. Vorerst danke für Ihren Einsatz.»

Gedankenversunken kehrte Valérie ins Schlafzimmer zurück, wo noch immer Stieffel mit der Toten beschäftigt war. Er führte die Legalinspektion gleich vor Ort aus.

«Neue Erkenntnisse?»

«Todesursache mit ziemlicher Sicherheit durch den Schlag auf den Hinterkopf. Um es genau zu erfahren, muss sie auf den Seziertisch.»

Valérie suchte nach Louis und fand ihn vor der Wohnungstür, wo er sich mit Kathrin Sulzers Nachbar unterhielt. «Ich bin gleich so weit», sagte er, als er Valérie bemerkte.

Sie kehrte zurück ins Wohnzimmer. Hier sah es ordentlich aus, kaum ein Stäubchen. Valérie fragte sich, was Agostina da Molinari hätte reinigen sollen. Doch so, wie sie Kathrin Sulzer eingeschätzt hatte, war sie eine Perfektionistin gewesen. Das hatte sich auch an ihrer Art, wie sie sich unter Menschen zeigte, herauskristallisiert.

Schuler kam auf sie zu. «Das hier haben wir unter dem Salontisch gefunden.» Er reichte ihr ein Lederband mit Strasssteinen.

Valérie nahm es entgegen. «Ein Katzenhalsband.» Sie drehte es auf die Innenseite, wo sie einen geöffneten Zipper entdeckte. «Ein Geheimfach?»

Schuler hob die Schultern. «Ich mache dann mal weiter.»

Es war, als lichtete sich ein Schleier. Die Katze! Die Katze musste die ganze Zeit den gesuchten Gegenstand auf sich getragen haben. Der Grösse des Behältnisses zu urteilen nach, hätte darin ein USB-Stick Platz gehabt.

«Franz!» Valérie folgte ihm. «Habt ihr ein Handy gefunden?»

«Steckt in einem der Asservatenbeutel. Wird auf Fingerabdrücke überprüft.»

«Kann ich es mal sehen.»

«Liegt auf dem Küchentisch in der grauen Box.»

In der Küche sah es unaufgeräumt aus. Geschirr und Pfannen stapelten sich im Abwaschbecken. Kathrin Sulzer hatte nach dem Nachtessen gestern nicht aufgeräumt. Besuch schien sie nicht gehabt zu haben. Auf der Anrichte lag eine leere Schachtel von Katzenfutter.

Valérie griff in den Karton, den Schuler beschrieben hatte. Sie entnahm ihm ein iPhone und zog es vorsichtig aus dem Asservatenbeutel. Sie tippte es an. Ihre Hoffnung, dass es nicht durch einen persönlichen Code gesichert war, zerrann. Valérie steckte es in ihre eigene Tasche. Das hier hatte Priorität. Sie würde es auf dem schnellsten Weg zu den IT-Spezialisten bringen. Sie ging zurück in den Flur. Dort stand Caminada und erteilte Order, nachdem der Bereitschaftsdienst eingetroffen war. «Befragt alle Bewohner in diesem Haus, geht systematisch vor. Nehmt euch auch die Gaffer vor.»

«Kann ich dich kurz sprechen?» Valérie berührte seinen Arm.

Caminada wandte sich zu ihr um. «Ist dir etwas Verdächtiges aufgefallen?»

«Das hier.» Valérie reichte ihm das Halsband. «Bauer hat Kathrin Sulzer in der Nacht, in der er umgebracht wurde, seine Katze ausgehändigt. Das Tier hat wahrscheinlich die ganze Zeit bis heute den von uns gesuchten USB-Stick auf sich getragen. Ich frage mich, weshalb hat Bauer die Katze der Frau geschenkt, die er kurz zuvor abserviert hatte? Hatte er geahnt, dass man ihn umbringen will?»

«Da können wir nur spekulieren. Es ist nicht sicher, ob das Halsband tatsächlich den Stick enthalten hat.»

«Sollte es aber so gewesen sein, muss der Täter es herausgefunden haben. Das Band ist leer, die Katze tot. Er muss sie vorher getötet haben, um ans Band zu kommen. Und Kathrin Sulzer musste sterben, weil sie den Mörder gesehen hat … oder die Mörderin. Agostina da Molinari behauptet, es habe nach einem Parfum gerochen, als sie hier ankam. Nach dem gleichen Parfum, das sie bei dem Angriff auf sie gerochen hatte.»

«Hat sie eine so gute Nase?» Dass Caminada daran zweifelte, sah Valérie ihm an.

«Solche Eindrücke speichert das Gehirn ab. Ein Geruch, ein Bild oder was auch immer bei einem einschneidenden Erlebnis präsent ist, manifestiert sich in der Erinnerung. Da Molinari hat den Parfumduft wiedererkannt. Er hat ihr das, was passiert ist, assoziiert. Man nennt dies ein olfaktorisches Gedächtnis.»

«Vom Bulbus olfactorius über die Stria olfactoria lateralis kommt es zu einer Verbindung mit der Amygdala.» Caminada lächelte.

«Ich sehe, wir verstehen uns.» Valérie musterte ihn anerkennend, war sich aber nicht sicher, ob er sich am Ende über sie lustig machen wollte.

«Du gehst also von einer Frau aus?», fragte er, schien sein Intermezzo von vorhin abgehakt zu haben.

«Madeleine. Vielleicht ist sie doch kein Hirngespinst. Aber warum taucht sie erst jetzt bei Kathrin Sulzer auf? Ich muss unbedingt erfahren, mit wem Kathrin Sulzer vor ihrem Tod Kontakt aufgenommen hatte oder von wem sie angerufen wurde.»

***

Sie würde so lange neben Müller, dem Informatiker, warten, bis er den Code geknackt hatte. Keinen Schritt würde sie tun, bis sie wusste, mit wem Kathrin Sulzer nebst Agostina da Molinari noch gesprochen hatte.

Müller war der Beste. Valérie wusste das. Und schnell. Sie hatte eine Schachtel Pralinen mitgebracht. «Als Bestechung», hatte sie gewitzelt, als sie ihm das iPhone in die Hand drückte. «Ich brauche den Zugang.»

«Jetzt gleich?» Müller sah auf. «Bin gerade an einer kniffligen Aufgabe.»

«Bitte.» Valérie nahm die Pralinenschachtel an sich. «Ich nehme diese sonst wieder mit.»

Müller grinste. «Frau Oberleutnant, wie sie leibt und lebt.» Er widmete sich dem iPhone und verband es durch ein Kabel mit seinem Rechner. «Dann mal auf ein gutes Hacking.»

Wenig später hatte Valérie den Zugriff.

«Danke, bist ein Schatz.»

Müller schnappte sich die Pralinen. «Ich weiss.»

Valérie tippte die Anrufliste an und suchte nach den letzten ankommenden und abgehenden Anrufen. Mit da Molinari hatte sie um acht Uhr zehn telefoniert. Die Anrufe davor waren gelöscht. Sonderbar, dachte Valérie. Sie würde Müller noch einmal belästigen müssen. Sie checkte auch den letzten Anruf. Kathrin Sulzer hatte die Nummer 117 gewählt – um acht Uhr fünfzehn.

Sie hatte die Notfallnummer der Polizei gewählt. War sie zu der Zeit dem Mörder bereits begegnet, oder hatte sich dieser in der Wohnung befunden? Valérie vergass Müller.

Sie ging in ihr Büro und rief Daniel Christen von der Einsatzzentrale an. Sie liess ihn nicht zu Wort kommen. «Hattest du heute Morgen um Viertel nach acht einen Anruf?»

«Warte mal, ich sehe gleich nach.»

Valérie kamen die Sekunden wie Minuten vor. «Hast du was?»

«Ja, hier, von Kathrin Sulzer.» Er teilte ihr die Nummer mit.

«Was wollte sie?»

«Sie hat nach dir verlangt.»

«Nach mir?» Valérie vergass zu atmen. «Warum hast du mich nicht angerufen?»

«Ich sah auf deinen Einsatzplan.»

«Du hast meine Handynummer!» Valérie musste sich beherrschen, um nicht laut zu werden. «Was hat Kathrin Sulzer gesagt?»

«Es gehe um Tobias Bauer.»

«Nur das?»

«Ja. Ich habe sie dann mit eurer Abteilung verbunden.»

Valérie schnappte nach Luft. Im Moment lief gerade alles schief. «Wer hat den Anruf entgegengenommen?»

«Sorry, kann ich dir nicht sagen. Unsere Telefone liefen heiss am frühen Morgen. Überall gab es Unfälle. Ich weiss es wirklich nicht mehr.»

Valérie riss sich zusammen. Es war nicht Christens Schuld. Er hatte seinen Job erledigt. Sie bedankte sich und legte auf.

Sie würde sich für die Teamsitzung vorbereiten müssen, die sie auf elf Uhr anberaumt hatte. Auf dem Weg zum Sitzungsraum begegnete sie Caminada. «Du bist schon zurück?»

«Haben wir um elf nicht eine erste Lagebeurteilung?» Er zog an einer Kette und entnahm seiner Hosentasche eine Uhr. «Es ist bald elf.»

«Du hast eine Taschenuhr? Wie in guten alten Zeiten.» Valérie konnte sich ein Schmunzeln nicht verkneifen.

«Von meinem Vater. Er war ein Uhrensammler.»

Valérie hielt inne. «Wir haben ein Problem.» Sie erzählte Caminada von Christens Anruf in ihre Abteilung. «Ich wäre froh, wenn du das Thema ansprechen könntest.»

«Damit mich gleich alle auf den Mond schiessen?» Caminada lächelte. «Selbstverständlich werde ich es tun.»

«Du siehst, du bist zur richtigen Zeit hier angekommen. Wir brauchen den Rückhalt eines kompetenten Chefs.»

«Ich fühle mich geschmeichelt.»

Valérie sah Caminada an, dass ihm ihre Bemerkung nicht recht war.

Sie betraten den Sitzungsraum.

Valérie machte Licht. «Ich freue mich, mit dir zusammenzuarbeiten.»

Caminada schritt zur Pinnwand. Nachdenklich sah er darauf. «Drei Tote innerhalb von zwei Wochen. Das ist unüblich, oder?»

«Wir hatten ein gutes halbes Jahr keinen solchen Fall mehr.» Valérie dachte an ihren letzten grossen Einsatz in Einsiedeln zurück, wo nicht nur zwei Frauen bestialisch ermordet worden waren, sondern die Spur ins Benediktinerkloster geführt hatte.

Dodo und Louis betraten gleichzeitig den Raum.

«Haben wir etwas verpasst?», fragte Dodo und musterte Caminada, als käme er von einem andern Planeten. «Ach ja, der neue Chef. Wir haben uns einander nicht richtig bekannt gemacht. Ich bin Doris Fink. Freunde nennen mich Dodo.»

Valérie beobachtete Caminada, wie er auf Dodo reagierte. Er schien nicht gross Notiz von ihr zu nehmen. Anders bei Louis. Er wechselte mehr als ein paar Worte mit ihm.

Auch Zanetti hatte sich eingefunden, sass ganz hinten, und Caminada begann: «Für die, die mich noch nicht kennen: Mein Name ist Gian Luca Caminada, ich habe bis vor einem Monat in Chur bei der Kriminalpolizei gearbeitet. Ab heute gehöre ich offiziell zu Ihrem Kader. Ich hätte gern mit euch darauf angestossen. Den Wein habe ich bereits kalt gestellt. Gewisse Dinge kann man nun mal nicht ändern. Leider haben wir in der Akte Tobias Bauer ein drittes Opfer zu beklagen. Kathrin Sulzer, Bauers Ex-Geliebte, wurde heute Morgen in ihrer Wohnung niedergeschlagen und tödlich verletzt.» Er sah über die Köpfe hinweg. «Es ist nicht auszuschliessen, dass der jüngste Mord hätte verhindert werden können.»

Betretenes Schweigen, bis Dodo es brach. «Wie denn das?»

«Um Viertel nach acht ging in der Einsatzzentrale ein Anruf von Kathrin Sulzer ein. Sie verlangte nach Valérie. Christen verband die Anruferin mit der Abteilung ‹Leib und Leben›. Wer von euch hat den Anruf entgegengenommen?»

Niemand sagte etwas.

Valérie war nicht wohl bei der Sache. Sie hatte ihre Leute darauf getrimmt, immer die Wahrheit zu sagen, auch wenn sie unangenehm war. Jemand aus ihrem Team hatte nicht oder falsch reagiert und wollte den Fehler nicht zugeben.

«Ist jemand nicht da, der heute Morgen Dienst hatte?» Caminada wartete vorerst vergebens auf eine Antwort.

«Denise», sagte endlich Dodo. «Denise war heute Morgen da. Sie hat um halb zehn den Heimweg angetreten, weil ihr nicht gut war.»

«Hast du ihre Nummer?»

«Sie ist auf meinem Handy abgespeichert. Ich rufe sie gleich mal an.» Dodo erhob sich, fingerte an ihrem iPhone herum und schritt durch den Raum, während sie auf eine Antwort wartete. «Nur die Combox.» Sie sprach darauf, dass man ihren Anruf erwarte.

«Weiss wer, wo sie wohnt?»

«In Bennau», sagte jemand. «Das ist gleich um die Ecke.»

«Dann sei so gut und fahre mit einem Kollegen dorthin.»

«Aye, aye, Sir.» Der junge Polizist hatte sich erhoben und stand stramm.

Caminada warf Valérie einen amüsierten Blick zu, den sie mit einem Lächeln erwiderte. Was musste Caminada von ihnen denken? Zwischendurch tat eine spassige Auflockerung einfach gut.

Caminada widmete sich der Pinnwand. Er hatte bereits ein neues Tatortbild daran angeheftet. «Wir wissen es nicht mit Bestimmtheit, doch ist es möglich, dass aus der Wohnung von Kathrin Sulzer ein USB-Stick mit geheimen Daten von Bauers und Williams' Erfindung gestohlen wurde. Der Stick könnte sich im Halsband der Katze befunden haben. Der Grösse nach würde es passen.»

Valérie fragte sich, weshalb Caminada nicht auf das Parfum zu sprechen kam, welches da Molinari am Tatort gerochen hatte. Sie wollte ihm jedoch nicht ins Wort fahren. Vielleicht gewichtete er das zu wenig.

«Unser nächster Schritt wird sein, herauszufinden, wer in diesem Purple Room gewesen ist, was diese Personen beruflich machen oder in der Vergangenheit getan haben. Dies bedingt, dass man Roger Bulliard und Philipp Williams noch einmal verhört. Ich kann gern dabei sein, wenn das gewünscht wird.»

Eine klare Ansage.

«Ich will nicht, dass das in den falschen Hals gerät», sagte Caminada, als hätte er das Schweigen des Teams als Protest interpretiert. «Ich weiss, was in dieser Hinsicht getan wurde. Manchmal sind es die Kleinigkeiten, denen man zu wenig Aufmerksamkeit schenkt. Unbedeutendes, das Lösungen birgt oder zumindest den Schritt dahin.»

Nach der Sitzung bat Caminada Valérie zu sich. «Ich komme nicht darum herum, mit dir noch einiges zu besprechen. Hast du Zeit?»

Valéries Pendenzenliste war lang, seit heute Morgen noch länger. Doch im Moment waren ihr die Hände gebunden, bis der definitive Bericht zu Sulzer aus der Rechtsmedizin eintraf.

Wo lag der Fehler? Diese Frage umtrieb nicht nur Valérie. Auch Caminada kam darauf zu sprechen. Diesmal trug Valérie keine Verantwortung. Kathrin Sulzers Anruf war nicht ernst genommen worden, oder er hatte Valéries Abteilung nie erreicht.

Als hätte Caminada ihre Gedanken gelesen, sagte er, dass er die internen Anrufe habe zurückverfolgen lassen. «Ich wollte es nicht vor der ganzen Abteilung sagen, aber Christens Anruf wurde auf einer der Stationen im zweiten Stock entgegengenommen.»

«Dort liegen unsere Büros, die von mir, von Louis, von Dodo, von …» Sie zählte ein paar weitere Namen auf.

«Jemand muss falsch reagiert haben.»

«Das kann ich mir einfach nicht vorstellen, vor allem nicht von Denise. Sie ist eine gewissenhafte, junge Polizistin, die nie negativ aufgefallen ist. Sollte es ihr tatsächlich so schlecht gegangen sein, dass sie nach Hause fahren musste, so hat sie ihren Auftrag mit Bestimmtheit delegiert.»

«Das werden wir hoffentlich bald erfahren.» Caminada bat sie, in sein Büro zu kommen.

Es lag direkt über ihrem, mit Blick auf die Biber. Caminada hatte sein Büro mit ein paar persönlichen Sachen eingerichtet. Das Bild an der Wand war neu. Es zeigte den Calanda im Schnee. Auf dem Pult standen zwei gerahmte Fotos. Auf dem einen Bild lachte ihr eine Frau entgegen, die des Alters wegen Caminadas Ehefrau hätte sein können, auf dem andern waren ihre jüngeren Ebenbilder mit einem Mann und einem etwa dreijährigen Jungen.

«Ist das deine Familie?»

«Meine Frau Menga, meine beiden Töchter Sina und Dea, mein Schwiegersohn Corsin und mein erster Enkel Laurin. Wie du siehst, bin ich bereits Grossvater. Sina wollte unbedingt auch auf das Bild. Sie ist Laurins Gotte.» Caminada schenkte Valérie ein Lächeln.

«Du hättest somit sicher anderes zu tun, als hier zu sein.»

«Ich bin froh, habe ich meinen Job. Andere Männer in meinem Alter sind bereits weg vom Fenster. Viele haben ihren Job verloren. Bereits nach fünfzig ist es nicht mehr leicht, eine neue Anstellung zu bekommen …»

«Ausser man ist wirklich gut.»

«Leider ist auch das kein Garant mehr.»

«Es ist bedenklich, was zurzeit auf dem Arbeitsmarkt geschieht», ereiferte sich Valérie. «Wer nicht pariert, kann gehen. Es stehen genug andere an. Oder er wird systematisch kaputtgemacht. Die Gesetze sind nicht mehr wert als geflügelte Worte. Die Gerichte selbst umschleichen die Justitia, als hätte man sie für Entscheide zugunsten der Angeklagten gekauft, obwohl ein Blinder sieht, dass er nicht im Recht ist. Entschuldige, ich komme vom Thema ab.»

«Es ist nicht abwegig», sagte Caminada. «Die meisten Verbrechen geschehen, weil sich die Menschen unverstanden fühlen.»

«Oder etwas haben wollen, das ihnen nicht gehört. Du wolltest mit mir sprechen?» Valérie warf wiederholt einen Blick auf die Fotos. «Du kannst dich glücklich schätzen.»

«Ich habe mich in den letzten Tagen nicht nur in den Fall eingelesen, sondern auch meine neuen Mitarbeiter einem eingehenden Studium unterzogen.»

«Studium.» Valérie konnte sich ein Grinsen nicht verkneifen. «Das tönt, als würdest du uns unter die Lupe nehmen.»

«Nun ja, für mich ist es nicht leicht, als Fremder in ein gut eingespieltes Team zu kommen.»

«Ich kenne das. Es erging mir vor drei Jahren nicht anders.»

«Du wärst die perfekte Besetzung für meinen Job gewesen, wenn ich mir das ansehe, was du in Zürich gemacht hast. Leiterin der Ermittlungsabteilung Gewaltkriminalität. Dann bist du nach Schwyz gekommen.»

«Aus persönlichen Gründen», sagte Valérie. Ihr war nicht recht, dass Caminada sie darauf ansprach. «Ich orientiere mich jedoch nicht an der Vergangenheit.»

«Tut mir leid, ich wollte dir nicht zu nahe treten.» Caminada räusperte sich.

«Kein Problem. Ich habe mich damals von meinem Mann getrennt. Wir haben einen gemeinsamen Sohn. Die Scheidung war heftig.»

«Das tut mir leid.»

«So ist das Leben.»

«Heute geht es dir gut?»

«Ja sicher, ich habe mir den Staatsanwalt geangelt.»

Caminada setzte ein verschwörerisches Grinsen auf. «Louis Camenzind scheint mir ein integrer guter Polizist zu sein. Er hat ein paar Schwächen, aber wenn es darauf ankommt, kann man sich hundertprozentig auf ihn verlassen, nicht wahr?»

«Woraus liest du das?» Für Valéries Dafürhalten hatte Caminada rasch von Zanetti abgelenkt.

«Im Zusammenhang mit den jüngsten Fällen.»

«Ach ja, dann wäre Fabia Ulrich. Zurzeit ist sie im Mutterschaftsurlaub. Ich sehne den Tag herbei, wenn sie zurückkommt. Sie ist mir sehr ans Herz gewachsen.»

«Anders als Doris Fink.»

«Dodo ist zu wenig lange da, um mich über sie zu äussern. Sie ist ein ähnliches Kaliber wie ich, sagt man zumindest. Was sie, bevor sie zu uns kam, in der Sachfahndung gesucht hat, ist mir schleierhaft. Wir dachten alle, sie würde Dominiks Platz einnehmen. Nun bin ich ehrlich froh, dass dem nicht so ist.»

«Darf ich das als Kompliment ansehen?» Caminada setzte sich.

«Gewiss.» Mehr wollte Valérie nicht sagen, er hätte es sonst falsch auffassen können.

«Wann hat Doris Fink in unserer Abteilung angefangen?»

Valérie verstand die Frage nicht. «Steht das nicht in der Personalakte?»

«Am 24. Januar.»

«Und was war deine Frage?»

«War sie krank?»

«Ja, ich erinnere mich. Sie war am Sonntag darauf auf Pikett, war aber krankheitsbedingt verhindert.»

«Hast du dir mal ihren Werdegang angesehen?»

«Nein, alles, was ich über sie weiss, habe ich von Dominik. Dodo hat mir wenig von sich erzählt.» Valérie fühlte sich von Caminada in die Enge getrieben. «Ich hatte bis jetzt keine Zeit, um ihre Personalakte zu studieren. Ich meine, seit dem 27. Januar versuche ich, einen Fall zu lösen, der mir immer mehr Rätsel aufgibt.»

Caminada legte die Arme auf den Tisch. «Mir ist da nur etwas aufgefallen. Doris arbeitete vorher zwei Jahre in Bern, bevor sie in die Sachfahndung nach Schwyz kam.»

«Richtig, bei der Berner Kantonspolizei.»

«Aber ihre Sporen hatte sie nach dem Studium der Rechtswissenschaft in einer Werbe- und Kommunikationsfirma abverdient.»

«Das ist mir bekannt. Scheint mir ein Weg zu sein, den viele nach dem Studium gehen. Bevor man bei uns anfangen kann, muss man einen anderen Beruf ausüben.»

«Ich habe ein wenig nachgeforscht.»

Was hatte Caminada vor? Valérie mochte es nicht, wenn ihre Mitarbeiter in Misskredit gezogen wurden. Über Dodo zu sprechen, passte ihr nicht.

«Sie war mit dem Boss der Firma ‹Donzé Communication AG› verheiratet – mit Jean Donzé.»

«Sie war verheiratet? Das wusste ich wirklich nicht. Der Name Jean Donzé sagt mir auch nichts.»

«Ist aber kein Unbekannter. Er zählte sich zu den ganz Grossen in der Werbebranche. Hat eng mit Double B zusammengearbeitet, bis er Insolvenz anmelden musste. Seither ist er untergetaucht. Das sind zwei Jahre her.»

«Untergetaucht? Hat man seither nichts mehr von ihm gehört?»

«Seine Spur verläuft im Nichts.»

«Und jetzt willst du einen Zusammenhang sehen?» Valérie blieb stehen, obwohl Caminada sie zum Sitzen eingeladen hatte. «Aber Dodo musste sich von ihm getrennt haben …»

«Ist ein lautes Denken.»

«Ein falsches Denken», sagte Valérie, sah auf die Uhr und ging zur Tür. «Und ich denke, dass ich nun gehen sollte.» Warum hatte Dodo ihr nicht gesagt, dass sie verheiratet gewesen war?

«Ich halte dich nicht zurück. Aber es kommt noch besser: Jean Donzé muss ein zweites Mal geheiratet haben. Seine Frau heisst Madeleine.»

Valérie blieb abrupt stehen. «Wie bitte? – Ach so, jetzt verstehe ich. Du siehst eine Verbindung zu Dodo. Gibt es Fotos von Madeleine?» Valérie erhoffte sich endlich einen Lichtblick.

«Nein, aber ein Pressebild, auf dem Doris Fink mit Jean Donzé zusammen ist.»

Valérie nahm es zur Kenntnis. «Und seine Frau?»

«Nichts. Scheint auch verschollen zu sein.»

«Aber was hatte Madeleine mit Bauer zu tun?» Valérie warf wieder einen Blick auf die Uhr. «Ich muss wirklich gehen.»

«Danke, dass du dir die Zeit genommen hast.»

Nachdenklich verliess sie Caminadas Büro.

Wenn sie etwas nicht ausstehen konnte, waren es die kleinen Andeutungen, die sich auf eine Person bezogen, mit der sie zusammenarbeitete. Louis hatte es schon versucht.

Mochte Dodo mit diesem Jean Donzé einmal liiert gewesen sein, das war Vergangenheit. Aber Madeleine Donzé musste sie finden. Falls sie mit Bauer eine Affäre eingegangen war, und ihr Mann hatte davon erfahren, war er vielleicht zum Mörder geworden.

Valérie ging in ihr Büro. Es liess ihr keine Ruhe. Sie startete den Rechner auf und tippte in der Suchmaschine den Namen «Jean Donzé» ein. Sie stiess auf eine verwaiste Website. Im Handelsregister war seine Firma gelöscht, doch war ersichtlich, wem sie gehört hatte – Madeleine und Jean Donzé. Mehr konnte sie nicht daraus lesen. Warum, zum Teufel, hegte Caminada solche Gedanken?

Obwohl sich Valérie vorgenommen hatte, Abstand von seinem Ansinnen zu nehmen, hatte er in ihr einen Urinstinkt geweckt. Sie schätzte ihren neuen Chef so ein, dass er über den Fall Bauer in erster Linie logische Überlegungen anstellte. Caminada kam von aussen, sah alles in einer neutralen Perspektive, bemerkte Dinge, die Valérie schon längst nicht mehr sah. Sie schlug ihren umfangreichen Ordner auf, blätterte ihn von vorn nach hinten, blieb beim Bericht aus der Rechtsmedizin hängen. Blauer Eisenhut, mutmasslich aus einer Apotheke. Ihr Team hatte nun auch die restlichen Apotheken aufgesucht. In keiner war im letzten halben Jahr Blauer Eisenhut verkauft worden. Louis hatte sogar geprüft, ob er allenfalls über das Internet zu beziehen war, was zu keinem Resultat geführt hatte.

Valérie griff zum Telefon, rief Mara vom Empfang an und erkundigte sich nach dem Schlüssel zur Asservatenkammer.

«Du kannst ihn bei mir abholen», sagte sie.

Gar sonderbare Gefühle hatten sich ihrer bemächtigt. Eine von diesen Vorahnungen, die sich bei ihr durch ein Unwohlsein bemerkbar machten. Sie holte den Schlüssel ab, fuhr mit dem Lift in den Keller und ging dort direkt zum Raum, in dem die Beweismaterialen aufbewahrt wurden. Sie waren fein säuberlich in Plastikbeutel gepackt und mit Nummern versehen. Valérie stöberte durch die schmalen Gänge, ohne zu wissen, was sie genau suchte. Ihr kam zugute, dass die Kartons nicht nur mit Nummern versehen waren, sondern mit einem Schild, das die Art des Verbrechens verriet. Valérie suchte nach «Gift» und fand dazu ein paar wenige kleinere Schachteln, die in Regalen verstaut waren.

Moder stieg ihr in die Nase. Der Raum war schlecht gelüftet. Der Geruch des Todes schien über ihm zu hangen wie der Odem einer Zwischenwelt. Schlechte Energien, die von den Asservaten ausgingen. Valérie fröstelte. Sie stellte eine Leiter an, um an die oberen Gestelle zu gelangen. Staubfäden wirbelten auf, als sie nach einem Karton griff. Sie fand Rattengift und ein Kurzprotokoll, wofür es verwendet worden war. Eine Frau hatte ihren gewalttätigen Gatten mit einer geringen Dosis über Tage kontinuierlich langsam vergiftet.

Daneben eine weitere Box. Darin Zyanid. Es war gut verschlossen in einem Glasbehälter. Ein Krankenpfleger hatte damit zwei Patienten von ihrem Leiden befreit. Damals hatte es einen riesigen Medienwirbel gegeben. Ein eigenmächtiger Entscheid des Täters. Es hatte sich herausgestellt, dass er während Jahren negativ aufgefallen war und man ihm wegen Personalmangels nicht gekündigt hatte. Ein Psychopath. Und so einen hatte man als Pfleger gewähren lassen. Valérie schob den Karton zurück.

Sie entnahm einen weiteren Behälter, davon ein Fläschchen, das mit «Blauer Eisenhut» beschriftet war und den flüssigen Wurzelextrakt enthielt. Man hatte ihn im Zusammenhang mit einer Vergiftung eines Lehrers archiviert. Das lag knapp sechs Jahre zurück. Valérie besah sich das Fläschchen näher. Ein kaum sichtbarer Strich unterhalb der Öffnung liess die Vermutung zu, dass da vor nicht langer Zeit etwas von der Flüssigkeit entwendet worden war. Sie täuschte sich nicht. Ihr Blick war scharf. Valérie packte das Fläschchen in einen Asservatenbeutel und steckte diesen in ihre Manteltasche. Den Rest der Kartons stellte sie ordentlich wieder hin, kletterte von der Leiter, verliess die Kammer, schloss ab und ging zurück zu Mara, wo sie den Schlüssel abgab.

«Du warst aber schnell zurück», sagte Mara.

Valérie beugte sich über den Tresen. «Kannst du mal nachsehen, wer bis zum 26. Januar die Asservatenkammer betreten hat?»

«Du erinnerst mich daran, dass ich von dir eine Unterschrift brauche.» Mara reichte ihr ein Buch. «Falls du etwas aus der Kammer geholt hast, müsste ich es auch notieren.»

«Den Blauen Eisenhut in flüssiger Form, datiert auf den 2. Februar vor sechs Jahren.»

Valérie signierte und sah sich danach die Einträge im Januar an. Am 25. Januar stiess sie auf einen Namen, der ihr bekannt war. Was hatte die Person in der Asservatenkammer zu suchen gehabt? Von der Entwendung von Blauem Eisenhut stand nichts. «Logisch», dachte Valérie laut. «Das würde ich auch nicht aufschreiben.»

Täuschte sie sich? War ihre Reaktion das Resultat ihrer Ohnmacht?

«Ich leihe mir das Buch aus», sagte sie und schlug es zu.

Mara seufzte. «Ich nehme an, du bringst es mir bald wieder.»

SECHZEHN

«Glaubst du mir jetzt?»

«Was soll ich dir glauben?» Louis zeichnete mit dem Finger Carlas Gesichtskonturen nach.

«Dass ich keinen Nutzen aus unserer Freundschaft ziehe.»

«Na ja, üblicherweise glaube ich nicht an solche Zufälle.»

«Also gut, die Absicht, dich über den Toten am Itlimoos auszufragen, war da gewesen.» Carla räkelte sich unter der Decke. «Aber ich habe sie begraben ... im tiefsten Keller. Ich habe mich echt in dich verliebt, gleich beim ersten Kuss.»

«Beim blossen Darandenken werde ich scharf.» Louis zog Carla an sich.

Sie strampelte ihn weg. «Ich habe dir gesagt, dass ich heute Morgen wegmuss.»

«Schon wieder so eine Feld-Wald-und-Wiesen-Veranstaltung», beschwerte sich Louis. «Kannst du nicht einen Beruf ausüben, der dir ein ruhiges Wochenende beschert?»

«Ich komme am späten Nachmittag wieder. Morgen stehe ich dir ganztags zur Verfügung.» Carla setzte sich auf und sah ihn an. «Du hast ja auch keinen Schoggi-Job.»

Louis hielt sie fest. «Wir könnten zusammenziehen.»

«Ich bin doch schon längst bei dir.»

«Nein, ich meine so richtig echt. Wir teilen uns den Kleiderschrank, das Geschirr, die Zahnbürste.»

«Auch die Steuern?» Sie küsste ihn auf den Mund. «Was ist eigentlich mit Fabia?»

Louis bekam einen Hustenanfall. «Mit Fabia? Was soll mit ihr sein?» Louis sandte ein Stossgebet zum Himmel. Es war unmöglich, dass Carla von dieser Affäre etwas erfahren hatte. Stopp! Eine Affäre war das nicht gewesen, eher Fabias Seitensprung – mit offensichtlichen Folgen. Daran hielt er nach wie vor fest.

Auf dem Nachttisch vibrierte das iPhone. Louis griff danach, froh darüber, nicht mehr länger Carlas Fragen ausgesetzt zu sein. Er erkannte Valéries Nummer auf dem Display.

«Alles klar bei dir?», fragte Valérie. «Du klingst aufgeregt.»

«Carla ist bei mir», antwortete Louis.

«Ich verstehe. Ich halte mich kurz. Kannst du heute Vormittag nach Biberbrugg kommen?»

Louis sah Carla nach, die sich aus dem Bett geschwungen hatte und jetzt ins Badezimmer ging. «In einer Stunde?»

«Danke.»

«Worum geht es?»

«Um den 25. Januar, Freitag vor zwei Wochen.»

Louis spürte den Stich in seiner Brust, dessen Ursache nicht der Verliebtheit entstammte. «Wir sehen uns.» Er legte das iPhone zurück.

Carla stand unter dem Türrahmen mit der Zahnbürste in der Hand. «Du bist ja ganz blass. Wer war am Telefon?», fragte sie.

«Meine Chefin», antwortete Louis.

«Schlechte Nachrichten?»

«Wie man's nimmt.»

«Das von vorhin tut mir leid.»

«Was?»

«Ich wollte dich bloss fragen, wann Fabia wieder in eure Abteilung zurückkommt. Letzthin hast du mir erzählt, dass Dodo Fink oder wie sie heisst, ihre kurzfristige Nachfolge angetreten habe, weil Fabia ... na ja, ein Kind bekommen hat. Irre ich mich? Hat sich Dodo in der Zwischenzeit bei euch eingelebt?»

Louis verkroch sich unter der Bettdecke. Was alles hatte er Carla sonst noch erzählt?

***

Valérie hatte die halbe Nacht kein Auge zugetan. Bis um zwei hatte sie am Laptop gesessen und im Internet nach Einträgen über Jean Donzé und seine in Insolvenz geratene Firma «Donzé Communication AG» gesucht. Die «Donzé Communication AG» war über zehn Jahre eine florierende Agentur gewesen, die hauptsächlich für technische Firmen und neue Medien arbeitete. Nach dem Bankrott hatte ein Dutzend Mitarbeiter den Job verloren. Über den Grund der Insolvenz stand nirgends etwas. Der Untergang musste rasant erfolgt sein. Ein Foto von 2016 zeigte eine fröhliche Belegschaft auf einem Geschäftsausflug. Valérie suchte das Bild nach möglichen bekannten Gesichtern ab, ohne fündig zu werden. Jean Donzé hingegen erkannte sie in der Mitte des Bildes, nachdem sie ihn auf einem mit seinem Namen versehenen Foto angeklickt hatte. Sie suchte nach dem Bild, das ihn mit Dodo zeigte. Das musste in einem Sommer gewesen sein. Dodo trug ein geblümtes Kleid, das ihre sehnige Figur vorteilhaft zur Geltung brachte. Ihr Name jedoch stand nirgends.

Enttäuscht darüber, dass sie nicht mehr über Donzé und die Verbindung zu Dodo gefunden hatte, war Valérie am Bürotisch eingeschlafen, wo Zanetti sie am Morgen fand.

Nach dem Frühstück war sie nach Biberbrugg gefahren.

Louis traf vor dem Mittag ein. Er sah lädiert aus. «Hallo.» Etwas musste ihm über die Leber gekrochen sein.

«Hi, Louis. Ich weiss, heute ist Samstag, und wir hätten es verdient, ein wenig kürzerzutreten.»

Er nickte nur.

«Geht's dir gut?»

«Ich weiss, warum ich hier bin.»

«Hoffentlich, ich brauche dich.»

«Du sagtest, wegen des 25. Januar.»

Valérie zitierte ihn an den Tisch, wo sie das Asservatenbuch aufgeschlagen hatte. «Du bist ja nervös. Was ist denn los?»

«Wegen des 25. Januar. Ich … verdammt … ist das also auch schon zu dir durchgesickert …»

«Worum geht's denn?»

«Dass ich mit dem Streifenwagen in eine Radarfalle geraten bin.»

Valérie bekam einen Lachanfall. «Sicher nicht.»

Louis lachte nun auch, nur klang es etwas künstlich. «Im elften Gebot steht, du sollst dich nicht erwischen lassen.»

«Den Ausweis wirst du deswegen nicht weghaben, oder?» Es amüsierte sie kurz. «Schau, das musst du dir ansehen.» Valérie zeigte auf das Datum im Buch. «Hier, siehst du das?»

Louis beugte sich über den Eintrag. «Das ist nicht wahr.»

«Der Name ist eingetragen ...» Valérie entnahm ihrer Manteltasche das Fläschchen mit dem flüssigen Blauen Eisenhut. «... aber nicht die Entwendung des Gifts. Ich glaube jedoch, dass Bauer mit dem Gift aus der Asservatenkammer umgebracht wurde.»

«Bist du sicher?»

«Ich werde das Fläschchen ins Labor schicken. Sollten die Fingerabdrücke mit denjenigen am Holzscheit identisch sein, sind wir einen grossen Schritt weiter.»

«Falls nicht Handschuhe im Spiel waren.»

«Dann müssten wir anderweitig an die Fingerabdrücke kommen.» Valérie liess Louis nicht aus den Augen.

«Das Büro.»

«Ich mag es, wenn du blitzschnell denkst.»

«Und dort soll ich hinein?»

«Dich würde niemand stören.»

«Und wenn doch?»

«Dann findest du sicher eine Ausrede.»

«Was tust *du* in der Zwischenzeit?»

«Ich fahre noch einmal nach Lachen zu den Bulliards.»

***

Erinnerte die Seepromenade von Lachen vor allem im Sommer an die italienische Riviera, haftete ihr im Winter etwas Mystisches an. Nackt und grau standen die Bäume an dem See entlang, als Zeichen dafür, wie vergänglich alles war. Über dem Wasser lag ein Hauch von Nebel wie Staub, den man vergessen hatte abzuwischen.

Valérie hatte im Restaurant Marina zu Mittag gegessen und liess sich nun Zeit bis zu ihrem Wagen, den sie auf dem grossen Parkplatz abgestellt hatte. Sie machte einen Umweg Richtung Hafen, zum Raff-Denkmal, das linker Hand lag. Zugedeckte Boote schaukelten in sanften Wellen. An der Anlegestelle strandete ein Passagierschiff. Wenige Reisende verliessen es über die Brücke.

Valérie hatte sich bei Bulliard angemeldet, was eine lautstarke Intervention nach sich zog. Nachdem Valérie den Namen Jean Donzé jedoch erwähnt hatte, erklärte sich Bulliard bereit, mit ihr zu reden.

Um halb zwei klopfte sie mit dem schweren Messingteil an die Tür, worauf Raffaella Bulliard sie ins Haus liess. Sie hatte eine Küchenschürze umgebunden, wollte wohl demonstrieren, dass sie in der Lage war zu kochen. Maxim und Maurice standen neben ihr, ohne zu grüssen. Einer von den Zwillingen streckte die Zunge heraus, worauf der zweite kreischte wie ein Wald voller Affen.

«Frau Lehmann, ich werde meinen Mann gleich rufen. Sie wollten ja zu ihm, nicht wahr?» Sie schrie «Rotschi!» Richtung Wohnzimmer, worauf Bulliard behäbig zum Eingang kam. Er trug einen Trainingsanzug und Hausschuhe – sein Wochenend-Outfit, vermutete Valérie.

«Kommen Sie!» Er lud Valérie ein, ihm in sein Büro zu folgen, das ein Stockwerk höher lag. «Hier sind wir ungestört. Meine Jungs sind gerade in einem schrecklichen Alter.»

Vor zwei Mansardenfenstern öffnete sich der Blick auf den See.

«Schön haben Sie es hier.» Valérie wollte etwas Nettes sagen, nachdem sie Bulliard in der Vergangenheit ziemlich in die Mangel genommen hatte.

«Haben Sie schon neue Erkenntnisse?» Bulliard liess sich auf einen schweren Sessel fallen.

Valérie blieb stehen. «Jean Donzé ist der Grund, weshalb

ich hier bin. Seine Firma ‹Donzé Communication AG› war bis vor zwei Jahren einer der besten Kunden von Double B. Fast von einem auf den andern Tag ging die Zusammenarbeit in die Brüche.»

«Ich sehe, Ihnen entgeht nichts. Nur ist mir nicht klar, was das mit Tobis Tod zu tun hat.»

Als Valérie nichts darauf erwiderte, fuhr er fort: «Donzé hatte gewisse Erwartungen, die wir ihm nicht erfüllen konnten.»

«Welcher Natur?»

«Zugegeben, er hatte innovative Ideen, diese waren bei uns jedoch nicht umsetzbar.»

«Um was für Ideen ging es?»

«Er hegte den Gedanken, als Teilhaber in unser Geschäft einzusteigen. Tobi und ich witterten bald, dass er bloss seine Firma bei uns sanieren wollte. Er hatte seine besten Kunden verloren. Zugegeben, einige kamen zu uns, weil sie sich anders ausrichteten und direkt mit uns zusammenarbeiten wollten. Das hatte absolut nichts mit der Qualität von ‹Donzé Communication AG› zu tun.»

«Dann servierten Sie ihn ab.»

«Ein hartes Wort. Wir haben ihn nicht abserviert, sondern ihm Vorschläge unterbreitet, wie er seine Firma wieder auf Vordermann bringen könnte. Leider ging es dann sehr schnell bergab mit ihm. Im letzten Herbst hat er Selbstmord begangen.»

Valérie glaubte, sich verhört zu haben. «Haben Sie seine Frau gekannt?»

«Wir hatten immer nur mit Jean zu tun.»

«War er, bevor seine Firma bankrottging, jeweils zu Bauers Partys eingeladen?»

«Möglich.»

«Und seine Frau könnte auch dort gewesen sein?»

«Keine Ahnung.»

«Wie ist es mit Donzés erster Frau?»

Bulliard griff sich an die Stirn. «Jean war nur *ein Mal* verheiratet. Das weiss ich mit Bestimmtheit.»

«Und hat sich scheiden lassen?»

«Soviel ich weiss, nicht.»

Das wurde immer rätselhafter. Musste Valérie von diesem Donzé wegkommen? Caminada hatte ihr mit seinen Spekulationen einen Floh ins Ohr gesetzt. Was ihr mehr zu denken gab, war der Name im Asservatenbuch. Sie musste sich mit Caminada besprechen. Sie ging in sich, erinnerte sich an den eigentlichen Grund, weshalb sie hier war. «Es gibt da noch etwas, das ich gern mit Ihnen besprechen möchte. Der Purple Room. Ich brauche Namen.»

«Ich kenne keine Namen. Jeder besuchte ihn allein. Nur Tobi wusste, wer dort ein und aus ging.»

«Ist das Ihr letztes Wort?»

«Ich schwöre es.» Bulliard hob drei Finger der rechten Hand.

Valérie fand es übertrieben. «Wurde nie darüber diskutiert?»

«Nein, das war heikel. Die Betroffenen wollten sich nicht outen.»

Valérie bohrte nicht weiter.

Bulliard räusperte sich. «Kann ich davon ausgehen, dass meine Frau und ich nicht mehr unter Verdacht stehen?»

«Sie können davon ausgehen, was diese Sache betrifft. Den Überfall auf Wildhaber müssen Sie jedoch verantworten.»

Bulliard erhob sich. «Dann muss ich Sie jetzt bitten zu gehen. Ich habe meinen Söhnen versprochen, mit ihnen zum Technorama nach Winterthur zu fahren.»

Valérie reichte ihm die Hand. Bulliard führte sie zur Eingangstür. «Ein schönes Wochenende wünsche ich Ihnen. Vielleicht kommen Sie auch ein wenig zur Ruhe.»

Valérie traute ihren Ohren nicht. Der war ja richtig nett.

Kaum war sie in ihrem Wagen und hatte den Motor gestartet, klingelte das iPhone über die Freisprechanlage.

«Spreche ich mit Frau Lehmann?»

«Ja, bitte?»

«Mein Name ist Aimie-Lee … Emma Teiler. Erinnern Sie sich?»

«Selbstverständlich.» Valérie fuhr an, bog vom Parkplatz auf die Hauptstrasse ein.

«Ich habe mir echt Mühe gegeben und Madeleine gezeichnet. So, wie ich sie im Kopf habe.»

«Da fällt mir ein Stein vom Herzen.»

«Was soll ich jetzt damit?»

«Wo sind Sie?»

«Im Atelier.»

Valérie überlegte. Emma brauchte sie nicht. «Ich könnte über Pfäffikon fahren und das Bild abholen.»

«Gute Idee. Ich habe nämlich eine Verabredung. Wann?»

«In einer Viertelstunde.» Valérie drückte aufs Gaspedal.

***

Am späten Nachmittag war Valérie mitsamt Bild zurück in Biberbrugg. Emma Teiler hatte es ihr bereits verpackt im Atelier überreicht.

Nun stand sie vor ihrem Pult und löste sorgfältig das Packpapier und darunter das graue mit Luftkissen versehene Plastik, bis sie das Bild aus allem geschält hatte. Sie legte das Bild hin und hätte beinahe vor Überraschung und Entsetzen zugleich laut ausgerufen. Im letzten Moment konnte sie sich zurückhalten. Ein schmerzhafter Stich fuhr in ihre Brust.

Mit zitternden Fingern wählte sie Louis' Büronummer. Während sie darauf wartete, bis er den Anruf entgegennahm, spürte sie ihren Puls rasen.

«Valérie, bist du schon zurück?»

«Kannst du sofort zu mir kommen? Ich glaube, mich narrt ein Traum.» Valérie bebte innerlich.

«Du sprichst in Rätseln.»

«Emma Teiler hat Madeleine gezeichnet.»

Louis pfiff ins Telefon. «Ich bin schon da.»

Sein Zimmer lag dem von Valérie gegenüber, mit Blick auf die Schwyzerstrasse. Er riss die Tür auf, stürmte herein und blieb abrupt vor dem Gemälde stehen, das Valérie in der Zwischenzeit auf den Boden gestellt hatte.

«Krass!», war das Einzige, was Louis herausbrachte. «Glaubst du Emma Teiler?»

«Ich muss ihr glauben. Das bezeugt doch, dass meine Vermutungen richtig sind.»

«Was tun wir jetzt?»

«Caminada muss her.»

«Es ist Wochenende.»

«Er wird es uns nicht verargen.» Valérie griff nach dem Telefonhörer auf der Festnetzstation, wählte Caminadas Nummer und wartete ungeduldig. Wie sie diese Anrufe verabscheute. Sie sah sie als Eingriff in die Privatsphäre.

«Menga Caminada.» Sie hatte eine angenehme Stimme.

«Valérie Lehmann, Kriminalpolizei Schwyz. Entschuldigen Sie bitte die Störung, aber ich brauche dringend Ihren Mann. Ist er zu Hause?»

«Soviel ich weiss, ist er auf dem Weg nach Biberbrugg. Er sagte, dass er zu tun habe.»

«Wann ist er denn weggefahren?»

«Vor etwa zwei Stunden.»

«Dann müsste er bald hier sein. Vielen Dank.» Valérie verabschiedete sich. Sie wandte sich an Louis. «Caminada ist unterwegs hierher, als hätte er meine Gedanken gelesen.»

«Er macht Dampf.» Louis starrte erneut auf das Bild. «Traust du Emma Teiler es wirklich zu, dass sie sich an Madeleine erinnert?»

«Ich denke schon. Aber ihr Bild wird für einen Haftbefehl nicht ausreichen.»

Es klopfte. Caminada betrat den Raum. Sein Blick fiel auf das Bild. «Hat jemand Geburtstag?»

«Schön wär's. Unsere Zeugin Emma Teiler, die Schülerin des verstorbenen Amanaki, hat aus ihren Erinnerungen Madeleine zeichnen können. Wenn sie tatsächlich die Frau ist, nach der wir suchen, hat sie ihr Bild gut getroffen.»

«Dann waren meine Befürchtungen gar nicht so daneben.» Caminada zog sich den Wintermantel aus und legte ihn über eine Stuhllehne.

«Ich war heute noch einmal bei Roger Bulliard. Er behauptet, dass Jean Donzé nur einmal verheiratet war. Er hat dessen Frau jedoch nie gesehen.» Valérie räusperte den Kloss in ihrem Hals weg. «Am Freitag, den 25. Januar, hat Madeleine Blauen Eisenhut aus der Asservatenkammer entwendet. Sie war verflixt dreist.»

«Sieht ganz danach aus.» Caminada verschränkte die Arme. «Wir haben jedoch keine Handhabe, sie festzunehmen. Sie wird es abstreiten. Sie hat das Recht, in den Asservatenraum zu gehen. Ob sie den Blauen Eisenhut entwendet hat, können wir ihr nicht nachweisen.»

«Das Fläschchen ist bereits im Labor. Ein Kollege hat eine Wochenendschicht eingeschoben. Er will das Fläschchen mit dem Holzscheit vergleichen und ...» Valérie überlegte, ob es ohne richterliche Bescheinigung zugelassen war, dass sie etwas aus dem Büro zum Vergleich hatte mitgehen lassen. «Eine benutzte Kaffeetasse. Die stand auf dem Pult.»

«Ich werde mich um die Bescheinigung kümmern.»

Valérie sah wiederholt auf das Bild. Die schwarzen Haare, die roten Lippen: Schneewittchen. So jedenfalls hatte Bauer sie gesehen. So sah sie auch Valérie. Einzig die grünen Augen wollten nicht ganz passen. Aber sonst war sie es. Unverkennbar Dodo – Doris Fink.

Während Caminada versuchte, den Richter zu erreichen, suchte Louis Zanetti.

Valérie dagegen verschanzte sich in ihrem Büro. Was sie versäumt hatte, wollte sie jetzt nachholen, alles über Doris Fink zu erfahren. Ein Restzweifel blieb, dass Dodo etwas mit dem Mord an Tobias Bauer zu tun hatte.

Sie klärte bei Daniel Christen ab, ob er sich nicht doch daran erinnerte, wen er mit Kathrin Sulzer verbunden hatte. Christen blieb bei seiner ersten Version. Valérie versuchte es bei Denise.

Diese war sich absolut sicher, dass sie Kathrin Sulzer nicht gesprochen hatte.

Wenn Dodo allein im Büro gewesen war und den Anruf entgegengenommen hatte, war es möglich, dass sie zu Kathrin Sulzer gefahren war. Dort hatte sie vermutlich gefunden, was sie schon lange vergeblich gesucht hatte – den USB-Stick.

Ledig hiess Dodo Doris Madeleine Fink. Als sie Jean Donzé geheiratet hatte, stellte sie dessen Nachname hinter ihren. Warum der korrekte Name nicht in ihrem Pass erschien, lag wohl daran, dass sie jenen nach ihrer Heirat vermutlich nicht erneuern musste. «Doris M. Fink» erschien in der Personalakte. Donzé war nirgends ersichtlich. Wäre der ganze Name bekannt gewesen, hätte es dennoch nichts geändert: Valérie wäre zuletzt, wenn überhaupt, auf Dodo gekommen. Ihr Leumund war geradezu perfekt. Aus der Tatsache, dass sie vor der Vereidigung zur Polizistin in einer Werbe- und Kommunikationsfirma angestellt gewesen war, liess sich nichts Verwerfliches herauslesen.

Wann hatte die Tragödie begonnen? Und vor allem, was war das Motiv gewesen, dass eine wie Dodo zur Mörderin wurde?

Etwas musste es in Dodos Vergangenheit gegeben haben, das sie aus der Bahn geworfen hatte. Hatte sie sich so in ihrer neuen Kollegin getäuscht? Valérie hatte ihr rationales Denken über ihren Instinkt gestellt. Wieder einmal musste sie sich eingestehen, dass in der Regel auf ihr Bauchgefühl Verlass war.

Sie tauchte weiter ab in die dunklen Gründe des World Wide Web, suchte unter dem Firmennamen «Donzé Communication AG» nach einschlägigen Einträgen und wurde erst nach mehreren Seitenaufrufen fündig.

Aufgrund von Caminadas Anruf musste Valérie ihre Arbeit unterbrechen.

«Ich habe den Haftbefehl», sagte er. «Ich möchte, dass du dabei bist, wenn wir Dodo abholen.»

***

Dodo hatte sich nie gross darüber geäussert, wo und wie sie wohnte. Ihre Adresse war bekannt, doch niemand hatte sie bisher dort besucht.

So verwunderte es Valérie sehr, als sie das einfache, aus den 1970er Jahren stammende Mehrfamilienhaus in der Nähe von Schindellegi betraten. Die Jahre sah man nicht nur den Fassaden mit der Feuerleiter, sondern auch dem Innern an. Ein dunkles fensterloses Treppenhaus führte in die oberen Etagen auf jeweilige Zwischenböden, von denen je zwei Türen abgingen. Auf jedem Stock befand sich allerlei Gerümpel von überstellten Schuhrosten, verdorrten Pflanzen bis hin zu Kehrichtsäcken, die darauf warteten, zum Container gebracht zu werden.

Caminada hatte sich vor der Tür positioniert. Valérie hielt die Glock einsatzbereit. Louis drückte die Klingel. Es dauerte eine Ewigkeit, bis die Tür aufging. Anstelle von Dodo erschien eine ältere Dame mit Kurzhaarschnitt und Brille. «Grüezi.» Ihr Lächeln verschwand.

Valérie steckte die Glock ein und wies sich aus. «Ist Frau Fink zu Hause?»

«Treten Sie ruhig ein. Ich bin Frau Fink. Wollen Sie zu mir?» Sie bat die Polizisten vertrauensselig herein.

Eine gewisse Ähnlichkeit zu Dodo war nicht zu verleugnen. Hinter den Brillengläsern erkannte Valérie grüne Augen, wenn auch in der Farbe heller als jene von Dodo. «Ist Ihre Tochter auch da?» Nur zögernd betrat sie die Wohnung, die aus einem Zimmer bestand. Küche, Wohn- und Schlafstätte befanden sich im gleichen Raum. Auf zwei Schrankbetten lagen Kissen und Duvets, auf einem Tisch waren die Reste einer Mahlzeit sichtbar, schmutziges Geschirr und zwei halb volle Sektgläser. Es sah aus, als hätte hier jemand fluchtartig die Wohnung verlassen.

«Meine Tochter? Die kommt sicher gleich wieder.»

Caminada und Louis schlossen die Eingangstür hinter sich und blieben bei der Garderobe stehen, die aus einem Ständer mit zwei darangehängten Mänteln bestand. Valérie suchte vergebens nach Dodos Jacke, die sie in den letzten Tagen getragen hatte.

Waren sie zu spät gekommen?

Falls Dodo im Besitz des USB-Sticks war, konnte sie weiss Gott schon über alle Berge sein. Vermutlich besass sie ein Zweitdomizil, wo es sich leben liess. Denn die Wohnung hier glich eher einer schmuddeligen Absteige.

«Leben Sie hier?», fragte Valérie.

Frau Fink hatte sich offensichtlich von ihrem ersten Schrecken erholt. «Ich bin erst gestern zu Besuch gekommen. Worum geht es denn? Sind Sie etwa Doris' Team? Sie hat von Ihnen geschwärmt.»

Das Schwärmen würde ihr gleich vergehen. Aber wo steckte Dodo?

«Doris kommt gleich», sagte Frau Fink, als hätte sie Valéries Gedanken gelesen. «Bitte setzen Sie sich so lange.»

«Ich muss Sie leider bitten, mit mir zu kommen», sagte Louis und griff nach einem der Mäntel an der Garderobe.

«Erklären Sie mir, warum?» Frau Fink verschränkte ihre Arme.

«Eine rein vorsorgliche Massnahme», hatte Louis gesagt, was sie offensichtlich überzeugte.

Sie zog den Mantel an und stieg mit Louis über die Treppe nach unten. Valérie hörte sie etwas sagen, das sich wie nach «das ist ja ein Ding, richtige Polizei?» anhörte.

Caminada zückte seine Glock, Valérie ging auf die einzige Tür in der Wohnung zu, wo sie das Badezimmer vermutete. Sie drückte die Türfalle. Diese gab nach.

Dodo hatte die Waffe auf die Eindringlinge gerichtet. Dass sie schiessen würde, war Valérie von dem ersten Augenblick an bewusst. In Dodos Augen lag grosse Wut.

«Waffe fallen lassen! Oder ich schiesse.»

«Dodo, sei vernünftig.» Valérie versuchte, so ruhig wie möglich auf sie einzureden.

Dodo machte jedoch nicht den Eindruck, sich geschlagen

zu geben. Im Gegenteil: Vor Valérie stand eine Frau, die bereit war, um ihre Freiheit zu kämpfen. Oder zu sterben. Etwas dazwischen gab es nicht.

Valérie sehnte sich Vischer herbei. Warum, zum Teufel, hatte sie ihn nicht aufgeboten, sie zu begleiten? Dodo musste darauf gezählt haben, dass man sie früher oder später erwischen würde, sollte sie nicht vorher flüchten können.

Die Schutzweste, die Valérie sich vorsorglich angezogen hatte, hielt sie nicht davon ab, mit grossem Respekt der Entwicklung der angespannten Lage entgegenzusehen. Die Distanz von Dodos Pistolenmündung zu ihr war gering. Ein Schuss in den Kopf unvermeidbar, sollte sie die Nerven verlieren. Blieb die Hoffnung, dass Caminada schnell reagierte.

«Ich habe gesagt, legt die Waffen nieder.» Dodos Stimme klang beherrscht, während sie jedes Wort langsam artikulierte.

Valérie sah direkt in die Mündung. Bilder aus der Vergangenheit rasten durch ihr inneres Auge. Von damals, als sie angeschossen worden und mit viel Glück dem Tod entronnen war. Dodos Finger lag am Abzug.

Valérie durfte ihr weder eine Angriffsfläche noch einen Grund geben zu schiessen. Dass Dodo jetzt nicht zurechnungsfähig war, war Valérie klar. Sie wusste, wie man mit psychisch Angeschlagenen umgehen musste. Das hatte Vischer ihr erklärt. «Okay, wir legen jetzt die Waffe nieder.»

«Ganz langsam … und keine Dummheiten.»

Valérie bückte sich und legte ihre Glock auf den Boden.

«Und jetzt du.» Dodo wandte sich an Caminada. «Nieder damit. Und schiebt sie rüber. Los!»

Caminadas Waffe schepperte über das Laminat. Valérie stiess ihre in dieselbe Richtung.

«Und jetzt langsam zu den Betten. Tut mir leid, ich habe hier keine andere Sitzgelegenheit.» Dodos Gesicht blieb versteinert, während ihr Satz wie eine Farce nachwirkte.

«Lass uns reden.» Valérie setzte sich zuerst. «Es gibt immer eine Lösung.»

Auf Dodos Gesicht erschien ein kurzes, verbittertes Lächeln. «Stimmt. Aber nicht immer fällt sie zugunsten des Opfers aus.»

Wer war hier Opfer? Wer Täter?

Valérie startete einen neuen Versuch, nachdem Dodo Caminada einen aufgeblasenen Pfau beschimpft hatte. «Warum diese Inszenierung?»

«Wovon redest du?» Mittlerweile musste Dodo den Krampf in den Armen haben.

«Du bist ganz schön mutig», sagte Valérie.

«Ich weiss. Ich habe schliesslich nichts mehr zu verlieren.» Aus Dodos linkem Augenwinkel löste sich eine Träne. «Jean war alles, was ich hatte.»

«Er hat sich das Leben genommen.» Valérie versuchte, eine mitfühlende Miene zu machen. «Er hat dich verlassen, Dodo.»

«Was weisst *du* denn?» Dodo hob die Waffe wieder an, schwenkte sie zwischen Caminada und Valérie hin und her. «Bauer hat ihn in den Ruin getrieben. Er hat ihn so lange drangsaliert, bis er nicht mehr konnte. Sein Suizid war ein Akt tiefster Verzweiflung. Ich war nicht in der Lage, ihm zu helfen. Da waren andere Mächte am Werk.»

«Weil Bauer deinen Mann nicht an seiner Firma hat teilhaben lassen?»

Dodo blinzelte. «Jean ging mit einer Idee zu Bauer und Bulliard. Er selbst hatte nicht die Möglichkeit, diese bei ‹Donzé Communication AG› umzusetzen. Anfänglich lief es recht gut. Zweifelte Bulliard noch daran, war Bauer überzeugt, etwas daraus machen zu können.»

«Worum ging es denn konkret?» Obwohl Valérie sass, war sie sprungbereit. Sie wartete auf einen kleinen Fehler von Dodo.

«Um die Umsetzung von 5-D und 6-D», sagte Dodo, die Waffe strikt auf ihre Ziele gerichtet. «Jean war jahrelang einer der besten Kunden von Double B. Er hat ihnen andere Kunden vermittelt und nie etwas dafür bekommen. Anfänglich stellte Bauer Jean in Aussicht, Teilhaber ihrer Firma zu werden. Auch eine Fusion von Double B und ‹Donzé Communication AG› wurde in Erwägung gezogen. Aber davon wollte Bauer plötzlich nichts mehr wissen. Als Phil Williams in die Firma kam, galt Jean nichts mehr.» Dodo schniefte. «Seine Ideen aber wurden übernommen. Vor gut zwei Jahren lud Bauer ihn in den Purple Room ein und erklärte ihm, dass er das mittlerweile weiterentwickelte Programm 6-D Plus patentieren lassen wolle, sollte es ausgereift sein. Verstehst du's jetzt? Man hat Jean seiner Ideen beklaut.»

«Die Ideen stammen von Phil Williams.» Valérie ahnte, dass sie damit ein Risiko einging. «6-D Plus hat er erfunden.»

«Neiiiiiin! Du lügst.» Dodos Hände zitterten. «Jean hat es erfunden.»

Valérie blieb sachlich und ruhig. «Weshalb hat er Williams nicht angezeigt?»

«Womit? Bauer war clever genug zu behaupten, dass 6-D Plus in seiner Küche entstanden sei. Das glaubst ja auch du. Zudem hatte er Phil Williams, der bereits vor Eintritt bei Double B an 5-D gearbeitet hatte, willig gemacht.»

«Na ja, das kenne ich anders», sagte Valérie. «Phil war menschenscheu. Über ihn gibt es wenig zu lesen.»

«Er hat an den Tagungen der Cyborg-Szene von sich reden gemacht. Jean ist ihm dort begegnet. Da war Phil ein unprofiliertes Bürschchen, aber clever genug, um seinen eigenen Weg zu gehen. – Keine Mätzchen!» Dodo herrschte Caminada an. «Beweg dich lieber nicht. Ich werde schiessen, ehrlich.»

«Das hat alles keinen Sinn», sagte Caminada, der offensichtlich nicht mehr wusste, wie er sitzen sollte.

«Es war vielleicht Jeans Fehler», fuhr Dodo unbeeindruckt fort, «dass er den Jungen nicht unter seine Fittiche genommen hat. Aber dass einer wie Bauer, den er als seinen Freund bezeichnete, ihn dermassen hintergeht, hat er nicht verdient.»

«Dann stammt die Idee doch von Phil.»

«Ja, aber Jean wollte sie mit ihm entwickeln. Er hatte schliesslich auch sein persönliches Know-how, was das betraf.»

«Du hast Bauer unrecht getan. Jean hat dich angelogen, indem er Phils Idee zu seiner gemacht hat.»

«Ich erschiesse dich auf der Stelle», fauchte Dodo.

Caminada räusperte sich. Ihm war offenbar nicht mehr wohl.

«Und dann lerntest du Tobias Bauer kennen», wich Valérie aus. Sie spielte mit dem Feuer und war sich dessen bewusst. Noch eine solche Bemerkung von ihr, und Dodo würde durchdrehen. Valérie setzte auch Caminadas Leben aufs Spiel. Sie atmete heftig durch. Bleib ruhig und besonnen, redete sie sich ein. Was hat dich die Erfahrung gelehrt? Sollte es zu Extremfällen kommen wie diesem, sollte sie einen kühlen Kopf bewahren. Sie musste Dodo vom Eigentlichen ablenken. «Du hast dich in Tobias verliebt, nicht wahr?»

Dodo lachte verächtlich. «Ich durfte Jean zu einer von Bauers legendären Partys begleiten. Das war kurz vor dem Bruch mit ihm. Er hat mich kaum beachtet. Ich gehe davon aus, dass er nicht einmal alle kannte, die ihn besuchten. Bauer war ein Selbstinszenierer. Er zeigte mit seiner Blasiertheit, was er hatte. Empathie war für ihn ein Fremdwort.»

«Und trotzdem hast du es geschafft, ihn um den kleinen Finger zu wickeln. Gemäss Phil soll er sich unsterblich in dich verliebt haben.»

Dodo sah einen Moment lang konsterniert vor sich hin. «Ich wollte Rache. Jean hat sich seinetwegen das Leben genommen. Mein Leben hatte damit keinen Sinn mehr.» Sie warf Caminada einen kalten Blick zu. «Das nennt man keinen Sinn mehr sehen.»

«Du wirst hier nicht rauskommen», sagte Caminada.

«Du auch nicht!», herrschte Dodo ihn an. «Du sollst die Hände hochhalten. Ich kann verdammt gut schiessen. Auch wenn ich vorher in der Sachfahndung war, ich habe regelmässig mein Schiessprogramm absolviert. Das hättet ihr in der Personalakte auch sehen müssen.»

«Warum hast du nicht mit Jean zusammengearbeitet?»

«Das habe ich wohl.» Dodo machte den Eindruck, als begehrte sie auf. «Mein Ziel war es schon immer, bei der Polizei zu arbeiten. Parallel dazu half ich Jean. Ich unterstützte ihn in seinem Tun. Aber Werbung und Kommunikation sind nun mal nicht meine Leidenschaft. Ich habe andere Qualitäten.»

«Zum Beispiel, Blauen Eisenhut aus der Asservatenkammer zu entwenden.» Valérie war angespannt.

«War keine Kunst. Die Schlafmütze Mara hat bloss nach meinem Namen gefragt, nicht einmal nach dem Grund, weshalb ich dort hineinwollte. Alles andere war ein Klacks. Bauer hat den Arm sogar ausgestreckt, als ich ihm das Gift injizierte. Er glaubte, es sei Heroin oder sonst so ein Teufelszeug. Vielleicht ging ihm ja der Gedanke nach dem goldenen Schuss durch den Kopf, als er sich erbrach. Es war das Einzige, was mich Überwindung gekostet hat, seine Kotze wegzumachen ...»

Valérie dachte angestrengt darüber nach, wie sie Dodo zur Vernunft bringen konnte. «Gib auf! Du wirst einen guten Rechtsvertreter bekommen.»

«Ha, dass ich nicht lache. Du weisst genau, dass mich keiner aus der Scheisse wird retten können. Ihr seid zu früh gekommen.» Dodo griff an den Kasten bei der Kochnische, während sie weiterhin mit der Pistole auf ihre beiden Geiseln zielte. Sie entnahm ihm zwei Seile. «So, Caminada, damit kannst du etwas Gutes tun, indem du Valérie fesselst.» Sie warf ihm eines der Seile zu. «Und keine Tricks.»

«Vielleicht gibt es mildernde Umstände», sagte Valérie.

«Weil ich nicht zurechnungsfähig bin? Da täuschst du dich. Es war alles geplant. Von der ersten Minute an. Ich habe mich nie gezeigt, wenn Bauer nach Jeans Tod seine Partys gab.»

«Wie lange wart ihr ein Paar?» Für Valérie fügten sich die Puzzleteile zu einem Bild zusammen. Dodo hatte nicht an Bauers Totenfeier teilnehmen wollen, weil sie damit rechnen musste, von jemandem erkannt zu werden. Auch sonst ergaben Kleinigkeiten plötzlich einen Sinn – die vielen auf den ersten Blick unscheinbaren Dinge und Gegebenheiten, die während der Teamsitzungen geschehen waren.

«Wir waren nie zusammen», sagte Dodo. «Bauer meinte es

bloss, hat mich sogar malen lassen … so etwas von bescheuert. Ich musste das Spiel mitmachen, denn es gehörte zum Plan. Bauer sollte nicht merken, dass ich ihn abgrundtief hasste.» Dodo lachte auf. «Das Bild habe ich übrigens vernichtet.»

«Du hast mit ihm geschlafen», sagte Valérie.

«Wie denn? Er war ein Schlappschwanz, konnte nur, wenn er, weiss ich, was schluckte. Ich gab ihm das Gefühl, mein Held zu sein, solange ich ihn nicht anfassen musste. Er sah in mir so etwas wie eine platonische Liebe.»

«Warum Agostina da Molinari?»

«Die blöde Kuh war da, als ich in die Villa zurückkehrte.»

«Am Montagmorgen?»

«Vorher ging nicht. Ich hatte den Chip verlegt, mit dem ich in die Villa kam. Ich musste ihn zuerst suchen. Er war in meiner Handtasche, stell dir vor … in der Handtasche.»

«Okay.» Valérie überlegte. «Du hattest den Chip für die Tür, mit dem du auch den Safe öffnen konntest. Warum wolltest du den von da Molinari?»

«Überleg mal.» Dodo verzog den Mund zu einer schönen Schnute.

«Ein Ablenkungsmanöver?»

Dodo grinste diabolisch. «Der USB-Stick war nicht im Safe.»

«Weil die Katze ihn am Halsband trug», sagte Valérie.

«Mussolini. Ja, verdammt, dieser Persianer. Bauer hätte ihn besser als Bettvorleger verwendet.» Hass sprühte aus ihren Augen.

«In unserer Abteilung warst du immer über alle Schritte informiert», sagte Valérie.

«Ja, der Zufall wollte es, dass meine Bewerbung für ‹Leib und Leben› zur richtigen Zeit an die entsprechende Stelle gelangte. Das nennt man Glück … und Vorsehung.» Sie wandte sich an Caminada. «So, und jetzt binde ihr Hände und Füsse zusammen, so, dass sie sich nicht mehr bewegen kann. Tut mir leid, Valérie, ich habe dich gemocht. Wir sind uns ähnlich.»

«Ich bin *keine* Mörderin.»

«Es ist das Einzige, was uns unterscheidet. Aber du gehst genauso vehement deinen Weg. Und bist wie ich eine Einzelkämpferin.»

Valérie liess sich von Caminada fesseln und hoffte, dass er sie so festzurrte, dass sie sich in einem von Dodo unbemerkten Moment selbst befreien konnte. Caminada band ihr die Hände und Füsse so fest zusammen, dass Valéries Hoffnung, sie würden hier bald und heil herauskommen, im Keim erstickte. Einen Moment glaubte sie, Caminada würde unter der gleichen Decke stecken wie Dodo.

«Und jetzt die Handschellen», befahl Dodo. «Ich weiss, dass ihr welche dabeihabt.»

Caminada griff in Valéries Manteltasche. «Darf ich?»

Valérie fragte sich, warum er vermochte, selbst in dieser verworrenen Situation anständig zu sein. Sie hob den linken Arm. «Im Innenteil.»

«Stopp!», befahl Dodo. «Ganz langsam. Keine Tricks. Ich werde sonst schiessen. Und jetzt, leg sie dir um die rechte Hand und schliesse sie.»

Caminada tat, was ihm befohlen wurde.

«Und nun auf die Knie. Siehst du den Heizkörper? Du wirst dich daran festmachen. Ich liebe alte Radiatoren.» Während der ganzen Zeit zielte Dodo auf seinen Kopf.

Valérie konnte dem nicht mehr länger zusehen. Caminada in dieser Lage zu wissen, beelendete sie. «Madeleine! Jean wird dadurch nicht wieder lebendig.» Sie musste alle Register ziehen, um nur die kleinste Chance zu erhalten, an Dodos Verstand zu appellieren. Reden! Das hatte Vischer ihr geraten. «Frage, das lenkt den Täter ab. Verwickle ihn in ein Gespräch, in dem er im Mittelpunkt steht.» Die Praxis sah anders aus als die Theorie.

«Stimmt. Aber ich habe ihm in den Bergen versprochen, dass ich mich rächen werde. Seine Asche liegt am Fusse des Grossen Mythen, hinter der Kapelle Holzegg. Dort gingen wir gern zusammen hin. Leider brachte ich Bauer nie dazu, mit mir auf den Grossen Mythen zu wandern. Ich hätte ihn da einfach hinunterstossen können. Aber der Idiot verbrachte seine Freizeit lieber damit, sich mit Drogen und Alkohol vollzupumpen.»

Valérie fröstelte. Nichts schien zu nützen. Dodo hatte mit allem abgeschlossen. Sie hatte die Tat nicht nur mit ausserordentlich schauspielerischen Fähigkeiten vorbereitet, sondern auch danach alle hinters Licht geführt. «Wo befinden sich die Biochips, nachdem du sie den Opfern aus dem Arm geschnitten hast?» Vielleicht würden weitere Fragen das Ganze hinauszögern.

«Die Biochips ... Bauer schwärmte von seinem wie ein Kleinkind. Er wollte, dass auch ich ein solches Implantat einsetzen lasse. Ich bin nicht bescheuert. Ich brauchte seinen, um in die Villa zu kommen, an den Safe ...»

«Du hast das Geld liegen gelassen.»

Einen Augenblick lang sah es danach aus, als wäre Dodo verunsichert. «Das Geld ... was nützt es mir, wenn Jean nicht mehr ist?»

Valérie nahm in ihrem linken Augenwinkel eine Bewegung wahr. Vor dem Fenster huschte ein Schatten vorbei. Einer Luftspiegelung ähnlich, die bloss eine Sekunde dauerte. Jemand musste über die Feuerleiter auf ihre Etage geklettert sein. Valérie liess sich nicht ablenken, konzentrierte sich aber darauf, was dort geschah, während sie Dodo weiterhin ansah. Dodo konnte die Gestalt unmöglich sehen. Valérie schwitzte Blut. Auch Caminada musste es registriert haben. Er begann ein banales Gespräch.

«Halt den Mund, Caminada! Du kannst mich mit deiner angeblichen Raffiniertheit nicht beeindrucken.»

Ein feines Zischen war zu vernehmen, als würde jemand mit einer Spraydose hantieren.

Valérie spürte einen leichten Schwindel, bis sie realisierte, dass beim Spalt zwischen Tür und Schwelle Dämpfe in die Wohnung drangen. Auch Dodo musste es bemerkt haben. Einen Augenblick lang schien sie wie paralysiert.

Ein Reizhusten bemächtigte sich Valérie, und noch ehe Dodo

reagierte, zersplitterte das Fenster neben ihr, und zwei schwarz gekleidete Männer sprangen in einem Glasscherbenregen in den Raum. «Polizei! Waffe fallen lassen!»

Dodo schoss.

Es krachte haarscharf an Valéries Kopf vorbei. Ein Taubheitsgefühl machte sich in ihren Ohren breit.

Ein weiterer Schuss zerriss die Stille, und Dodo sank zu Boden. Die Wohnungstür wurde eingeschlagen, und zwei Elitepolizisten in Vollmontur drangen ein. Dahinter erschien Louis mit einer Gasmaske.

Dodo stöhnte, hielt sich mit schmerzverzerrtem Gesicht den rechten Arm. Sie hatte die Pistole endlich fallen gelassen.

«Kannst du uns losbinden?» Valérie richtete sich an Louis, der sich der Gasmaske entledigte. «Wo hast du Dodos Mutter hingebracht?»

«Ist das dein einziges Problem?» Louis entnahm seinem Gurt ein Messer und erlöste sie von den Fesseln. «Sie wartet in einem der Polizeiwagen. Wie geht es dir?» Für Caminada schien er keine Augen zu haben.

«Vielleicht befreist du Gian Luca von den Handschellen. Den Schlüssel findest du in meiner Manteltasche. Jetzt geht es mir gut, habe Ohrensausen.»

Über die Treppe kamen zwei Sanitäter mit einer Bahre.

«Die hast du auch schon bestellt?», fragte Valérie.

Louis nickte ihr zu. «Eine rein präventive Massnahme.»

Einer der Sanitäter sah sich Dodos Arm an. «Steckschuss», sagte er und band den Arm, nachdem er den Pullover aufgeschnitten hatte, oberhalb des Ellenbogens ab, säuberte die Wunde von Blut und legte den Verband an. Danach setzte er eine Kanüle für die Infusion.

Als Dodo auf der Liege lag, trat Valérie an sie heran. Sie klärte sie über ihre Rechte auf. Sie tat ihr leid, wie sie dalag und litt. Der Schmerz in ihrem Arm schien geringer zu sein als der Schmerz in ihrem Herzen.

«Danke», sagte Caminada und umarmte Louis andeutungsweise. «Mit dieser Situation konnten wir nicht rechnen. Dodos Mutter hat uns abgelenkt.»

«Gut, hast du richtig reagiert», sagte Valérie und sah den Sanitätern nach, wie sie mit Dodo auf der Bahre über die Treppe nach unten verschwanden. «Sie hätte uns alle kaltblütig umgebracht.» Dann riss sie das zerbrochene Fenster in der Wohnung auf, lehnte sich über einen Sims und inhalierte die kalte Luft.

«Was war das, was ihr da reingelassen habt?», fragte sie an einen der Elitepolizisten gewandt und erkannte Schilliger, mit dem sie bereits bei der Gesslerburg in Küssnacht zu tun gehabt hatte. Die Erinnerung daran war nicht die beste.

«Z-Fluid, das man für den Gebrauch von Nebelmaschinen einsetzt», sagte Schilliger. «Ist völlig geruchlos, aber die Wirkung ist effizient, wenn man es mit einem Zusatz vermischt.»

«Hat mich aber auf den Schleimhäuten gereizt.» Wahrscheinlich hatte sie es sich bloss eingebildet. Ein kurzer Gedanke an den Purple Room liess sie den Kopf schütteln. Seit dem Besuch dort war sie manipulierbar geworden. «Wie konntet ihr die Situation so exakt einschätzen?»

«Zwei unserer Männer stiegen über die Feuerleiter. Sie konnten mit einer Kamera in die Wohnung sehen und die Lage beurteilen.»

«Danke», sagte Valérie. Sie wusste, dass sie Dodo niemals nur mit Reden hätte zur Vernunft bringen können.

SIEBZEHN

Zanetti zog das Schenken von roten Rosen am Valentinstag allem anderen vor; Valérie lud ihn lieber in eine Bar zu Champagner und kleinen Häppchen ein.

Zudem war ihr Fall gelöst. Valérie fühlte sich frei.

Seit Dodos Verhaftung waren fünf Tage vergangen. Das Labor hatte die DNA-Abgleiche durchgeführt. Die Fingerabdrücke auf Dodos Kaffeetasse waren mit denjenigen auf dem Holzscheit und einigen wenigen vom ersten Tatort identisch gewesen. Sie hatte Fehler gemacht und es nicht mehr abgestritten, Tobias Bauer, Amanaki und Kathrin Sulzer umgebracht zu haben. Ersteren aus purer Rache, die beiden andern, weil sie ihr in die Quere gekommen waren.

«Ich habe meine Mission erfüllt», hatte sie mit jener Kaltblütigkeit gesagt, die das Blut in den Adern gefrieren liess. Darauf hatte sich Henry Vischer ihrer angenommen, bis jemand von der Psychiatrie sie abholte. Blieb offen, wo der USB-Stick gelandet war. Sie habe ihn verschickt, an wen, wollte Dodo nicht preisgeben.

«Ich mag Baccara-Rosen», schwärmte Valérie und holte eine passende Vase aus dem Schrank.

Zanetti hatte sich in Schale geworfen. Sie hatte ihm nicht verraten, wohin es gehen sollte, trug aber ein schwarzes enges Kleid, das ihr über die Knie reichte. Die Haare hatte sie hochgesteckt. «Einmal im Leben so auftreten wie die Frauen der Schickeria», hatte sie gemeint, worauf Zanetti ihr einen unechten Pelz über die Schultern legte. Dass sie in einem längst vergessenen Leben oft so ausgesehen hatte, verschwieg sie.

«Wenn schon, dann richtig. Ich habe ihn bei ‹Globus› gesehen und konnte nicht widerstehen.»

Heute war der erste Tag, an dem sich zaghafte Vorboten des Frühlings bemerkbar machten. Die Temperaturen waren in den einstelligen Plusbereich gestiegen. Im Flachland war der Schnee fast weg.

Valérie fuhr ihren TT vor. Zanetti stieg ein.

Die Fahrt führte über die Autobahn Richtung Gotthard. Grau und trist lag die Gegend zwischen Immensee und Arth. Die Rigi drückte von der einen, der Rossberg von der andern Seite wie Zungen eines Schattenwesens. Vor Schwyz zweigte Valérie auf die Schlagstrasse ab.

«Hast du Sehnsucht nach deinem Büro?» Zanetti strahlte sie an. «Dazu hätten wir uns nicht so edel anziehen sollen.»

«Warum glaubst du? Weil ich Richtung Sattel fahre?»

Spätestens in Biberbrugg rätselte Zanetti weiter. «Gehen wir in einem schönen Restaurant am Zürichsee essen? Mir kommen gerade einige nette Lokale in den Sinn, in die wir wieder einmal einkehren sollten.»

«Kalt.» Valérie warf ihm amüsiert einen Blick zu.

«Oder ins Kino? Es sollen ja in Ausserschwyz gerade ein paar tolle Filme gezeigt werden.»

«Eiskalt.»

«Ins Alpamare? … Geht nicht. Wir haben die Badehosen vergessen.»

«Kälter.» Valérie grinste vor sich hin. Sie mochte es, Zanetti an der Nase herumzuführen. «Du wirst es nie erraten.» Rasch warf sie ihm einen Blick zu.

«Ein Stichwort?»

«Das entspricht nicht den Regeln.»

Er schupste sie zärtlich in die Seite. «Ich tippe auf das Vögele Kultur Zentrum. Es gibt eine Ausstellung über das Schlafen. Ich habe erst kürzlich darüber gelesen.»

«Kalt.»

In Schindellegi verliess Valérie den Kreisel bei der dritten Ausfahrt. Der Zürichsee schimmerte in der untergehenden Sonne, einer in Feuer getünchten Ebene gleich. Messerscharfe Blitze fuhren ins Relief aufgeworfener Wellen. Valérie fühlte sich glücklich und erleichtert. In den letzten Tagen hatte sie zusammen mit ihrem Team Ausserordentliches geleistet.

«Ich geb's auf.» Zanetti stöhnte theatralisch.

Valérie wollte ihn nicht länger zappeln lassen. «Und ich gebe dir einen Tipp.»

«Na toll.»

«Reise.»

«Wir haben unsere Koffer vergessen.»

«Das geht ganz gut ohne Gepäck.»

Zanetti drehte sich nach ihr um. «Sag bloss nicht, du fährst mit mir zu diesem Purple Room.»

Phil Williams erwartete sie bereits bei der Zufahrt zur Villa. Valérie erkannte ihn nicht wieder. Er hatte die Haare geschnitten und sie mit Gel gebändigt. Er trug Jeans, ein weisses Hemd und eine schwarze Lederjacke. Er sah zum Anbeissen aus, ähnelte ein wenig Justin Bieber, von dem gerade Colin so schwärmte.

Valérie parkte den Wagen in der Nähe der Bonsais, an denen letzte Schneereste hingen. Phil öffnete auf der Fahrerseite die Tür. «Willkommen, Frau Kommissarin.» So fröhlich hatte sie ihn nicht in Erinnerung. «Schön, dass es geklappt hat. Ist das Ihr Mann?»

Zanetti war ausgestiegen. «Ja, der bin ich ... theoretisch.» Er reichte Phil die Hand. «Emilio Zanetti.»

Phil schlug ein. «Cool, dann können wir ja loslegen.» Er hängte sich bei Valérie ein. «Wie finden Sie meine neue Frisur?»

«Super.» Sie schmunzelte. «Ist sicher nicht leicht gewesen, sich von Ihren Zöpfen zu trennen. Bewahren Sie die Mähne auf?»

«Sie meinen gerahmt oder im Safe?» Phil lachte. «Mein Coiffeur wollte sie mir unbedingt abkaufen, für eine Echthaarperücke. Anscheinend gibt es Kunden, denen gefällt so was. Ich habe sie ihm geschenkt. Früher hätte ich sie verkauft, aber jetzt ...»

«Ihr Leben hat sich ja ganz schön verändert.»

«Das kann man allerdings sagen.» Phil zog Valérie zum Eingang. Er öffnete die Tür mittels Hand-Scan. «Habe ich installieren lassen. Er sollte mit dem Rest kompatibel sein. Bitte, treten Sie ein.»

«Was ist das für ein Gefühl?»

«Ich weiss, worauf Sie mich ansprechen. Die Villa. Ich war natürlich überrascht, geradezu schockiert, rechnete echt nicht damit, nachdem mir Tobias mitgeteilt hatte, wie sehr er Madeleine liebe. Aber ich denke, er war zu echter zwischenmenschlicher Liebe gar nicht fähig. Er vergötterte seine Arbeit, seine Visionen, die Maschinen, die Technologien. Vielleicht war er freakiger als ich.»

Valérie erzählte nichts über Madeleine alias Dodo. Phil würde es früh genug erfahren. Sie hatte ihm bloss gesagt, dass man den Täter hatte überführen können.

Im Flur breitete sich sanftes Licht aus. An den Wänden hingen Landschaftsbilder. «Die habe ich von meinen Eltern», sagte Phil. «Nachdem sie ihr Haus verkauft hatten, lagerten sie diese ein. Nun, sie passen gut hierhin. Ich werde, wenn ich dazu komme, die Wände umstreichen. Das hat jedoch nicht Priorität.»

Phil ging über die Treppe eine Etage tiefer. Zanetti und Valérie folgten ihm.

«Willst du dort wirklich hinein?», fragte Zanetti, der sich vermutlich so fühlte wie Valérie bei ihrem ersten Trip ins Unbekannte.

Valérie entging seine Skepsis nicht. «Alles halb so wild. Phil hat mir versprochen, ein romantisches Programm laufen zu lassen.»

Phil öffnete die erste Tür. Sie betraten den Vorraum, der sich seit Valéries letztem Besuch nicht verändert hatte. Noch immer standen die ockergelben Sessel und kleinen runden Tische da, symmetrisch angeordnet. Die Vitrine mit dem Whisky.

«Werden Sie den Purple Room für die Öffentlichkeit zugänglich machen?» Valérie ging zum Schrank an der hinteren Wand, zog wie selbstverständlich zwei Kimonos daraus hervor.

«Ich habe mich noch nicht entschieden. Ich möchte ihn auf jeden Fall verbessern und irgendwann das Patent anmelden.

Im Moment bin ich mit anderem beschäftigt. Zudem arbeite ich bis Ende März noch bei Double B. Für den Rest bis zur Kündigungsfrist hat Bulliard mich freigestellt. Wir sind nicht die engsten Freunde, aber das wissen Sie bereits. Ich möchte mich selbstständig machen.»

«Und die Villa?» Valérie zog – zu Zanettis Entsetzen – den Pelz und das Kleid aus.

«Ja, die will ich behalten. Tobias hat sie mir tatsächlich vermacht. Zuerst war es ein Schock. Doch dann habe ich mich an dieses Gefühl gewöhnt. Sollte sie zu gross sein für mich, kann ich sie verkaufen. Dann hätte ich endlich genügend Geld, um ausschliesslich alle meine Träume zu realisieren. Es gibt viel zu tun.»

«Muss ich mich auch ausziehen?» Zanetti hatte seine Jacke bereits aufgeknöpft.

«Auch daran tüftle ich noch», sagte Phil. «Dass man die eigenen Kleider anbehalten kann. Aber ja, ziehen Sie alles aus und den Kimono an.»

«Ich komme mir etwas bescheuert vor», sagte Zanetti.

«Das muss sein.»

«Bist du sicher, dass wir nicht reingelegt werden?», flüsterte er, dass nur Valérie es hörte. «Ich kann mir als Staatsanwalt einen Fauxpas nicht erlauben.»

«Hast du Angst?»

«Nein, nur fühle ich mich ohne meine eigenen Klamotten in einem fremden Haus fremd. Ist das nicht ein Kindergarten?»

«Kinder dürfen da nicht rein.» Valérie küsste ihn.

Phil reichte die Spezialschuhe und die Cyberhelme, verkabelte sie und fixierte die Kabelenden mit Pads. Valérie liess es geschehen, derweil sich Zanetti sichtbar unbehaglich fühlte.

Phil öffnete die schwere Tür zum Purple Room. «Na, dann gute Reise.»

***

«Da lag ein Brief im Kasten, an mich adressiert», sagte Carla und legte die Post auf den Tisch. «Hast du jemandem erzählt, dass ich bei dir wohne?»

Louis schüttelte ungläubig den Kopf. «Nein, das ist ja geheim. Das heisst, ginge es nach mir, wäre es hochoffiziell.» Wohl war ihm trotzdem nicht. Was hatte das zu bedeuten?

Carla begutachtete das Couvert, wendete und betastete es. «Wenn ich mir den Stempel ansehe, wurde es vor ein paar Tagen mit B-Post in Schindellegi aufgegeben.»

«Öffne es. Dann weisst du's. Soll ich es für dich tun?» Louis griff über den Tisch. Er war neugierig, konnte sich kaum mehr beherrschen.

«Könnte etwas Gefährliches sein», mutmasste Carla. «Eine Briefbombe vielleicht.»

«Blödsinn!» Louis nahm ihr den Brief aus der Hand. «Da ist etwas Hartes drin.» Vielleicht hatte Carla recht. Er wollte nicht zugeben, wie nervös es ihn machte. Aber wer hätte Carla etwas Böses antun können?

«Siehst du …»

Er hielt die Luft an und riss das Couvert auf. Ein graues Teil aus Plastik fiel ihm entgegen. «Ein USB-Stick … an dich … ohne Schreiben?» Er schüttelte den Umschlag, vergewisserte sich, ob da nicht ein Brief zum Vorschein kam. «Nur der Stick … komisch.»

«Gib her!» Carla versuchte, ihm den Stick zu entreissen.

«Jetzt auf einmal.» Er zog die Hand weg. «Schauen wir gemeinsam an, was sich darauf befindet.» Er verliess die Küche, ging ins Schlafzimmer zu seinem Pult, wo er den Stick seitlich in den Laptop schob.

«He, warte», rief Carla ihm hinterher. «Der Brief war an mich adressiert. Du kannst nicht einfach an meine Sachen.»

Louis lachte. «Ich ging all die Abende schon an deine Sachen.»

Ein fluoreszierendes Blau erschien auf dem Bildschirm, worauf wie aus dem tiefsten Universum drei Wörter auftauchten: «The rediscovered paradise». Untermalt war das Ganze mit einer synthetisch-psychedelisch klingenden Musik.

«Was ist denn das?» Carla hatte sich inzwischen beruhigt und schaute Louis über die Schultern.

«Ein Film über das wiederentdeckte Paradies. Von wem der sein mag? Warte mal. Da stehen zwei Namen: Tobias Bauer und Phil Williams.» Louis fuhr mit der flachen Hand aufs Pult. «Weisst du, was das ist? Der gesuchte USB-Stick. Der Datenträger, den …» Louis vermied es, den Namen Dodo auszusprechen.

«Was?»

«Da befinden sich ein paar Ordner drauf.» Louis las die Bezeichnungen wie «6-D Plus», «Einstellungen», «Musiktitel», «Gerüche», «Farben» und einige Begriffe, die er nicht zu deuten vermochte. Er wollte «Patentantrag» anklicken, als ihm «Referenzen» auffiel. Er bewegte den Cursor und fuhr mit dem Pfeil über die Datei.

«Warum ‹Referenzen›?», fragte Carla. «Klick doch mal auf ‹Patentantrag›. Dann wissen wir, worum es geht.»

«Du bist ungeduldig, meine Süsse.» Das Dokument wurde ersichtlich. «Da stehen ein paar Namen drauf. Das ist ja ein Ding. Alles Leute, die den Purple Room besucht haben. Siehst du das?»

«Was ist der Purple Room?»

«Ach ja, das kannst du nicht wissen.» Louis überlegte, ob er darüber sprechen durfte. Er selbst hatte den mysteriösen Raum noch nie gesehen, wusste nur das, was Valérie ihm darüber erzählt hatte. «Das ist eine Erfindung der Firma Double B respektive von Bauer und Williams. Ein Keller, in dem du eine künstliche Realität erleben kannst. Soll ich Valérie glauben, eine Dimension der Superlative.»

«Aha, deine Chefin war also schon dort.»

«Ich habe schon zu viel gesagt.»

«Aber warum bekomme ich diesen Stick?» Hinter Carlas Stirn schienen sich die Gedanken zu jagen.

Louis ahnte, warum. Dodo war vermutlich weder auf das Patent noch auf die Programmdaten erpicht gewesen, sondern auf die Namen der Besucher. Sollten diese veröffentlicht werden, würde es einigen Berühmtheiten Kopf und Kragen kosten und für reichlich Aufregung sorgen. Ein Skandal war vorprogrammiert. Valérie hatte ihm erzählt, was ein Besuch in der Virtual Reality kostete. Würde man den Besuchern auf den Zahn fühlen, käme das eine oder andere aus. Vielleicht auch die Tatsache, dass die Kosten unter «Kundenevent» auf der Spesenabrechnung verbucht waren. Louis kannte das. In der freien Marktwirtschaft wurden oft die Bilanzen gefälscht, wenn zwielichtige Geschäfte vertuscht werden mussten. Auch die Inanspruchnahme von Escortservices wurde als Unkosten deklariert.

Für ihn war klar, was Dodo mit dem USB-Stick bezwecken wollte. Er sollte in die Hände der Presse geraten. Wer wäre nicht prädestinierter dazu als Carla? Sie war in der Probezeit, hatte demnach Ambitionen, über brisante Themen zu schreiben. Würde für ihren Erfolg auch über Leichen gehen.

«Das ist *mein* Stick.» Carla riss ihn aus seinen Gedanken. «Der Umschlag war an *mich* adressiert. Vermutlich lässt sich etwas daraus machen.»

«Er ist Beweisstück in einem laufenden Verfahren. Er ist somit beschlagnahmt.»

«Das kannst du nicht tun.» Carla ahnte wohl, wie viel Wert der Stick für ihre berufliche Laufbahn hatte.

Louis nahm sie in die Arme. «Wir werden das gemeinsam entscheiden, einverstanden?»

«Du willst mich bloss davon abhalten, einen Bericht darüber zu schreiben.»

«Einverstanden?» Louis duldete keine Widerrede.

Carla gab klein bei. «Einverstanden.»

***

Sie spürte das Oculus-Rift-Headset schnell nicht mehr. Valérie versuchte erst zaghaft, dann mit zunehmender Sicherheit, in die virtuelle Welt einzutauchen. Kaum hatte sie die ersten Schritte getan, öffnete sich ihr ein Spektrum von Farben und Gerüchen, Geräuschen und Eindrücken, dass sie wie benommen zu taumeln begann. Einen Moment lang war ihr, als verlöre sie ihre Impulskontrolle. Valérie war sich bewusst, dass sie, wenn sie es nur wollte, ihre Gedanken zu steuern vermochte. Bei ihrem letzten Besuch war sie dermassen überwältigt gewesen, dass sie sich hatte instrumentalisieren lassen; heute würde sie es nicht mehr zulassen.

Sie wollte nach Zanettis Hand fassen. Er war verschwunden, obwohl sie den Raum gemeinsam betreten hatten. Weder sicht- noch fühlbar.

Valérie bewegte langsam den Kopf, tat jeden Schritt bewusst. Von Zanetti keine Spur.

Vor ihr lag ein Sandstrand. Weiss wie ewiger Schnee. Dahinter türkisfarben das Meer und der Horizont, der mit dem Himmel zu verschmelzen schien. Staubwolken wie Watte. Palmenblätter knatterten im Wind. Schlanke Stämme bogen sich in das friedliche Bild, welches die Granitformationen runder Felsblöcke erst perfekt machten. Unverkennbar La Digue – eine der eindrücklichsten Inseln der Seychellen. Wie oft hatte Valérie damit geliebäugelt, einmal dorthin zu fliegen. In der Kommode im Schlafzimmer lagen Prospekte.

Jetzt war sie da. Im Inselparadies des Indischen Ozeans. Ohne lange, unbequeme Flugreise, ohne Stress, ohne Gepäck. Sie spürte die Sonne auf ihrer Haut, zog den Geruch nach grilliertem Fisch in ihre Nase, hörte Musik aus der Nähe, wo eine Gruppe kreolischer Leute im Sega-Rhythmus zu Gitarre und Trommel tanzte.

Bambushütten säumten den Weg, auf dem ein Ochse eine Karre zog. Vor Valérie lag eine Coco de Mer im Sand. Phil musste sie dahin projiziert haben, denn die Kokosnuss, welche die Form eines weiblichen Pos hatte und den lateinischen Namen Lodoicea maldivica trug, wuchs nur auf Praslin und Curieuse.

Wo aber war Zanetti?

Valérie hätte das hier gern mit ihrem Liebsten geteilt, wäre den Strand entlanggelaufen, hätte im badewannenwarmen Wasser gebadet. Sie breitete die Arme aus, als wollte sie einen Baumstamm berühren, griff ins Leere. Nicht denken, schalt sie sich. Loslassen. Sie liess sich treiben, spürte auf einmal den Stamm, den Sand unter ihren Füssen, schmeckte Salz.

Es fühlte sich anders an als beim ersten Mal. Da war dieses Wissen, das ihr diesmal in die Quere zu kommen schien. Damals war sie so überwältigt gewesen, dass sie es einfach hatte geschehen lassen. Sie musste es wieder tun: es annehmen. Keinem störenden Gedanken Platz bieten. Nur dann funktionierte es. Es war wie Selbstsuggestion. 6-D Plus lieferte die Zutaten, das eigene Gehirn verarbeitete sie. Je mehr Phantasie in einem steckte, umso befriedigender gestaltete sich das Erleben. Bauer hatte es mit der Einnahme von Drogen gesteigert.

Es war ein Trip, der süchtig machte.

«Das befindet sich noch in den Kinderschuhen», sagte Phil, nachdem sich Valérie darüber beschwert hatte, allein gewesen zu sein. «Aber ich arbeite daran. Das erfordert jedoch das Einscannen der Person, die mit dem Partner den Raum betritt. Bis anhin gingen die Kunden nur einzeln hinein.»

Zanetti zog den Cyberhelm aus, legte ihn nieder. «Jetzt weiss ich, weshalb du so davon geschwärmt hast.» Er zog Valérie an seine Seite. «Marrakesch, tausendundeine Nacht, Wasserpfeifen, orientalische Musik, würzige Gerüche …»

«Du warst in Marrakesch? Nicht auf den Seychellen?»

Glossar

Amygdala – Teil des Gehirns
Bünzli (umgangssprachlich) – kleinkarierter Mensch
Bulbus olfactorius – Riechkolben
Cloud – Datenabspeicherung auf einem entfernten Server
cyber – künstlich
Cyborg – menschlicher Körper, in den technische Geräte als Ersatz oder zur Unterstützung nicht ausreichend leistungsfähiger Organe integriert sind
Fötzel (umgangssprachlich) – hinterhältiger Mensch
Gotte – Patentante
Greyout – Mit Greyout wird in der Flugmedizin die Vorstufe des Blackouts bezeichnet. Dies kommt bei Piloten in der Fliegerei und bei Personen, die an Beschleunigungsversuchen in Zentrifugen teilnehmen, vor.
Livores – Totenflecke, Leichenflecke
Neurophysiologie – befasst sich vorwiegend mit der Funktionsweise des menschlichen Nervensystems
Oculus-Rift-Headset – Virtual-Reality-Brille
Psychochirurgie – operative Eingriffe am Gehirn zur Behandlung schwerer psychischer Störungen, zum Beispiel Schizophrenie, aber auch bei Parkinson und dem Tourette-Syndrom
Schoggi (umgangssprachlich) – Schokolade
Sildenafil – medizinischer Wirkstoff zur Bekämpfung erektiler Dysfunktion (Viagra)
Social Engineering – clevere Manipulation der menschlichen Tendenz zum Vertrauen
Stria olfactoria lateralis – Teil der Riechbahn
VR – Virtual Reality (künstliche Realität)

Anmerkung der Autorin und Dank

Valérie Lehmanns fünfter Fall führt in die Cyberwelt. Diese hat mich bereits vor vielen Jahren inspiriert. Wie wäre es, wenn man mittels eines Cyberhelms in eine völlig irreale Welt abtauchen könnte? Zu Hause und ungestört?

Ist es Fluch oder Segen?

Ihnen hat es, liebe Leserinnen und Leser, hoffentlich Spass gemacht, zusammen mit den Ermittlern der Schwyzer Polizei die vielen Rätsel zu lösen. Mir hat es viel Freude bereitet, dieses Buch zu schreiben. Wir Schreiberlinge sind letztendlich da, um auch gesellschaftsrelevanten Dingen Gehör zu verschaffen, und sei es bloss in einem unterhaltsamen Krimi.

Mein Dank geht in erster Linie an meinen Verleger Hejo Emons und seine Familie. In ihrem Verlag fühle ich mich absolut gut aufgehoben. Danken möchte ich dem gesamten Emons-Team – Dr. Christel Steinmetz, Stefanie Rahnfeld, Daria Gaberdan und Sophie Olk für die Lektorats- und Korrektoratsarbeit, Nina Schäfer für das passende Cover, Ingeborg Simandi und Mike Stirnagel für den Vertrieb, Leslie Schmidt und Dominic Hettgen für die tolle Pressearbeit, Svenja Schulze für die Betreuung von Lesungen, Angela Eichner für die immer korrekte Abrechnung. Ich weiss, dass nebst der Schreibarbeit des Autors noch viel mehr in einem Buch steckt.

Ein besonderes Dankeschön geht an meine liebe Lektorin in der Schweiz, Irène Kost – sie ist unersetzlich.

Und vielen Dank allen Leserinnen und Lesern, die meine Bücher lesen und mir mein Schreiben erst möglich machen.

Alle Bücher von Silvia Götschi:

Auch als eBook erhältlich

Krimis mit Allegra Cadisch

Jakobshorn
ISBN 978-3-95451-260-7

Mattawald
ISBN 978-3-95451-482-3

Bärentritt
ISBN 978-3-95451-777-0

Krimis mit Valérie Lehmann

Herrengasse
ISBN 978-3-95451-713-8

Klausjäger
ISBN 978-3-95451-988-0

Muotathal
ISBN 978-3-7408-0053-6

Einsiedeln
ISBN 978-3-7408-0318-6

Weitere Krimis

Der Teufel von Uri
ISBN 978-3-7408-0179-3

Bürgenstock
ISBN 978-3-7408-0413-8

111-Orte-Reihe

111 Orte im Kanton Schwyz, die man gesehen haben muss
ISBN 978-3-7408-0116-8